Gröls Verlage

„Bücher sind wie Fallschirme. Sie nützen uns nichts, wenn wir sie nicht öffnen."

Gröls Verlag

Redaktionelle Hinweise und Impressum

Das vorliegende Werk wurde zugunsten der Authentizität sehr zurückhaltend bearbeitet. So wurden etwa ursprüngliche Rechtschreibfehler *nicht* systematisch behoben, denn kleine Unvollkommenheiten machen das Buch – wie im Übrigen den Menschen – erst authentisch. Mitunter wurden jedoch zum Beispiel Absätze behutsam neu getrennt, um den Lesefluss zu erleichtern.

Um die Texte zu rekonstruieren, werden antiquarische Bücher von Lesegeräten gescannt und dann durch eine Software lesbar gemacht. Der so entstandene Text wird von Menschen gegengelesen und korrigiert – hierbei treten auch Fehler auf. Wenn Sie ebenfalls antiquarische Texte einreichen möchten, finden Sie weitere Informationen auf www.groels.de

Viel Freude bei der Lektüre wünscht Ihnen das Team des Gröls-Verlags.

Adressen

Verleger: Sophia Gröls, Im Borngrund 26, 61440 Oberursel

Externer Dienstleister für Distribution & Herstellung: BoD, In de Tarpen 42, 22848 Norderstedt

Unsere „Edition | Werke der Weltliteratur“ hat den Anspruch, eine der größten und vollständigsten Sammlungen klassischer Literatur in deutscher Sprache zu sein. Nach und nach versammeln wir hier nicht nur die „üblichen Verdächtigen“ von Goethe bis Schiller, sondern auch Kleinode der vergangenen Jahrhunderte, die – zu Unrecht – drohen, in Vergessenheit zu geraten. Wir kultivieren und kuratieren damit einen der wertvollsten Bereiche der abendländischen Kultur. Kleine Auswahl:

Francis Bacon • Neues Organon • **Balzac** • Glanz und Elend der Kurtisanen • **Joachim H. Campe** • Robinson der Jüngere • **Dante Alighieri** • Die Göttliche Komödie • **Daniel Defoe** • Robinson Crusoe • **Charles Dickens** • Oliver Twist • **Denis Diderot** • Jacques der Fatalist • **Fjodor Dostojewski** • Schuld und Sühne • **Arthur Conan Doyle** • Der Hund von Baskerville • **Marie von Ebner-Eschenbach** • Das Gemeindekind • **Elisabeth von Österreich** • Das Poetische Tagebuch • **Friedrich Engels** • Die Lage der arbeitenden Klasse • **Ludwig Feuerbach** • Das Wesen des Christentums • **Johann G. Fichte** • Reden an die deutsche Nation • **Fitzgerald** • Zärtlich ist die Nacht • **Flaubert** • Madame Bovary • **Gorch Fock** • Seefahrt ist not! • **Theodor Fontane** • Effi Briest • **Robert Musil** • Über die Dummheit • **Edgar Wallace** • Der Frosch mit der Maske • **Jakob Wassermann** • Der Fall Maurizius • **Oscar Wilde** • Das Bildnis des Dorian Grey • **Émile Zola** • Germinal • **Stefan Zweig** • Schachnovelle • **Hugo von Hofmannsthal** • Der Tor und der Tod • **Anton Tschechow** • Ein Heiratsantrag • **Arthur Schnitzler** • Reigen • **Friedrich Schiller** • Kabale und Liebe • **Nicolo Machiavelli** • Der Fürst • **Gotthold E. Lessing** • Nathan der Weise • **Augustinus** • Die Bekenntnisse des heiligen Augustinus • **Marcus Aurelius** • Selbstbetrachtungen • **Charles Baudelaire** • Die Blumen des Bösen • **Harriett Stowe** • Onkel Toms Hütte • **Walter Benjamin** • Deutsche Menschen • **Hugo Bettauer** • Die Stadt ohne Juden • **Lewis Caroll** • *und viele mehr….*

Henry D. Thoreau

Walden oder Leben in den Wäldern

Inhalt

Sparsamkeit 7

Ergänzende Verse 61

Wo ich lebte und wofür ich lebte 62

Lektüre 74

Töne 82

Einsamkeit 94

Besuch 101

Das Bohnenfeld 111

Das Dorf 120

Die Teiche 124

Baker Farm 143

Höhere Gesetze 149

Meine Nachbarn: die Tiere 158

Heizung 167

Frühere Bewohner und Besuch im Winter 179

Wintertiere 189

Der Teich im Winter 196

Frühling 207

Schluß 220

Sparsamkeit

Als ich die folgenden Seiten, oder vielmehr den größten Teil derselben schrieb, lebte ich allein im Walde, eine Meile weit von jedem Nachbarn entfernt in einem Hause, das ich selbst am Ufer des Waldenteiches in Concord, Massachusetts, erbaut hatte und erwarb meinen Lebensunterhalt einzig durch meiner Hände Arbeit. Ich lebte dort zwei Jahre und zwei Monate. Jetzt nehme ich wieder am zivilisierten Leben teil.

Ich würde meine Angelegenheiten nicht so sehr der Kenntnis meiner Leser aufdrängen, wenn nicht meine Mitbürger solch genaue Erkundigungen über meine Lebensweise eingezogen hätten, daß mancher ihr Vorgehen wohl als unerträglich bezeichnen würde, während ich es, in Anbetracht der obwaltenden Verhältnisse, als sehr erklärlich und gar leicht erträglich empfand. Die einen fragten, was ich gegessen, ob ich mich einsam gefühlt oder Furcht gehabt habe usw. Andere hätten gern gewußt, welcher Teil meines Einkommens von mir zu Wohltätigkeitszwecken bestimmt gewesen sei, und wieder andere, die große Familien hatten, wollten wissen, wieviel arme Kinder ich unterstützte. Ich bitte deshalb diejenigen meiner Leser, die kein besonderes Interesse für mich fühlen, um Verzeihung, wenn ich es wage einige dieser Fragen in diesem Buche zu beantworten. In den meisten Büchern sucht man das „Ich“, die erste Person, zu vermeiden. Hier will ich sie beibehalten. Das ist, was den Egoismus anbetrifft, der einzige Unterschied. Meistens vergessen wir, daß es doch nur die erste Person ist, die redet. Ich würde nicht so viel über mich selber sprechen, wenn es einen anderen Menschen gäbe, den ich gerade so gut kennen würde. Leider bin ich durch den engen Kreis meiner Erfahrungen auf dieses Thema beschränkt. Überdies verlange ich für meine Person von jedem Schriftsteller als Vorrede oder als Schlußwort einen einfachen und ehrlichen Bericht über sein Leben, und nicht bloß das, was er über anderer Menschen Leben hörte. Einen Bericht, wie er ihn etwa aus fernem Lande an seine Verwandten schicken würde. Denn wenn er ehrlich und lauter gelebt hat, so muß das in einem weit von mir entfernten Lande gewesen sein. Vielleicht sind diese Zeilen hauptsächlich an arme Studenten gerichtet. Meine übrigen Leser müssen sich schon die Stellen, die ihnen genehm sind, aneignen. Ich hoffe zuversichtlich, daß niemand bei der Anprobe die Nähte des Rockes ausdehnt, denn der Rock kann dem, dem er paßt, vielleicht gute Dienste leisten.

Ich möchte gern mancherlei sagen – nicht so viel über die Chinesen und Sandwichsinsulaner als über Euch, die Ihr diese Zeilen lest und die Ihr in Neuengland leben sollt; etwas über Eure Zustände, hauptsächlich über Eure äußeren Zustände oder Verhältnisse in dieser Welt, in dieser Stadt, welcher Art sie sind, ob sie notwendiger Weise so schlecht sein müssen wie sie sind, oder ob sie nicht ebenso leicht verbessert werden könnten wie nicht. Ich bin kreuz und quer in Concord herumgewandert, und überall in den Läden, in den Büros und auf den Feldern gewann ich den Eindruck, daß die Bewohner auf tausendfache, merkwürdige Weise für ihre Sünden büßten. Ich habe gehört, daß die Brahmanen sich der Hitze von vier Feuern aussetzen, ins Antlitz der Sonne schauen, oder daß sie, den Kopf nach unten, über einem Feuer hängen, daß sie über ihre Schulter gen Himmel blicken, „bis es ihnen unmöglich wird ihre natürliche Stellung wieder einzunehmen, während durch die Verdrehung des Halses nur Flüssigkeiten in den Magen gelangen können. Ich habe gehört, daß sie ihr ganzes Leben angekettet an die Wurzel eines Baumes verbringen, oder daß sie wie Raupen kriechend ungeheure Reiche ausmessen, oder mit einem Fuße auf der Spitze einer Säule stehen. Doch diese Äußerungen bewußter Reue sind kaum unglaublicher oder erstaunlicher als die Szenen, deren Zeuge ich täglich bin. Die zwölf Arbeiten des Herkules waren belanglos im Vergleich mit denen, die meine Nachbarn unternommen haben. Denn Herkules hatte nur zwölf Arbeiten zu verrichten, dann war er fertig. Ich konnte dagegen niemals beobachten, daß diese Menschen ein Ungeheuer erschlugen oder einfingen, oder daß sie irgend eine Arbeit beendigten. Ihnen fehlte der Freund Jolaos, der mit glühendem Eisen den Hals der Hydra versengte. Darum wachsen, sobald ein Kopf zerschmettert ist, zwei neue nach.

Ich sehe junge Leute, meine Mitbürger, deren Unglück es ist, daß sie Bauernhöfe, Häuser, Scheunen, Vieh und Ackergerät geerbt haben. Denn solche Dinge sind leichter erworben als an den Mann gebracht. Es stände besser um sie, wären sie auf offener Weide geboren und von einer Wölfin gesäugt, denn dann würden sie mit klareren Augen erkennen, wo das wahre Feld ihrer Tätigkeit liegt. Wer hieß sie Sklaven des Bodens sein? Warum sollen sie ihre 60 Morgen Land verzehren, wenn ein Mensch doch nur dazu verdammt ist sein Häufchen Schmutz zu essen? Warum sollen sie gleich nach der Geburt damit beginnen ihr Grab zu graben? Sie sollen ein Menschendasein führen, sich dabei mit all diesen Dingen abplagen und so gut wie möglich vorwärts zu kommen versuchen. Wie manche arme unsterbliche Seele kreuzte meinen Weg, fast erdrückt und erstickt unter ihrer Last! Sie kroch des Lebens Gleis hinab und plagte sich mit Ställen ab, die 75 zu 40 Fuß groß waren – mit *Augiasställen,* die niemals gereinigt wurden, mit hundert Morgen Land, Äckern, Wiesen, Weiden und Waldparzellen! Die Unbegüterten, die sich nicht mit solchen unnötigen, ererbten Fronen herumbalgen, haben genug zu tun ein paar Kubikfuß Fleisch zu beherrschen und zu kultivieren.

Doch die Menschheit krankt an einem Irrtum. Der bessere Teil der Menschen ist bald als Dünger unter den Erdboden gepflügt. Das scheinbare Verhängnis – gewöhnlich Schicksal genannt – heißt sie, wie in einem alten Buche geschrieben steht, Schätze sammeln, welche die Motten und der Rost fressen und denen die Diebe nachgraben und stehlen. Ein Narrenleben haben sie geführt: das wird ihnen am Abend ihres Daseins, vielleicht auch schon früher klar werden. Man erzählt, daß Deukalion und Pyrrha dadurch Menschen erzeugten, daß sie Steine über ihre Häupter hinter sich warfen:

„Inde genus durum sumus, experiensque laborum
„Et documenta damus qua simus origine nati."

Raleighs wohlklingende Übersetzung dieser Worte lautet:

„From thence our kind hard-hearted is, enduring pain and care,
„Approving that our bodies of a stony nature are."

So kann es gehen, wenn man einem faselnden Orakel blind gehorcht, Steine über seinen Kopf wirft und nicht sieht wohin sie fallen.

Die meisten Menschen sind, selbst in diesem verhältnismäßig freien Lande, aus reiner Unwissenheit und Verblendung so sehr durch die künstlichen Sorgen und die überflüssigen, groben Arbeiten des Lebens in Anspruch genommen, daß seine edleren Früchte nicht von ihnen gepflückt werden können. Ihre Finger sind durch übermäßige Arbeit zu plump geworden, sie zittern zu sehr bei solchem Beginnen. Tatsächlich hat der arbeitende Mensch Tag für Tag keine Zeit zur inneren Läuterung. Es ist ihm unmöglich die menschlichen Beziehungen zu den Menschen zu unterhalten. Seine Arbeit würde auf dem Markte im Preise sinken. Er hat nur Zeit eine Maschine zu sein. Wie kann der seiner Unwissenheit abhelfen – und das fordert doch seine geistige Weiterentwickelung –, der seine Kenntnisse so oft gebrauchen muß! Wir sollten ihn ab und zu aus eigenem Antrieb ernähren und kleiden, ihm eine Herzerquickung geben, bevor wir ein Urteil über ihn fällen. Die kostbarsten Eigenschaften unseres Wesens können, wie der Flaum der Früchte, nur durch die zarteste Behandlung erhalten bleiben. Doch wir behandeln weder uns selbst noch die andern so zartfühlend.

Einige von Euch sind arm, das wissen wir alle. Einige von Euch haben schwer mit dem Leben zu kämpfen und schnappen, sozusagen, von Zeit zu Zeit nach Luft. Ich bezweifle nicht, daß einige Leser dieses Buches nicht imstande sind alle die Mittagsessen, die sie in Wirklichkeit verzehrten, oder die Kleider und Schuhe, die so schnell sich abnutzen oder schon abgetragen sind, zu bezahlen, daß sie nur deshalb bis hierher gelesen haben, weil sie geliehene oder gestohlene Zeit dazu verwendeten und somit ihre Gläubiger um eine Stunde betrogen. Für mich ist es eine nackte Tatsache, daß manche von Euch ein elendes und niedriges Dasein führen, denn meine Augen sind durch die Erfahrung geschärft. Alle Eure Versuche drehen sich darum, ins Geschäft hinein- oder aus Schulden herauszukommen, aus jenem uralten Moraste, den die Römer *aes alienum* nannten, eines anderen Kupfer, denn einige ihrer Münzen wurden aus Kupfer verfertigt. Ihr lebt, Ihr sterbt, Ihr werdet begraben durch das Kupfer eines anderen. Immer versprecht Ihr zu bezahlen, morgen zu bezahlen, und dabei sterbt Ihr heute – bankerott. Auf alle Arten versucht Ihr Euch bei anderen einzuschmeicheln, Kundschaft zu bekommen – nur vor Gesetzesübertretungen und Gefängnis hütet Ihr Euch. Ihr lügt, schmeichelt, wählt, kriecht mit Eurer Höflichkeit in ein Schneckenhaus hinein oder dehnt Euch zu einer

Wolke seichter und dunstiger Großmut aus, um Euren Nachbarn zu bewegen Euch seine Schuhe oder seinen Hut, seinen Anzug oder seinen Wagen machen zu lassen oder seinen Gewürzkram für ihn importieren zu dürfen. Ihr macht Euch krank, damit Ihr etwas für Eure kranken Tage zusammenspart, etwas, was man in einer alten Truhe oder in einem Strumpf hinter dem Wandbewurf, oder um noch sicherer zu gehen, bei einem Bankier versteckt – einerlei wo, einerlei wieviel oder wie wenig.

Ich wundere mich manchmal darüber, daß wir – ich möchte fast sagen – so frivol sein können, uns um die schmutzige, aber etwas ferner liegende Form der Sklaverei, um die sogenannte Negersklaverei zu kümmern. Gibt es doch viele schlaue und findige Sklavenhalter gerade so gut im Norden wie im Süden. Es ist hart einem südlichen, härter einem nördlichen Sklavenaufseher zu unterstehen. Am schlimmsten aber ist es um den bestellt, der sein eigener Sklaventreiber ist. Da schwätzt man vom Göttlichen im Menschen! Schaut Euch den Fuhrmann auf der Landstraße an, der zu Markte fährt bei Tag oder bei Nacht. Offenbart sich in ihm die Gottheit? Seine höchste Pflicht heißt: Füttere und tränke deine Pferde! Was gilt ihm mehr – sein Schicksal oder der Frachtverkehr? Fährt er nicht für Herrn „Nimmerrast“? Inwiefern ist er gottähnlich, inwiefern unsterblich? Seht nur, wie er sich bückt und kriecht, wie er sich planlos den lieben langen Tag quält, er der weder unsterblich noch göttlich ist, sondern nur der Gefangene und Sklave des Bildes, das er von sich selbst entwarf, und das auf seinen Taten fußt. Die öffentliche Meinung ist ein schwacher Tyrann im Vergleich zu unserer eigenen Privatmeinung. Was ein Mensch von sich selbst denkt, das ist es, wodurch sein Schicksal bestimmt oder vielmehr prophezeit wird. Wo ist der Wilberforce,der es vermag, selbst in den westindischen Gebieten einer launenhaften Phantasie Selbstbefreiung durchzusetzen? Man möge ferner an die Damen des Landes denken, die bis zum letzten Tage Toilettenkissen sticken, nur um kein allzu lebhaftes Interesse an ihrem Schicksal zu verraten! Als ob es möglich wäre die Zeit totzuschlagen, ohne die Ewigkeit zu verletzen.

Die Mehrzahl der Menschen verbringt ihr Leben in stiller Verzweiflung. Was wir „Resignation“ nennen ist absolute Verzweiflung. Von der verzweifelten Stadt zieht man aufs verzweifelte Land hinaus. Dort tröstet man sich mit der Tapferkeit der Sumpfotter und der Moschusratte. Eine stereotype, wenn auch unbewußte Verzweiflung ist selbst hinter den sogenannten Vergnügungen und Unterhaltungen der Menschheit verborgen. Da kann von Vergnügen nicht die Rede sein, denn das kommt nach der Arbeit. Für den Weisen ist es charakteristisch, daß er nichts Verzweifeltes unternimmt.

Wenn wir uns überlegen, was (um die Worte des Katechismus zu gebrauchen) die Hauptbestimmung des Menschen ist und worin die notwendigen Lebensbedürfnisse wirklich bestehen, so scheint es, als ob die Menschen nach reifer Überlegung die ordinäre Art zu leben gewählt hätten, weil sie ihr vor jeder anderen den Vorzug geben. Sie glauben allen Ernstes keine Wahl zu haben. Frische und gesunde Naturen erinnern sich dagegen, daß die Sonne klar aufging. Es ist niemals zu spät unsere Vorurteile aufzugeben. Auf keine Folge von Gedanken oder Taten, einerlei wie alt, kann man sich ohne Prüfung verlassen. Was jedermann nachbetet oder mit Stillschweigen als wahr dahingehen läßt, kann morgen als falsch sich erweisen – als bloßer Ansichtsdunst, den manche für eine Wolke hielten, die befruchtenden Regen auf ihre Felder ergießen würde. Was alte Leute für unausführbar halten, wir versuchen es, wir finden, daß es ausgeführt werden kann. Alte Taten für alte Leute, neue Taten für die neuen! Einst genügte das Wissen unserer Ahnen nicht, um Brennmaterial zum Unterhalten des Feuers zu sammeln. Die Menschen von heute legen ein wenig trockenes Reisig unter einen Kessel und sausen um den Erdball so schnell wie die Vögel. Den Alten würde dabei, wie man sagt, angst und bange werden. Das Alter ist nicht besser, ja kaum so gut zum Lehrmeister geeignet als die Jugend. Denn es hat nicht soviel gewonnen als es verlor. Man kann mit Recht bezweifeln, ob der weiseste Mensch irgend etwas von absolutem Wert durch das Leben gelernt hat.

In Wirklichkeit vermögen die Alten der Jugend keinen wertvollen Rat zu geben. Ihre eigenen Erfahrungen sind Stückwerk geblieben, ihr Leben ist – aus persönlichen Gründen wie sie natürlich glauben – ein solch kläglicher Mißerfolg gewesen. Und doch ist es möglich, daß sie noch etwas Selbstvertrauen übrig haben, welches diese Erfahrung Lügen straft. Sie sind ja nur weniger jung als sie gewesen sind. Ich habe einige dreißig Jahre auf diesem Planeten zugebracht, und doch habe ich bislang noch nicht die erste Silbe eines wertvollen oder selbst ernsthaften Ratschlages von meinen älteren Mitmenschen gehört. Sie haben mir nichts Zweckentsprechendes gesagt, sind dazu auch wahrscheinlich nicht imstande. Hier ist das Leben – ein im wesentlichen von mir noch nicht versuchtes Experiment. Daß *sie* es versuchten, nützt *mir* nichts. Zu irgend einer Erfahrung, die ich für wertvoll halte, haben meine Ratgeber, nach meiner Überzeugung, nichts zu sagen gehabt.

Ein Farmer erklärte mir: „Sie können nicht von Pflanzenkost allein leben, denn sie trägt nichts zur Knochenbildung bei.“ Darum widmet er gläubig einen Teil des Tages der Versorgung seines Körpers mit dem Rohmaterial für Knochen. Und während er, fortwährend sprechend, hinter seinen Ochsen hergeht, wird er von ihnen und ihren durch Vegetabilien genährten Knochen mit seinem schwankenden Pfluge über alle Hindernisse hin und her gezerrt. Manche Dinge sind für gewisse Kreise wirklich Lebensbedürfnisse, und zwar für die Hilflosen und Kranken, während sie für andere bloß Luxusgegenstände, und wieder anderen völlig unbekannt sind. Es gibt Leute, die da glauben, das ganze Gebiet des Menschenlebens sei bereits von ihren Vorfahren in allen Höhen und Tiefen durchforscht, alle Dinge seien bereits besorgt. Nach Evelyngab der Weise Salomo sogar für die Entfernung der Bäume voneinander Vorschriften. Die römischen Prätoren bestimmten wie oft man, ohne die Gerechtsame zu verletzen, seines Nachbars Grund betreten dürfe, um die abgefallenen Eicheln aufzulesen, und wieviel davon dem Nachbarn gebühre, Hippokrates hat uns sogar Anweisungen hinterlassen, wie wir unsere Nägel schneiden sollen: nämlich in gleicher Höhe mit den Fingerspitzen, weder kürzer, noch länger. Ohne Zweifel sind gerade Lebensüberdruß und Langeweile, die voraussetzen, daß alle Abwechselung und Freude im Leben ausgekostet ist, alt wie Adam. Doch der Menschen Fähigkeiten hat man noch nicht ausgemessen. Wir können auch nach dem, was bislang geschehen ist, auf das was geschehen kann, nicht schließen, so wenig ist noch versucht worden. Wo auch immer Du bisher erfolglos gewesen bist: sei nicht bekümmert, mein Kind, denn wer soll Dich für das, was Du nicht vollbracht hast, verantwortlich machen?

Wir können unser Leben an tausend einfachen Dingen erproben, zum Beispiel daran, daß die gleiche Sonne meine Bohnen reift und zugleich ein ganzes System von Weltkörpern wie unsere Erde beleuchtet. Wenn ich daran gedacht hätte, wären einige Irrtümer vermieden worden. Solche Erleuchtung besaß ich nicht, als ich Bohnen hackte! Wie wunderbar sind die Dreiecke, deren Spitzen von Sternen gebildet werden! Wie verschieden, wie weit voneinander entfernt sind in des Weltalls mannigfachen Wohnungen die Geschöpfe, die sie zu gleicher Zeit betrachten! Die Natur und das menschliche Leben sind so wandelbar wie unsere Konstitution. Wer vermag zu sagen, welche Aussicht das Leben einem andern bietet? Wäre es nicht das größte aller Wunder, wenn der eine für einen Augenblick mit den Augen der anderen sähe? In einer Stunde würden wir in allen Äonen der Welt, ja in allen Welten der Äonen leben! Geschichte, Poesie, Mythologie! – Ich habe über die Erfahrung anderer nichts gelesen, was so staunenswert und lehrreich wäre.

Im Herzensgrunde glaube ich, daß der größere Teil von dem, was meine Nachbarn für klug halten, schlecht ist, und wenn ich irgend etwas bereue, so ist es aller Wahrscheinlichkeit nach mein anständiger Lebenswandel. Was für ein Dämon beherrschte mich, daß ich mich so gut betragen habe? Sprich Deiner Weisheit Inbegriff aus, Du alter Mann, der Du siebenzig Jahre, nicht ohne in Ehren grau zu werden, gelebt hast, – ich höre eine unwiderstehliche Stimme, die mich von all dem fortlockt. Eine Generation verläßt die Unternehmungen der anderen wie gestrandete Schiffe.

Ich glaube, daß wir unbeschadet viel mehr Vertrauen haben könnten als wir zeigen. Wir sollten uns selbst gerade soviel Sorgfalt widmen, als wir ehrlich anderen schenken. Die Natur paßt sich ebensogut unserer Schwäche wie unserer Stärke an. Die unaufhörliche Angst und Anstrengung mancher Menschen ist eine nahezu unheilbare Krankheit. Wir pflegen die Wichtigkeit unserer Werke zu überschätzen! Und doch: wie viele Dinge geschehen ohne unser Zutun! Und wenn wir nun gar krank würden? Wie genau wir da Acht geben, fest entschlossen uns nicht auf unseren Glauben zu verlassen, wenn wir es vermeiden können. Den ganzen Tag sind wir auf unserer Hut, abends sprechen wir unwillig unser Nachtgebet und ergeben uns dem Ungewissen. So sehr hängen wir mit allen Fasern am Leben, daß wir es anbeten und die Möglichkeit eines Wechsels leugnen. Das ist der einzig richtige Weg, sagen wir. Und doch gibt es so viele Wege, als wir Radien von einem Mittelpunkt aus ziehen können. Jede Veränderung macht den Eindruck eines Wunders. Doch solch Wunder vollzieht sich in jedem Augenblick. Confucius hat gesagt: „Zu wissen, daß wir wissen, was wir wissen, und daß wir nicht wissen, was wir nicht wissen, das ist das wahre Wissen." Sobald nur ein Mensch ein Ergebnis seiner Phantasie auf ein Ergebnis seines Intellekts zurückgeführt hat, werden alle Menschen ihr Leben auf dieser Basis aufbauen. Ich sehe das voraus. Wir wollen einen Augenblick überlegen, um was sich die erwähnte Müh' und Sorge dreht und in wieweit es notwendig ist uns zu mühen oder wenigstens uns zu sorgen. Es wäre recht nützlich, bedürfnislos, wenn auch inmitten äußerlicher Zivilisation, ein Grenzerleben zu führen, bloß um die gröberen Lebensbedürfnisse und die Methode ihrer Gewinnung kennen zu lernen. Man könnte auch die alten Geschäftsbücher der Kaufleute durchblättern, um zu sehen, was die Menschen am meisten kauften, was vorrätig gehalten wurde, d. h. welche Waren am wichtigsten sind. Denn der Fortschritt im Laufe der Jahrhunderte hat nur geringen Einfluß auf die Grundgesetze der menschlichen Existenz gehabt. Sind doch auch unsere Skelette wahrscheinlich von denen unserer Vorfahren nicht zu unterscheiden.

Mit dem Worte „Lebensbedürfnisse" meine ich alle Güter, die der Mensch durch seine eigene Arbeit erwirbt, die von Anbeginn oder durch lange Gewohnheit so wichtig für das menschliche Leben geworden sind, daß nur einzelne, wenn überhaupt welche, sei es im Zustand der Wildheit, aus Armut oder aus Philosophie je versuchten ohne sie auszukommen. Viele Geschöpfe haben in diesem Sinne nur ein Lebensbedürfnis – Nahrung. Der Büffel in der Prairie findet sie in einigen Quadratzoll wohlschmeckenden Grases und in einem Trunk Wasser, falls er nicht des Waldes Schutz und des Berges Schatten aufsucht. Kein Tier der Schöpfung bedarf mehr als Nahrung und Unterschlupf. Die Lebensbedürfnisse der Menschen in unserem Klima kann man ziemlich erschöpfend unter folgenden Rubriken zusammenfassen: Nahrung, Obdach, Kleidung, Feuerung. Dann erst, wenn wir uns dieser Dinge versichert haben, sind wir vorbereitet, den wahren Problemen des Lebens in Freiheit und mit einiger Aussicht auf Erfolg nachzuforschen. Der Mensch hat nicht nur Häuser erfunden, sondern auch Kleidung und das Zubereiten der Nahrung. Und möglicherweise entstand durch die zufällige Entdeckung der Wärme des Feuers und durch die damit verbundene Nutzanwendung, die anfangs Luxus war, unser heutiges Bedürfnis am Feuer zu sitzen. Wir können bei Katzen und Hunden das Annehmen derselben Gewohnheit beobachten. Durch zweckmäßige Wohnung und Kleidung bewahren wir vernünftigerweise unsere innere Wärme. Wenn wir aber mit diesen Dingen, gerade wie mit der Feuerung, nicht Maß halten, d. h. wenn die äußere Hitze größer ist als unsere Eigenwärme, gibts da nicht ein Verbrühen?

Der Naturforscher Darwin erzählte folgende überraschende Beobachtung, die er bei den Feuerländern machte: während er und seine Begleiter warm gekleidet nahe am Feuer gesessen hätten, ohne es auch nur im geringsten *zu* warm zu finden, sei an den nackten Wilden, die weit vom Feuer entfernt standen, „ob solchen Röstens" der Schweiß in Strömen heruntergelaufen.

Auch wissen wir, daß der Neuholländer ungestraft nackt umherspaziert, während der Europäer in seinen Kleidern fröstelt. Ist es unmöglich die Widerstandsfähigkeit dieser Wilden mit der Intelligenz der zivilisierten Menschen in Einklang zu bringen? Nach Liebig ist des Menschen Körper ein Ofen, und Nahrung die Feuerung, die den inneren Verbrennungsprozeß in der Lunge unterhält. Bei kaltem Wetter essen wir mehr, bei warmem weniger. Die animalische Wärme ist das Produkt einer langsamen Verbrennung, und Krankheit und Tod treten ein, wenn sie zu rasch von statten geht oder wenn aus Mangel an Feuerung oder an Sauerstoffzufuhr das Feuer erlischt. Natürlich kann die Lebenswärme nicht mit dem Feuer verglichen werden. Doch genug von dieser Analogie. Es ergibt sich also aus dem soeben Gesagten, daß der Ausdruck „animalisches Leben" nahezu gleichbedeutend mit dem Ausdruck „animalische Wärme" ist. Und wie die Nahrung als Feuerung betrachtet werden kann, die unser inneres Feuer unterhält – und Feuerung nur dazu dient, diese Nahrung herzustellen oder unsere Körperwärme durch Zufuhr von außen zu erhöhen – so dienen Wohnung und Kleidung auch nur dazu, die also erzeugte und absorbierte Wärme festzuhalten.

Das Hauptbedürfnis für unsern Körper besteht also darin warm zu bleiben, die Lebenswärme in ihm zu erhalten. Was für Mühen machen wir uns aber auch, nicht nur wegen unserer Nahrung, Kleidung und Wohnung, sondern auch wegen unserer Betten, die unsere Nachtkleider sind! Nest und Brust der Vögel berauben wir, um diese Wohnung in einer Wohnung herzurichten, gerade wie der Maulwurf, der sein Bett aus Gras und Blättern am Ende seines Ganges macht. Arme Menschen klagen gewöhnlich über diese kalte Welt; auf Kälte, physische sowohl wie soziale, führen wir unmittelbar einen großen Teil unserer Leiden zurück. In einigen Klimaten gestattet die Sommerzeit den Menschen eine Art paradiesisches Leben. Feuerung ist dann nicht notwendig außer zum Kochen. Die Sonne ist ihr Feuer und manche Früchte sind genügend durch ihre Strahlen gekocht. Die Nahrung wird abwechselungsreicher, ist leichter zu beschaffen. Kleidung aber und Wohnung sind ganz oder teilweise entbehrlich. Heutzutage sind in diesem Lande – ich habe das an mir selbst erfahren –, einige Werkzeuge: ein Messer, eine Axt, ein Spaten, eine Schubkarre usw., und für den Gelehrten: Lampenlicht, Schreibmaterial und die Gelegenheit einige Bücher zu benutzen die nächst wichtigen Lebensbedürfnisse. All diese Dinge sind für billiges Geld zu haben. Doch einige Toren wandern auf die andere Seite des Erdballs in unkultivierte und ungesunde Gegenden, widmen sich zehn oder zwanzig Jahre lang dem Handel, damit sie leben, d. h. sich gemütlich warm halten können, und schließlich sterben sie in Neuengland. Die im üppigen Reichtum Lebenden sitzen jedoch nicht in behaglicher Wärme, sondern in unnatürlicher Hitze; ich sagte es schon: sie werden gekocht, natürlich *à la mode.*

Fast jeder Luxus und viele der sogenannten Bequemlichkeiten des Lebens sind nicht nur absolut überflüssig, sondern geradezu Hindernisse für die fortschreitende Entwickelung des Menschengeschlechtes. In Hinsicht auf Luxus und Bequemlichkeit haben die Weisesten immer ein einfacheres und armseligeres Leben geführt als die

Armen. Niemals war jemand an weltlichen Gütern ärmer, an inneren Gütern reicher als die alten Philosophen in China, Indien, Persien und Griechenland. Wir wissen nicht viel über sie. Merkwürdig ist, daß wir überhaupt so viel über sie wissen. Dasselbe gilt von den neueren Reformatoren und Wohltätern ihrer Völker. Nur wer den freien Blick besitzt, den freiwillige Armut eröffnet, kann unparteiisch und weise das menschliche Leben betrachten. Ein luxuriöses Leben zeitigt Luxus, sei es im Ackerbau, im Handel, in der Literatur oder in der Kunst. Heutzutage gibt es Dozenten der Philosophie, aber keine Philosophie. Wie man einst trefflich sein Leben verbrachte, darüber hört man heute trefflich dozieren. Geistreiche Gedanken und selbst die Gründung einer Schule machen noch keinen Philosophen. Vielmehr muß man die Weisheit solchermaßen lieben, daß man nach ihren Vorschriften lebt, ein Leben der Einfachheit, Unabhängigkeit, der Großmut und des Vertrauens. Einige Probleme des Lebens sollen wir nicht nur theoretisch, sondern auch praktisch lösen. Der Erfolg großer Gelehrter und Denker ist häufig eine Art Höflingserfolg, kein königlicher, kein männlicher Erfolg. Mit ihrem Anpassungsvermögen schlagen sie sich kümmerlich durchs Leben, gerade wie auch ihre Väter. In keiner Hinsicht sind sie die Erzeuger einer edleren Menschenrasse. Doch warum degenerieren die Menschen stets? Warum sterben Familien aus? Wie muß der Luxus beschaffen sein, der Nationen entnervt und vernichtet? Sind wir sicher, daß nichts davon in unserem eigenen Leben vorhanden ist? Der Philosoph eilt seiner Zeit voraus, selbst in der äußeren Lebensform. Er unterscheidet sich durch seine Nahrung, Wohnung, Kleidung und durch sein Wärmebedürfnis von seinen Zeitgenossen. Wie kann man den Menschen einen Philosophen nennen, der keine besseren Methoden zur Erhaltung seiner Lebenswärme kennt, als andere Leute?

Wenn ein Mensch durch die verschiedenen Methoden, die ich beschrieben habe, gewärmt ist, was hat er dann zunächst nötig? Sicherlich nicht noch mehr Wärme derselben Art, z. B. reichlichere und reichere Nahrung, größere und prächtigere Häuser, bessere und elegantere Kleider, zahlreichere, beständigere und wärmere Feuer usw. Wenn er die Dinge erlangt hat, die für das Leben notwendig sind, ist es ihm anheimgestellt sich um etwas anderes als um das Überflüssige zu bemühen, d. h. er kann sich jetzt, wo er niedriger Arbeit enthoben ist, an das Leben selbst wagen. Der Boden ist, wie es scheint, für die Saat geeignet, denn sie hat in der Tiefe Wurzel gefaßt; so mag sie denn jetzt ihre Sprossen auch vertrauensvoll nach oben senden. Warum hat der Mensch seine Wurzeln so fest in die Erde geschlagen, wenn er nicht in demselben Maße in den Himmel dort oben wachsen will? Edlere Pflanzen beurteilt man nach ihren Früchten, die sie schließlich, frei vom Erdboden, in Luft und Licht erzeugen. Sie werden darum auch nicht wie die niederen Nährpflanzen behandelt, die, auch wenn sie zweijährig sind, nur so lange gepflegt werden, bis ihre Wurzel ausgewachsen ist und deren oberer Teil oftmals gerade zu diesem Zwecke ganz abgeschnitten wird, so daß die Menschen sie in ihrer Blütezeit gar nicht kennen würden.

Ich habe nicht die Absicht starken und mutigen Naturen Vorschriften zu geben. Sie können ihre eigenen Angelegenheiten selbst erledigen, sei es im Himmel oder in der Hölle. Sie bauen vielleicht großartiger, verschwenden freigebiger als die Reichen, und werden doch nie arm. Sie wissen selbst nicht wie sie leben – vorausgesetzt, daß es überhaupt solche Menschen gibt. Man nimmt das ja an. Auch zu denen rede ich nicht, die Ermutigung und Begeisterung gerade in den gegenwärtigen Zuständen finden und sie mit der Innigkeit und mit dem Enthusiasmus Liebender hegen und pflegen; bis zu einem gewissen Grade gehöre ich selbst zu dieser Zahl. Auch wende ich mich nicht an diejenigen, welche sich, einerlei unter welchen Umständen, gut beschäftigen, und die wissen, ob sie sich gut beschäftigen oder nicht. Nur zu der Masse jener Menschen spreche ich, die unzufrieden sind, die sich vergeblich über die Härte ihres Schicksals oder der Zeiten beklagen, während sie beides verbessern könnten. Manche Leute stöhnen auf das heftigste, sind untröstlich, weil sie, wie sie sagen, ihre Pflicht tun. Ich denke auch an die reiche und doch so unendlich arme Klasse jener Menschen, die Tand auf Tand häufen, und nicht wissen, was sie damit tun, wie sie denselben los werden können. Sie haben sich ihre eigenen goldenen oder silbernen Fesseln geschmiedet.

Wenn ich versuchen wollte zu schildern, wie ich in früheren Tagen mein Leben zu verbringen wünschte, würden wahrscheinlich diejenigen meiner Leser, die meinen wirklichen Lebenslauf kennen, überrascht sein. Diejenigen, die gar nichts davon wissen, würden einfach staunen. Ich will nur einige Unternehmungen, an denen ich meine Freude hatte, andeuten.

Bei jedem Wetter, zu jeder Tages- oder Nachtstunde versuchte ich den gegebenen Augenblick zu benutzen. Immer war ich bedacht dort festen Fuß zu fassen, wo zwei Ewigkeiten – Vergangenheit und Zukunft – zusammentreffen, d. h. gerade im jeweiligen Augenblick. Gerade dort wich ich keinen Zoll. Mit einigen Unklarheiten muß der Leser schon Nachsicht haben, denn in meinem Handwerk gibt es mehr Geheimnisse als in den meisten anderen. Und doch werden diese nicht vorsätzlich gehütet, sondern die Natur der Sache bringt es mit sich. Ich würde mit Freuden alles, was ich darüber weiß, mitteilen und niemals an meine Tür schreiben: „Zutritt verboten“.

Vor langer Zeit verlor ich einen Jagdhund, ein rotbraunes Pferd und eine Turteltaube. Noch immer suche ich sie. Zahlreich sind die Wanderer, mit denen ich über die Verlorenen sprach, denen ich die Spuren beschrieben habe und die Rufe, auf die meine Tiere hörten. Ein paar Leute hatten das Bellen des Hundes, den Hufschlag des Pferdes vernommen, ja sie hatten auch die Taube gesehen, wie sie gerade hinter einer Wolke verschwand. Und sie waren so erpicht darauf sie wieder einzufangen, als ob sie selbst sie verloren hätten.

Es gilt, nicht nur dem Sonnenaufgang und der Morgendämmerung, nein, womöglich der Natur selbst zuvorzukommen! Wie oft bin ich in der Frühe, im Sommer wie im Winter, bevor noch irgend ein Nachbar zur Arbeit sich anschickte, bei meiner Arbeit gewesen. Sicherlich haben mich manche meiner Mitbürger gesehen, wenn ich von meiner Beschäftigung zurückkehrte: Farmer, die im Zwielicht nach Boston wanderten oder Holzhacker, die zur Arbeit gingen. Allerdings, ich half der Sonne nicht wesentlich beim Aufgehen, aber zweifellos war allein schon meine Anwesenheit bei diesem Ereignis von allerhöchster Wichtigkeit.

Wie viele Herbst- und Wintertage verlebte ich außerhalb der Stadt, um zu hören, was der Wind sagte, und dann das Gehörte als Eilgut weiterzutragen: Fast mein ganzes Vermögen steckte ich hinein und verlor obendrein meinen Atem bei dem Handel, wenn ich ihm entgegenstürmte. Hätte er von politischen Parteien erzählt, Ihr könnt Euch drauf verlassen, es hätte unter „Neueste Nachrichten" alsbald in der Zeitung gestanden. An anderen Tagen hielt ich von dem Observatorium eines Felsens oder eines Baumes aus Wache, um irgend eine ungewohnte Ankunft weiter zu telegraphieren, oder ich wartete abends auf den Gipfeln der Hügel darauf, daß der Himmel sich herniedersenke, damit ich ein Stückchen davon erwischen könne. Doch ich erwischte niemals viel, und selbst das zerschmolz wie Manna in der Sonne.

Lange Zeit war ich Berichterstatter bei einer nicht sehr weit verbreiteten Zeitung, deren Herausgeber sich bisher noch nicht bewogen fühlte den größeren Teil meiner Beiträge zu drucken. So bezahlte sich, wie das bei Schriftstellern fast regelmäßig geschieht, meine Mühe nur durch meine Arbeit. In diesem Fall trug übrigens meine Mühe ihren Lohn schon in sich.

Lange Jahre hindurch war ich selbstangestellter Inspektor der Schneestürme und Regenschauer; ich tat getreulich meine Pflicht. Ich war auch Aufseher, zwar nicht der Landstraßen, aber der Waldpfade und Feldwege, die ich in allen Jahreszeiten gangbar erhielt. Auch Schluchten überbrückte ich, wenn die Fußstapfen des Publikums zu solch nützlichem Tun ermunterten.

Ich überwachte den Wildstand meiner Mitbürger, der einem pflichttreuen Hirten genug zu schaffen machte, weil das Gehege oft übersprungen wurde. Ich ließ meine Augen in die entlegenen Ecken und Winkel der Farm wandern. Zwar wußte ich nicht immer, ob Jonas oder Salomo auf diesem oder jenem Acker heute arbeitete – das ging mich auch nichts an. Ich begoß die roten Heidelbeeren, die Sandkirschen und den Nesselbaum, die Rottanne und die Schwarzesche, den weißen Wein und das gelbe Veilchen, die vielleicht sonst in trocknen Jahreszeiten verdorrt wären.

Kurz, so trieb ich es eine lange Zeit. Ich kann, ohne zu prahlen, sagen, daß ich mein Amt pflichtgetreu versah. Allmählich aber erkannte ich mehr und mehr, daß meine lieben Mitbürger gar nicht daran dachten mich in die Stadtverwaltung zu wählen oder mir eine Sinekure mit bescheidenem Gehalte zu geben. Meine Abrechnungen, deren Genauigkeit ich beschwören kann, wurden tatsächlich nie angesehen, geschweige denn anerkannt, selbstverständlich auch nie bezahlt oder „saldiert".

Es ist noch nicht lange her, da kam ein herumziehender Indianer zu dem Hause eines in meiner Nachbarschaft wohlbekannten Rechtsanwaltes, um Körbe zu verkaufen. „Wollen Sie Körbe kaufen?“ fragte er. „Nein, wir haben keinen Bedarf“, war die Antwort. „Was“, rief der Indianer, als er zur Tür hinausging, „wollt Ihr uns vielleicht Hungers sterben lassen?“ Da er gesehen hatte, daß es seinen fleißigen, weißen Nachbarn gut ging, daß der Rechtsanwalt nur Argumente zu flechten brauchte um Geld und eine gute Stellung zu erhalten, kam ihm der Gedanke: Ich werde auch ein Geschäft anfangen – ich werde Körbe flechten, das ist etwas, was ich fertig bringe. Er dachte, wenn er die Körbe hergestellt habe, sei seine Pflicht und Schuldigkeit getan, Pflicht und Schuldigkeit der Weißen sei es alsdann, seine Körbe zu kaufen. Daran hatte er überhaupt nicht gedacht, daß die andern notwendigerweise sein Angebot auch des Ankaufs für wert halten oder hiervon wenigstens überzeugt werden müßten, oder daß er etwas anderes herstellen könne, was anderen kaufenswert erschiene. Auch ich hatte eine Art Korb von feinem Geflecht angefertigt, aber niemand bemühte sich ihn zu kaufen. Trotzdem glaubte ich, es sei lohnend ihn zu weben. Aber anstatt zu versuchen ihn den Leuten anzupreisen, überlegte ich vielmehr, wie ich der Notwendigkeit ihn zu verkaufen enthoben werden könnte. Es gibt nur *eine* Lebensweise, die von den Menschen gepriesen und als erfolgreich angesehen wird. Aber warum wollen wir von der *einen* so viel Aufhebens auf Kosten der anderen machen?

Als ich mir klar darüber wurde, daß meine lieben Mitbürger mir wahrscheinlich kein Büro im Rathaus, keine Pfarre oder irgend einen anderen Broterwerb anbieten würden, daß ich vielmehr mir selbst helfen müsse, wandte ich mein Augenmerk mehr denn je den Wäldern zu. Dort war ich besser bekannt. Ich beschloß, mein Geschäft sofort zu eröffnen, nicht zu warten, bis ich das übliche Kapital erworben habe, sondern die spärlichen Mittel, die ich bereits besaß, zu verwenden. Als ich zum „Waldenteich“ zog, wollte ich dort weder billig noch teuer leben, sondern Privatgeschäfte möglichst ungehindert erledigen. Hätte ich mich durch Mangel an gesundem Menschenverstand, an Unternehmungsgeist oder Geschäftstalent davon abhalten lassen, – es wäre eher töricht als bedauerlich gewesen.

Ich habe mich stets bemüht strenge Geschäftsprinzipien zu erlernen. Sie sind für jedermann unumgänglich notwendig. Wer mit dem „Himmlischen Reich“ Handel treibt, kann sich durch eine kleine Filiale an der Küste, in irgend einem „Salem-Hafen“eine genügende Basis schaffen. Man wird jene Artikel, die im Lande produziert werden, exportieren: viel Eis, Tannenholz und etwas Granit – alles in Schiffen, die in Amerika gebaut wurden. Das wäre keine schlechte Spekulation. Da gilt es alle Einzelheiten persönlich zu überwachen. Lotse und Kapitän, Eigentümer und Versicherungsagent zugleich zu sein, zu kaufen, zu verkaufen und die Bücher zu führen, jeden Brief, der einläuft, zu lesen und jeden Brief, der abgehen soll, zu schreiben und durchzulesen, das Eintreffen der importierten Waren bei Tag und bei Nacht zu überwachen, an vielen Orten der Küste fast gleichzeitig zu sein – oft wird nämlich die reichste Fracht in einem ganz unzivilisierten Lande gelöscht. Da gilt es sein eigener Telegraph zu sein, unermüdlich den Horizont abzusuchen und alle Schiffe, die landen wollen, anzusprechen, einen konstanten Warenversand zu unterhalten und einen entlegenen und kaufkräftigen Markt zu versorgen, die Schwankungen des Marktes genau zu verfolgen, überall die Aussichten auf Krieg und Frieden und die Tendenzen des Handels und der Zivilisation vorherzusehen, d. h. die Ergebnisse der Entdeckungsreisen vorteilhaft zu verwenden, indem man neue Durchfahrten und alle Verbesserungen der Schiffahrt benutzt. Auch Karten muß man studieren, sich die Lage von Riffen, neuen Leuchtfeuern und Bojen einprägen und ohne Unterlaß Logarithmentabellen korrigieren, denn oft zerschellt ein Schiff, das im freundlichen Hafen alsbald Anker werfen sollte, infolge eines Berechnungsfehlers an einem Felsen – man denke an das rätselhafte Schicksal von *„La Perousa“*. Es gilt gleichen Schritt zu halten mit allen Gebieten der Wissenschaft, den Lebenslauf aller großen Entdecker und Seefahrer, aller großen Glücksritter und Kaufherren, von Hanno und den Phöniziern an bis auf unsere Tage hinab zu studieren, kurz, man muß von Zeit zu Zeit das Lager aufnehmen, um seinen Abschluß zu machen. Solche Arbeit kann als Prüfstein für die Fähigkeiten eines Mannes gelten, solche Probleme von Gewinn und Verlust, von Verzinsung, von Taxe und Rabattbewilligung, solch sachkundige Kritik über alle Gebiete erfordert ein universelles Wissen.

Ich glaubte, daß der Waldenteich ein guter Geschäftsplatz sein müsse, nicht allein wegen der Eisenbahn oder des Eishandels. Er bietet Vorteile, die man am besten nicht verrät, wenn man klug ist. Er liefert eine gute Stellung, eine gute Basis. Newasümpfe sind nicht auszufüllen. Doch überall muß man auf selbstgefügtem Fundamente bauen. Man behauptet, daß eine Sturmflut bei Westwind mit Eisgang in der Newa St. Petersburg vom Angesicht der Erde wegfegen könne.

Da mein Geschäft ohne das übliche Kapital begonnen werden sollte, ist es nicht leicht zu erraten, woher die Mittel, die zu irgend einem solchen Unternehmen stets notwendig sind, genommen werden konnten. Was die Kleidung betrifft – um sogleich zum praktischen Teil der Frage zu kommen –, so lassen wir uns bei der Auswahl derselben vielleicht häufiger durch die Modesucht und durch die Kritik unserer Mitmenschen als durch wirkliche praktische Gesichtspunkte leiten. Wer arbeiten muß, soll nicht vergessen, daß die Kleidung erstens zur Erhaltung der Lebenswärme und zweitens – infolge unserer heutigen sozialen Verhältnisse – zum Verhüllen der Nacktheit dienen soll. Er wird dann erkennen, wie viel notwendige oder wichtige Arbeit er verrichten kann ohne den Inhalt seines Kleiderschrankes zu vermehren. Könige und Königinnen, die ihre Gewänder nur einmal tragen, können, selbst wenn diese von einem „Hoflieferanten für Herren- oder Damengarderoben“ angefertigt würden, gar nicht wissen, was für eine Annehmlichkeit ein gut passender Anzug ist. Sie sind nichts weiter als hölzerne Ständer, über die man saubere Kleider hängt. Mit jedem Tage werden unsere Kleider uns selbst ähnlicher. Immer mehr nehmen sie von dem Charakter des Trägers in sich auf.

Schließlich, wenn alle ärztliche Hilfe versagt hat, trennen wir uns nur zögernd von ihnen und unter solch feierlichen Zeremonien, wie wir unsern Toten erweisen. Niemals sank ein Mensch in meiner Achtung, weil er einen Fleck in seiner Kleidung hatte. Und doch: ich bin überzeugt, im allgemeinen ist man mehr darauf bedacht, moderne oder wenigstens reine und fleckenlose Kleider zu haben als ein reines Gewissen. Und selbst wenn das Loch nicht gestopft ist: das schlimmste Laster, das es verrät, heißt doch nur – Unvorsichtigkeit. Bisweilen stelle ich meine Bekannten durch Fragen wie die folgende auf die Probe: „Wer kann einen Flicken oder auch nur zwei Extranähte über dem Knie tragen?“ Die meisten benehmen sich, als ob sie glaubten, durch solch eine Tat würde die Zukunft ihres Lebens ruiniert. Es würde ihnen leichter fallen, mit einem gebrochenen Bein zur Stadt hinabzuhumpeln als mit einer zerrissenen Hose. Wenn die Beine eines Herren durch einen Unfall verletzt werden, können sie oftmals wieder hergestellt werden. Doch wenn ein ähnlicher Anfall seinen Beinkleidern zustößt, gibt es keine Hilfe: denn er kümmert sich nicht um das, was achtungswert *ist*, sondern was als achtungswert *gilt*. Wir kennen nur wenige Männer, aber sehr viele Röcke und Hosen. Bekleide eine Vogelscheuche mit Deinem neuesten Anzug und stelle dich nackend neben sie – wer würde da nicht zuerst die Vogelscheuche grüßen? Als ich kürzlich an einem Kornfeld vorüberging und dort einen Hut und Rock an einem Stecken hängen sah, erkannte ich den Besitzer der Farm. Er war nur etwas mehr verwittert wie damals, als ich ihn zum letzten Mal sah. Man hat mir von einem Hunde erzählt, welcher Fremde, die sich in Kleidern dem Gehöft seines Herrn näherten, ankläffte, der aber von einem nackten Diebe leicht zum Schweigen gebracht wurde. Es ist eine interessante Frage, bis zu welchem Grade die Menschen ihren jeweiligen Rang behalten würden, wenn sie sich ihrer Kleider entledigt hätten. Könnte man in solchem Falle unter einer Anzahl gebildeter Menschen mit Sicherheit diejenigen bezeichnen, die sich des größten Ansehens erfreuen? Als Madame Pfeifer,auf ihrer kühnen Weltreise von Ost nach West, heimkehrend ins asiatische Rußland gekommen war, fühlte sie, wie sie sagte, die Notwendigkeit ihr Reisekostüm mit einem andern zu vertauschen, sobald sie mit Behörden zu verkehren hatte. Denn sie war „in einem zivilisierten Lande, wo man die Leute nach ihren Kleidern beurteilt“. Selbst in unsern demokratischen Städten Neuenglands bedingt der zufällige Besitz von Vermögen, der sich in der Kleidung und in der Einrichtung zu erkennen gibt, für den Besitzer eine fast allgemeine Hochachtung. Aber die Menschen, die solche Hochachtung zollen, sind, so groß ihre Zahl auch ist, nichts weiter als Götzendiener, denen man einen Missionär schicken sollte. Außerdem ist durch die Kleidung die Näharbeit entstanden, eine Arbeit, die man endlos nennen kann. Ein Frauenkleid wenigstens wird niemals fertig.

Hat ein Mensch schließlich eine Beschäftigung gefunden, so gebraucht er keinen neuen Anzug für diese Beschäftigung. Ihm genügt der alte, der wer weiß wie lange im Staube der Bodenkammer gelegen hat. Ein Held wird ein Paar alte Schuhe länger tragen als sein Diener – vorausgesetzt, daß der Held überhaupt je einen Diener hat. Nackte Füße sind älter als Schuhe, und auch sie genügen zu jedem Vorhaben. Nur wer zu „Soireen“ und zu Versammlungen am „grünen Tische“ geht, muß neue Kleider haben, muß seinen Anzug so oft wechseln, wie er in ihnen wechselt. Wenn aber mein Wams und meine Hosen, mein Hut und meine Stiefel gut genug sind, um Gott darin zu dienen, so sind sie überhaupt gut. Oder nicht? War wirklich je ein alter Anzug – ein alter Rock – so sehr abgetragen, so völlig in die ursprünglichen Bestandteile aufgelöst, daß er nicht noch einem armen Burschen als milde Gabe geschenkt werden konnte, damit dieser ihn vielleicht einem noch ärmeren schenke? Oder sollen wir ihn einen reicheren nennen, da er weniger bedurfte? Ich sage Euch: Hütet Euch vor allen Beschäftigungen, die neue Kleider und nicht einen neuen Träger der Kleider verlangen. Wie kann ein neuer Anzug passen, wenn der Mensch nicht neu ist? Plant Ihr irgend ein neues Unternehmen, so versucht es in Euren alten Kleidern. Die Menschen brauchen kein bestimmtes Arbeitsfeld, sondern Arbeit oder vielmehr Erfolg. Vielleicht sollten wir uns erst dann einen neuen Anzug anschaffen – einerlei, wie zerrissen und schmutzig der alte auch ist – wenn wir fühlen, daß unser Benehmen, unsere Taten und die Fahrten unseres Lebensschiffes uns zu neuen Menschen in alten Kleidern gemacht haben. Behalten wir aber auch dann den alten Anzug, so bergen wir gleichsam neuen Wein in alten Schläuchen. Die Zeit der Mauserung muß, wie beim Federvieh, eine Krisis in unserem Leben bedeuten. Während dieser Zeit zieht sich der Taucher auf einsame Teiche zurück. Auch die Schlange wirft ihre Haut und die Raupe ihr wurmiges Wams ab, infolge einer inneren Geschäftigkeit und Ausdehnung. Kleider sind nur äußere Haut, unser „sterblich Teil“.Denn sonst könnte man eines Tages entdecken, daß wir unter falscher Flagge segeln. Dann aber würde uns unsere eigene Meinung und die unserer Mitmenschen unnachsichtig kassieren.

Wir ziehen ein Kleidungsstück über das andere an, als ob wir wie exogene Pflanzen durch Zunahme von der Außenseite her wüchsen, unsere äußeren, oftmals dünnen und seltsamen Gewänder sind unsere Epidermis oder falsche Haut, die mit unseren Lebensvorgängen nichts zu tun hat, und hier und da ohne böse Folgen abgestreift werden kann. Unsere dickeren Gewänder, die wir beständig tragen, sind das Unterhaut-Zellgewebe oder die Rinde. Unsere Hemden aber sind unser Bast oder unsere wahre Rinde, deren Entfernung eine schwere Verletzung oder den Tod des Menschen bedingt. Ich glaube, daß alle Rassen zu bestimmten Jahreszeiten etwas dem Hemde äquivalentes tragen. Der Mensch sollte in seiner Kleidung einer solchen Einfachheit sich befleißigen, daß er selbst im Dunkeln sich anziehen kann. Er sollte in jeder Hinsicht so festgefügt und wohl versorgt leben, daß er, wenn der Feind sich der Stadt bemächtigt, wie der alte Philosoph, ohne Angst mit leeren Händen zum Tore hinausziehen kann. Da aber ein dicker Rock in den meisten Fällen so gut wie drei dünne ist, und passende Kleider zu wirklich billigen Preisen gekauft werden können, da man ferner für fünf Dollars einen dicken Rock bekommt, der ebensoviele Jahre halten wird, da man dicke Hosen für zwei Dollars, ein paar starke rindslederne Schuhe für 1½ Dollars, einen Sommerhut für

25 Cents und eine Wintermütze für 62½ Cents oder eine noch bessere für ein Spottgeld sich verschaffen kann, wenn man sie selbst macht: wer zeigt mir da den Menschen, dem, mag er im übrigen noch so arm sein, nicht von weisen Männern Hochachtung entgegengebracht wird, weil er in einem solchen *selbstverdienten* Anzug steckt!

Wenn ich ein Kleidungsstück von einer besonderen Art bestelle, so sagt mir meine Schneiderin mit wichtiger Miene: „Man macht das jetzt nicht so." Dabei betont sie das „man" durchaus nicht, gerade als ob sie eine Autorität zitiere, die so unpersönlich wie das Schicksal ist. So stoße ich, wenn ich etwas nach meinen Wünschen gemacht haben will, auf Schwierigkeiten aus dem einfachen Grunde, weil sie nicht glauben kann, daß ich meine, was ich sage, und daß ich derart voreilig bin. Wenn ich ihren Orakelspruch höre, versinke ich für einen Augenblick in tiefstes Nachdenken, betone für mich jedes Wort einzeln, um seinen Gehalt zu ergründen, um mir darüber klar zu werden, durch welchen Grad von Blutsverwandtschaft „man" mit „mir" verwandt ist, und welche Glaubwürdigkeit „man" in einer Angelegenheit verdient, die mich so nahe berührt. Und schließlich fühle ich mich veranlaßt, ihr mit dem gleichen mysteriösen Tiefsinn, und ebenfalls ohne jede Betonung des „man" zu antworten: „Sie haben recht, in letzter Zeit machte man es nicht so, doch man tut es jetzt." Was nützt ihr Maßnehmen, wenn sie nicht meinen Charakter mißt, sondern nur die Breite meiner Schultern, als ob diese ein Holzpflock wären, über den der Anzug gehängt wird? Wir verehren weder die Grazien noch die Parzen sondern die Mode. Sie spinnt und webt und schneidet ab – als höchste Autorität. Der Oberaffe in Paris setzt sich eine Reisemütze auf, und alle Affen in Amerika tun dasselbe. Bisweilen verzweifle ich an der Hoffnung, daß etwas ganz Einfaches und Ehrliches in dieser Welt durch Menschenwerk vollbracht werden kann. Man müßte die Menschen erst durch eine Presse mit Hochdruck hindurchtreiben, ihre alten Anschauungen so energisch aus ihnen herausquetschen, daß sie nicht so bald wieder auf die Beine kämen. Und doch: wenn nur Einer unter der Menge gewesen ist mit einer Larve im Kopf, die aus einem Ei kroch, das Gott weiß wann dort gelegt wurde – denn selbst Feuer tötet diese Gesellschaft nicht – dann ist die ganze Mühe vergeblich gewesen. Wir wollen aber trotzdem nicht vergessen, daß uns eine Mumie ägyptischen Weizen aushändigte.

Im allgemeinen kann man meiner Ansicht nach nicht behaupten, daß die Bekleidung sich in diesem oder in einem andern Lande zum Rang einer Kunst erhoben hat. Heutzutage behelfen sich die Menschen mit der Kleidung, die sie finden können. Wie Seeleute nach dem Schiffbruch ziehen sie an, was sie am Strande finden. Sobald aber eine kleine zeitliche oder räumliche Distanz sich geltend macht, lachen sie einander wegen der Maskerade aus. Jede Generation lacht über die alten Moden und folgt ehrfurchtsvoll der neuen. Wir lächeln belustigt, wenn wir die Tracht Heinrichs VIII. oder der Königin Elisabeth anschauen, gerade als ob sie von dem König oder der Königin der Kannibaleninseln stamme. Jedes Kostüm wirkt ohne den dazu gehörenden Menschen kläglich oder grotesk. Nur durch das ernste Auge, das herausblickt, und durch das lautere Leben, das darin verbracht wurde, wird das Lächeln unterdrückt, wird die Tracht eines Volkes geheiligt. Wenn ein Harlekin einen Anfall von Kolik bekommt, muß sein Flitterstaat auch dieser Stimmung Rechnung tragen. Wenn ein Soldat von einer Kanonenkugel getroffen ist, schmückt ihn sein zerfetzter Rock wie ein Purpur.

Wegen der kindischen und barbarischen Vorliebe der Männer und Frauen für neue Muster muß sich eine – ach wie große – Anzahl von Menschen fortwährend damit beschäftigen, Kaleidoskope zu schütteln und in sie hineinzugaffen, um gerade jene Figur zu entdecken, nach der die gegenwärtige Generation verlangt. Die Fabrikanten wissen aus Erfahrung, daß dieser Geschmack nichts weiter als eine Grille ist. Von zwei Mustern, die sich nur durch die mehr oder weniger eigentümliche Farbe einiger Fäden voneinander unterscheiden, wird das eine schnell verkauft, während das andere im Schranke liegen bleibt. Nicht selten aber ist dann in der nächsten Saison dieser Gegenstand der „allermodernste". Im Vergleich hiermit ist das Tätowieren kein so abscheulicher Gebrauch, wie man gewöhnlich annimmt. Er ist schon deswegen nicht barbarisch, weil die Farben hauttief eingetragen werden und unveränderlich sind.

Ich kann nicht glauben, daß unsere Großindustrie die beste Quelle für den Ankauf von Kleidungsstücken ist. Die Lage der Fabrikarbeiter wird jeden Tag derjenigen der englischen Arbeiter ähnlicher. Darüber braucht man sich nicht zu wundern, denn nach allem, was ich gehört und gesehen habe, ist nicht die Herstellung einer guten und sittsamen Kleidung für den Menschen, sondern die Bereicherung der Trust-Kompagnien die Hauptsache. Im Laufe der Zeit treffen die Menschen nur das, wonach sie zielen. Darum täten sie besser, auch wenn sie jetzt fehl schießen, ihr Ziel möglichst hoch zu stecken.

Allerdings kann ich nicht bestreiten, daß ein Obdach heutzutage ein Lebensbedürfnis geworden ist, obwohl ich auch Beispiele dafür anführen könnte, daß Menschen in einem kälteren Lande als dem unsern sich ohne solches fortbeholfen haben. Samuel Laingberichtet: „Der Lappländer schläft in seinem Gewand aus Fellen und in seinem Sack aus Fellen, den er über Kopf und Schultern zieht, jede Nacht auf dem Schnee, selbst bei Kältegraden, die einen anderen Menschen, auch wenn er in Wolle gekleidet wäre, unfehlbar töten würden." Er sah sie mit eigenen Augen, wie sie, so gebettet, schliefen. Dann aber fügt er hinzu: „Sie sind nicht abgehärteter als andere Menschen." Wahrscheinlich aber erkannte der Mensch schon nach einer kleinen Weile seines Erdenwallens die Bequemlichkeit, die ein Haus bietet – „die häusliche Gemütlichkeit". Dieser Ausdruck wird wohl ursprünglich mehr das Wohlgefallen am Hause als an der Familie bezeichnet haben. Und selbst dieses Wohlgefallen kann nur ein temporäres und begrenztes sein in jenen Klimaten, wo der Gedanke an das Haus hauptsächlich durch die Winter- und Regenzeit in uns erweckt wird, und wo es zwei Drittel des Jahres lang eigentlich nur den Sonnenschirm zu vertreten hat. In unserem Klima, zumal im Sommer, diente das Haus früher fast nur als Decke während der Nacht. In der Hieroglyphenschrift der Indianer bedeutete ein Wigwam das Symbol eines Tagemarsches und eine Reihe derselben, in die Rinde eines Baumes geschnitten oder darauf gemalt, die Anzahl der Nachtlager. Der Mensch ward nicht so breitgliedrig und starkknochig geschaffen, daß er nicht danach trachten müßte, seine Welt einzuengen und einen ihm passenden Raum zu ummauern. Anfangs lebte er nackt unter freiem Himmel. Das war ganz angenehm bei heiterem, warmem Wetter und im Tageslicht. Doch die Regenzeit und der Winter – um von der glühenden Sonne gar nicht zu reden – würden sein Geschlecht gar bald im Keime zerstört haben, wenn er sich nicht schleunigst mit dem Schutz eines Hauses umgeben hätte. Es wird erzählt, daß Adam und Eva mit Blättern sich bedeckten, bevor sie noch andere Kleider trugen. Der Mensch wünschte sich ein Heim, einen warmen oder gemütlichen Platz, wo er zunächst seinen Körper, dann aber auch seine Stimmungen wärmen konnte.

Wir können uns leicht jene Zeit vorstellen, wo das Menschengeschlecht noch in den Kinderschuhen steckte, und wo irgend ein kühner Sterblicher in eine Felsenhöhle kroch, um einen Unterschlupf zu finden. Ein Kind beginnt die Welt bis zu einem gewissen Grade wieder von vorn und ist mit Vorliebe selbst bei Nässe und Kälte im Freien. Es folgt seinem Instinkt, wenn es „Haus“ und „Pferd“ spielt. Wer hat vergessen, mit welchem Interesse er in seiner Jugend einen überhängenden Felsen oder irgend etwas, was einer Höhle glich, betrachtete? Ein Teil jenes instinktiven Verlangens unserer ältesten Ahnen war noch in uns lebendig. Von der Höhle gelangten wir zu Dächern aus Palmblättern, aus Rinde und Zweigen, aus fest gewobener Leinwand, aus Gras und Stroh, Brettern und Schindeln, aus Steinen und Ziegeln. Schließlich wissen wir überhaupt nicht mehr was ein Freiluftleben ist, und unser Leben ist ein häusliches in mehr Beziehungen als wir glauben. Vom Herd zum Feld ist ein weiter Weg. Es wäre recht angebracht, wenn wir häufiger den Tag und die Nacht ohne Scheidewand zwischen uns und den Himmelskörpern verlebten, wenn der Dichter nicht so viel unter Dach und Fach dichten, wenn der Heilige dort nicht so lange hausen würde. Vögel singen nicht in Käfigen, und Tauben hüten ihre Unschuld nicht im Taubenschlag.

Wenn aber jemand beabsichtigt sich ein Wohnhaus zu bauen, so wird er gut tun, ein paar Unzen Yankeeschlauheit anzuwenden, sonst wird er schließlich in einem Armenhause, in einem Labyrinth ohne Schlüssel, in einem Museum, Armenhaus, Gefängnis oder in einem herrlichen Museum sich befinden. Überlegen wir uns einmal, wie schwach der Schutz zu sein braucht, der unbedingt notwendig ist! Ich sah in diesem Städtchen Penobscot-Indianer, die in Zelten aus dünnem Baumwollstoff lebten, während der Schnee rings herum fast einen Fuß hoch lag. Ja, ich hatte die Empfindung, sie würden sich freuen, wenn er noch höher läge, um sie vor dem Wind zu schützen. Früher, als die Frage, wie ich mir auf ehrliche Weise meinen Lebensunterhalt verdienen könne ohne all meine freie Zeit für meine eigentlichen Bestrebungen zu verlieren, mich noch heftiger quälte als jetzt – denn leider habe ich ein etwas dickes Fell bekommen –, sah ich oftmals eine große Kiste, die 6 Fuß hoch und 3 Fuß breit war, am Bahndamm stehen. Die

Arbeiter pflegten darin während der Nacht ihre Werkzeuge zu verschließen. Ich dachte dann bei mir, daß jeder Mensch, der in arger Bedrängnis ist, eine solche Kiste für einen Dollar kaufen könne. Würde er ein paar Löcher in sie bohren, um auch der Luft Zutritt zu gewähren, so könnte er während der Nacht und zur Regenzeit hineinschlüpfen, den Deckel festhaken, nach Herzenslust seinen Stimmungen nachhängen und im Grunde seiner Seele frei sich fühlen. Das wäre noch nicht das Schlechteste und eine keineswegs zu verachtende Alternative gewesen. Man könnte wach bleiben solange man Lust hätte, aufstehen, wenn man wollte und ausgehen, ohne den Pachtherrn oder den Hausherrn wegen der Miete fortwährend auf den Fersen zu haben. Mancher Mensch, der in solch einer Kiste sicherlich nicht vor Frost gestorben wäre, wurde wegen des Mietzinses für eine größere und prächtigere Kiste zu Tode gequält. Ich scherze durchaus nicht. Das Problem „Sparsamkeit" läßt sich wohl leichthin besprechen, jedoch nicht leichthin lösen. Einst verfertigte man hier ein bequemes Haus für ein rauhes, abgehärtetes, an ein Freiluftleben gewöhntes Geschlecht aus dem Material, das die Natur fertig lieferte. Gookin, ein Aufseher über die von der Massachusetts-Kolonie unterworfenen Indianer schrieb im Jahre 1674: „Ihre besten Häuser sind sehr sauber, dicht und warm und mit Baumrinde bedeckt. In den Jahreszeiten, wo der Saft emporsteigt, wird die Rinde von den Bäumen losgeschält, und im grünen Zustand durch den Druck von Holzblöcken zu großen Platten gepreßt. . . . Die gewöhnlichen Häuser werden mit Matten, die sie aus einer Art von Flatterbinsen verfertigen, bedeckt. Auch sie sind halbwegs dicht und warm, aber nicht so gut als die zuvor erwähnten . . . „Einige Häuser, die ich selbst sah, waren 60 oder 100 Fuß lang und 30 Fuß breit. . . . Ich habe häufig in solch einem Wigwam gewohnt und gefunden, daß er so warm war wie irgend ein bestes englisches Haus." Er fügt hinzu, daß das Innere fast stets mit schön gearbeiteten und bestickten Matten belegt und ausgekleidet und mit verschiedenartigen Gebrauchsgegenständen versehen gewesen sei. Die Indianer waren sogar soweit fortgeschritten, daß sie die Wirkung des Windes durch eine Matte regulierten, die über einer im Dache befindlichen Öffnung hing und durch eine Schnur in Bewegung gesetzt werden konnte. Der Neubau einer solchen Wohnung nahm höchstens zwei Tage in Anspruch; das Abbrechen und Wiederaufstellen dagegen nur einige Stunden. Jede Familie besaß solch ein Haus oder hatte darin ihre Wohnräume.

Bei den Wilden besitzt jede Familie ein Obdach, welches den Vergleich mit jedem andern aushält und für gröbere und einfachere Bedürfnisse genügt. Ich glaube mich maßvoll auszudrücken, wenn ich andrerseits behaupte, daß – obwohl die Vögel ihre Nester, die Füchse ihre Höhlen und die Wilden ihre Wigwams haben – in der modernen zivilisierten Gesellschaft nur ungefähr jede zweite Familie ein Obdach besitzt. In den Großstädten, in denen die Zivilisation hauptsächlich herrscht, ist im Verhältnis zur Gesamtbevölkerung die Zahl derer, die ein eigenes Heim besitzen, äußerst klein. Der Rest bezahlt für dieses periphere, im Sommer wie im Winter unentbehrliche Kleidungsstück eine jährliche Steuer, die zum Ankauf eines ganzen Dorfes indianischer

Wigwams genügen würde, die unter den obwaltenden Verhältnissen jedoch nur dazu dient den Menschen sein ganzes Leben lang arm zu erhalten. Ich habe nicht die Absicht mich hier weiter über den Nachteil, den die Miete gegenüber dem Besitz aufweist, auszusprechen. Es liegt aber auf der Hand, daß der Wilde deswegen ein Haus sein Eigen nennt, weil es so wenig kostet, während der zivilisierte Mensch meistens ein Haus mietet, weil er den Besitz nicht bezahlen kann. Die Schwierigkeit zu mieten vermindert sich dabei im Lauf der Zeit durchaus nicht. Und doch, entgegnet man mir, wenn der arme zivilisierte Mensch diese Steuer bezahlt, so erhält er eine Wohnung, die im Vergleich mit dem Obdach eines Wilden ein Palast genannt werden kann. Eine jährliche Miete von 25 bis 100 Dollars – soviel zahlt man auf dem Lande – verschafft ihm die berechtigte Nutznießung all jener Verbesserungen, die in Jahrhunderten geschaffen wurden: er kann geräumige, sauber gemalte oder tapezierte Zimmer, Rumfordkamine, Jalousien, kupferne Wasserpumpen, automatische Sicherheitsschlösser, einen bequemen Keller und manche andere Dinge benutzen. Doch wie kommt es, daß der, welcher nach Ansicht seiner Mitmenschen all dieses genießen kann, so häufig als *armer* Mensch inmitten der Zivilisation lebt, während der Wilde, der all dieses nicht besitzt, als Wilder reich ist. Wenn man behauptet, daß die Zivilisation einen wirklichen Fortschritt in den Existenzbedingungen des Menschengeschlechtes bedeutet – und ich glaube, daß dies der Fall ist, wenn auch nur die Weisen sie mit Vorteil zu benutzen verstehen – so muß auch bewiesen werden, daß sie bessere Wohnungen schuf ohne den Preis derselben zu erhöhen. Der Preis eines Gegenstandes aber wird mit einem größeren oder kleineren Bruchteil unseres Lebens sofort oder allmählich bezahlt. In dieser Gegend hier kostet ein Durchschnittshaus ungefähr 800 Dollars. Um diese Summe zu ersparen, sind ungefähr 15 bis 20 Lebensjahre eines Arbeiters notwendig – selbst wenn er keine Familie zu ernähren hat. Der Geldwert der Tagesarbeit eines Mannes ist hierbei auf einen Dollar veranschlagt. Denn wenn die einen mehr verdienen, verdienen die anderen weniger. Der Arbeiter hat also mehr als die Hälfte auszugeben, bevor sein Wigwam verdient ist. Setzen wir andererseits den Fall, daß er Miete zahlt, so ist das nur eine ungewisse Wahl zwischen zwei Übeln. Würde ein Wilder klug daran tun, unter solchen Bedingungen seinen Wigwam gegen einen Palast auszutauschen?

Man kann mit Recht vermuten, daß nach meiner Ansicht die Anhäufung dieses überflüssigen, als Reservefonds für die Zukunft dienenden Besitzes, soweit das Individuum in Betracht kommt, eigentlich nur deshalb von Nutzen ist, weil dadurch die Bestreitung der Begräbniskosten ermöglicht wird. Vielleicht aber wird es von dem Menschen gar nicht verlangt, daß er sich selbst begräbt. Wie dem auch sei – hier wird ein wichtiger Unterschied zwischen dem Menschen der Zivilisation und dem Wilden angedeutet. Zweifellos hat man die besten Absichten mit uns, wenn man die Lebensweise eines zivilisierten Volkes zu einer *Institution* erhebt, in welcher das Leben des Individuums zum großen Teil absorbiert wird, um das der Rasse zu erhalten und zu vervollkommnen. Ich möchte aber gerade zeigen, durch was für ein Opfer dieser Vorteil heutzutage erreicht wird, und darauf hinweisen, daß es doch vielleicht möglich ist unser Leben so zu verbringen, daß wir alle Vorteile aber keine Nachteile daraus ziehen. Was treibet Ihr unter Euch dies Sprichwort und sprechet: „Ihr habt allezeit Arme bei Euch", oder „Die Väter haben Herlinge gegessen, aber den Kindern sind die Zähne davon stumpf geworden"?

„So wahr ich lebe," spricht der Herr, – „solch Sprichwort soll nicht mehr unter Euch gehen in Israel."

„Denn siehe, alle Seelen sind mein; des Vaters Seele ist sowohl mein, wie des Sohnes Seele. Welche Seele sündigt, die soll sterben."

Wenn ich meine Nachbarn, die Farmer von Concord betrachte, die mindestens so wohlhabend sind wie die anderen Stände, so finde ich, daß die meisten von ihnen sich zwanzig, dreißig oder vierzig Jahre abgequält haben, um die wirklichen Eigentümer ihrer Farmen zu werden, die sie gewöhnlich verschuldet geerbt, oder mit geborgtem Geld gepachtet haben. Und ein Drittel ihrer mühseligen Arbeit kann man als den Preis ihres Hauses in Rechnung setzen – in der Regel haben sie dasselbe jedoch noch nicht bezahlt. Es ist allerdings Tatsache, daß die Schuldenlast bisweilen den Wert der Farm übersteigt, so daß diese selbst zu einer großen Last wird; und doch findet sich ein Mensch, der solch eine Erbschaft antritt, da er, wie er behauptet, die Sachlage vollkommen kennt. Ich hielt Umfrage bei der Steuerbehörde und erfuhr zu meinem größten Erstaunen, daß man mir nicht ohne weiteres ein Dutzend Leute im Stadtbezirk nennen konnte, die ihre Farm völlig schuldenfrei besaßen. Wer Interesse an der Geschichte dieser Heimstätten hat, der möge sich bei der Bank erkundigen, bei welcher sie verpfändet sind. Der Mann, der wirklich durch seiner Hände Arbeit seine Farm bezahlt hat, ist so selten, daß jeder Nachbar mit dem Finger auf ihn zeigen kann. Ich bezweifle, ob drei solcher Männer in Concord leben. Was man von den Kaufleuten sagt: daß der bei weitem größere Teil – ungefähr 97% – keinen Erfolg hat, gilt ebenso wahrheitsgemäß auch von den Farmern. Ein großer Teil der Kaufleute macht indessen – so behauptet einer aus ihrer Mitte mit Recht – nicht wegen finanzieller Schwierigkeiten, sondern nur deswegen Bankerott, weil es unbequem ist übernommene Verpflichtungen noch zu erfüllen. Mit anderen Worten: der moralische Charakter erleidet Schiffbruch. Und das gibt nicht nur dem ganzen Vorgang ein weit häßlicheres Aussehen, sondern erweckt auch außerdem den Gedanken, daß es wahrscheinlich selbst den übrigen drei nicht gelingt ihre Seele zu retten, daß sie vielleicht in einem schlimmeren Sinne fallieren als die, welche ehrlich Bankerott machten. Konkurse und Zahlungsverweigerungen sind die Sprungbretter, die ein großer Teil unserer zivilisierten Menschen zu Kraftübungen und Purzelbäumen benutzt, während der Wilde auf dem starren Brett der Hungersnot steht. Doch die Middlesexer Viehausstellung findet alljährlich mit *"éclat"* statt, als ob alle Teile der landwirtschaftlichen Maschine vorzüglich funktionierten.

Der Farmer müht sich das Problem des Lebensunterhaltes durch eine Gleichung zu lösen, die komplizierter ist als das Problem selbst. Um seine Schuhbänder zu verdienen, spekuliert er in Viehherden. Mit vollendeter Schlauheit stellte er seine Falle mit einer haarfeinen Feder, um Bequemlichkeit und Unabhängigkeit zu fangen, beim Fortgehen aber trat er mit seinem eigenen Fuße hinein. Darin liegt der Grund seiner Armut. Und aus einem ähnlichen Grunde sind wir alle, obwohl wir von Luxus umgeben sind, arm im Vergleich zu dem Wilden, der sich an tausend Annehmlichkeiten erfreut.

Wie singt doch Chapman? . . .

> „Um ird'sche Größe gibt der Menschen heuchlerische Brut
> Himmlischen Trost den Winden preis . . ."

Doch wenn dem Farmer das Haus in Wirklichkeit gehört, so ist er dadurch vielleicht nicht reicher, sondern ärmer geworden. Er hat nicht das Haus – das Haus hat ihn. Der Einwand, den Momus gegen das von Minerva erbaute Haus erhob, war meiner Ansicht nach völlig zutreffend. Er sagte: „Sie hat das Haus nicht beweglich gemacht und so kann man böser Nachbarschaft nicht entgehen." Der gleiche Vorwurf ist auch heutzutage noch berechtigt, denn unsere Häuser sind solch plumpe Besitztümer, daß wir häufiger in ihnen eher als Gefangene leben, als in ihnen „hausen". Die schlechte Nachbarschaft aber, die wir vermeiden sollten, ist unser eigenes, niederträchtiges Ich. Ich kenne ein paar (wenn nicht eine Anzahl) Familien, die fast ein Menschenalter lang ihre Häuser draußen auf dem Lande zu verkaufen und ins Dorf zu ziehen wünschten, ihren Wunsch aber bislang nicht zu befriedigen vermochten. Erst der Tod wird sie davon befreien.

Wir wollen zugeben, daß schließlich die *Mehrheit* der Menschen imstande ist ein modernes Haus mit all seinen Verbesserungen zu besitzen oder zu mieten. Nun hat die Zivilisation allerdings unsere Häuser, nicht aber im gleichen Maße die Menschen, die darin wohnen, verbessert. Sie hat zwar Paläste geschaffen, doch war es nicht so leicht Edelleute und Könige zu schaffen. *Wenn aber die Bestrebungen des zivilisierten Menschen nicht würdiger als die des Wilden sind, wenn ihm der größere Teil seines Lebens nur zur Gewinnung der gröberen Bedürfnisse und Annehmlichkeiten des Lebens dient, wozu braucht er dann eine bessere Wohnung als der Wilde?*

Wie steht es aber um die *Minderheit?* Da kommt man vielleicht zu der Erkenntnis, daß in dem gleichen Verhältnis, in welchem ein Teil der Menschheit – rein äußerlich genommen – über die Wilden sich erhob, ein anderer Teil noch tiefer als diese Wilden sank. Der Luxus eines Standes wird durch die Entbehrungen eines anderen aufgewogen. Auf der einen Seite der Palast, auf der anderen Seite das Armenhaus und der „verschämte Arme". Die Myriaden, die für die Pharaonen die Pyramiden als Begräbnisstätten bauten, wurden mit Knoblauch gefüttert, und vielleicht selbst nicht einmal anständig begraben. Der Maurer, der das Gesims des Palastes fertigstellt, kehrt am Abend vielleicht heim zu einer Hütte, die nicht so gut wie ein Wigwam ist. Die Annahme ist falsch, daß in einem Lande, wo die gewöhnlichen Anzeichen der Zivilisation vorhanden sind, die Lebenslage eines sehr großen Teiles der Einwohner nicht auf einer ebenso niedrigen Stufe sich befinden kann wie bei den Wilden. Ich spreche momentan von dem verkommenen Armen, nicht von dem verkommenen Reichen. Um mir hierüber Gewißheit zu verschaffen, brauche ich nur die Holzbaracken anzusehen, die überall an den Seiten unserer Eisenbahnen – des letzten Fortschrittes in der Zivilisation – stehen. Da erblicke ich bei meinem täglichen Spaziergange menschliche Wesen, die in Schweineställen leben: den ganzen Winter hindurch steht die Tür offen, damit Licht hineindringt, auch nicht die leiseste Spur eines Holzvorrates ist zu sehen. Die Gestalten von Alt und Jung sind durch die Gewohnheit fortwährend vor Kälte und Elend zu erschauern dauernd zusammengeschrumpft, die Entwicklung all ihrer Gliedmaßen und Fähigkeiten ist gehemmt. Es ist nicht mehr als billig, wenn wir jener Menschenklasse Beachtung schenken, die durch ihrer Hände Arbeit die Werke schuf, durch die unsere heutige Generation sich auszeichnet. Im größeren oder kleineren Maßstabe gilt das gleiche von all den verschiedenen Arten der Arbeiter in England – im großen Armenarbeitshaus der Welt. Ich könnte auch Irland anführen, das auf den Landkarten als ein weißes oder erleuchtetes Fleckchen Erde dargestellt wird. Man vergleiche einmal die körperlichen Eigenschaften des Irländers mit denen des nordamerikanischen Indianers oder des Südsee-Insulaners oder mit denen irgend einer anderen Rasse, bevor sie durch Berührung mit der zivilisierten Menschheit an Kraft einbüßte! Trotzdem bezweifle ich durchaus nicht, daß die Leiter jener Völker so weise sind, wie der Durchschnitt der zivilisierten Staatenlenker. Ihre Eigenschaften beweisen nur, welcher Schmutz gleichzeitig mit der Zivilisation bestehen kann. Ich brauche kaum die Arbeiter in den südlichen Staaten zu erwähnen, welche die hauptsächlichen Exporterzeugnisse dieses Landes bauen und dabei selbst Exportware des Südens sind. Ich kann mich auf diejenigen beschränken, die in sogenannten „bescheidenen Verhältnissen“ sich befinden.

Die meisten Menschen scheinen nie darüber nachgedacht zu haben, was ein Haus ist; sie sind tatsächlich, wenn auch unnötigerweise, ihr ganzes Leben lang arm, weil sie glauben ein gleiches Haus wie ihre Nachbarn haben zu müssen. Als ob der Mensch gerade den Rock tragen müßte, den der Schneider zufällig für ihn zugeschnitten hat, oder als ob einer, der sich allmählich das Tragen eines Panamahutes oder einer Mütze aus virginischem Murmeltierfell abgewöhnt hat, nunmehr berechtigt wäre, über die schlechten Zeiten zu stöhnen, die ihm nicht gestatten, sich eine Krone zu kaufen. Es ist möglich ein noch bequemeres und eleganteres Haus zu erfinden als das, was wir jetzt haben; doch nach der allgemeinen Ansicht wird keiner den Preis dafür zahlen können. Sollen wir denn immer uns mühen mehr von diesen Dingen zu erwerben, anstatt uns bisweilen mit weniger zu bescheiden? Muß denn der hochachtbare Bürger so eindringlich und ernst durch Vorschriften und Beispiele den jungen Mann darüber aufklären, wie notwendig es ist vor seinem Tode eine Anzahl überflüssiger Lackschuhe, Regenschirme und leerer Gastzimmer für leere Gäste anzuschaffen? Warum kann unsere Einrichtung nicht ebenso einfach sein wie die des Arabers oder Indianers? Wenn ich an die Wohltäter der Menschheit denke, die wir als Abgesandte des Himmels, als Überbringer göttlicher Gaben feiern, so sieht mein Auge keinen Troß, keine Wagenladung eleganter Möbel hinter ihnen. Wie wäre es, wenn ich erlauben würde – wäre das nicht eine eigentümliche Erlaubnis? – daß unsere Einrichtung die des Arabers in demselben Maße an Reichhaltigkeit übertreffen dürfe, in welchem wir uns moralisch oder intellektuell über ihn erheben? Gegenwärtig sind unsere Häuser so sehr mit Möbeln vollgepfropft und verunstaltet, daß eine gute Hausfrau den größeren Teil derselben am liebsten in die Kehrichtgrube fegen würde: an Morgenarbeit würde es ihr trotzdem nicht fehlen.

Morgenarbeit! Beim Erröten der Aurora und beim Klingen des Memnon! Worin sollte die *Morgenarbeit* des Menschen in dieser Welt bestehen? Ich hatte drei Kalksteine auf meinem Schreibtisch liegen und bemerkte zu meinem Schrecken, daß sie beanspruchten täglich abgestaubt zu werden, während mein geistiges Rüstzeug noch unabgestäubt war! Darum warf ich sie entrüstet zum Fenster hinaus. Wie würde es mir ergehen, hätte ich ein möbliertes Haus? Lieber will ich unter freiem Himmel wohnen, denn auf dem Gras sammelt sich kein Staub an – es sei denn da, wo der Mensch in der Erde gewühlt hat.

Die Schlemmer und die Verschwender geben die Mode an, der die Herde dann ohne Ermatten folgt. Der Reisende, der in den sogenannten ersten Hotels absteigt, kann sich hiervon schnell überzeugen. Die Wirte scheinen ihn für einen Sardanapal zu halten, und wenn er sich völlig ihrer zarten Fürsorge anvertrauen würde, verlöre er bald all seine männliche Willenskraft. Ich bin der Ansicht, daß wir bei der Herstellung der Eisenbahnwagen mehr eine elegante Ausstattung als Sicherheit und Zweckmäßigkeit erstreben. Es liegt daher die Gefahr nahe, daß sie, ohne diese wichtigen Bedingungen zu erfüllen, nichts Besseres werden als moderne Salons mit Lehnstühlen, Ottomanen, Fenstervorhängen zum Schutz gegen die Sonne und hundert anderen orientalischen Dingen, die wir mit uns nach Westen nehmen, die aber für die Haremsdamen und die effeminierten Eingeborenen des Himmlischen Reiches erfunden wurden. Bruder Jonathan sollte sich schämen solcherlei Dinge nur dem Namen nach zu kennen. Ich würde lieber auf einem Kürbiß allein, als auf einem Samtkissen im Gedränge sitzen. Ich würde es vorziehen, auf der Erde in einem Ochsenwagen zu fahren, zu dem die Luft freien Zutritt hat, als gen Himmel in dem „Luxuswagen" eines Vergnügungszuges, wo ich den ganzen Weg lang „Malaria" einatmen muß.

Gerade die Einfachheit und Nacktheit im Leben des Menschen der grauen Vorzeit brachten wenigstens den Vorteil mit sich, daß er sich nur als temporären Besucher auf Erden fühlte. War er durch Nahrung und Schlaf erquickt, nahm er wieder den Gedanken an seine weitere Reise auf. Er wohnte sozusagen auf dieser Welt in einem Zelte, durchstreifte die Täler, durchkreuzte die Ebenen und stieg auf die Gipfel der Berge. Doch siehe da! Die Menschheit ward zum Werkzeug ihrer Werkzeuge! Der Mann, der einst, wenn er hungrig war, in Freiheit seine Früchte für sich pflückte, ward zum Bauer, und der einst unter einem Baume Schutz suchte, ward zum Hausherrn. Heutzutage schlagen wir nicht mehr für eine Nacht unser Zelt auf. Wir haben in der Erde Wurzel geschlagen und den Himmel vergessen. Wir haben das Christentum nur als eine verbesserte Methode der Agrikultur angenommen. Wir haben für diese Welt ein Familienhaus, für die andere ein Familiengrab errichtet. Die besten Kunstwerke spiegeln das Bemühen der Menschheit wider sich von diesem Zustand zu befreien. Doch die Wirkung unserer Kunst äußert sich nur darin, daß sie uns diesen niedrigen Zustand erträglich finden und jenen höheren Zustand vergessen läßt. Tatsächlich gibt es in diesem Dorf hier keinen Platz, wo ein *echtes* Kunstwerk – vorausgesetzt, daß ein solches uns vererbt worden wäre – aufgestellt werden könnte. Weder unsere Lebensweise, noch unsere Häuser und Straßen würden eine passende Umrahmung dafür liefern. Hier gibt es keinen Nagel, an den wir ein Bild hängen, kein Sims, auf das wir die Büste eines Helden oder Heiligen stellen könnten. Wenn ich daran denke, wie unsere Häuser gebaut und bezahlt werden, oder vielmehr nicht bezahlt werden, wie der Haushalt geführt und aufrecht erhalten wird, so muß ich mich wundern, daß der Fußboden sich nicht unter dem Besucher, der all den Plunder auf dem Kamin betrachtet, öffnet und ihn in den Keller hinabgleiten läßt auf eine solide und ehrliche, wenn auch erdige Basis. Ich komme immer wieder zu der Ansicht, daß dieses sogenannte reiche und elegante Leben durch einen Sprung gewonnen wird. Und ich kann die schönen Künste, die es schmücken, deswegen nicht mit Freuden genießen, weil meine Aufmerksamkeit ganz mit dem Sprung beschäftigt ist. Denn soviel ich weiß, wurde der bedeutendste, wirkliche Sprung, der menschlicher Muskelkraft allein gelang, von gewissen nomadisierenden Arabern ausgeführt: sie sollten fünfundzwanzig Fuß weit auf ebener Erde gesprungen sein. Ohne künstliche Nachhilfe aber muß der Mensch am Schluß des Sprunges wieder zur Erde zurückkehren. Die erste Frage, die ich an den Besitzer eines erheuchelten Besitzes stellen möchte, lautete: Wer stützt Dich? Gehörst Du zu den Siebenundneunzig, die keinen Erfolg, oder zu den Dreien, die Glück haben? Beantworte mir erst diese Fragen, und dann will ich vielleicht Deinen Tand anschauen und ihn „ornamental“ finden. Die Pferde hinter den Wagen zu spannen ist weder schön noch nützlich. Ehe wir unsere Häuser mit schönen Dingen schmücken, müssen die Wände gereinigt, muß unser Leben gereinigt werden, eine anständige Lebensführung und Haushaltung muß zum Fundament gemacht werden. Das Empfinden für alles Schöne wird aber hauptsächlich unter freiem Himmel gepflegt, dort wo es weder Häuser noch Hausherren gibt.

Der alte Johnson erzählt in seiner „Allmächtigen Vorsehung“, wenn er von den ersten Ansiedlern in diesem Stadtbezirke spricht, deren Zeitgenosse er war, „daß sie anfangs in Erdhöhlen am Abhang eines Hügels wohnten. Sie stellten große Balken schräg gegen den Hügel, warfen die ausgegrabene Erde hinauf und machten auf dem Erdboden, dort wo das Dach am höchsten war, ein rauchiges Feuer! Sie versorgten sich nicht eher mit Häusern," fährt er fort, „bis die Erde durch des Herrn Segen Nahrung hervorgebracht hatte. Die Ernte des ersten Jahres war aber so schmal, daß sie notgedrungen ihr Brot eine Zeitlang sehr dünn schneiden mußten." Ausführlicher schreibt anno 1650 der Staatssekretär der Provinz Neuniederland in holländischer Sprache zur Unterweisung für diejenigen, welche eine Niederlassung daselbst beabsichtigten: „Die Leute in Neuniederland und besonders in Neuengland, denen keine Mittel zum Bau von Farmhäusern, die ihren Wünschen entsprechen, zu Gebote stehen, graben eine viereckige Grube, wie einen Keller, sechs oder sieben Fuß tief, und so lang und breit, als es ihnen zweckmäßig erscheint: innen verschalen sie die Erdwände ringsum mit Holz und bedecken das Holz wiederum mit Baumrinde oder etwas Ähnlichem, um das Eindringen der Erde zu verhindern. Der Fußboden und die Decke dieses Kellers werden mit Brettern ausgekleidet; darüber macht man ein Dach aus Baumstämmen, welches mit Rinde und Rasensoden belegt wird. Sie können trocken und warm in diesen Häusern mit ihrer ganzen Familie zwei, drei oder vier Jahre lang leben. Selbstverständlich wird solch ein Keller, je nach der Größe der Familie, in Abteilungen zerlegt. Die reichsten und leitenden Persönlichkeiten in Neuengland bauten zur Zeit der Gründung dieser Kolonien ihre Häuser anfangs auf solche Art, weil sie erstens nicht viel Zeit auf den Hausbau an sich verwenden wollten, zweitens, weil sie die mittellosen Arbeiter, die sie in großen Mengen vom Vaterland herübergebracht hatten, nicht zu entmutigen wünschten. Nach Ablauf von drei oder vier Jahren, als das Land ertragsfähig war, bauten sie sich hübsche Häuser, für die sie mehrere tausend Dollars ausgaben."

Wenn unsere Vorfahren derart zu Werke gingen, so liegt darin zum mindesten ein Anzeichen von Klugheit. Sie hatten das Prinzip den dringendsten Bedürfnissen zuerst abzuhelfen. Tut man das auch noch heutzutage? Wenn ich in Erwägung ziehe, ob ich für mich selbst eine unserer eleganten Wohnungen erwerben soll, so schreckt mich immer wieder der Gedanke davon ab, daß das Land für die *menschliche* Kultur noch nicht geeignet ist, daß wir unser *geistiges* Brot noch viel dünner schneiden müssen, als unsere Ahnen ihr Weizenbrot. Es soll damit nicht gesagt sein, daß der architektonische Schmuck selbst in der rohesten Periode gänzlich vernachlässigt werden kann. Vielmehr sollten unsere Häuser sich zunächst im Innern, wo sie mit unserem Leben in enge Beziehung treten, mit dem Gewand der Schönheit schmücken, gerade wie das Gehäuse eines Muscheltieres.

Doch ach! Ich habe ein paar Häuser von innen gesehen, und ich weiß, wie es darin ausschaut.

Zwar sind wir noch nicht so degeneriert, daß wir gegebenen Falles nicht auch heutzutage in einer Höhle oder in einem Wigwam leben oder Kleidung aus Fellen tragen würden. Trotzdem ist es aber sicherlich besser, die Vorteile zu benutzen, die uns durch die Erfindungsgabe und den Fleiß der Menschen angeboten werden. In meiner

Nachbarschaft sind Balken und Schindeln, Kalk und Ziegelsteine, ganze Baumstämme, Rinde in genügender Menge oder selbst gut gebrannter Lehm oder flache Steine billiger und leichter zu haben als passende Höhlen. Ich spreche mit Sachkenntnis über diesen Gegenstand, denn ich habe mich sowohl theoretisch wie praktisch damit beschäftigt. Mit etwas mehr Verstand können wir diese Materialien derart benutzen, daß wir reicher werden als die Reichsten jetzt sind. Unsere Zivilisation würde dann ein Segen werden. Der zivilisierte Mensch ist ein erfahrener und verständiger Wilder. Doch nun schleunigst zu meinem eigenen Experiment!

Ende März 1845 borgte ich mir eine Axt und wanderte hinab in den Wald zum Waldenteich, in dessen unmittelbarer Nähe ich mein Haus bauen wollte. Ich fällte zunächst einige hohe, pfeilartige, noch junge Weißtannen, um Bauholz zu gewinnen. Anzufangen, ohne zu borgen, ist schwer. Und doch ist dies vielleicht noch der anständigste Weg, da man hierdurch seinen Mitmenschen erlaubt, sich für das Unternehmen eines anderen zu interessieren. Der Besitzer der Axt sagte, als er mir zeitweise sein Eigentumsrecht an derselben übertrug, sie sei sein Augapfel. Ich gab sie ihm aber schärfer zurück als ich sie empfing. Der Abhang des Hügels, auf dem ich arbeitete, war lieblich mit Nadelholz bewachsen, durch das man einen Ausblick auf den See und auf eine kleine Lichtung im Gehölz hatte, wo Fichten und weiße Wallnußbäume zu treiben begannen. Das Eis des Teiches war noch nicht geschmolzen, doch sah man einige offene Stellen. Das Eis zeigte überall eine dunkle Farbe und war völlig mit Wasser durchsetzt.

Während der Tage, die ich hier arbeitete, gab es einige leichte Schneegestöber. Meistens aber lag, wenn ich heimwärts ging, der Eisenbahndamm, leuchtend wie ein gelbes Band in dunstiger Luft, vor meinen Augen. Die Schienen glitzerten in der Frühlingssonne. Ich hörte die Lerche, den Piewieh, und andere Vögel, die schon angekommen waren, um ein weiteres Jahr mit uns zu verleben. Es waren angenehme Frühlingstage, Frühlingstage an denen der Winter unseres Mißvergnügens zugleich mit der Erde auftaute, an denen das bislang erstarrte Leben sich zu recken und zu strecken begann. Eines Tages – meine Axt hatte sich gelockert, ich hatte gerade den lebenden Zweig eines Wallnußbaumes zu einem Stiel zugeschnitten, ihn mit einem Stein hineingetrieben und die ganze Axt nahe am Teiche in ein Erdloch gesteckt, um das Holz quellen zu lassen – eines Tages sah ich eine gestreifte Schlange in das Wasser huschen. Dort lag sie auf dem Grunde, augenscheinlich ohne Unbehagen solange ich dort war, d. h. länger als eine Viertelstunde, Vielleicht war ihr Erstarrungszustand noch nicht völlig gewichen. Es kommt mir so vor, als ob wegen einer ähnlichen Ursache die Menschheit in ihrem niedrigen primitiven Zustand verharrt. Denn, wenn sie den belebenden Einfluß des Frühlings aller Frühlinge spüren würden, so müßten sie notgedrungen sich zu einem höheren, mehr ätherischen Dasein erheben. Ich hatte schon vorher, morgens früh an Frosttagen auf meinem Wege Schlangen beobachtet, deren Körper zum Teil noch starr und unbeweglich war. Sie warteten auf die Sonne, um aufzutauen. Am ersten April viel Regen und das Eis zerschmolz. Am frühen Morgen, wo dichter Nebel herrschte, hörte ich eine verirrte Gans, die schrie als ob sie den Weg verloren hätte und über das Eis tappte wie das Gespenst des Nebels.

Ich fuhr mit meiner Arbeit einige Tage lang fort, fällte und bearbeitete mein Holz, die Eckpfeiler und die Dachsparren. Ich gebrauchte dazu nur meine schmale Axt, und hatte nicht gerade viel mitteilungswerte oder wissenschaftliche Gedanken. Ich sang so vor mich hin:

„Das Menschlein spricht: Ich weiß von vielen Dingen.
„Doch ach! schon entfalteten ihre Schwingen
„Künste und Wissenschaften
„Und tausend Machenschaften!
„Der Wind weht –
„Das ist alles, was der Mensch versteht."

Die Hauptbalken machte ich sechs Zoll dick. Die meisten Pfosten bearbeitete ich nur an zwei Seiten, die Bretter für die Decken und den Fußboden nur an einer Seite, die übrige Rinde ließ ich daran. Auf diese Weise wurden sie genau so gerade und bedeutend stärker als gesägte Bretter. Jeder Pfeiler wurde ordentlich eingezapft und verbolzt, denn ich hatte mir bereits andere Werkzeuge geborgt.

Mein Tagewerk im Walde pflegte nicht lange zu dauern, doch nahm ich gewöhnlich mein Mittagessen, bestehend aus Butter und Brot, mit mir hinaus. Mittags las ich, während ich mitten zwischen den abgeschnittenen Tannenzweigen saß, die Zeitung, in die ich meine Nahrung eingewickelt hatte. Ein harziger Duft teilte sich meinem Brot mit, denn meine Hände waren mit einer dicken Schicht Tannenharz bedeckt. Nach Beendigung meiner Arbeit war ich mehr zum Freund als zum Feind der Tannen geworden, obwohl ich einige von ihnen gefällt hatte. Bisweilen lockte der Schall meiner Axt einen Wandersmann herbei: dann schwätzten wir fröhlich, während die Späne rings den Boden bedeckten.

Ich hatte es durchaus nicht eilig mit meiner Arbeit, sondern suchte mich so viel als möglich an ihr zu erfreuen. Ungefähr um die Mitte April war das Material für mein Haus so weit fertig, daß es zusammengesetzt werden konnte. Ich hatte bereits die Waldhütte des Irländers James Collins, der an der Fitchburg-Eisenbahn arbeitete, gekauft, um Bretter zu bekommen. James Collins' Hütte galt als ganz besonders schön. Als ich zur Besichtigung bei ihm vorsprach, war er nicht zu Hause. Ich betrachtete seine Wohnung von außen, anfangs von den Insassen unbemerkt, denn das Fenster war hoch oben im Dache angebracht. Die Hütte war nur recht klein und hatte ein Giebeldach. Mehr gabs nicht zu sehen, denn der Schmutz lag wie ein Misthaufen fünf Fuß hoch rings herum. Das Dach sah noch am gesündesten aus, obwohl es auch schon durch die Sonne krumm gebogen und brüchig gemacht war. Eine Türschwelle gab es nicht, wohl aber unter dem Türbrett einen stets offenen Durchgang für die Hühner. Frau C. kam an die Haustür und ersuchte mich, die Besichtigung von innen vorzunehmen. Meine Annäherung trieb die Hühner hinein. Drinnen herrschte Dunkelheit; der Fußboden bestand zum größten Teil aus schmutziger Erde, war feucht, muffig, ein Fieberherd. Bald lag hier ein Brett, bald lag dort ein Brett – hätte man sie wegzunehmen versucht, sie wären zerbrochen. Die Frau zündete eine Lampe an, um mir zu zeigen, wie die Innenseite des Daches und der Wände beschaffen sei, und daß der Bretterfußboden sich bis unter das Bett erstreckte. Dabei warnte sie mich nicht in den Keller zu treten – in eine Art Kehrichtgrube von zwei Fuß Tiefe. Nach ihren eigenen Worten waren „die Dachbalken gut, alle übrigen Balken gut, war das Fenster gut". Dieses hatte ursprünglich einmal aus zwei ganzen Scheiben bestanden, jetzt diente es der Katze als Tür. Es gab dort ferner einen Ofen, ein Bett, eine Sitzgelegenheit, einen goldgerahmten Spiegel, ein Kind, das in diesem Haus geboren war, einen seidenen Sonnenschirm und eine neue Patentkaffeemühle, die an einen Eichenpfosten genagelt war – *voilà tout!* Der Handel war bald abgeschlossen, denn James war inzwischen zurückgekehrt. Ich verpflichtete mich 4 Dollars und 25 Cents sofort an diesem Abend zu bezahlen. Er mußte dagegen sich verpflichten, das Anwesen bis spätestens zum nächsten Morgen fünf Uhr zu räumen und es mittlerweile an keinen anderen zu verkaufen: um sechs Uhr durfte ich den Besitz antreten. Es würde gut sein, sagte er, wenn ich mich frühzeitig einfinden würde, um gewissen unklaren, aber ganz unberechtigten Ansprüchen auf Bezahlung von Bodenzins und Feuerung zuvorzukommen. Andere Schulden waren, seiner Behauptung nach, nicht vorhanden. Am sechs Uhr traf ich ihn mit seiner Familie auf der Landstraße. Ein großes Bündel enthielt all ihre Schätze – Bett, Kaffeemühle, den Spiegel und die Hühner. Nur die Katze fehlte. Sie hatte sich in die Wälder begeben, wurde zur wilden Katze und geriet, wie ich später hörte, in eine für Murmeltiere gestellte Falle. Da ward sie eine tote Katze.

Ich brach die Waldhütte am gleichen Morgen ab und schaffte die Bretter, nachdem ich die Nägel herausgezogen hatte, in kleinen Karrenladungen zum Teichufer. Dort legte ich die Bretter nebeneinander aufs Gras, damit sie in der Sonne bleichen und sich zurückkrümmen konnten. Während ich den waldigen Pfad entlang wanderte, sang eine muntere Drossel mir ein paar ihrer Lieder. Ein junger Irländer verriet mir heimlicherweise, daß Nachbar Seeley, ebenfalls ein Irländer, die noch zum Einschlagen zu verwendenden, geraden Nägel, Haken und Bolzen in seine Tasche verschwinden ließe, sobald ich mit meinem Karren mich entfernt habe. Kam ich zurück, so stand er mit der unschuldigsten Miene da, wünschte mir guten Tag, und war mitten unter den Trümmern in Frühlingsstimmung. Für ihn gäbe es hier gar nichts zu tun, sagte er. Seine Anwesenheit repräsentierte das schaulustige Publikum. Er verhalf dazu, daß dieses scheinbar unbedeutende Ereignis so wichtig erschien wie der Auszug der Götter aus Troja.

Ich grub meinen Keller in die südliche Böschung des Hügels, wo früher einmal ein Murmeltier seine Höhle hatte, tief durch Sumach- und Brombeerwurzeln und durch die letzten Spuren von Vegetation. Er maß sechs Fuß im Quadrat und war sieben Fuß tief. Dort gab es feinen Sand, in welchem die Kartoffeln selbst in kalten Wintern nicht erfrieren. Die Seiten ließ ich abschüssig, wie sie waren, ohne sie auszumauern; da die Sonne sie nie beschienen hatte, blieb der Sand an seinem Platze. Die ganze Arbeit währte nur zwei Stunden. Gerade das Graben machte mir besondere Freude, denn in fast allen Zonen graben die Menschen in die Erde, um eine gleichmäßige Temperatur zu erhalten. Selbst unter dem elegantesten Hause in der Stadt kann man stets einen Keller finden, der, wie in alter Zeit, zum Aufbewahren der Wurzeln dient, und der sich, selbst wenn der Oberbau schon längst verschwunden ist, der Nachwelt durch eine Vertiefung im Erdboden verrät. Das Haus ist noch immer nichts anderes als eine Art Vorhalle beim Eingang in die Grube.

Endlich errichtete ich anfangs Mai den Rohbau meines Hauses. Wenn ich dazu die Hilfe einiger Bekannten benutzte, so geschah das mehr, weil ich eine solch günstige Gelegenheit mich als guter Nachbar zu erweisen, benutzen wollte, als aus Notwendigkeit. Kein Mensch ward je mehr durch das Ansehen seiner Mitarbeiter geehrt als ich. Ich hoffe zuversichtlich, daß sie dazu bestimmt sind, später einmal stolzere Bauten zu errichten. Am vierten Juli zog ich, sobald Fußboden und Dach fertig gestellt waren, in mein Haus ein. Alle Bretter waren mit Sorgfalt schräg zugeschnitten. Sie wurden derart übereinander gelegt, daß Regen absolut nicht durchdringen konnte. Ehe ich jedoch den Boden dielte, legte ich an einer Seite den Grund zu einem Kamin. Ich trug zu diesem Zwecke zwei Karrenladungen Steine auf den Armen vom Teich zu meinem Hügel herauf. Den Kamin baute ich im Herbst, als ich mit dem Hacken meiner Saat fertig war, noch ehe ich eines wärmenden Feuers bedurfte. Mittlerweile kochte ich in aller Morgenfrühe im Freien auf dem Erdboden. Dies Verfahren ist meiner Ansicht nach in mancher Beziehung bequemer und angenehmer als das übliche. Gab es Regen und Wind, bevor mein Brot gebacken war, so befestigte ich einige Bretter über dem Feuer, setzte mich darunter, gab acht auf das Brot und verbrachte auf solche Weise einige angenehme Stunden. An diesen Tagen, wo meine Hände viel zu tun hatten, las ich nur wenig. Doch der kleinste Papierfetzen, der am Boden lag und der mir zum Anfassen des Kochtopfes oder auch als Tischtuch diente, verschaffte mir gerade so viel Unterhaltung, ja entsprach seinem Zweck tatsächlich gerade so gut wie die Ilias.

Es wäre schon der Mühe wert, wenn man beim Bauen noch viel überlegter als ich vorginge, wenn man z. B. in Erwägung zöge, inwiefern eine Tür, ein Fenster, ein Keller, eine Bodenkammer durch die Natur des Menschen begründet sind, wenn man nur dann einen Oberbau errichten würde, wenn ein triftigerer Grund als unser momentanes Bedürfnis vorhanden wäre. Der Mensch soll sein Haus ganz nach seinen Bedürfnissen schaffen wie der Vogel sein Nest. Wenn die Menschen ihr Haus mit ihren eigenen Händen bauen und harmlos und ehrlich sich und ihre Familien mit Nahrung versorgen würden, wer weiß, ob da nicht die poetische Ader allgemein sich entwickeln würde! Singen nicht die Vögel überall bei dieser Arbeit? Doch ach! Wir gleichen dem Kuhvogel und dem Kuckuck, die ihre Eier in Nester legten, die andere Vögel bauten. Und dabei erfreuen sie den Wanderer durch ihr Geschwätz und ihre unmusikalischen Töne durchaus nicht. Wollen wir denn für alle Zeit das Vergnügen des Bauens dem Zimmermann überlassen? Was ist Architektur in den Augen der großen Masse? Nie traf ich auf meinen zahlreichen Spaziergängen einen Menschen, der sich der einfachen und natürlichen Beschäftigung sein eigenes Haus zu bauen, widmete. Wir gehören dem Gemeinwesen. Nicht nur der Schneider macht den Mann, sondern auch der Geistliche, der Kaufmann und der Farmer. Wo wird diese Arbeitsteilung enden? Welchem Zweck dient sie schließlich? Allerdings – ein anderer *kann* auch für mich denken. Trotzdem ist es durchaus nicht wünschenswert, daß er dies in einem solchen Maße besorgt, daß mein selbständiges Denken gänzlich ausgeschlossen wird.

Es ist wahr: es gibt sogenannte Architekten in diesem Lande. Wenigstens von einem hat man mir erzählt, daß ihm, gleich einer Offenbarung der Gedanke gekommen sei, architektonischen Ornamenten einen inneren Gehalt von Wahrheit, Berechtigung und daher auch von Schönheit zu verleihen. Das war alles von seinem Standpunkt aus vielleicht ganz gut, und doch nur wenig besser als der allgemeine Dilettantismus. Dieser sentimentale Reformator der Architektur begann oben am Gesims, nicht beim Fundamente. Für ihn handelte es sich nur darum, in die Ornamente einen Kern von Wahrheit hineinzulegen, damit jedes Stückchen Zuckerzeug seine Mandel oder seinen Anissamen enthalte – ich glaube übrigens, daß Mandeln ohne Zucker gesunder sind – und nicht darum, daß der Bewohner, der *In*wohner, nach innen und nach außen der Wahrheit gemäß baue und die Ornamente sich selbst überlasse. Welcher vernünftige Mensch hat je geglaubt, daß Ornamente etwas Äußerliches, nur in der Haut Befindliches seien, daß die Schildkröte ihr gestecktes Schild, daß die Auster ihren Perlmutterglanz durch ein ähnliches Verfahren erlangte, wie die Bewohner des Broadway ihre Trinitatiskirche? Der Mensch hat aber ebensowenig mit dem architektonischen Stil seines Hauses zu tun, wie die Schildkröte mit der Zeichnung ihres Gehäuses. Auch braucht der Soldat sich nicht damit zu plagen, die Farbe seines Mutes auf seine Fahne zu malen. Der Feind wird sich darüber schon Klarheit verschaffen. Wer weiß, ob der Soldat nicht erblaßt, wenns zur Feuerprobe kommt. Dieser Architekt schien mir, über das Gesims gelehnt, zaghaft seine Halbwahrheiten den unwissenden Einwohnern zuzuflüstern, die in Wirklichkeit die Sache besser verstanden als er. Die architektonische Schönheit, die ich jetzt sehe, ist meines Wissens allmählich von innen herausgewachsen, heraus aus den Bedürfnissen und der Eigenart des Inwohners, als welcher der alleinige Erbauer ist – heraus aus unbewußter Wahrhaftigkeit und Vornehmheit, ohne daß je auf die äußerliche Wirkung Rücksicht genommen wurde. Sollte der Schönheit von dieser Art eine Weiterentwicklung bestimmt sein, so wird ihr eine gleichfalls unbewußte Schönheit des Lebens vorangehen. Die interessantesten Wohnstätten in diesem Lande sind, wie der Maler weiß, die anspruchslosesten: die bescheidenen Blockhütten und Häuschen der Armen zumeist. Das Leben der Einwohner, das sich in diesem Gehäuse abspielt, nicht irgend eine Eigentümlichkeit an der Außenseite macht sie pittoresk. Ebenso interessant wird der „Kasten“ des Städters in der Vorstadt sein, wenn sein Leben einen einfachen und wohltuenden Eindruck macht, wenn er die architektonische Wirkung seines Hauses ebensowenig forciert wie der Arme. Architektonische Ornamente sind zum großen Teil buchstäblich hohl. Ein kräftiger Septemberwind fegt sie fort, wie geborgte Federn, ohne dem Gesamtbild Schaden zuzufügen. Wer weder Oliven noch Wein im Keller hat, kann sich ohne „Architektur“ behelfen. Was würde geschehen, wenn man gerade so viel Aufhebens um die Schnörkeleien in der Literatur machen würde, wenn die Baumeister unserer Bibeln gerade so viel Zeit auf das Beiwerk verwendet hätten, wie die Baumeister unserer Kirchen? So macht man *belles-lettres* und *beaux-arts* und ihre Professoren. Aber natürlich für den Menschen ist es von großer Wichtigkeit, wie ein paar Holzlatten über ihm und unter ihm gelegt, und was für Farben auf seinen Kasten geschmiert sind! Ja, hätte er *eigenhändig* und nach reiflicher Überlegung das Legen und das Anstreichen besorgt – dann könnte man wenigstens irgend etwas von Bedeutung darin sehen. Doch da der Geist aus dem Bewohner entflohen ist, so ist die Herstellung des Hauses gleichbedeutend mit der des Sarges – eine Grabarchitektur, und die Bezeichnung „Zimmermann“ nur ein anderer Ausdruck für den „Sargfabrikanten“. Ein Mensch hat einmal aus Verzweiflung oder aus Gleichgültigkeit gegen das Leben gesagt: „Nimm eine Handvoll von der Erde zu Deinen Füßen und bemale Dein Haus mit dieser Farbe.“ Dachte er an sein letztes und enges Haus? Das mögen die Würfel entscheiden! Welchen Überfluß an Muße muß er haben! Wozu die Handvoll Erde? Du tust besser daran, Dein Haus nach Deiner eigenen Gesichtsfarbe anzustreichen! Laß es statt Deiner erblassen und erröten. Das wäre so ein Unternehmen, um den architektonischen Stil unsrer Landhäuser zu verbessern! Wenn Ihr meine Ornamente fertig habt, will ich sie anbringen.

Bevor der Winter kam, baute ich einen Kamin und bedeckte die Seiten meines Hauses, die bereits für den Regen undurchdringlich waren, mit Schindeln, mit mangelhaften, noch grünen Schindeln. Sie waren ein Produkt des ersten Sägeschnittes durch das Holz; ihre Ränder mußte ich mit dem Hobel glätten.

Ich habe somit ein dicht geschindeltes und verputztes Haus, zehn Fuß breit, fünfzehn Fuß lang und acht Fuß hoch, mit einer Bodenkammer und einem Wandschrank, mit einem breiten Fenster an jeder Seite, mit einer Falltür, einer Eingangstür und einem Backsteinkamin. Da ich für das verwendete Material den gewöhnlichen Durchschnittspreis bezahlte, betrugen die genauen Kosten meines Hauses, uneingerechnet die Arbeit, die ich selbst verrichtete:

Bretter (meistens Hüttenbretter)	Dollar	8,03 ½

Ausschußschindeln für Dach und Seitenflächen,	"	4,–
Latten	"	1,25
Zwei Fenster mit Glas (aus zweiter Hand)	"	2,43
Ein Tausend alte Backsteine	"	4,–
Zwei Faß Kalk (das war teuer!)	"	2,40
Haare (mehr als ich brauchte)	"	0,31
Eiserner Kaminmantel	"	0,15
Nägel	"	3,90
Türangeln und Schrauben	"	0,14
Türgriff	"	0,10
Kreide	"	0,01
Fuhrlohn (ich trug das Meiste auf meinem Rücken)	"	1,40
Summa:	Dollar	28,12 ½

Ich führe die Einzelpreise an, weil die wenigsten Menschen imstande sind zu sagen, was ihr Haus kostete, weil fast niemand die einzelnen Beträge für die verschiedenen Materialien, aus denen es zusammengesetzt ist, anzugeben vermag.

Das also war das Material, abgesehen von Bauholz, Steinen und Land; diese Dinge nahm ich mit dem Recht des Ansiedlers für mich in Anspruch. Ich baute außerdem noch einen kleinen Holzverschlag, zu welchem ich hauptsächlich das beim Hausbau übriggebliebene Holz benutzte.

Ich beabsichtige mir ein Haus zu zimmern, das jedes andere an der Hauptstraße in Concord gelegene an Vornehmheit und Luxus übertrifft, sobald es mir so gut gefällt und nicht mehr kostet als mein jetziges.

Auf diese Weise fand ich, daß der Gelehrte, der gern eine Wohnstätte besitzen möchte, sich eine solche auf Lebenszeit zu einem Preis verschaffen kann, der die von ihm gezahlte Jahresmiete nicht übersteigt. Wenn ich mehr zu prahlen scheine, als sich für mich schickt, so kann ich mich damit entschuldigen, daß ich mich mehr im Interesse der

Menschheit als meines Ichs brüste. Meine Schwächen und meine Unbeständigkeit haben nichts mit der Wahrheit meiner Behauptung gemeinsam. Trotz aller Heuchelei und Scheinheiligkeit – Spreu, die ich nur mühsam von meinem Weizen zu trennen vermag, deren Vorhandensein ich aber so sehr beklage wie nur irgend einer – will ich in dieser Hinsicht frei atmen und mich recken und strecken können. Das ist eine große Wohltat für den Geist und den Körper. Ich bin fest entschlossen, nicht aus demütiger Bescheidenheit zum Anwalt des Teufels zu werden. Ich werde immer bemüht sein, für die Wahrheit ein gutes Wort einzulegen.

In der Universitätsstadt Cambridge kostete die Miete eines Studentenzimmers, das kaum größer ist als das meinige, allein schon 305 Dollar für das Jahr, obwohl die Gesellschaft den Vorteil hatte, 32 Zimmer nebeneinander und unter einem Dach zu errichten, während der Mieter die Unannehmlichkeit hat viele und lärmende Nachbarn dulden und eventuell im vierten Stockwerk wohnen zu müssen. Ich bin überzeugt, daß, wenn wir in dieser Hinsicht ein richtiges Wissen besäßen, nicht nur weniger Erziehung notwendig wäre – denn, wahrlich, wir hätten sie ja schon – sondern daß auch das pekuniäre Opfer für die Erziehung zum großen Teil wegfallen würde. Die Bequemlichkeiten, die der Student in Cambridge oder irgendwo sonst verlangt, kosten ihm oder einem anderen ein zehnmal größeres Opfer an Lebenszeit als bei vernünftigem Vorgehen von beiden Seiten nötig wäre. Die Dinge, für die am meisten Geld ausgegeben wird, sind niemals diejenigen, welche der Student am dringendsten gebraucht. Die Kollegiengelder, zum Beispiel, sind ein wichtiger Posten in der halbjährlichen Rechnung, während für die viel wertvollere Erziehung, welche er durch den Umgang mit den Gebildetsten seiner Zeitgenossen erhält, nichts bezahlt zu werden braucht.

Eine Universität wird meistens auf die Weise gegründet, daß man eine Subskription von Dollars und Cents eröffnet und dann, während man blindlings bis zum Äußersten den Grundsatz der Arbeitsteilung verfolgt – einen Grundsatz, der nur mit Vorsicht angewendet werden sollte – einen Unternehmer hinzuzieht, der daraus ein Spekulationsobjekt macht. Der stellt Irländer und andere Arbeiter an, damit sie den Grund legen, während die zukünftigen Studenten sich angeblich zum Besuch der Universität vorbereiten. Für solche Fehler haben dann die nachfolgenden Generationen zu büßen. Ich glaube, daß es sich für die Studenten oder diejenigen, welche derartige Institutionen mit Vorteil benutzen wollen, mehr empfehlen würde, selbst den Grund zu legen. Der Student, der die erwünschte Muße und Zurückgezogenheit dadurch gewinnt, daß er systematisch jeder für den Menschen notwendigen Arbeit aus dem Wege geht, verschafft sich nur eine unedle und uneinträgliche Muße, da er sich um die Erfahrung bringt, durch welche allein die Muße fruchtbringend wird. „Sie wollen aber doch nicht behaupten," so wendet mir jemand ein, „daß die Studenten mit ihren Händen statt mit ihren Köpfen arbeiten sollen?" Das deckt sich allerdings nicht ganz mit dem, was ich sagen wollte, und doch meine ich etwas, was er für etwas sehr Ähnliches halten dürfte. Ich meine, sie sollten nicht Leben *spielen* oder nur *studieren*, während der Staat sie bei dieser teuren Spielerei unterstützt, sondern es ernstlich *leben* vom Anfang bis zum Ende. Wie können Jünglinge das Leben besser verstehen lernen als durch den Versuch? Es will mich bedünken, als ob hierdurch ihr Gehirn gerade so geübt würde wie durch Mathematik. Wenn ich zum Beispiel wünschte, daß ein Junge etwas von Kunst und Wissenschaft verstehe, so würde ich nicht der allgemeinen Regel folgen, d. h. ihn in die Nähe eines gelehrten Professors schicken, der alles lehrt, nur nicht Lebenskunst. Er lernt dort die Welt durch ein Teleskop oder durch ein Mikroskop, aber nie mit bloßem Auge betrachten, er studiert dort Chemie und weiß nicht wie Brot gebacken wird, er studiert dort Mechanik und weiß nicht, wie man Brot verdient; er entdeckt neue Trabanten des Neptun, aber nicht das Stäubchen in seinem eigenen Auge oder den Bummler, dessen Trabant er selbst ist. Er wird von Ungeheuern, die ihn rings umschwärmen, aufgefressen, während er die Ungeheuer in einem Tropfen Essig betrachtet. Wer wird am Schluß des Monats die größten Fortschritte gemacht haben, der Junge, der sein Taschenmesser selbst verfertigte, von dem Erze an, das er grub und schmolz, und der nur so viel las, als dazu nötig war – oder derjenige, welcher inzwischen Vorlesungen über Metallurgie an der Universität hörte und von seinem Vater ein Rogersches Federmesser geschenkt erhielt? Wer von beiden wird sich wahrscheinlich in den Finger schneiden? ... Zu meinem Erstaunen erfuhr ich bei meinem Fortgang von der Universität, daß ich Schiffswesen studiert hatte! Und doch, wenn ich einen einzigen Spaziergang zum Hafen gemacht hätte, würde ich mir darüber reichere Kenntnisse erworben haben. Selbst der *arme* Student studiert und hört nur *National*ökonomie, während man sich zur Ökonomie des Lebens, die gleichbedeutend mit Philosophie ist, an unseren Universitäten nicht einmal ehrlich bekennt. Die Folge davon ist, daß der Student, während er eifrig Adam, Smith, Ricardo und Say studiert, seinen Vater unentrinnbar in Schulden stürzt.

Wie mit unseren Universitäten, so ist es mit hundert „modernen Verbesserungen". Illusionen macht man sich über alles, ein positiver Vorteil ergibt sich jedoch nicht immer. Der Teufel verlangt Zinseszins für seine verliehenen Kapitalien bis zur letzten Abschlagszahlung. Unsere Erfindungen sind meistens niedliche Spielsachen, die unsere Aufmerksamkeit von ernsten Dingen ablenken. Sie sind nur verbesserte Mittel zu einem unverbesserten Zweck – zu einem Zweck, der auf die einfachste Weise von vornherein hätte erreicht werden können. Es ist kein Problem Eisenbahnen nach Newyork oder nach Boston zu bauen. Wir haben es sehr eilig eine telegraphische Verbindung zwischen Maine und Texas einzurichten. Aber Maine und Texas haben sich eventuell gar nichts Wichtiges mitzuteilen. Jedes dieser Länder befindet sich in derselben Lage wie jener Mann, der lebhaft wünschte einer vornehmen, tauben Dame vorgestellt zu werden. Als die Vorstellung erfolgte und das eine Ende ihres Hörapparates ihm in die Hand gegeben wurde, wußte er nichts zu sagen. Als ob es die Hauptsache wäre, schnell zu sprechen statt vernünftig. Wir bemühen uns eifrig, eine telegraphische Verbindung durch den Atlantischen Ozean herzustellen und die Alte Welt der Neuen um einige Wochen näher zu bringen. Die erste Nachricht aber, die auf diese Weise in das breite, amerikanische Klapprohr hineintröpfelt, lautet vielleicht: Prinzessin Adelheid hat den Keuchhusten. Kurz und gut – der Mann, dessen Pferd in der Minute eine Meile läuft, braucht darum noch nicht die wichtigsten Nachrichten mitzubringen. Er ist kein Evangelist, noch lebt er von Heuschrecken und wildem Honig. Ich glaube, daß das Rennpferd „Flying Childers“ nie einen Sack voll Roggen zur Mühle getragen hat.

Sagt mir da einer: „Ich wundere mich, daß Sie kein Geld zurücklegen! Sie haben am Reisen Freude. Sie können die Eisenbahn benutzen, heute nach Fitchburg fahren und das Land kennen lernen.“ Da bin ich denn doch klüger. Ich weiß aus Erfahrung, daß derjenige, welcher zu Fuß geht, am schnellsten reist. Ich sage zu meinem Freunde: „Laß uns einmal versuchen, wer zuerst hinkommt: dreißig Meilen beträgt die Entfernung, neunzig Cents ist der Fahrpreis. Das ist fast ein Taglohn. Ich kann mich noch recht gut erinnern, daß hier, gerade an dieser Eisenbahnlinie, die Arbeiter sechzig Cents pro Tag erhielten. Also gut: ich gehe jetzt zu Fuß und treffe dort vor Anbruch der Nacht ein. Ich habe wochenlang solche Märsche gemacht. Sie werden sich inzwischen das Fahrgeld verdienen und dort zu irgend einer Zeit morgens oder vielleicht auch noch heute Abend eintreffen, vorausgesetzt, daß Sie Glück haben und sofort eine Beschäftigung finden. Anstatt nach Fitchburg zu gehn, arbeiten Sie fast den ganzen Tag. Darum glaube ich auch, daß ich Ihnen, selbst wenn die Eisenbahn die ganze Welt umspannen würde, immer voraus sein würde. Was aber die Kenntnisnahme vom Lande und andere Erfahrungen anbetrifft – ja, da könnte ich mit Ihnen überhaupt nicht weiter verkehren.“

Das ist das allgemeine Gesetz. Keines Menschen Witz kann es umgehen, und in Bezug auf die Eisenbahn können wir sagen: es ist so breit wie lang. Eine Eisenbahn um den ganzen Erdball bauen, die für jedermann zur Benutzung frei wäre, hieße die gesamte Oberfläche unseres Planeten planieren. Die Menschen ahnen dunkel, daß, wenn sie eifrig und lange genug Aktiengesellschaften und Schaufeln gebrauchen, schließlich jedermann in fast gar keiner Zeit und umsonst irgendwohin fahren kann. Und wenn auch die Menge zum Bahnhof eilt, wenn auch der Schaffner „Einsteigen“ ruft, so wird doch, nachdem der Rauch sich verzogen hat und der Dampf verweht ist, sich zeigen, daß nur wenige fahren, die übrigen dagegen überfahren werden. Man pflegt das „ein trauriges Ereignis“ zu nennen. Zweifellos können diejenigen schließlich reisen, die ihr Fahrgeld verdient haben – das heißt, wenn sie lange genug am Leben bleiben. Möglicherweise aber haben sie inzwischen ihre Elastizität und Reiselust eingebüßt. Daß man die besten Jahre des Lebens dem Gelderwerb opfert, um sich in den minder wertvollen Jahren einer fragwürdigen Freiheit zu erfreuen, erinnert mich an jenen Engländer, der nach Indien ging, sich dort ein Vermögen verdienen wollte, um nach England zurückzukehren und dort ein Dichterleben führen zu können. Er hätte nur von vornherein in eine Dachkammer ziehen sollen! „Was“, schreit eine Million Irländer aus allen Hütten im Land, „ist die Eisenbahn, die wir gebaut haben, nicht etwas Gutes?“ „Ja“, antworte ich, „etwas *relativ* Gutes, d. h. Ihr hättet etwas Schlimmeres tun können! Ich aber wünsche, da Ihr ja meine Brüder seid, daß Ihr Eure Zeit zu etwas Besserem verwendet hättet als zum Wühlen im Schmutz."

Bevor ich meinen Hausbau vollendete, bepflanzte ich, da ich gern zehn oder zwölf Dollar zur Deckung unvorhergesehener Ausgaben auf ehrliche und angenehme Weise verdienen wollte, einen Hektar leichten und sandigen Bodens in der Nähe meines Hauses mit Bohnen, zum kleinsten Teil auch mit Kartoffeln, Weizen, Erbsen und Rüben. Der ganze Besitz betrug 4⅖ Hektar, junge Fichten und weiße Walnußbäume bildeten den Hauptbestand. Der Grund und Boden wurde im vorigen Jahr für 20 Dollars 20 Cents pro Hektar verkauft. Ein Farmer meinte, er sei „zu nichts anderem gut, als piepende Eichhörnchen darauf zu züchten." Da ich nicht der Besitzer, sondern nur der „Squatter" bin und da ich auch nicht beabsichtigte in Zukunft wieder so viel Land urbar zu machen, brachte ich überhaupt keinen Dünger hinauf. Auch grub ich nicht gleich alles um. Beim Pflügen kamen einige Klafter Holz zum Vorschein, die mich für lange Zeit mit Feuerung versorgten und kleine Kreise jungfräulicher Humusschicht hinterließen, welche während des Sommers durch das üppigere Wachstum der Bohnen sichtbar blieben. Das trockene und zum größten Teil unverkäufliche Holz hinter meinem Hause, sowie das Treibholz aus dem See ergänzten den Rest meines Brennmaterials. Ich mußte mir zum Pflügen ein Gespann und einen Mann mieten, obwohl ich den Pflug selbst führte. Meine Ausgaben für die Landwirtschaft – Geräte, Saat- und Arbeitslohn – betrugen im ersten Jahr 14 Dollars und 72½ Cents. Die Maissaat erhielt ich geschenkt. Die Kosten hierfür sind überhaupt nicht der Erwähnung wert, es sei denn, daß man mehr als genug pflanzt. Ich erntete zwei Scheffel Bohnen, achtzehn Scheffel Kartoffeln, außerdem Erbsen und süßen Mais. Der gewöhnliche Mais und die Rüben kamen nicht zur Reife, weil sie zu spät gepflanzt waren.

Mein Gesamteinkommen von der Farm betrug	Dollar	23,44
Meine Ausgaben betrugen	"	14,72 ½
Bleibt Rest		8,71 ½

Nicht eingerechnet ist sowohl der konsumierte als der noch vorhandene Ertrag. Zur Zeit, als dieser Rechnungsabschluß gemacht wurde, betrug der Wert des letzteren 4½ Dollars. Ich hätte auch noch etwas Gras ernten können, dadurch wäre aber mein Vorrat an Bargeld nicht wesentlich vermehrt worden. Alles in allem, d. h., wenn ich die Wichtigkeit der menschlichen Seele und des heutigen Tages in Rechnung ziehe, glaube ich, daß ich trotz der kurzen Zeit, die mir zu meinem Experiment zur Verfügung stand, ja, zum Teil gerade wegen der kurzen Dauer meines Experimentes, bessere Resultate erzielt habe, als irgend ein Farmer im Concord in diesem Jahre.

Im nächsten Jahre ging es jedoch noch besser, denn ich grub all das Land, das ich gebrauchte, um, – ungefähr den zehnten Teil eines Hektars. Ich ließ mich nicht im mindesten durch die vielen berühmten Werke über Landwirtschaft – das von Arthur Young war auch dabei – einschüchtern, und lernte durch die Erfahrung zweier Jahre, daß, wenn jemand einfach leben und nur das verzehren will, was er selbst baut, wenn jemand nicht mehr baut als er ißt und den Ertrag nicht gegen eine ungenügende Menge kostspieliger Luxussachen austauscht, er nur ein paar Quadratmeter Bodenfläche zu bepflanzen braucht. Ich erkannte ferner, daß es billiger ist das Land umzugraben, anstatt Ochsen zum Pflügen zu benutzen, ja, daß es auch billiger ist, von Zeit zu Zeit einen neuen Fleck Landes zu bebauen als den alten zu düngen, daß man alle notwendige Landarbeit sozusagen mit der linken Hand in Mußestunden zur Sommerzeit verrichten kann, ohne auf diese Weise an einen Ochsen, an ein Pferd, eine Kuh oder an ein Schwein gebunden zu sein, wie das heutzutage der Fall ist. Ich wünsche unparteiisch über diesen Punkt zu sprechen, als einer, der nicht an den Erfolg oder Mißerfolg der heutigen ökonomischen und sozialen Verhältnisse interessiert ist. Ich war unabhängiger als irgend ein Farmer in Concord, denn ich war nicht an ein Haus oder an eine Farm verankert. Ich konnte, im Gegenteil, den Stimmungen meines Genius, die oft genug wechseln, in jedem Augenblick folgen. Ganz abgesehen davon, daß ich bereits reicher war als sie, wäre ich, falls mein Haus abgebrannt und meine Ernte mißraten wäre, fast gerade so reich gewesen wie zuvor.

Ich kann mich des Gedankens nicht erwehren, daß die Menschen nicht so sehr die Herren ihrer Herden sind als die Herden die Herren der Menschen. Die Herden sind bei weitem freier. Menschen und Ochsen tauschen ihre Arbeit aus. Wenn wir aber nur die nötige Arbeit in Rechnung ziehen, so scheinen die Ochsen bedeutend im Vorteil zu sein: ihr Grundbesitz ist bei weitem größer. Der Mensch verrichtet einen Teil seiner Tauscharbeit in sechs Heuwochen, und das ist kein Kinderspiel. Ein Volk, das in jeder Beziehung einfach lebt, d. h. ein Volk von Philosophen, würde sicherlich nicht den großen Fehler begehen und die Arbeit von Tieren verwerten. Allerdings – es gab nie ein Volk von Philosophen und es ist nicht wahrscheinlich, daß es bald eines geben wird. Ich bin auch durchaus nicht sicher, ob das wünschenswert wäre. Das aber weiß ich: ich würde nie ein Pferd oder einen Stier abrichten und in Kost nehmen für irgend welche Arbeit, die sie für mich tun könnten, schon aus Angst davor, daß ich zum bloßen Pferdeknecht oder Viehhüter werden könnte. Und wenn die menschliche Gesellschaft zu gewinnen scheint, indem sie es tut, sind wir dann auch sicher, daß, was für den einen Gewinn bringt, nicht für den andern Verlust bedeutet, daß der Stalljunge aus demselben Grunde zufrieden ist wie sein Herr? Zugegeben, daß einige öffentliche Arbeiten nicht ohne diese Hilfe hätten ausgeführt werden können – der Mensch möge den Ruhm davon mit Ochsen und Pferden teilen – folgt daraus, daß er in diesem Falle nicht Werke hätte vollenden können, die seiner selbst noch würdiger gewesen wären? Wenn die Menschen anfangen, mit Hilfe der Tiere nicht nur unnötige oder künstliche, sondern auch törichte

Luxusarbeit zu verrichten, so ist es unvermeidlich, daß einige von ihnen alle Arbeit mit den Ochsen austauschen, oder mit anderen Worten, die Sklaven des Stärksten werden. So arbeitet der Mensch nicht nur für das Tier, das in ihm wohnt, sondern – symbolisch – auch für das Tier außer ihm. Obwohl wir in diesem Orte viele festgebaute Häuser aus Sandstein oder Ziegelstein haben, wird doch der Wohlstand des Farmers immer noch darnach eingeschätzt, wie hoch der Stall das Haus überragt. In diesem Stadtbezirk hier sollen sich die größten Häuser für Ochsen, Kühe und Pferde befinden, und dabei stehen seine öffentlichen Gebäude auf der Höhe der Zeit. In diesem Lande gibt es dagegen nur sehr wenige Hallen für freien Gottesdienst oder für freie Rede. Wäre es nicht wünschenswerter, daß die Völker, anstatt durch ihre Architektur, vielmehr durch die Kraft des abstrakten Gedankens ein Denkmal sich errichteten? Wie viel mehr muß man die Bhagavad-Gitâ bewundern als alle Ruinen des Morgenlandes! Türme und Tempel sind die Luxusgegenstände der Fürsten. Ein einfacher und unabhängiger Charakter plagt sich nicht auf Befehl eines Fürsten ab. Das Genie ist kein Hofschranze und sein Material besteht nicht in Silber oder Gold oder Marmor, jedenfalls nur zum kleinsten Teil. Wozu, um des Himmels willen, wird so viel Stein verarbeitet? In Arkadien sah ich zur Zeit meines Aufenthaltes niemand, der Steine klopfte. Die Völker sind von dem wahnsinnigen Ehrgeiz ergriffen ihr Andenken durch einen Haufen behauener Steine zu erhalten. Wie wäre es, wenn sie sich ebensoviel Mühe gäben ihre Sitte zu glätten und zu polieren? Ein verständiger Gedanke ist denkwürdiger als ein Denkmal, das bis zum Monde reicht. Ich sehe Steine lieber an ihrem natürlichen Platze. Die Größe Thebens war eine gemeine Größe. Vernünftiger als das hunderttorige Theben, das weit vom wahren Zweck des Lebens abwich, sind ein paar Meter Mauerwerk, die eines ehrlichen Mannes Acker umgeben. Barbarische und heidnische Religion und Zivilisation haben prächtige Tempel gebaut. Das kann man vom sogenannten Christentum nicht behaupten. Die meisten Steine, die von einem Volk zugehauen werden, finden nur bei seinem Grabe Verwendung. Es begräbt sich selbst lebendig. Was die Pyramiden anbelangt, so erregt an ihnen nichts so sehr das Erstaunen als die Tatsache, daß sich so viele Menschen fanden, die verkommen genug waren ihr Leben zur Erbauung eines Grabes für irgend einen ehrgeizigen Hansnarren herzugeben. Besser und männlicher wäre es gewesen, man hätte den Tölpel in den Nil und seinen Leichnam hernach vor die Hunde geworfen. Ich könnte vielleicht für sie und für ihn eine Entschuldigung erfinden, aber ich habe keine Zeit dazu. Was die Religion und die Kunstliebe der Erbauer betrifft, so ist es auf der ganzen Welt einerlei, ob das Gebäude ein ägyptischer Tempel oder die Bank der Vereinigten Staaten ist. Es kostet mehr als es wert ist. Den Hauptantrieb bildet die Eitelkeit im Verein mit der Vorliebe für Knoblauch mit Butter und Brot. Mr. Balcom, ein vielversprechender junger Architekt, zeichnet den Entwurf mit hartem Bleistift und mit Lineal hinten auf seinen Vitruvius, und die Ausführung der Arbeit wird „Dobson und Sohn, Bauunternehmer“, übertragen. Wenn dann dreißig Jahrhunderte darauf herabblicken, fängt die Menschheit an daran hinaufzublicken. Noch ein Wort über Eure hohen Türme und Monumente: Es war einmal in dieser Stadt ein verrückter Bursche, der sich bis nach China durchgraben wollte. Er kam so weit, daß er, seiner Behauptung nach, die chinesischen Töpfe und Kessel klappern hören konnte. Ich werde keinen Umweg machen, um das Loch zu bewundern, das er grub. Viele beschäftigen sich mit Untersuchungen über die Monumente des Morgen- und des Abendlandes, wollen wissen, wer sie erbaute. Ich für meinen Teil möchte gern wissen, wer sie damals nicht baute – wer über solche Torheiten erhaben war. Doch ich will mit meiner Statistik fortfahren.

Da ich so viele Gewerbe treibe wie ich Finger habe, verdiente ich mir inzwischen im Dorfe durch Landvermessungen, Tischlerei und als Tagelöhner 13 Dollars und 34 Cents. Die folgende Zusammenstellung verzeichnet die Ausgaben für Nahrungsmittel im Verlauf von acht Monaten – vom 4. Juli bis zum 1. März – bis zu der Zeit also, wo dieser Rechnungsabschluß gemacht wurde. Ich erwähne nebenbei, daß ich länger als zwei Jahre hier lebte und daß ich Kartoffeln, eine kleine, von mir gezogene Quantität an grünem Mais und Erbsen ebensowenig in Rechnung ziehe, als das, was bei der letzten Zusammenstellung noch vorhanden war.

Reis	Dollar	1,73 ½
Melassensirup (billigste Saccharinform)	"	1,73
Roggenmehl	"	1,04 ¾
Maismehl (billiger als Roggenmehl)	"	0,99 ¾
Schweinefleisch	"	0,22
Weizenmehl (kostet mehr Geld und Arbeit als Maismehl)	"	0,88
Alles Experimente, die mißlangen:		
Zucker	"	0,80
Speck	"	0,65
Äpfel	"	0,25
Gedörrte Äpfel	"	0,22
Süßkartoffeln	"	0,10
Ein Kürbis	"	0,06

Eine Wassermelone	"	0,02
Salz	"	0,03

Ja ich verzehrte tatsächlich alles in allem 8 Dollars und 74 Cents. Ich würde jedoch nicht ohne Erröten mein Vergehen veröffentlichen, wenn ich nicht wüßte, daß die meisten meiner Leser ebenso schuldig sind wie ich, daß ihre Taten – gedruckt – keineswegs besser aussehen würden als die meinen. Im nächsten Jahre fing ich mir ab und zu ein Gericht Fische für mein Mittagessen, ja einmal ließ ich mich sogar dazu verleiten, ein Murmeltier, das mein Bohnenfeld verwüstet hatte, zu schlachten – eine Tartar würde sagen: seine Seelenwanderung zu veranlassen – und es zu verzehren, schon des Versuches wegen. Ich hatte dadurch zwar, trotz des moschusartigen Geschmacks, einen momentanen Genuß, sah aber ein, daß ich mich selbst in langer Zeit nicht daran gewöhnen würde, selbst wenn der Schlachter im Dorf es noch so gut herrichten würde.

Kleidung und einige unvorhergesehene Ausgaben, über welche dieses „Item" indessen nur geringen Aufschluß gibt, kosteten	Dollar	8,40 ¾
Öl und einige Haushaltungsgegenstände	"	2,00

Wenn ich die Unkosten für Waschen und Flicken, was zum größten Teil außerhalb des Hauses besorgt wurde, nicht einrechne – die Rechnungen dafür sind übrigens bislang noch nicht eingelaufen – so betrugen meine Gesamtausgaben

Haus	Dollars	28,12	½
Landwirtschaft (ein Jahr)	"	14,72	½
Essen (8 Monate)	"	8,74	
Kleidung usw. (8 Monate)	"	8,40	¾
Öl usw. (8 Monate)	"	2,00	
Summa:	Dollars	61,99	¾

Und das sind alle, ja mehr als alle Wege, auf denen in diesem Teil der Welt das Geld notwendigerweise ausgegeben wird.

Ich wende mich nunmehr an diejenigen meiner Leser, die einen Lebensunterhalt erwerben wollen. Um mir meinen Unterhalt zu verdienen,

verkaufte ich die Erträgnisse meiner Farm für	Dollars	23,44
nahm an Taglohn ein	"	13,34
		____
Summa:	Dollars	36,78

Ziehe ich diesen Betrag von der Summe meiner Ausgaben ab, so ergibt sich ein Überschuß von Dollars 25,21¾ d. h. ein Betrag, der fast genau meinem ursprünglichen Betriebskapital entsprach. Außerdem aber besaß ich, abgesehen von Muße und Unabhängigkeit und Gesundheit, ein bequemes Haus, das ich, solange als es mir gefiel, bewohnen konnte.

Wenn diese Rechnungsablage auch individuell und daher nicht instruktiv erscheinen mag, so hat sie doch eine gewisse Vollständigkeit und daher auch einen gewissen Wert. Nichts wurde mir zu teil, über das ich nicht Rechenschaft abgelegt hätte. Aus der vorhergehenden Zusammenstellung ist ersichtlich, daß meine Nahrung allein mich an Bargeld ungefähr 27 Cents wöchentlich kostete. Sie bestand fast zwei Jahre lang nach diesem Zeitpunkt aus Roggen- und Weizenmehl ohne Hefe, aus Kartoffeln, Reis, einer kleinen Menge gesalzenen Schweinefleisches, Melasse, Salz und Trinkwasser. Ich wäre eigentlich der Mann gewesen, der ganz von Reis hätte leben sollen, da ich die Philosophie Indiens so sehr liebe. Um den Einwänden einiger verknöcherter Sophisten zuvorzukommen, will ich gleich von vornherein betonen, daß ich bisweilen auswärts aß – das war von jeher meine Gewohnheit und ich hoffe, Gelegenheit zu haben, es wieder zu tun –, daß dadurch aber meine Hausordnung häufig benachteiligt würde. Da das Auswärtsessen jedoch, wie ich schon sagte, ein konstanter Faktor war, wird diese vergleichende Zusammenstellung dadurch nicht im mindesten beeinflußt.

Ich lernte durch meine zweijährige Erfahrung, daß es selbst unter diesem Breitengrade unglaublich wenig Mühe macht, sich seine notwendige Nahrung zu verschaffen, daß der Mensch eine so einfache Diät wie das Tier gebrauchen und doch Gesundheit und Stärke behalten kann. Ich stellte mir ein befriedigendes Mittagessen her – befriedigend in verschiedener Hinsicht –, welches aus einem Gericht Portulak *(Portulaca oleracea)* bestand, den ich in meinem Maisfeld sammelte, kochte und salzte. Ich setze den lateinischen Namen hinzu, weil die landläufige Bezeichnung sofort Wohlgeschmack erweckt. Was kann denn, um des Himmels Willen, ein verständiger Mensch in Friedenszeiten am Alltag mehr verlangen als eine genügende Anzahl süßer und grüner gekochter Maiskolben und etwas Salz dazu? Selbst die kleine Abwechslung, die ich mir gestattete, war ein Zugeständnis an die Ansprüche des Appetits, nicht an die der Gesundheit. Doch die Menschen sind schon in solch traurige Zustände gekommen, daß sie oft verhungern, nicht weil die notwendigen Lebensmittel, sondern weil die

Leckerbissen fehlen. Ich kenne eine brave Frau, die da glaubt, daß ihr Sohn starb, weil er nur Wasser trank.

Der Leser merkt schon, daß ich den Gegenstand mehr vom ökonomischen als vom diätetischen Standpunkte aus behandle, und er wird es nicht wagen, meine Enthaltsamkeit auf die Probe zu stellen, es sei denn, daß er eine wohlgefüllte Speisekammer besitzt.

Brot machte ich zuerst aus reinem Maismehl und Salz. Ich pflegte echte Reismehlkuchen über meinem Feuer im Freien auf einer Schindel oder auf einem Stück abgesägten Bauholzes, das beim Hausbau übrig geblieben war, zu backen. Sie wurden jedoch regelmäßig rauchig und hatten einen harzigen Geschmack. Ich versuchte es auch mit Weizenmehl. Schließlich fand ich aus, daß ein Mischung von Roggen- und Maismehl am zweckmäßigsten und angenehmsten sei. Bei kaltem Wetter war es kein kleines Vergnügen, mehrere dieser kleinen Laibchen nacheinander zu backen, wobei ich sie so sorgsam hütete und drehte wie der Ägypter seine Bruteier. Es waren wirkliche cereale Früchte, die ich zur Reife brachte. Sie hatten für mich einen Duft wie andere edle Früchte. Ich bewahrte sie, in Tücher gewickelte, so lang wie möglich. Ich studierte die antike und unentbehrliche Kunst der Brotbereitung und zog die Autoritäten, die mir zu Gebote standen, zu Rate. Ich ging bis zu den ältesten Zeiten, bis zur ersten Erfindung der ungesäuerten Art zurück, bis zu jenen Zeiten, wo die Menschen an die Stelle einer groben Ernährung durch Nüsse und Fleisch diese milde und feine Diät setzen. Ich studierte das ganze Gebiet: zuerst das zufällige Sauerwerden des Teiges, wodurch vermutlich der Gärungsprozeß entdeckt wurde, sodann die verschiedenen Gärungsverfahren und schließlich die Bereitung des „guten, süßen, gesunden Brotes", das da ist der Stab des Lebens. Hefe, welche von manchem für die Seele des Brotes gehalten wird, für den „Spiritus", der des Brotes Zellengewebe erfüllt, und die ängstlich gehütet wird wie das vestalische Feuer – eine Flasche, voll dieses kostbaren Stoffes, die vermutlich an Bord der *"Mayflower"* herübergebracht wurde, versorgte Amerika, und ihre Wirkung steigt, schwillt an und breitet sich immer mehr in Getreidewellen über das Land aus – diesen Samen also verschaffte ich mir regelmäßig und getreulich aus dem Dorfe, bis ich schließlich eines Morgens die Regeln außer acht ließ und meine Hefe verbrühte. Durch diesen Zufall entdeckte ich, daß auch sie nicht unumgänglich notwendig sei – denn meine Entdeckungen wurden nicht durch das synthetische, sondern durch das analytische Verfahren gemacht – und seit diesem Tage habe ich sie zu meiner Freude nicht mehr verwendet, obwohl mir viele Hausfrauen allen Ernstes zu beweisen suchten, daß es ein unschädliches und gesundes Brot ohne Hefe nicht gäbe, während alte Leute einen raschen Verfall meiner Lebenskräfte voraussagten. Dennoch bin ich der Ansicht, daß die Hefe keinen wesentlichen Bestandteil bildet. Auch bin ich, trotzdem ich sie ein Jahr lang nicht verwendete, noch immer im Lande der Lebenden. Ich freue mich sogar der öden Plage entronnen zu sein, in meiner Tasche eine Flasche tragen zu müssen, die manchmal zu meinem großen Ärger loszupuffen und ihren Inhalt umherzuspritzen pflegte. Einfacher und würdiger ist es solche Dinge zu unterlassen. Der Mensch ist ein Tier, das sich besser als irgend ein anderes Wesen an alle Klimate und Verhältnisse anpassen kann. Auch setzte ich weder Salz, Soda, noch andre Säuren oder Alkalien zu meinem Brot. Wie es scheint, arbeitete ich nach einem Rezept, das *Marcus Portius Cato* zwei Jahrhunderte vor Christi Geburt zusammenstellte: *„Panem depsticium sic facito. Manus mortariumque bene lavato. Farinam in mortarium indito, aquae paulatim addito, subigitoque pulchre. Ubi bene subegeris, defingito, coquitoque sub testu.* Meiner Ansicht nach heißt das: „Mache folgendermaßen geknetetes Brot: Wasche Deine Hände und den Backtrog gut. Schütte das Mehl in den Backtrog und knete es unter allmählichem Wasserzusatz gründlich. Wenn Du es gut geknetet hast, forme es und backe es unter einem Deckel," d. h. in einem Backofen. Hefe wird mit keinem Wort erwähnt. Aber ich benutzte nicht immer diesen Stab des Lebens. Einmal bekam ich wegen der Leere meines Geldbeutels länger als einen Monat nichts davon zu sehen.

Jeder Neuengländer könnte leicht seinen ganzen Brotbedarf in diesem Lande voll Roggen und Mais selbst ernten und brauchte nicht von einem weit entlegenen und schwankenden Markte abzuhängen. Doch so sehr sind wir von Einfachheit und Unabhängigkeit entfernt, daß – in Concord – frisches Maismehl selten in den Läden verkauft wird, grobes Maismehl und ungemahlener Mais überhaupt selten von jemandem benutzt werden. Meistens gibt der Farmer seinen Kühen und Schweinen das selbst gezogene Getreide und kauft teuereres, aber sicher nicht gesünderes Mehl im Laden. Ich sah, daß ich leicht ein paar Scheffel Roggen oder Mais bauen konnte, denn Roggen wächst selbst auf dem magersten Land, und Mais bedarf nicht des besten Bodens. Ich erkannte ferner, daß ich das Getreide eigenhändig in einer Sandmühle mahlen und somit ohne Reis und Schweinefleisch existieren konnte. Und da ich irgend einen konzentrierten Stoff zum Süßen haben mußte, fand ich durch mein Experimentieren, daß ich einen ausgezeichneten Syrup entweder aus Kürbissen oder aus Rüben herstellen konnte. Ich wußte auch, daß ich nur ein paar Ahornbäume zu pflanzen brauchte, um ihn mir noch leichter zu verschaffen. Während sie heranwuchsen, hätte ich noch manche andere Ersatzmittel außer den bereits erwähnten benutzen können. „Denn," so sangen unsere Vorfahren:

„Wir brauen Liköre nach unserem Belieben
„Aus Walnußbaumrinde, aus Kürbis und Rüben."

Was schließlich das Salz betrifft, das gröbste der Gewürze, so bietet sich mir ein Anlaß an die See zu reisen, um es zu holen. Wenn ich es aber überhaupt nicht gebrauche, so werde ich wahrscheinlich desto weniger Wasser trinken. Meines Wissens haben die Indianer sich niemals um den Besitz von Salz bemüht.

Ich könnte also alles Handeln und Tauschen vermeiden, soweit meine Nahrung in Betracht kommt, und da ich bereits eine Wohnstätte habe, bleibt mir nur übrig, Kleidung und Feuerung zu besorgen. Die Hosen, die ich jetzt trage, wurden in einer Farmerfamilie gewebt, – dem Himmel sei Dank, daß noch so viel Tugend in der Menschheit lebt. Meines Erachtens ist der Fall vom Landmann zum Fabrikarbeiter gerade so groß und bemerkenswert, wie der des Menschen zum Landmann. In einem neuen Lande gibt es Feuerung im Überfluß. Wenn man mir nicht mehr gestatten würde als „Squatter" zu leben, so könnte ich, was den Wohnsitz betrifft, ungefähr ⅗ Hektar zu demselben Preis kaufen, um welchen das Land, das ich bebaue, verkauft wurde – nämlich um 8 Doll. und 8 Cts. Unter den obwaltenden Verhältnissen bin ich jedoch der Ansicht, daß ich als „Squatter" den Wert des Landes erhöhe.

Es gibt eine gewisse Kategorie von Ungläubigen, die bisweilen fragen, ob ich glaube von Pflanzenkost allein leben zu können. Und um das Problem gleich bei der Wurzel anzupacken – denn die die Wurzel ist Glaube – pflege ich zu antworten, daß ich auch von Bretternägeln leben könne. Wenn sie das nicht begreifen, dann begreifen sie vieles nicht, was ich zu sagen habe. Ich für meine Person höre mit Freude, daß Versuche dieser Art bereits angestellt wurden, daß ein junger Mann z. B. 14 Tage lang von hartem, ungekochtem Mais, vom Felde gepflückt, zu leben versuchte, wobei ihm seine Zähne als Mühlsteine dienten. Das Geschlecht der Eichhörnchen machte das gleiche Experiment mit Erfolg. An diesen Versuchen ist das Menschengeschlecht interessiert, wenn auch ein paar alte Weiber, die zu solchen Dingen unfähig sind und ererbte Mühlenaktien besitzen, darüber in Aufregung geraten.

Meine Einrichtungsgegenstände, die ich mir zum Teil selbst anfertigte – das übrige, was ich bei meiner Zusammenstellung nicht berücksichtigte, kostete mich nichts – bestanden aus einem Bett, einem Schreibpult, drei Stühlen, aus einem 3 Zoll im Durchmesser großen Spiegel, aus einer Feuerzange und einem Rost, einem Kessel, einem Kochtopf, einer Bratpfanne, einem Schöpfer, einem Waschnapf, aus zwei Messern und zwei Gabeln, drei Tellern, aus einem Becher, einem Krug für Öl, einem Krug für Melasse und aus einer lakierten Lampe. Niemand ist so arm, daß er auf einem Kürbis sitzen muß. Das wäre Hilflosigkeit. Eins Menge solcher Stühle, wie ich sie gern mag, sind in den Dachkammern des Dorfes um das Forttragen zu haben. Möbel! Gott sei Dank! Ich kann sitzen und ich kann stehen ohne die Hilfe eines Möbelladens. Welcher Mensch, der kein Philosoph ist, würde sich nicht schämen, wenn er seine Möbel auf einen Karren gepackt und durch das Land gefahren sähe, dem Licht des Himmels und dem Auge der Menschheit ausgesetzt – „einen bettelhaften Prunk von leeren Büchsen". Ich konnte niemals sagen, wenn ich solch eine Wagenladung sah, ob sie einem sogenannten reichen oder einem armen Mann gehörte. Der Besitzer schien mir mit Armut geschlagen. Wahrhaftig, je mehr solcher Dinge man besitzt, desto ärmer ist man. Jede Ladung sieht aus, als bestände sie aus dem Inhalt von einem Dutzend Hütten. Wenn aber eine Hütte arm ist, dann ist ein Dutzend ein dutzendmal so arm. Du lieber Himmel, warum ziehen wir denn überhaupt um? Doch nur um unsere Möbel, unsere *exuviae* los zu werden, um schließlich von dieser Welt in eine andere, neu eingerichtete zu wandern, und die alte zum Verbrennen zurückzulassen. Es ist gerade so, als ob dieser ganze Krempel an eines Mannes Gürtel geschnallt wäre, so daß er nicht durch dieses rauhe Land ziehen kann, wohin ihn sein Loos verschlagen hat, ohne ihn mitzuschleppen – seine Falle mitzuschleppen. Der Fuchs, der seinen Schwanz in der Falle ließ, konnte von Glück sagen. Die Moschusratte nagt sich drei Beine ab, um die Freiheit wieder zu gewinnen. Kein Wunder, daß die Menschen ihre Elastizität eingebüßt haben. Wie oft sitzen sie in der Patsche! „Gestatten Sie mir gütigst, mein Herr, Sie zu fragen: Was verstehen Sie unter dem Ausdruck „Patsche"? Wenn Du ein Seher bist, so siehst Du bei jeder Begegnung mit einem Menschen stets alles, was er besitzt, hinter ihm, ja sogar alles was er vorgibt zu besitzen, mitsamt seinem ganzen Küchengerät und mit all dem Plunder, den er sorgsam bewahrt und nicht verbrennen will. Vor dieses Gerümpel scheint er selbst gespannt zu sein und daran zu ziehen mit allen Kräften. Meiner Ansicht nach sitzt der Mensch in der Patsche, der durch ein Astloch oder durch ein Tor gekrochen ist und nun seine Schlittenladung Möbel nicht nachziehen kann. Ich fühle nur Mitleid, wenn ich höre, daß ein netter, wohlgebauter, scheinbar freier, mutiger Mann von seinen „Möbeln" spricht, und ob sie versichert sind oder nicht. „Doch was soll ich mit meinen Möbeln anfangen?" Mein lustiger Schmetterling hat sich in einer Spinne Netz verfangen. Selbst diejenigen, von denen man lange Zeit glaubte, sie hätten keine Möbeln, kann man bei genauem Nachforschen überführen, daß sie irgend etwas in irgend eines Mannes Scheune zum Aufbewahren gegeben haben. England von heutzutage kommt mir vor wie ein alter Herr, der mit einer Fülle von Gepäck reist, von Gerümpel, das sich während vieler Jahre in seinem Haushalt ansammelte und das zu verbrennen er nicht den Mut hat: großer Koffer, kleiner Koffer, Hutschachtel und Bündel. Wirf wenigstens die ersten drei beiseite! Es würde heutzutage die Kräfte eines gesunden Mannes übersteigen, wenn er mit seinem Bette auf den Schultern wandern wollte; ich würde daher einem Kranken dringend anraten, sein Bett liegen zu lassen und zu laufen. Jedesmal wenn ich einen Einwanderer sah, der dahinschwankte unter dem Bündel, das all sein Hab und Gut enthielt – es sah aus wie ein ungeheurer Buckel, der hinten aus dem Nacken herauswuchs – habe ich ihn bemitleidet, nicht weil das all seine Habe war, sondern weil er alles das zu schleppen hatte. Wenn ich schon meine Falle zu tragen habe, so will ich dafür sorgen, daß sie leicht ist und meine Lebenskräfte nicht wegschnappt.

Vielleicht wäre es aber doch am klügsten, seine Pfote überhaupt nicht hineinzustecken.

Ich möchte nebenbei bemerken, daß mich Vorhänge nichts kosten, denn ich brauche mich nur vor der Neugier von Sonne und Mond zu schützen und die können meinetwegen gern hineinschauen. Der Mond wird meine Milch nicht sauer machen und mein Fleisch nicht verderben, und die Sonne wird weder meinen Möbeln schaden, noch meinen Teppich bleichen und wenn sie bisweilen als allzu warme Freundin sich erweisen sollte, so halte ich es immerhin für noch vorteilhafter, sich hinter einen Vorhang zurückzuziehen, den die Natur geschaffen hat, als auch nur einen einzigen Gegenstand meiner Wohnungseinrichtung hinzuzufügen. Eine Dame bot mir einmal eine Matte an. Ich hatte aber keinen Platz dafür, auch weder drinnen noch draußen Zeit sie auszuklopfen. Darum lehnte ich das Anerbieten ab und zog vor, meine Füße auf dem Rasenboden vor meiner Haustür zu reinigen. Man fährt am besten, wenn man den Anfang des Übels vermeidet. Vor einiger Zeit wohnte ich einer Auktion bei: die Einrichtung eines Geistlichen wurde versteigert, der sich in seinem Leben gut *einzurichten* verstanden hatte. –

„Was Menschen Übels tun, das überlebt sie."

Wie fast regelmäßig war es zum größten Teil Gerümpel, das schon zu seines Vaters Zeiten sich anzusammeln begonnen hatte. Unter anderm sah man dort auch einen getrockneten Bandwurm. Und jetzt, nachdem das Gelumpe ein halbes Jahrhundert auf dem Speicher oder in anderen Staubhöhlen gelegen hatte, wurde es nicht verbrannt. Anstatt eines *Freudenfeuers*, einer reinigenden Zerstörung, gab es eine *Auktion*, eine Vermehrung. Die Nachbarn waren voll Interesse zusammengekommen, um die Dinge anzuschauen. Sie kauften alles an und brachten es behutsam in ihre Speicher und Staubhöhlen, wo es liegen bleibt, bis ihr Nachlaß geordnet wird. Dann beginnt die Wanderschaft aufs neue. Jedesmal, wenn ein Mensch stirbt, wird der Staub von seinen Möbeln aufgewirbelt.

Es wäre vielleicht für uns von Nutzen, wenn wir die Sitten mancher wilden Völker nachahmten. Denn sie vollziehen alljährlich – wenigstens symbolisch – ihre Häutung. Dieser Vorgang existiert in ihrer Vorstellung, nicht in Realität. Wäre es nicht gut, wenn wir solch ein „Busk", solch ein „Fest der Erstlinge" feierten, wie nach Bartrams Beschreibung die Mucclasse-Indianer zu veranstalten pflegten? „Wenn sie das Busk feiern," so erzählt er, „schaffen die Einwohner zunächst neue Kleider, Töpfe, Pfannen und andere Haushaltungsgegenstände und Möbel für jedermann an. Dann werden alle alten Kleider und andere schmutzige Dinge zusammengeschleppt, die Häuser und Straßen gekehrt und geputzt und die ganze Stadt vom Schmutz gesäubert. Aller Schmutz wird darauf zugleich mit dem übrig gebliebenen Getreide und mit anderen alten Vorräten auf einen Haufen zusammengeschleppt und verbrannt. Nachdem die Einwohner Arznei genommen und drei Tage gefastet haben, wird jegliches Feuer in dem Städtchen ausgelöscht. Während der Fastenzeit darf weder der Appetit noch irgend eine Leidenschaft gestillt werden. Eine allgemeine Amnestie wird erlassen, alle Verbrecher dürfen ins Städtchen zurückkehren."

„Am Morgen des vierten Tages erzeugt der Hohepriester durch Reiben von trockenem Holze aufs neue Feuer auf dem Versammlungsplatze. Von dort aus wird jeder Einwohner der Stadt mit einer neuen reinen Flamme versorgt."

„Dann gibt's ein Festessen, frischen Mais und frisches Obst, Tanz und Gesang drei Tage lang. An den vier folgenden Tagen empfangen sie Besuche und sind froh mit ihren Freunden aus den benachbarten Orten, welche auf die gleiche Weise sich geläutert und vorbereitet haben.“

Auch die Mexikaner nahmen eine ähnliche „Reinigung“ jedesmal nach Ablauf von 25 Jahren vor. Sie glaubten, daß jetzt die Zeit des Weltunterganges herangekommen sei. Eine ehrlichere religiöse Zeremonie als diese ist mir wohl kaum bekannt, wenn ich von religiöser Zeremonie in dem Sinne rede, wie sie etwa in einem Lexikon definiert wird, nämlich als „äußeres und sichtbares Zeichen einer inneren und geistigen Gnade.“ Auch glaube ich sicherlich, daß diese Wilden ursprünglich direkt vom Himmel zu solcher Handlung inspiriert wurden, wenn sie auch keinen biblischen Bericht über die Offenbarung besitzen.

Mehr als fünf Jahre lang schlug ich mich auf diese Weise einzig und allein durch meiner Hände Arbeit durch und ich fand, daß eine Arbeitszeit von sechs Wochen im Jahr zur Deckung aller Ausgaben im Verlauf eines ganzen Jahres ausreichte. Den ganzen Winter und den größten Teil des Sommers konnte ich ohne Einschränkung dem Studium widmen. Mit der Schulmeisterei hatte ich es gründlich versucht, war aber zu der Erkenntnis gekommen, daß meine Ausgaben im Verhältnis oder vielmehr nicht im Verhältnis zu meinen Einnahmen standen. Ich mußte mich standesgemäß kleiden, standesgemäß leben – vom Denken und Glauben will ich gar nicht reden – und obendrein verlor ich Zeit bei dem Geschäft. Da ich nicht zum Wohl meiner Mitmenschen lehrte, sondern nur um mir meinen Lebensunterhalt zu verdienen, mußte ein Mißerfolg eintreten. Mit dem Handel habe ich es ebenfalls versucht. Doch ich erkannte, daß zehn Jahre erforderlich sind, den Weg zum Glück hierbei zu finden, und daß man dann wahrscheinlich nahe daran ist, den Weg zum Teufel zu gehen. Ich hatte wirklich Angst, daß ich nach dieser Zeit ein sogenanntes gutes Geschäft besitzen würde. Wenn ich in früheren Tagen nach einem Lebensunterhalte mich umsah, dachte ich oftmals und allen Ernstes daran Heidelbeeren zu pflücken. Ich hatte damals einige betrübende Erfahrungen gemacht, weil ich den Wünschen meiner Freunde nachgab und die Erinnerung daran war noch frisch genug in meiner Erinnerung, um meine Naivität zu erschüttern. Das Beerenpflücken konnte ich sicherlich ausführen und der geringe Verdienst hätte genügt. Mein größtes Talent war von jeher meine Bedürfnislosigkeit. Auch dachte ich Tor, es sei nur ein geringes Kapital dazu nötig und die Ablenkung von meinen gewohnten Beschäftigungen sei nicht der Rede wert. Während meine Bekannten ohne Zaudern dem Handel oder dem Studium sich widmeten, hielt ich die Beschäftigung mit „Heidelbeerenpflücken“ für eine ganz ähnliche. Ich würde den ganzen Sommer hindurch die Hügel durchstreifen, die Beeren, die ich erblickte, pflücken, sie hernach sorglos verkaufen, und so die Herden des *Admetus* hüten. Ich dachte auch daran, wilde Kräuter zu sammeln, oder Immergrün solchen Dorfbewohnern zu verkaufen, die gern an den Wald erinnert sein wollten, ja ich beabsichtigte sogar, es in Heuwagenladungen in die Stadt zu fahren. Doch inzwischen habe ich gelernt, daß der Handel seiner Ware stets zum Fluch wird. Und wenn Ihr selbst mit Botschaften vom Himmel handelt, der ganze Fluch des Handels ist auch diesem Geschäft gesellt.

Da ich manche Dinge andern vorzog und hauptsächlich meine Freiheit hochschätzte, da ich aufs bescheidenste leben und doch mein Glück erringen konnte, so wollte ich meine Zeit wenigstens jetzt noch nicht dazu verwenden, mir kostbare Teppiche und schöne Möbel, Delikatessen oder ein Haus im griechischen oder im gotischen Stil zu verdienen. Wenn irgend jemand, ohne abgelenkt zu werden, solche Sachen erwerben kann, und das Erworbene zu benutzen versteht, so überlasse ich diese Beschäftigungen gern. Manche Menschen sind „arbeitsam", scheinen die Arbeit um ihrer selbst willen zu lieben oder weil sie dadurch von gröberem Unfug abgehalten werden. Diesen habe ich augenblicklich nichts zu sagen. Wer aber wissen will, was er mit noch mehr Muße, als er schon hat, anfangen soll, dem gebe ich den Rat, doppelt angestrengt zu arbeiten. Er soll arbeiten, bis er sich selbst soviel Geld verdient hat, daß er sich freikaufen kann, bis er seinen Freibrief in Händen hält. Ich selbst habe erkannt, daß die Beschäftigung des Taglöhners die unabhängigste von allen war, zumal da man nur 30 oder 40 Tage im Jahre zu arbeiten braucht, um seinen Lebensunterhalt zu verdienen. Geht die Sonne unter, hört des Taglöhners Arbeit auf. Er kann dann in Freiheit sich seinen Neigungen widmen, die mit seiner Arbeit nichts zu tun haben. Sein Arbeitgeber dagegen, der durch alle Monate des Jahres spekuliert, hat keine Ruhe und Muße von einem Ende des Jahres bis zum andern.

Kurz: ich bin sowohl aus Glaube als auch aus Erfahrung der Ansicht, daß es keine Quälerei sondern ein Zeitvertreib ist, sich auf dieser Erde durchzukämpfen, wenn man einfach und verständig leben will. Noch immer dienen die Beschäftigungen der einfachen Völker den kultivierteren als Sport. Es ist nicht notwendig, daß der Mensch im Schweiße seines Angesichts sein Brot erntet – es sei denn, daß er leichter in Schweiß gerät als ich.

Ein mir bekannter junger Mann, der einige Hektar Land geerbt hatte, sagte mir, daß er gerade so wie ich leben würde, „wenn er die Mittel besäße". Ich wünsche jedoch um keinen Preis, daß jemand *meine* Lebensweise befolgt. Denn ganz abgesehen davon, daß ich, bevor jemand sie im Prinzip erfaßt hat, bereits eine andere für mich erfunden haben kann, wünsche ich auch, daß die Menschen dieser Erde so verschieden wie nur möglich sein mögen. Andrerseits aber soll ein jeder sich eifrig bemühen, *seinen eigenen Weg zu finden*, und nicht den seines Vaters, seiner Mutter oder seines Nachbarn. Laßt den Jüngling Baumeister, Pflanzer oder Seemann werden. Man soll ihn nur nie an der Ausführung seines Lieblingswunsches hindern. Wie der Polarstern dem Seemann oder dem flüchtenden Sklaven als Führer dient, so ist all unsere Weisheit nichts mehr als ein einziger mathematischer Punkt. Wenn wir auch unsern Hafen nicht in absehbarer Zeit erreichen – außer Kurs kommen möchten wir nicht.

Ohne Zweifel ist in diesem Falle das, was für einen wahr ist, noch wahrer für Tausende. Ist doch ein großes Haus im Verhältnis nicht teurer als ein kleines, da *ein* Dach es bedecken, *ein* Keller darunter liegen und *eine* Wand mehrere Zimmer trennen kann. Ich meinerseits zog die einsame Wohnung vor. Ferner wird es in der Regel billiger sein, das Ganze selbst zu bauen als irgend jemand von dem Vorteil der gemeinsamen Mauer zu überzeugen. Aber selbst wenn dies gelungen ist, so muß die Mauer um so dünner sein, je billiger man sie herzustellen wünscht. Der Nachbar kann sich außerdem in schlechtem Lichte zeigen und die ihm zugekehrte Seite der Mauer nicht ordentlich im Stande halten. Ein Zusammenwirken ist gewöhnlich nur dann möglich, wenn es in eng begrenztem und oberflächlichem Maße geschieht. Findet wirklich einmal ein ehrliches Zusammenwirken statt, so bemerkt man es nicht. Für solche Harmonie ist des Menschen Ohr nicht geeignet. Hat ein Mensch Vertrauen, so wird er bei jeder gemeinschaftlichen Arbeit das gleiche Vertrauen an den Tag legen, hat er keines, so wird er wie die übrigen Menschen weiterleben, einerlei wem er sich auch zugesellt. Zusammenwirken heißt im höchsten wie im niedrigsten Sinne *sein Brot gemeinsam verdienen*. Vor kurzem machte jemand folgenden Vorschlag: zwei junge Leute sollten zusammen durch die Welt reisen, der eine ohne Geld, sollte seinen Unterhalt während der Reise vor dem Maste oder hinter dem Pfluge verdienen, der andere sollte sein Bankbuch in der Rocktasche tragen. Man kann sich leicht vorstellen, daß sie nicht lange zusammenwirken, nicht lange Gefährten bleiben werden, da der eine überhaupt nicht wirken will. Sie werden sich bei der ersten interessanten Krisis in ihren Abenteuern trennen. Vor allen Dingen aber kann der Mann, der allein ist, wie ich schon andeutete, bereits heute abreisen. Wer aber mit einem Gefährten reist, muß warten, bis dieser fertig ist. Da kann es lange dauern, bis sie ihre Fahrt antreten.

„Das ist aber alles höchst egoistisch," höre ich meine Mitbürger sagen. Ich gebe zu, ich habe bislang philantropischen Bestrebungen wenig gefrönt. Ich habe dem Pflichtgefühl einige Opfer dargebracht, ihm unter anderem auch dieses Vergnügen geopfert. Einige Leute haben auch alle ihre Überredungskunst aufgeboten, um mich zur Unterstützung einer armen Familie in unserem Städtchen zu bestimmen. Hätte ich nichts zu tun, so könnte ich mich – denn der Teufel gibt dem Müßiggänger Beschäftigung – einem derartigen Zeitvertreib widmen. Als ich aber in dieser Hinsicht nachgiebig wurde und die Verpflichtung übernahm, einigen armen Leuten das Leben in jeder Beziehung so angenehm wie mir selbst zu gestalten, da zogen sie alle, sobald ich mit diesem Anerbieten an sie herantrat, ohne Zaudern vor, arm zu bleiben. Da meine Mitbürger und Mitbürgerinnen auf so mannichfache Weise sich dem Wohle anderer Menschen widmen, so hoffe ich, daß wenigstens einer andere und weniger humane Bestrebungen verfolgen darf. Auch zur Mildtätigkeit muß man, gerade wie zu anderen Dingen, Talent haben. Das „Wohltun" ist auf alle Fälle ein Beruf, der überfüllt ist. Ich habe mir indessen redlich Mühe gegeben, ihn auszuüben und doch bin ich, so seltsam es auch scheinen mag, froh, daß er meiner Konstitution nicht zusagt. Selbst dann würde ich meinem speziellen Beruf wahrscheinlich nicht mit Absicht und Überlegung untreu werden, wenn ich durch Wohltaten, wie sie die menschliche Gesellschaft von mir verlangt, das Universum vor völligem Untergange retten könnte. Ich glaube ferner, daß eine ähnliche, aber viel größere Sündhaftigkeit an einem anderen Ort dasjenige ist, was die Welt jetzt zusammenhält. Doch ich wünsche nicht, zwischen irgend einem Menschen und seinem Talent zu stehen. Demjenigen aber, der diese Arbeit, die ich ablehne, mit ganzem Herz, mit ganzer Seele und mit jedem Atemzug sich widmet, rufe ich zu: Fahre fort, selbst wenn die Welt es „Übeltun" heißt. Das wird sie übrigens wahrscheinlich tun.

Ich bin weit davon entfernt, zu glauben, daß ich in diesem Falle eine Ausnahme mache. Ohne Zweifel werden viele meiner Leser sich auf die gleiche Weise verteidigen. Für manchen Zweck – ich will nicht behaupten, daß meine Nachbarn darin etwas Gutes sehen – kann man unbedingt keinen besseren Kerl dingen als mich. Auf welchem Gebiete ich mich jedoch besonders auszeichne, möge mein Arbeitgeber selbst ausfindig machen. Das *Gute* (in des Wortes gewöhnlicher Bedeutung), das ich tue, muß abseits von meinem Pfade liegen, muß zum größten Teil unabsichtlich geschehen. Die Menschen aber sagen: Fange an, wo Du bist und wie Du bist, stecke Dir keine ehrgeizigeren Ziele und tue Gutes mit bewußter Güte. Wenn ich überhaupt in diesem Tone predigen wollte, so würde ich sagen: Fanget an gut zu sein. Als ob die Sonne sich ausruhen dürfte, wenn sie den Mond oder einen Stern sechster Größe mit ihrem Licht versorgt hat, als ob sie nun wie Hans Biedermeier herumspazieren, in jedes Hüttenfenster lugen, Mondsüchtige inspirieren, Fleisch verderben und die Dunkelheit erhellen könnte, anstatt mählich ihre wohltuende, belebende Wärme zu steigern und dermaßen zu leuchten, daß kein Sterblicher ihr ins Antlitz zu blicken vermag! Gleichzeitig aber wandelt sie ihre Bahn um die Welt und tut Gutes, oder, wie eine wahrere Philosophie lehrt: die Welt wandert um sie herum und empfängt Wohltaten. Als Phaeton seine himmlische Herkunft durch Wohltaten zu beweisen wünschte, kam er, als er den Sonnenwagen nur einen Tag lang lenkte, aus dem Geleise. Er verbrannte mehrere Häuserviertel in den tiefer gelegenen Straßen des Himmels, versengte die Oberfläche der Erde, trocknete alle Quellen aus und schuf die große Wüste Sahara. Da schleuderte ihn schließlich Jupiter durch seinen Donnerkeil häuptlings auf die Erde und aus Kummer über seinen Tod schien die Sonne ein Jahr lang nicht.

Nichts riecht so schlecht wie falsche Güte. Es ist menschliches, es ist göttliches Aas. Wenn ich mit Sicherheit wüßte, daß ein Mensch nach meinem Hause käme mit der bewußten Absicht, mir „wohl zu tun", so würde ich bloß aus Angst, er könne mir eine seiner Wohltaten erweisen – etwas von seinem *virus* meinem Blute einverleiben – vor ihm davonlaufen, wie vor dem Samum, dem trockenen, brennenden Wüstenwind Afrikas, der Nase, Mund, Ohren und Augen mit Staub füllt, bis man erstickt. Nein! In diesem Falle will ich lieber auf natürliche Weise Böses erdulden. Ein Mensch ist deswegen noch nicht gut, weil er mir Nahrung gibt, wenn ich am Verhungern, weil er mich wärmt, wenn ich am Erfrieren bin, oder weil er mich aus einer Grube zieht, vorausgesetzt, daß ich je in eine hineinfallen sollte. Ich kann Euch einen Neufundländer vorführen, der das gleiche tut. Philanthropie ist nicht Nächstenliebe im weitesten Sinne. Howardist in seiner Art sicherlich ein außerordentlich freundlicher und würdiger Herr; er hat auch seinen Lohn gefunden. Was sind aber – um einen Vergleich zu gebrauchen – hundert Howards *uns*, wenn ihre Philanthropie nicht imstande ist, *uns* in unseren sogenannten *besten* Verhältnissen, gerade dann, wenn wir sie am dringendsten nötig haben, zu helfen? Ich habe niemals von einer philanthropischen Versammlung gehört, in welcher der Vorschlag gemacht wurde, mir und meinesgleichen irgend eine Wohltat zu erweisen.

Indianer, die bereits zum Verbrennen an die Pfähle gebunden waren, bereiteten meist den Jesuiten dadurch eine arge Enttäuschung, daß sie ihren Folterknechten neue Folterqualen vorschlugen. Da sie körperliche Schmerzen verachteten, kam es manchmal vor, daß sie auch über jeden von den Missionären gespendeten Trost erhaben waren, und das Gebot: „Behandle Deine Mitmenschen so, wie Du von ihnen behandelt zu sein wünscht“, hatte weniger Überzeugungskraft für die Ohren derjenigen, denen es einerlei war, wie man sie behandelte, die ihre Feinde auf ihre eigne, neue Art liebten, und die nahe daran waren, ihnen all ihr Tun zu verzeihen.

Überzeuge Dich davon, daß Du dem Armen die Hilfe zuteil werden läßt, deren er am dringendsten bedarf, auch wenn es für ihn unmöglich ist, Dein Beispiel nachzuahmen. Opfere Dich selbst mit dem Geld, das du ihm gibst, und händige es ihm nicht gleichgiltig ein. Wir machen nicht selten sonderbare Fehler. Oft ist der arme Mann, wenn ihn auch Hunger und Kälte plagen, in der Hauptsache doch nur schmutzig, zerlumpt und roh. Das ist zum Teil sein Geschmack und nicht bloß sein Unglück. Schenkst Du ihm Geld, so kauft er vielleicht noch mehr Lumpen dafür. Ich hatte immer Mitleid mit den unbeholfenen irischen Arbeitern, die in ihren gewöhnlichen und zerlumpten Kleidern Eis schnitten, während ich in meinem der Jahreszeit mehr entsprechenden und etwas eleganteren Anzug vor Kälte zitterte. Als aber an einem bitterkalten Tage einer der Arbeiter, der ins Wasser gerutscht war, in mein Haus kam, um sich zu wärmen, hatte er drei paar Hosen und zwei paar Strümpfe abzustreifen, bis er auf die Haut kam. Ich aber erkannte, daß er aus gutem Grunde *Extra*kleider, die ich ihm anbot, ablehnen konnte – trotzdem seine Hosen schmutzig und zerlumpt genug waren – denn er hatte genug *intra*. Gerade das kalte Bad hatte einem dringenden Bedürfnis abgeholfen. Daraufhin bekam ich Mitleid mit mir selbst, und ich sah ein, daß meine Nächstenliebe besser angewendet wäre, wenn ich mir ein Flanellhemd, anstatt ihm ein ganzes „Alte Kleider-Magazin“ schenken würde. Tausende hacken an den Zweigen des Übels herum, doch nur einer trifft die Wurzel. Und vielleicht erzeugt gerade dieser Eine, welcher für die Armen die meiste Zeit und das meiste Geld hergibt, durch seine Lebensweise das Elend, das er vergebens zu lindern sich bemüht. Er gleicht dem frommen Sklavenhändler, der das

Geld, welches er an jedem zehnten Sklaven verdient, zur Einführung der „Sonntagsruhe" für die übrigen verwendet. Manche Menschen zeigen ihre Milde gegen Arme dadurch, daß sie dieselben in ihrer Küche beschäftigen. Würden sie nicht mehr Güte beweisen, wenn sie sich selbst dort beschäftigten? Du prahlst damit, daß Du den zehnten Teil Deines Einkommens mildtätigen Zwecken zuwendest! Vielleicht solltest Du neun Zehntel so verwenden, und damit Basta! – Die Gesellschaft erhält also nur den zehnten Teil des Eigentums zurück. Verdankt sie dies dem Edelsinn des jeweiligen Besitzers oder der Schlaffheit der Diener der Gerechtigkeit?

Philanthropie ist die einzige Tugend, die von der Menschheit genügend geschätzt wird. Ja, sie wird sogar viel zu hoch eingeschätzt! Und wer überschätzt sie? Unsere Selbstsucht! Ein kräftiger armer Mann, der in Concord lebt, pries mir gegenüber an einem sonnigen Tag einen Mitbürger, der, wie er sagte, wohltätig gegen die Armen sei. Damit meinte er sich selbst. Die guten Onkel und Tanten des Menschengeschlechtes werden mehr geachtet als seine wahren geistigen Väter und Mütter. Ich hörte einmal einen Geistlichen über England sprechen, einen Mann von Wissen und Intelligenz. Der begann, nachdem er zunächst die wissenschaftlichen, literarischen und politischen Autoritäten – Shakespeare, Bacon, Cromwell, Milton, Newton und andere – aufgezählt hatte, sogleich von christlichen Helden zu reden, die er, wie es sein Beruf von ihm verlangte, als die Größten aller Großen hoch über alle andere stellte. Seine Helden waren Penn,Howard und Mrs. Fry.Jedermann kann fühlen, daß das heuchlerische Redensarten und Lügen waren. Diese letzten Drei waren nicht Englands beste Männer und Frauen; höchstens – vielleicht – seine besten Philanthropen.

Ich will das Lob, das der Philanthropie zukommt, in keiner Weise schmälern. Ich will nur Gerechtigkeit für alle verlangen, die durch ihr Leben und durch ihre Werke ein Segen für die Menschheit sind. Ich ziehe nicht in erster Linie die Rechtschaffenheit und die Gutmütigkeit eines Menschen in Rechnung, die gewissermaßen sein Stamm und seine Blätter sind. Jene Pflanzen, aus deren getrocknetem Grün wir Tee für die Kranken bereiten, dienen nur niederem Zweck und werden meistens von Quacksalbern benutzt. Ich verlange des Menschen Blüte und Frucht. Ich will, daß ein würziger Duft von ihm zu mir herüberschwebe, daß eine Art von Reife unserem Verkehr Geschmack verleihe. Seine Güte soll nicht eine transitorische Handlung, nicht Stückwerk sein, sondern ein beständiges Überströmen, das ihn nichts kostet und das ihm nicht zum Bewußtsein kommt. Liebe muß eine Menge von Sünden verdecken können. Der Philanthrop umgibt nur zu oft die Menschheit durch die Erinnerung an seinen eigenen überwundenen Kummer wie mit einem Dunstkreis und nennt das „Sympathie". Wir sollen unseren Mut mitteilen, nicht unsere Verzweiflung, unsere Gesundheit und unser Behagen und nicht unsere Krankheit. Im Gegenteil, Krankheitskeime zu verschleppen, sollen wir ängstlich vermeiden. Von welch südlichen Ländern schallen Klagetöne an unser Ohr? In welchen Zonen wohnen die Heiden, denen wir Erleuchtung senden möchten? Wenn irgend etwas den Menschen plagt, so daß er seinen Funktionen nicht nachkommen kann, selbst wenn er nur ein wenig Schmerz im Bauche hat – denn dort ist der Sitz der Sympathie– beginnt er ohne Zaudern die Welt zu reformieren. Da er selbst ein Mikrokosmos ist, entdeckt er – und zwar ist das eine geniale Entdeckung, zu der ein Mann wie er nötig war –, daß die Welt unreife Äpfel gegessen hat. In seinen Augen ist die Erdkugel überhaupt nur ein großer, unreifer Apfel, und schon der Gedanke, daß des Menschen Kinder ihn anbeißen könnten, bevor er reif ist, bedeutet eine schreckliche Gefahr. So wird seine drastische Philanthropie stracks den Eskimo und den Patagonier erkiesen und sich der übervölkerten indischen und chinesischen Dörfer erbarmen. Hat er ein paar Jahre dieser philanthropischen Tätigkeit gewidmet, während welcher die treibenden Mächte der Welt ihn doch zu ihrem eigenen Zweck benutzen, dann ist er von seiner Dyspepsie kuriert. Der Erdball zeigt ein blasses Rot auf einer oder auf beiden Wagen, als ob nun die Zeit der Reife begonnen hätte, das Leben verliert seinen bitteren Beigeschmack und wird aufs neue süß und bekömmlich. Ich habe nie von größeren Freveln geträumt als ich beging. Ich habe nie einen Menschen gekannt, noch werde ich je einen kennen, der schlechter war als ich selbst.

Ich glaube, daß die ganze Trübsal des Weltverbesserers nicht durch die Sympathie mit seinen im Unglück befindlichen Mitmenschen, sondern – mag er selbst Gottes heiligster Sohn sein – durch sein persönliches Leiden hervorgerufen wird. Doch, wenn er sein Leid vergißt, im Frühlingslicht sich badet, wenn die Morgensonne über sein Lager flutet: dann wird er seine hochherzigen Gefährten ohne Entschuldigung verlassen. (Wenn ich nicht gegen den Tabak eifere, so kommt das daher, weil ich ihn nie gekaut habe. Bekehrte Tabakkauer müssen auf diese Weise Buße tun, ich habe aber genug anderes Zeug gekaut, gegen das ich zu Felde ziehen könnte.) Wenn Du je in Versuchung kommst, an philanthropischen Bestrebungen teilzunehmen, so laß Deine linke Hand nicht wissen, was die rechte tut, denn solches Wissen ist nicht der Mühe wert. Rette den Ertrinkenden und binde Deine Schuhbänder fein säuberlich. Laß Dir Zeit und fange mit einer freiwilligen Arbeit an.

Der Verkehr mit den Heiligen hat unsere Sitten verdorben. Aus unseren Gesangbüchern hallt es melodisch wider: Gott, Dich klagen wir an! Gott, Deine Güte währet ewiglich!

Man könnte beinahe sagen, daß selbst die Propheten und Erlöser mehr die Angst der Menschen beschwichtigt als ihre Hoffnung gestärkt haben. Nirgends findet sich eine einfache von Herzen kommende Äußerung darüber, daß das Leben Befriedigung gewährt, nirgends ist ein denkwürdiges Lob Gottes aufgezeichnet. Alles Gesunde, jeder Erfolg tut mir wohl, mag er noch so weit entfernt sein, noch so abseits vom Wege liegen. Alles Kranke, jeder Fehlschlag stimmt mich traurig, macht mich unglücklich, wieviel Sympathie ich auch mit ihm oder er mit mir haben mag. Wenn wir nun tatsächlich die Menschheit durch echt indische, botanische, magnetische oder natürliche Mittel kurieren wollen, so wollen wir zunächst versuchen, selbst so einfach und gesund wie die

Natur zu werden, die Wolken zu vertreiben, die unsere eigene Stirn überschatten und ein wenig mehr Leben in unsere Poren aufzunehmen. Begnüge Dich nicht damit, ein Armenpfleger zu sein, sondern strebe darnach, einer der würdigsten zu werden auf dieser Welt.

Ich las im Gulistanoder im Blumengarten des Scheik Sadi von Schiras folgendes: „Sie richteten an einen weisen Mann die Frage: Von den vielen in Liedern besungenen Bäumen, die Gott der Herr hoch und schattenspendend erschaffen hat, wird keiner *"azad"* oder frei genannt, außer der Zypresse, die keine Früchte trägt. Welch Geheimnis liegt hier verborgen? Er antwortete: Jeder Baum hat seinen angemessenen Ertrag, und jeder Baum hat seine Zeit, während der er frisch und blühend ist. Hernach vertrocknet und verwelkt er. Solch Schicksal kennt die Zypresse nicht. Sie grünt immerfort. Und von dieser Art sind die Azads, die religiös Unabhängigen. Hänge nicht Dein Herz an vergängliche Güter, denn der Dijlah oder Tigris wird noch durch Bagdad fließen, nachdem der Stamm der Kalifen erlosch. Hat Deine Hand die Fülle, sei freigebig wie der Dattelbaum. Doch wenn Du nichts zum Verschenken hast, sei ein Azad, ein Mann, der frei ist wie die Zypresse."

Ergänzende Verse

Die Ansprüche der Armut

„Zu kühn ist Dein Begehren, armer, dürftiger Wicht
Wenn Du am Himmel einen Platz Dir wünschst!
Denn voll Pedanterie und Trägheit ist *die* Tugend,
Die Du in Deiner niedern Hütte oder Deiner Tonne
Wohlfeil Dir züchtest in der Sonne, beim schatt'gen Quell
Bei Wurzelkost und dürftigen Topfgewächsen.
Mit Deiner rechten Hand reißt Du aus Deiner Brust
All jene menschlichen Begierden, aus deren Schoß
Der Tugend schönste Blüten sprossen.
So wird Natur von Dir geknechtet, so werden die Instinkte unterdrückt!
Wie der Meduse Haupt, verwandelst Du den Tätigen in Stein.
Wir brauchen die Gesellschaft jener blöden Menschen nicht,
Die in Enthaltsamkeit – gezwungen – leben!
Wir haben kein Verlangen nach dem widersinnig stumpfen Leben,
Das weder Schmerz noch Freude kennt; auch nicht nach
Jenem Duldermut, den Ihr, verblendet, höher wertet

Als den Mut der Kraft: Solch niedre und verworfne Brut,
In schaler Mittelmäßigkeit zu Haus,
Paßt, wahrlich, gut zu Eurem Knechtesinn.
Wir aber preisen nur die Tugenden, die überströmen,
Die kühnen und die milden Taten, auch königliche Herrlichkeit,
Allweise Klugheit, grenzenlose Großmut
Und jene Heldentugend, für die das Altertum
Zwar keinen Namen, doch manch Beispiel hinterließ:
Theseus – Achilleus – Herakles!
Zurück in Deine ekelhafte Zelle!
Willst Du die Welt im Strahlenglanze sehn,
Versuche diese Besten zu verstehn." *T. Carew*

Wo ich lebte und wofür ich lebte

In einem gewissen Lebensalter haben wir die Gewohnheit, jedes Fleckchen Erde für einen eventuellen Hausbau in Betracht zu ziehen. So habe ich das Land nach allen Richtungen im Umkreis von zwölf Meilen angeschaut. In meiner Phantasie kaufte ich alle Farmen der Reihe nach auf, denn alle waren zu verkaufen, und ich kannte den verlangten Preis. Ich ging mit jedem Farmer durch Haus und Hof, kostete von seinen wilden Äpfeln, sprach mit ihm über Landwirtschaft, kaufte die Farm für den geforderten Preis, für *jeden* Preis und fertigte im Geiste die Hypothek aus. Ich selbst setzte dann einen höheren Preis der Farm fest, nahm alles, nur keinen Vertrag – ließ mir anstatt des Vertrages sein Wort geben (denn ich liebe es sehr zu plaudern) und kultivierte, wie ich glaube, nicht nur den Besitz, sondern auch den Besitzer in gewissem Grade. Hatte ich mich lange genug so vergnügt, dann zog ich mich zurück und überließ ihm die Fortsetzung.

Meine Kenntnisse verleiteten meine Freunde dazu, in mir gleichsam einen Makler in Grundbesitz zu sehen. Wo auch immer ich saß, da hätte ich auch leben mögen, und die Landschaft dehnte sich dementsprechend radienförmig um mich aus. Was ist ein Haus anderes als ein *sedes* – ein Sitz? Ist es ein Landsitz – nun, um so besser! Ich entdeckte manchen Platz, auf dem wohl so bald kein Haus gebaut werden würde, denn mancher würde zu sich sagen: Der Platz liegt zu weit vom Dorfe ab; meiner Ansicht nach war das Dorf zu weit von dem Platze entfernt. „Gut, hier möchtest Du leben", sprach ich zu mir, und so lebte ich dort eine Stunde lang ein Sommer- und ein Winterleben, sah im Geiste wie die Jahre eilten, wie ich mich durch den Winter schlug und wie der Frühling ins Land zog. Die zukünftigen Bewohner dieser Gegend können sicher sein, daß ihnen, wohin sie auch immer ihre Häuser stellen mögen, stets einer zuvorgekommen ist. Ein Nachmittag genügte, um das Land in Obstgarten, Waldung und Weiden abzuteilen, um zu entscheiden, welche schönen Eichen oder Fichten geschont werden und vor dem Hause stehen bleiben sollten, und von wo aus irgend ein verwitterter Baum am interessantesten zu betrachten war. Dann ließ ich alles liegen – geradezu brach liegen. Denn ein Mensch ist um so reicher, je mehr Dinge er unbeschadet am Wege liegen lassen kann.

Meine Phantasie trieb ihr Spiel so weit, daß ich für manche Farmen sogar das Vorkaufsrecht besaß. Das Vorkaufsrecht war übrigens wirklich alles was ich wollte. Ich habe niemals meine Finger an realem Besitz verbrannt. Ich war allerdings nahe daran, Grundbesitzer zu werden, als ich Hollowell kaufte. Ich hatte schon begonnen die Saat auszulesen und auch schon Material zur Herstellung eines Schubkarren gesammelt, um sie darin zu transportieren. Bevor mir jedoch der Besitzer den Vertrag aushändigte, besann sich sein Weib – jedermann hat solch ein Weib – eines bessern und wünschte die Farm zu behalten. Er bot mir zehn Dollars Entschädigung an. Nun besaß ich selbst, um der Wahrheit die Ehre zu geben, auf Gottes weiter Welt nur zehn Cents, und meine Rechenkunst erwies sich als vollkommen ungenügend, um festzustellen, ob ich der Mann war, der zehn Cents besaß oder eine Farm oder zehn Dollars oder alles zusammen. Kurzum – ich ließ ihm die zehn Dollars und die Farm obendrein, denn ich hatte mein Spiel weit genug getrieben. Mit andern Worten: um großmütig zu sein, verkaufte ich die Farm um denselben Preis an ihn, den ich bezahlt hatte und schenkte ihm, da er kein reicher Mann war, zehn Dollars. Trotzdem hatte ich noch meine zehn Cents, die Aussaat und das Material für einen Schubkarren in meinem Besitz. Und so erkannte ich, daß ich ein reicher Mann gewesen war, ohne an meiner Armut irgend eine Einbuße erlitten zu haben. Die Landschaft blieb ja ohnehin mein Eigentum, und alljährlich habe ich seither, was sie hervorbrachte, ohne einen Schubkarren davongetragen. Ja, die Landschaft! . . .

> „Soweit mein Auge reicht, bin ich der König!
> „Dies Recht soll niemand mir bestreiten."

Ich sah häufig einen Dichter, der die Farm verließ, wenn er an ihren wahren Schätzen sich erquickt hatte. Der mürrische Farmer dagegen glaubte, daß er sich nur ein paar wilde Äpfel genommen habe. Ja, der Besitzer selbst weiß oft jahrelang nichts davon, daß ein Dichter sein Landgut in Reime setzte, es durch das herrlichste, unsichtbare Gitter einhegte, die Kühe molk, den Rahm von der Milch schöpfte, und dem Farmer nichts als abgerahmte Milch zurückließ.

Daß mir gerade die Hollowell-Farm so sehr gefiel, hatte folgende Gründe: Das Gut war völlig abgelegen, denn die Entfernung bis zum Dorf betrug zwei Meilen, bis zum nächsten Nachbar eine halbe Meile. Außerdem trennte ein breites Feld das Farmhaus von der Landstraße. Ferner grenzte das Besitztum an den Fluß, und die Nebel – so behauptete wenigstens der Eigentümer – schützten es im Frühling vor Nachtfrösten. Das war mir allerdings ganz einerlei. Die graue Farbe, der verfallene Zustand des Hauses und des Stalles, und die zerbrochenen Zäune vergrößerten den Zeitraum, der zwischen mir und dem letzten Bewohner verstrichen war. Die hohlen, mit Flechten bedeckten Apfelbäume waren von Kaninchen benagt und zeigten mir, von welcher Art hinfort meine Nachbarn sein würden. Vor allem aber wurde ich an meine ersten Fahrten flußaufwärts erinnert. Das Haus konnte man von dort aus nicht sehen, es lag in einem dichten Hain roter Ahornbäume versteckt. Nur den Haushund hörte man bellen. Ich hatte es eilig mit dem Kauf, um zu verhüten, daß der Besitzer einige Felsblöcke ganz bloßlege, die hohlen Apfelbäume umhaue und einige junge Birken, die auf der Weide in die Höhe sproßten, ausgrübe, kurz, um weitere Verbesserungen seinerseits hintenan zu halten. Um diese Vorzüge genießen zu können, war ich bereit die Farm zu übernehmen. Ich wollte, wie Atlas, die Welt auf meine Schultern nehmen – ich habe übrigens niemals erfahren können, welches Entgelt er dafür bekam –, alle Arbeit willig verrichten; und zwar hatte ich dafür keinen andern Grund, keine andre Entschuldigung, als daß ich nach geleisteter Zahlung mich ungestört ihres Besitzes erfreuen wollte. Denn das wußte ich während der ganzen Zeit, daß die Ernte, auf die es mir ankam, überreichlich ausfallen würde, wenn ich allen Dingen ihren Lauf ließe. Die Angelegenheit endete übrigens so wie ich bereits mitteilte.

Alles was ich also über Landwirtschaft im großen Stil sagen kann, – ich habe stets einen Garten gehabt – ist, daß ich meine Aussaat vorbereitet hatte. Viele glauben, daß der Samen mit der Zeit besser wird. Ich bezweifle nicht, daß die Zeit das Gute vom Bösen scheiden wird, und wenn ich schließlich säe, werde ich wahrscheinlich nicht so leicht eine Enttäuschung erleben. Ich möchte aber meinen Freunden ein für alle Mal anraten: Lebt so lange wie möglich frei und ungebunden. Es macht nur wenig Unterschied, ob Ihr an eine Farm oder in einem Gefängnis gebunden seid.

Der alte Cato, dessen Buch *de re rustica* mein „Sämann" ist, behauptet (und die einzige Übersetzung, die mir vor Augen gekommen ist, gibt diese Stelle geradezu unsinnig wieder): „Willst Du eine Farm erwerben, mußt Du es Dir recht überlegen, und nicht zu hastig sein. Scheue keine Mühe, sondern betrachte sie gründlich und glaube nicht, daß es genügt, wenn Du einmal um sie herumgehst. Je häufiger Du dorthin gehst, desto besser wird sie Dir gefallen, wenn sie gut ist." Ich glaube, ich werde nicht in Übereilung kaufen, sondern all mein Leben lang um die Besitzung herumgehen. Wenn ich daselbst erst begraben bin, werde ich sie schließlich ganz in mein Herz schließen.

Das jetzige, zweite Experiment dieser Art will ich etwas ausführlicher beschreiben, und zwar will ich der Bequemlichkeit halber die Erfahrungen zweier Jahre in eines zusammenziehen. Ich habe schon darauf hingewiesen, daß ich keine Ode an die Traurigkeit dichten, sondern lustig und stolz wie der Hahn am Morgen auf seinem Balken krähen will, und wäre es auch nur, um meine Nachbarn aufzuwecken.

Als ich meinen Wohnsitz im Walde aufzuschlagen, d. h. als ich dort nicht nur meine Tage, sondern auch meine Nächte zuzubringen begann – das geschah übrigens zufällig am 4. Juli 1845, am Jahrestag der Unabhängigkeits-Erklärung– war mein Haus noch nicht gegen den Winter gewappnet, sondern bot nur gegen den Regen Schutz. Es hatte weder einen Bewurf, noch einen Kamin, die Wände bestanden aus rohen, wettergefleckten Brettern mit großen Spalten, so daß es kühle Nächte gab. Die groben, weißen, behauenen Pfosten, die frisch gehobelte Tür- und Fensterverkleidung verliehen dem Haus ein sauberes und luftiges Aussehen, hauptsächlich morgens, wenn das Holz vom Tau befeuchtet war. Ich dachte dann, daß um die Mittagszeit irgend ein duftendes Harz daraus hervorquellen würde. In meiner Phantasie behielt es während des Tages mehr oder weniger diesen morgentaufrischen Charakter. Es erinnert mich an ein Haus auf einem Berge, das ich im letzten Jahr besucht hatte. Das war eine luftige Hütte ohne Bewurf, geeignet zur Rast für einen wandernden Gott. Eine Göttin hätte ihre Gewandung hier nachschleppen lassen können. Die Winde, die übers Haus dahinzogen, glichen denen, die über Bergesgipfel stürmen. Sie trugen mir zerrissene Akkorde zu, göttliche Klänge in irdischer Musik ... Ohne Unterlaß weht der Morgenwind, die Schöpfungsmelodie ist unendlich, doch nur wenige Ohren vermögen sie zu hören. Überall ist der Olympos – nur nicht auf Erden.

Das einzige Haus, welches ich vor diesem besessen habe, war, wenn ich mein Boot nicht einrechne, ein Zelt, das ich gelegentlich bei Sommerausflügen benutzte. Es liegt noch zusammengerollt auf meinem Speicher. Das Boot dagegen wechselte häufig seinen Besitzer und trieb schließlich davon auf den Wogen der Zeit. Jedenfalls bewies ich jetzt, wo ich dieses dauerhaftere Obdach über mir hatte, daß ich in bezug auf meine Niederlassung in dieser Welt Fortschritte machte. Dieser nur leicht gefügte Holzbau bildete eine Art von Kristallisationspunkte für mich, und blieb nicht ohne Einfluß auf den Erbauer. Es erinnerte mich an die Skizze eines Bildes. Ich brauchte nicht ins Freie zu gehen, um frische Luft zu schöpfen, denn die Luft im Hause hatte an Reinheit keine Einbuße erlitten. Ich saß mehr hinter meinen vier Pfählen als innerhalb derselben, auch beim ärgsten Regenwetter. Die Harivansasagt: „Eine Wohnung ohne Vögel ist wie Fleisch ohne Würze.“ Solch eine Wohnung besaß ich nicht, denn ich war plötzlich ein Nachbar der Vögel geworden, nicht dadurch, daß ich mir einen einfing, sondern dadurch, daß ich meinen Käfig mitten unter sie setzte. Ich war nicht nur denen näher gerückt, die gewöhnlich unsere Haus- und Obstgärten bevölkerten, sondern auch jenen wilderen, leidenschaftlicheren Sängern des Waldes, die nie oder nur selten dem Dorfbewohner ein Ständchen bringen: – der Walddrossel, dem Piewieh, der Scharlach-Tanagra, dem Feldsperling, dem Tagschläfer und vielen anderen.

Am Ufer eines kleinen Teiches, etwa anderthalb Meilen südlich von dem Dörfchen Concord schlug ich mein Heim auf. Es lag etwas höher als Concord, mitten in den ausgedehnten Waldungen zwischen diesem Dorf und Lincoln, etwa zwei Meilen südlich von unserm einzigen, rühmlich bekannten Felde: dem Schlachtfelde von Concord.Meine

Wohnung lag aber so niedrig in den Wäldern, daß das gegenüberliegende, eine halbe Meile entfernte, und – wie alles übrige – bewaldete Ufer meinen Horizont begrenzte. Wenn ich im Laufe der ersten Woche nach dem Teich hinausblickte, schien er mir immer einem hoch oben auf einem Bergabhang liegenden See zu gleichen, dessen Grund sich noch weit oberhalb des Spiegels anderer Seen befand. Stieg aber die Sonne empor, dann sah ich, wie er sein nebelgewobenes Nachtgewand abwarf. Hie und da wurde ganz allmählig sein zartes Wellengekräusel oder seine glatte, leuchtende Oberfläche sichtbar, während die Nebel nach allen Richtungen verstohlen in die Wälder flüchteten, wie Geister, die von einer nächtlichen Zusammenkunft heimziehen. Selbst der Tau schien hier, wie an Bergeshängen, länger an den Bäumen zu haften.

Dieser kleine See war der angenehmste Nachbar in den Pausen zwischen leichten Regenschauern im August, wenn Luft und Wasser völlig regungslos waren, wenn bei bedecktem Himmel der Spätnachmittag schon die friedvolle Ruhe des Abends aushauchte, wenn ringsum der Walddrossel Gesang erscholl, von Ufer zu Ufer widerhallend. Nie ist ein solcher See glatter als um diese Zeit. Und da die Luft über ihm nur bis zu geringer Höhe klar und von Wolken verdunkelt war, wurde das Wasser selbst, mit all seiner Leuchtkraft und all seinen Reflexen ein Himmel in der Tiefe, der um so gewaltiger wirkte. Von dem Gipfel eines benachbarten Hügels aus, wo erst vor kurzem Holz gefällt war, genoß ich eine schöne Aussicht südwärts über den Teich. Die Hügel, die das Ufer dort bildeten, öffneten sich ein wenig zu einem Tal und ihre sanft gegeneinander geneigten Hänge erweckten den Eindruck, als ob dort ein Strom durch ein waldiges Tal fließe. Es gab da aber keinen Strom. In weiter Ferne sah ich zwischen und über diesen grünen Hügeln höhere Berge im blauen Glanz am Horizont. Ja, wenn ich mich auf die Zehen stellte, konnte ich gerade noch einige Spitzen einer Gebirgskette erblicken, die, in tieferes Blau getaucht, in noch weiterer Ferne im Nordwesten lagen – urechte Münze aus des Himmels Werkstatt – und einen Teil des Dorfes. Nach andern Richtungen aber konnte ich auch von hier aus nicht über die mich rings umgebenden Wälder hinaussehen. Es ist gut, wenn man etwas Wasser in der Nachbarschaft hat: das erinnert an die Behendigkeit und auch an die Schwimmkraft der Erde. Selbst der kleinste Quell bietet den Vorteil, daß man beim Hineinschauen erkennt: die Erde ist kein Kontinent, sondern ein Eiland. Und dieser Vorteil ist ebenso schwerwiegend wie ein anderer: er hält die Butter kühl. Wenn ich von diesem Gipfel aus über den Teich nach den Wiesen von Sudbury hinüberblickte, die zur Flutzeit in ihrem überschwemmten Tale – vielleicht durch die Strahlenbrechung – in die Höhe gehoben waren, wie Münzen in einem Gefäß, so erschien mir alles Land jenseits des Teiches wie eine dünne Erdkruste, die schon durch diese kleine, dazwischenliegende Wasserfläche zur wogenumspülten Insel wurde. Ich aber wurde daran erinnert, daß der Boden, auf dem ich stand, *„terra firma"* war.

Obwohl der Blick von meiner Tür aus noch beschränkter war, fühlte ich mich keineswegs bedrückt und eingeengt. Es gab Weideland genug für meine Phantasie. Der niedere, mit Zwergeichen bedeckte Höhenzug, zu welchem sich das gegenüberliegende Ufer erhob, erstreckte sich hinaus bis zu den Prärien des Westens, bis zu den Steppen der Tartarei und bot genug Raum für alle wandernden Menschenkinder. „Nur die sind glücklich auf der Welt, die in Freiheit eines weiten Horizontes sich erfreuen“ – sagte Damodora, wenn seine Herden neuer und größerer Weiden bedurften.

Ort und Zeit waren vertauscht und ich lebte jenen Räumen des Weltalls, jenen Zeitaltern der Geschichte näher, die auf mich den größten Reiz ausübten. Ich lebte in Zonen, so weit entlegen wie jene, die nächtlicherweile der Astronom durchforscht. Unsere Phantasie zieht mit Vorliebe entlegene, reizvolle Stätten in irgend einem stillen Winkel des Weltalls in ihr Bereich, hinter Cassiopeias Schemel, fern von Lärm und Störung. Ich entdeckte, daß mein Haus tatsächlich an solch einer entlegenen, doch ewig jungen, jungfräulichen Stätte des Universums lag. Wenn es der Mühe wert war, sich in der Nähe der Plejaden oder der Hyaden, bei Aldebaran oder Altairniederzulassen, dann war ich wirklich dort, oder wenigstens ebensoweit wie sie von jenem Leben entfernt, das ich hinter mir gelassen hatte. Ein ebenso schwacher Strahl wie von dort zitterte und blinkte zu meinem nächsten Nachbar hinüber. Nur in Nächten, wo der Mond nicht scheint, war er für ihn sichtbar. So war die Stätte im Universum beschaffen, auf der ich mich angesiedelt hatte . . .

„Es war ein Schäfer, lebensfroh.
„Hoch wie die Berge,
„Auf die er sein Vieh zur Weide trieb,
„Waren seine Gedanken.“

Was müßten wir von des Schäfers Leben denken, wenn seine Herden immer zu höheren Weiden wanderten als seine Gedanken?

Jeder Morgen überbrachte mir die freudige Aufforderung, mein Leben gerade so einfach und, ich darf wohl sagen so unschuldig zu gestalten, wie die Natur selbst. Ich war ein ebenso aufrichtiger Verehrer der Aurora wie die Griechen. In aller Frühe stand ich auf und nahm ein Bad im Teich; das war eine religiöse Übung und eine meiner besten Handlungen. Man erzählte, daß auf der Badewanne des Königs Tsching-Thang Schriftzeichen eingegraben waren, welche besagten: „Erneuere Dich selbst jeden Tag; tue es wieder und wieder und in alle Ewigkeit wieder.“ Das kann ich begreifen. Der Morgen bringt heroische Zeiten zurück. Ich wurde, während ich bei offenen Türen und Fenstern dasaß, so tief ergriffen durch das leise Gesumm einer Mücke, die ihren unsichtbaren, unergründlichen Flug in früher Morgendämmerung durch mein Zimmer nahm, als ob ich Posaunentöne hörte, die laut ein Loblied tönten. Das war Homers Requiem: eine Ilias und Odyssee der Luft, die ihren eigenen Zorn und ihre Irrfahrten besangen. Es lag etwas Kosmisches darin. Ein ewiger Bericht (bis auf Widerruf) von der immerwährenden Lebenskraft und Fruchtbarkeit der Welt. Der Morgen, der wichtigste

Teil des Tages, ist die Stunde des Erwachens. Da sind wir am wenigsten „somnolent", und wenigstens eine Stunde lang wacht jener Teil von uns, der den übrigen Tag und die Nacht schlummert. Wenig kann von dem Tag erwartet werden (wenn der Ausdruck Tag überhaupt angebracht ist), zu dem uns nicht unser Genius, sondern das mechanische Klopfen eines Domestiken erweckt, wenn wir nicht durch unsere neugesammelten Kräfte und Willensenergien von innen heraus, durch die Schwingungen himmlischer Musik – anstatt durch Fabrikglocken – und durch balsamische Lüfte zu einem Leben erweckt werden, das an Reinheit unser Leben am gestrigen Abend, als wir uns zum Schlummer niederlegten, übertrifft. So trägt auch die Finsternis ihre Früchte, erweist sich als heilsam, nicht weniger wie das Licht. Der Mensch, der nicht glaubt, daß jeder Tag eine frühere, heiligere und heller vom Morgenrot durchglühte Stunde mit sich bringt, als all diejenigen, welche er bereits entweihte, hat am Leben verzweifelt. Er wandelt auf abschüssigen, dunklen Pfaden. Nach einem zeitweiligen Stillstand des Sinnenlebens fühlt sich die Seele des Menschen (oder vielmehr fühlen sich die Organe der Seele) täglich neu gestärkt und des Menschen Genius versucht aufs neue das Leben so edel wie möglich zu gestalten. Alle großen Ereignisse, so möchte ich behaupten, werden in der Morgenstunde, im Morgenlicht gezeitigt. In den Veden steht geschrieben: „Alle Geisteskraft erwacht am Morgen." Poesie und Kunst und auch die schönsten denkwürdigsten Taten der Menschen werden in solch einer Stunde geboren. Alle Dichter und Helden sind Kinder der Aurora, wie Memnon: um Sonnenaufgang tönt ihr Lied. Für den, dessen elastische, kraftvolle Gedanken mit der Sonne gleichen Schritt halten, ist der Tag ein ununterbrochener Morgen. Was die Ähren oder die Menschen durch ihr Tun und Treiben sagen, ist ganz nebensächlich. Der Morgen ist da, wenn ich erwacht bin, wenn ich einen Sonnenaufgang in mir spüre. Das Streben, den Schlaf abzuschütteln, nenne ich Umwertung der Moral. Warum geben denn die Menschen einen so stümperhaften Bericht über ihren Tag? Doch nur weil sie schliefen! Sie sind durchaus keine schlechten Rechenmeister. Wenn die Schläfrigkeit sie nicht überwältigt hätte, sie würden etwas getan haben. Für körperliche Arbeit sind Millionen wach genug. Aber nur ein einziger unter dieser Million ist wach genug zu wirksamen, geistigen Leistungen, nur ein einziger unter hundert Millionen zu einem poetischen, göttlichen Leben. Erwacht sein, heißt leben! Ich habe noch nie einen völlig erwachten Menschen gesehen. Wie hätte ich ihm ins Antlitz schauen können!

Wir müssen lernen wieder wach zu werden und uns wach zu erhalten, nicht durch mechanische Hilfsmittel, sondern durch das unendliche Erwarten des Sonnenaufgangs. Das darf uns selbst im tiefsten Schlummer nicht verlassen. Ich kenne keine ermutigendere Tatsache als die unbestreitbare Fähigkeit des Menschen, sein Leben durch bewußte Anstrengung auf eine höhere Stufe zu erheben. Es will schon etwas heißen, wenn man ein eigenartiges Bild malen, eine Statue meißeln, einigen wenigen Dingen Schönheit verleihen kann. Doch weitaus ruhmvoller wäre es die Atmosphäre, das Medium selbst, durch welches wir hindurchsehen, zu meißeln und zu malen. Moralisch sind wir dazu imstande. Auf die Beschaffenheit des Tages einzuwirken, das ist die höchste Kunst. Jedermann hat die Verpflichtung sein Leben auch in Einzelheiten so zu gestalten, daß es selbst in seiner feierlichsten und kritischsten Stunde als der Betrachtung würdig sich erweist. Wenn wir die klägliche Auskunft, die wir erhalten, zurückweisen oder aufbrauchen würden, dann würden die Orakel uns kurz und bündig mitteilen, wie dies geschehen könnte.

Ich zog in die Wälder, weil ich den Wunsch hatte mit Überlegung zu leben, „alle Wirkenskraft und Samen“ zu schau'n, zu ergründen, ob ich nicht lernen konnte was ich lehren sollte, um beim Sterben vor der Entdeckung bewahrt zu bleiben, daß ich nicht gelebt habe. Ich wollte nicht das leben, was kein Leben war; das Leben ist so kostbar. Auch wollte ich keine Entsagung üben, höchstens im Notfall. Ich wollte tief leben, alles Mark des Lebens aussaugen, so herzhaft und spartanisch leben, daß alles, was nicht Leben war, aufs Haupt geschlagen würde. Ich wollte mit großen Zügen knapp am Boden mähen, das Leben in die Enge treiben und es auf die einfachste Formel bringen. Und sollte es sich gemein erweisen, nun dann wollte ich seine ganze, unverfälschte Gemeinheit auskosten, um sie der Welt zu künden. War es jedoch rein, so wollte ich dies aus eigner Anschauung erkennen und imstande sein, bei meinem nächsten Ausflug ehrlich Rechenschaft darüber abzulegen. Die meisten Menschen sind nämlich, meines Erachtens, darüber mit sich im Unklaren, ob das Leben vom Teufel oder von Gott stammt, und so haben sie, „halbwegs übereilt“ geschlossen, daß der Hauptzweck des Menschen auf Erden sei „Gottes Lob und Preis zu singen in alle Ewigkeit.“

Noch immer leben wir im Staub wie die Ameisen. Und doch berichtet die Sage, wir seien schon vor langer Zeit in Menschen verwendet. Wie Pygmäen kämpfen wir mit Kranichen. Irrtum häuft sich auf Irrtum, Stümperei auf Stümperei und selbst unsere besten Kräfte werden zu überflüssigen, vermeidbaren Jämmerlichkeiten verwendet. Unser Leben wird durch Kleinigkeiten vergeudet. Ein ehrlicher Mensch braucht kaum mehr als seine zehn Finger zum Rechnen. Im ärgsten Notfall kann er ja seine zehn Zehen zu Hilfe nehmen, und den Rest in Bausch und Bogen akzeptieren. Einfachheit, Einfachheit, Einfachheit! Ich sage Dir: Gib Dich mit zwei oder drei Angelegenheiten ab, aber nicht mit hundert oder tausend! Rechne nicht mit einer Million, sondern mit einem halben Dutzend und führe Buch auf Deinem Daumennagel! Auf dem hochflutenden Meere des zivilisierten Lebens gibt es Wolken und Stürme und Untiefen und tausend andere Dinge, die der Mensch nicht außer acht lassen darf. Führt er sein Logbuch nicht gewissenhaft, so wird er scheitern, in den Abgrund sinken und nie den Hafen erreichen. Doch der, dem die Landung gelingt, muß fürwahr ein großer Rechenmeister sein. Vereinfache, vereinfache! Statt drei Mahlzeiten iß, wenn es nötig ist, nur eine, statt hundert Speisen nur fünf, und schränke das übrige im Verhältnis ein. Unser Leben gleicht einem deutschen Bundesstaat, aus kleinen Staaten zusammengesetzt mit ewig wechselnden Grenzen, so daß selbst ein Deutscher niemals genau angeben kann, wie die Grenzlinien verlaufen. Und unsere Nation selbst, mit all ihren sogenannten inneren

Verbesserungen, die – nebenbei bemerkt – alle äußerlich und oberflächlich sind, ist eine gerade so schwer zu handhabende und übergroße Organisation, mit altem Hausrat vollgepfropft, über ihre eigenen Fallen stolpernd, ruiniert durch Luxus und leichtsinnige Ausgaben, durch Mangel an Berechnung und an einem würdigen Ziel, wie Millionen Familien im Lande. Die einzige Rettung aber für Land und Leute ist die strengste Sparsamkeit, eine beherzte und mehr als spartanische Einfachheit des Lebens und eine Erhebung unsrer Ziele. Unser Land lebt zu schnell. Die Menschen glauben, es sei von Wichtigkeit, daß die *Nation* Handel treiben, Eis exportieren, telegraphisch sprechen und wenigstens dreißig Meilen in der Stunde fahren könne, einerlei, ob das *Individuum* davon Gebrauch macht oder nicht. Ob wir aber wie Paviane oder wie Menschen leben sollen, ist nicht vollkommen sicher. Wenn wir aber, anstatt Schwellen zu fabrizieren und Schienen bei Tag und bei Nacht zu schmieden, an unserm *Leben* herumhämmern, um *das* zu verbessern, wer wird dann Eisenbahnen bauen? Und wenn keine Eisenbahnen gebaut werden, wie wollen wir dann zur rechten Zeit in den Himmel kommen? Wenn wir aber zu Haus bleiben und nur das tun, was uns angeht: wer braucht da Eisenbahnen? Wir fahren nicht auf der Eisenbahn, – sie fährt auf uns. Hat man je darüber nachgedacht, was die Schwellen sind, auf denen die Schienen ruhen? Jede Schwelle ist ein Mensch – ein Irländer oder ein Amerikaner. Die Schienen werden darauf gelegt, mit Sand bedeckt und die Wagen rollen glatt hinüber. Die Schwellen schlafen tief, Ihr könnt mir's glauben. Und alle paar Jahre wird neues Material auf den Erdboden gelegt und überfahren. Darum, wenn manche das Vergnügen haben auf den Schienen zu fahren, haben andere das Unglück überfahren zu werden. Wenn sie aber einen nachtwandelnden Menschen – eine überflüssige, traumverlorene Schwelle am falschen Platz – überfahren und plötzlich erwecken, dann wird der Zug schnell zum Stillstand gebracht, man schreit und fordert Sühne, grade als ob etwas Außergewöhnliches geschehen wäre! Ich habe mit Freuden gehört, daß für je fünf (engl.) Meilen eine Abteilung von Männern gebraucht wird, um die schlummernden Schwellen dort unten wohlgebettet zu erhalten. Dadurch wird wenigstens die leise Hoffnung genährt, daß sie vielleicht eines Tages auferstehen werden.

Warum leben wir in solcher Eile, in solcher Verschwendung? Wir fürchten den Hungertod, bevor wir hungrig sind. Die Menschen sagen: Eine Naht zur rechten Zeit erspart Dir neun. Darum machen sie heute tausend Nähte, um morgen neun zu sparen. Und was die *Arbeit* anbetrifft: wir haben keine, der irgend welche Bedeutung zukommt. Veitstanz haben wir, und unsere Köpfe können wir nicht ruhig halten. Wenn ich nur ein paar Mal am Glockenseil der Pfarrkirche ziehen würde, als ob es irgendwo brennte, d. h. wenn ich einmal „Sturm" läuten würde, so würde wohl jeder Farmer in der Umgebung von Concord, – selbst derjenige, welcher sich noch am Morgen mit dringenden Geschäften entschuldigt hat – jeder Knabe und ich kann wohl sagen auch jede Frau alles stehen und liegen lassen, um dem Signal zu folgen, und zwar nicht so sehr in der Absicht, das Besitztum den Flammen zu entreißen, als vielmehr – um die Wahrheit zu gestehen

– es brennen zu sehen. Denn brennen muß es ja nun doch einmal, und – das wollen wir gleich betonen – *wir* haben das Feuer nicht angelegt. Man kann sich ja auch das Löschen betrachten und, wenn das gerade so interessant ist wie das Feuer an sich, selbst Hand ans Werk legen, auch bei der Pfarrkirche. Kaum hat ein Mensch ein halbstündiges Mittagsschläfchen gehalten, da hebt er schon beim Erwachen den Kopf hoch und fragt: „Was gibts Neues?“ Als ob die übrige Menschheit inzwischen für ihn “auf Posten“ gestanden hätte! Andre lassen sich, zweifellos aus keinem andern Grunde jede halbe Stunde wecken. Zum Dank dafür erzählen sie dann ihre Träume. Hat man die Nacht durchschlafen, dann sind *Neuigkeiten* ebenso unumgänglich notwendig wie das Frühstück. „Ach bitte, erzählt mir irgend etwas Neues, das einem Menschen irgendwo auf dieser Erde zugestoßen ist“ – und während man Kaffee trinkt und Semmel ißt, liest man, daß einem Mann heute morgen auf dem Wachitofluß die Augen mit den Daumen aus der Höhle gequetscht sind. Und dabei denkt der Leser auch nicht im entferntesten daran, daß er in der düsteren unergründeten Mammuthöhle dieser Welt lebt, daß er selbst nur rudimentäre Augen besitzt.

Ich für meine Person könnte leicht ohne Post fertig werden. Ich bin der Ansicht, daß sie nur sehr wenige Mitteilungen von Wichtigkeit vermittelt. In meinem Leben habe ich – um kritisch zu reden – nicht mehr als einen oder zwei Briefe bekommen, (ich schrieb dies vor einigen Jahren) die das Porto wert waren. Die Pfennigpost ist in der Regel eine Einrichtung, durch welche man allen Ernstes einem Menschen jenen Pfennig für seine Gedanken anbietet, der ihm im Scherz nur allzu oft angeboten wurde.Und daß ich niemals irgend eine bemerkenswerte Nachricht in einer Zeitung las, steht für mich fest. Wenn wir lesen, daß *ein* Mensch beraubt, ermordet oder durch einen Unglücksfall getötet wurde, daß *ein* Haus niederbrannte, *ein* Schiff unterging oder *ein* Dampfer in die Luft flog, daß *eine* Kuh durch die „Westliche Eisenbahn“ überfahren, *ein* toller Hund getötet oder *ein* Schwarm Heuschrecken im Winter gesehen wurde – so brauchen wir das *niemals* wieder zu lesen. Einmal genügt. Ist Dir das Prinzip bekannt, was kümmern Dich die Myriaden von Beispielen und Anwendungen? Für den Philosophen sind alle sogenannten „Neuigkeiten“ Geschwätz; und diejenigen, welche „Neuigkeiten“ herausgeben oder lesen, heißen ihm alte Kaffeeschwestern. Doch nicht wenige sind lüstern nach diesem Geschwätz. Noch neulich drängten sich Menschen, welche etwas über die soeben eingetroffenen ausländischen Nachrichten erfahren wollten, in einem Postamt so sehr, daß mehrere große Glasscheiben des Gebäudes durch den Druck zerbrochen wurden. So wurde mir wenigstens erzählt. Und diese Nachrichten hätte ein Mensch mit gesundem Verstande, wie ich allen Ernstes glaube, bereits zwölf Monate oder zwölf Jahre vorher mit hinreichender Genauigkeit schildern können. Nehmen wir einmal Spanien: Wenn einer versteht Don Carlos oder die Infantin und Don Pedro und Sevilla und Granada zur rechten Zeit in zweckentsprechender Dosierung zu verwerten – vielleicht haben sich seit den Tagen, wo ich Zeitungen las, die Namen ein wenig verändert – so wird das alles bis aufs Tüpfelchen stimmen und uns ein just so getreues

Bild von dem tatsächlichen Zustand oder Verfall der Dinge in Spanien geben, wie die kürzesten und klarsten Berichte unter dieser Rubrik in den Zeitungen. Und nehmen wir England: Nun, das letzte Stückchen Neuigkeit aus dieser Himmelsrichtung war die Revolution anno 1649. Und wenn man Englands Erntestatistik für ein Durchschnittsjahr durchgesehen hat, so braucht man diesem Gegenstande in Zukunft nie wieder Aufmerksamkeit zu schenken, es sei denn, daß man vom rein pekuniären Standpunkte aus zu spekulieren wünscht. Wenn der Mensch, der selten eine Zeitung durchblättert, solche Dinge zu beurteilen vermag, dann gibt es überhaupt keine neuen Ereignisse im Ausland – selbst nicht einmal eine französische Revolution.

Was scheren mich Neuigkeiten! Wie viel wichtiger ist es das zu kennen, was nie alt war. „Kieou-he-yu (Großwürdenträger im Staate Wei) schickte einst einen Mann zu Khoung-tseu, um „Neuigkeiten" zu erfahren. Khoung-tseu ersuchte den Boten neben ihm Platz zu nehmen und fragte ihn: Was treibt Dein Herr? Ehrerbietig antwortete der Bote: Mein Herr wünscht die Zahl seiner Fehler zu verringern, aber er wird damit nicht fertig. Als der Bote sich entfernt hatte, sprach der Philosoph: ›Welch trefflicher Bote! Welch trefflicher Bote!‹ Der Pfarrer sollte, anstatt die Ohren schlafmütziger Farmer an ihrem Ruhetage beim Wochenschluß – denn der Sonntag bildet den passenden Abschluß einer schlecht verwendeten Woche und nicht den frischen, mutigen Beginn einer neuen – mit einer abgedroschenen Predigt zu quälen, lieber mit Donnerstimme rufen: „Halt! Haltet ein! Warum scheinbar so schnell und doch so tödlich langsam?"

Lug und Trug werden als unerschütterliche Wahrheiten betrachtet, während die Wirklichkeit eine Fabel ist. Wenn die Menschen nur getreulich die Wirklichkeit beachten und sich nicht täuschen lassen wollten, so würde ihnen das Leben (um es mit etwas, was wir kennen, zu vergleichen) wie ein Zaubermärchen, wie ein Märchen aus „Tausend und eine Nacht" vorkommen. Wenn wir nur auf *das* unser Augenmerk richteten, was unvermeidlich ist und Existenzberechtigung besitzt, so würden die Straßen von Musik und Poesie widerhallen. Wenn wir ohne Übereilung und weise sind, so erkennen wir, daß nur große und würdige Dinge ewig und absolut sind – daß winzige Sorgen und winzige Freuden nur Schatten der Wirklichkeit darstellen, und dieser Gedanke stimmt froh und stolz. Weil die Menschen ihre Augen schließen und schlafen und sich durch Phantome betrügen lassen, wollen sie überall ihr Leben schematisch – auf rein illusorischer Basis – errichten. Kinder, die Leben *spielen*, begreifen seine wahren Gesetze und Beziehungen klarer als Erwachsene, die es nicht würdig verbringen können, die sich aber wegen ihrer Erfahrungen, d. h. wegen der erlittenen Enttäuschungen für weiser halten. Ich habe in einem Hindubuch gelesen: „Es war einmal ein Königssohn, der war als Kind aus seiner Vaterstadt vertrieben. Ein Einsiedler im Walde zog ihn auf. Er wuchs dort zum Jüngling heran und glaubte, er gehöre zu den Barbaren mit welchen er lebte. Einer von seines Vaters Abgesandten fand den Jüngling auf und offenbarte ihm seine Herkunft. Er wurde über seinen Irrtum aufgeklärt, und hörte, daß er ein Königssohn sei. „So", fährt der indische Philosoph fort, „verkannte die durch äußere

Einflüsse mißleitete Seele ihren eigenen Wert, bis ihr durch einen heiligen Lehrer die Wahrheit offenbart wird und sie weiß, daß sie ›*bráhman*‹ ist.“ Wir Einwohner von Neuengland führen, meines Erachtens, deswegen ein solches Jammerleben, weil unsere Einsicht nicht einmal die Oberfläche der Dinge durchdringt. Uns gilt der *Schein* als *Wirklichkeit*. Wenn ein Mensch durch unsere Stadt wanderte und nur das Wirkliche sähe, wo, glaubt Ihr, würde dann der „Mühlweg“ bleiben? Und wenn er uns über das, *was er wirklich sah*, erzählen würde, so würden wir den Ort nach seiner Beschreibung nicht wieder erkennen. Sieh Dir ein Versammlungs- oder Gerichtsgebäude, ein Gefängnis oder einen Laden oder ein Wohnhaus an, und sage dann, was solch ein Ding im Licht der Wahrheit ist – ja, da wird bei Deinem Bericht alles in Stücke auseinander fallen. Die Menschen glauben, die Wahrheit ist in weiter Ferne, an den Grenzen der Welt hinter dem letzten Stern, vor Adam und nach dem letzten Menschen. Allerdings, in der Ewigkeit liegt etwas Erhabenes und Wahres. Aber all diese Zeiten und Orte und Gelegenheiten sind jetzt und hier. Gott steht in diesem Augenblick im Zenith, und wird in der Flucht aller Äonen nicht göttlicher sein. Wir können nur dann Erhabenes und Edles begreifen, wenn wir ohne Unterlaß die uns umgebende Wirklichkeit mit allen Fasern aufsaugen. Der Kosmos entspricht immer und gehorsam unsern Vorstellungen. Ob wir langsam oder schnell reisen – der Weg ist uns vorgezeichnet. Das Leben verbringen und das Leben begreifen sei Eines nur. Kein Dichter oder Künstler hatte je einen so schönen Gedanken, daß ihn die Nachwelt nicht hätte ausführen können.

Laßt uns darnach streben, bisweilen einen Tag unsres Lebens mit derselben Überlegung zu verbringen wie die Natur, und nicht durch jede Nußschale oder durch einen Mückenflügel, der auf unserm Pfade liegt, aus dem Geleise gebracht zu werden. Wir wollen früh aufstehen und fasten, oder frühstücken ruhig und ohne Störung. Besucher mögen kommen, Besucher mögen gehen, die Glocken mögen läuten und die Kinder schreien – wir wollen gern auf solche Weise den Tag verleben. Warum sollen wir die Waffen strecken und mit dem Strome schwimmen? Laßt uns nicht untergehen und ertrinken in jenem schrecklichen Strudel, in jener Untiefe zur Mittagszeit, die man „*diner*“ nennt! Entreiße Dich dieser Gefahr und Du bist gerettet, denn der übrige Weg geht hernach bergab! Mit Nerven von Stahl und mit der Kraft der Jugend fahre an dieser Klippe vorbei, sieh nach der andern Seite, an den Mast gebunden wie Odysseus. Wenn die Lokomotive pfeift, laß sie pfeifen, bis sie heiser wird. Wenn die Glocke tönt, warum sollen wir laufen? Wir wollen lieber darüber nachdenken, was das eigentlich für eine Musik ist. Wir wollen mit uns selber ins Reine kommen, uns mutig einen Weg bahnen durch den Dreck und Kot der Meinungen, der Vorurteile und der Tradition, der Täuschung und des Scheins, durch jene Schlammschicht, die den Erdball bedeckt, durch Paris und London, Newyork, Boston und Concord, durch Kirche und Staat, durch Poesie, Philosophie und Religion, bis wir auf hartem, felsigen Grund an einen Ort gelangen, den wir „*Wirklichkeit*“ nennen und von dem wir sagen können: „Das ist, und ein Irrtum ist ausgeschlossen". Und erst dann, wenn wir einen *„point d'appui"* unter Wasser, Eis und Feuer gefunden haben, einen Ort, wo wir eine Mauer von Stein oder einen Staat errichten, ein Leuchtfeuer anbringen oder einen Pegel verankern können – kein Kilometer, sondern ein Realometer, damit künftige Zeiten erkennen, wie hoch die Wellen des Betruges und Scheines gingen – erst dann wollen wir unser Werk beginnen. Wenn Du eine Tatsache mit nacktem Auge scharf betrachtest, so wirst Du erkennen, daß die Sonne an ihren beiden Oberflächen leuchtet, wie ein Türkenschwert. Du fühlst wie die holde Schneide Dir durch Mark und Herz dringt und glücklich wirst Du Dein Leben beschließen. Sei es Leben oder Tod – wir hungern nach Wahrheit. Wenn es wirklich zum Sterben geht, so laßt uns das Röcheln in unsrer Kehle hören, laßt uns die Kälte in unsern Gliedern fühlen. Wenn wir aber leben, so wollen wir unsre Pflicht tun.

Die Zeit ist nur ein Strom, in dem ich fische. Ich trinke aus ihm, doch während ich trinke, sehe ich den sandigen Grund und entdecke, wie flach der Strom ist. Seine schwachen Wellen fließen dahin, doch die Ewigkeit bleibt. Ich will einen tiefen Trunk tun. Ich will im Himmel fischen, dort liegen Sterne als Kiesel am Grund. Ich kann nicht bis Eins zählen. Ich kenne nicht den ersten Buchstaben des Alphabets. Immer hat es mich betrübt, daß ich nicht so weise war wie der Tag, der mich gebar. Der Geist ist ein Beil. Mit schneidender Schärfe bahnt er sich Weg in das Geheimnis der Dinge. Meine Hände sollen nicht mehr arbeiten als unbedingt notwendig ist. Mein Kopf ist Hand und Fuß zugleich. Ich fühle es: dort ruhen meine reichsten Kräfte. Mein Instinkt sagt mir, daß mein Kopf, wie bei manchem Tier Schnauze oder Vorderpfoten, ein Organ zum Bohren ist. Mit ihm möchte ich meinen Weg durch diese Hügel bohren und graben. Ich bin überzeugt, die reichste Ader ist irgendwo hier in der Nähe! Das weiß ich durch meine Wünschelrute und leicht wallende Nebeldünste, Hier will ich mit dem Bergbau beginnen.

Lektüre

Würden sich die Menschen die Wahl ihrer Beschäftigungen etwas genauer überlegen, so würden die meisten von ihnen wohl in der Hauptsache Studierende und Forscher sein, denn des Menschen Wesen und Schicksal interessiert alle in gleicher Weise. Wenn wir Schätze für uns oder unsere Nachkommen sammeln, wenn wir eine Familie oder ein Gemeinwesen gründen, selbst wenn wir nach Ruhm geizen, sind wir sterblich. Unsterblich aber ist unser Drang nach Wahrheit. Er wird durch keine Wechselfälle, durch kein Ereignis erschüttert. Der älteste Philosoph Ägyptens oder Indiens lüftete den Saum des Schleiers an der Statue der Gottheit. Und noch immer ist der Schleier ein wenig emporgehoben und mich trifft der gleiche leuchtende Glanz wie ihn; denn ich lebte damals in ihm, ich machte ihn so kühn und er hat dieselbe Vision von neuem in mir. Kein Staub ruht auf diesem Gewand. Keine Zeit ist verflossen seit jene Gottheit offenbart wurde. Jene Zeit, die uns nützt, die sich nützen läßt, ist weder Vergangenheit, Gegenwart, noch Zukunft.

Mein Aufenthaltsort war nicht nur zum Denken, sondern auch zu ernster Lektüre viel geeigneter als die Universität. Und wenn ich auch aus dem Bereich einer zirkulierenden Leihbibliothek entronnen war, so stand ich doch mehr denn je unter dem Bann derjenigen Bücher, welche um die Welt zirkulieren und deren Sätze, anfangs auf Rinde geschrieben, jetzt nur von Zeit zu Zeit auf Leinwandpapier gedruckt werden. „Als ich mich niederließ, um die Region der geistigen Welt zu durcheilen" – so spricht der Dichter Mir Camar Addin Mast – „verhalfen mir die Bücher dazu. Als ich wünschte mich an *einem* Glase Wein zu berauschen, trank ich den Trunk der esoterischen Lehren." Während des Sommers lag Homers Ilias auf meinem Tisch, aber nur hier und da blätterte ich darin. Meine Hände hatten zunächst vollauf zu tun, denn der Hausbau mußte vollendet und die Bohnen gleichzeitig gehackt werden. Dadurch wurde ein eingehenderes Studium unmöglich. Doch tröstete ich mich mit dem Gedanken, in Zukunft solche Lektüre pflegen zu können. Ich las ein paar oberflächliche Bücher – Reisebeschreibungen – während meiner Arbeit, bis ich mich dieser Beschäftigung vor mir selbst schämte und mich fragte, wo ich denn eigentlich lebe.

Der Studierende kann getrost Homer oder Äschylos griechisch lesen ohne leichtsinnig seine Zeit zu vergeuden, denn er muß notgedrungen den Helden dieser Dichter nacheifern und ihren Taten *Morgenstunden* widmen. Bücher aus den heroischen Zeiten werden, selbst wenn sie in den Schriftzeichen unsrer Muttersprache gedruckt sind, in Zeiten der Degeneration stets in einer toten Sprache verfaßt sein. Wir müssen mühsam nach der Bedeutung jedes Wortes, jeder Zeile suchen und einen tieferen Gehalt, als der Durchschnittsmensch in der alten Sprache vermutet, mit all unsrer Weisheit, unsrem Mute und unsrem Edelsinn hinein zu verlegen wissen. Die moderne wohlfeile und fruchtbare Literatur hat mit all ihren Übersetzungen wenig dazu beigetragen, uns die heroischen Schriftsteller des Altertums näher zu bringen. Sie sind noch dieselben Eremiten, und die Zeichen, in denen sie reden, sind noch gerade so eigenartig und kostbar wie je zuvor. Es lohnt sich ganze Tage und kostbare Stunden daran zu wenden, um ein paar Worte einer alten Sprache zu erlernen, die, über die Trivialität der Straße erhaben, immer von neuem Anregung und Ermutigung zu geben vermögen. Wenn der Farmer die wenigen lateinischen Ausdrücke, die er gelernt hat, behält und wiederholt, so ist das keine verlorene Arbeit. Bisweilen werden Stimmen laut, die für modernere und praktischere Studien auf Kosten des Studiums der Klassiker eintreten. Der wissensdurstige Mensch aber wird sich immer wieder dem Studium der Klassiker zuwenden, einerlei, in welcher Sprache sie geschrieben oder wie alt sie sind. Denn was sind die Klassiker anders als die erhabensten und überlieferten Gedanken der Menschheit? Sie sind die einzigen, nicht verklungenen Orakel, und zu den Antworten, die sie auf die modernsten Fragen geben, waren Delphi und Dodona nicht befähigt. Wir könnten mit derselben Berechtigung das Studium der Natur aufgeben, weil sie alt ist. *Gut* lesen, das heißt, *wahre* Bücher in *wahrem* Geiste lesen, ist eine edle Beschäftigung, die an den Leser größere Anforderungen stellt als irgend ein Sport, der gerade modern ist. Solche Lektüre verlangt eine „Trainierung", wie sie Athleten anwenden, ja, fast das ganze Leben muß mit Aufbietung aller Kräfte diesem Gebiete gewidmet werden. Bücher soll man mit derselben Sammlung und Bedachtsamkeit lesen, mit welcher sie geschrieben sind. Es genügt nicht einmal, daß man die Sprache des Volkes, in der sie geschrieben sind, spricht. Denn es gibt eine tiefe Kluft zwischen der gesprochenen und der geschriebenen, zwischen der gehörten und der gelesenen Sprache. Die eine Form ist transitorisch, ein Klang, ein Schall, ein farbloser, fast roher Dialekt, den wir unbewußt, wie die Tiere, von unseren Müttern erlernten. Die andere ist die Blüte und Frucht der ersteren. Ist jene unsre Muttersprache, so ist diese unsre Vatersprache, eine sorgfältig erwogene Ausdrucksweise, viel zu gehaltvoll, als daß das Ohr sie vernehmen könnte. Wir müssen wiedergeboren werden, um in ihr sprechen zu können. Die vielen Menschen, die im Mittelalter griechisch und lateinisch nur *sprachen*, waren durch den Zufall der Geburt nicht berechtigt, die Worte des Genius, der sich in diesen Sprachen verkündete, zu *lesen*. Denn diese Worte waren nicht in jenem Griechisch oder Latein geschrieben, welches sie kannten, sondern in der durchgeistigten Sprache der Literatur. Sie hatten nicht die edleren Dialekte der Griechen oder Römer erlernt, nein, selbst das Material, auf dem die Alten geschrieben hatten, war für sie Makulatur. Eine seichte, zeitgenössische Literatur galt ihnen mehr. Als aber die verschiedenen Völker Europas ihre eigenen, charakteristischen, wenn auch rohen Schriftsprachen geschaffen hatten, die als Grundlage für die Weiterentwicklung der Literatur genügten, da erst wurde das Studium eifrig wieder aufgenommen, da erst war der Standpunkt erhaben genug, um die Schätze des Altertums zu erkennen. Was die Massen des griechischen oder römischen Volkes *nicht hören* konnten, das *lasen* nach Jahrhunderten einige wenige Forscher, und einige wenige Forscher lesen es noch heute.

Mögen wir auch noch so sehr eines Redners gelegentlichen Schwung bewundern: das vornehme, geschriebene Wort steht doch so weit hinter oder über der schwankenden gesprochenen Sprache, wie das Firmament mit seinen Sternen hinter den Wolken. Dort *sind* die Sterne: nun lese sie wer kann! Die Astronomen sind unermüdlich im Erklären und Beobachten. Das sind keine Nebelgebilde, wie unsere täglichen Gespräche, unser dampfender Atem. Was in der Öffentlichkeit als Beredsamkeit gilt, wird sich in der Studierstube meistens als Rhetorik erweisen. Der Redner ist vom Einfluß transitorischer Momente abhängig und spricht zu dem Pöbel, den er vor sich sieht, zu denen, die ihn *hören* können. Der Schriftsteller dagegen, dessen gleichförmigeres Leben ihm immer Gelegenheit gibt, seine Gedanken zu verkünden, würde gerade durch jene Anlässe und die Menschenmassen, die den Redner inspirieren, abgelenkt werden. Er spricht zum Geist und zum Herzen des Menschengeschlechtes, zu allen Zeiten und zu all jenen, die ihn zu *begreifen* vermögen.

Kein Wunder, daß Alexander die Ilias immer, wenn er ins Feld zog, in einem kostbaren Kästchen mit sich nahm. Ein geschriebenes Wort ist die wertvollste Reliquie. Es ist etwas, was uns innerlich verwandt ist, und doch zugleich, mehr als irgend ein andres Kunstwerk, der Allgemeinheit angehört. Es ist das Kunstwerk, das dem Leben am nächsten steht. Es kann in jede Sprache übertragen, und nicht nur von allen menschlichen Lippen gelesen, sondern auch geatmet werden. Das Symbol des Gedankens eines antiken Menschen wird zur Sprache des modernen Menschen. Zweitausend Sommer haben den Denkmälern griechischer Literatur, den Marmorschöpfungen der Griechen nur einen reiferen, goldnen, herbstlichen Ton verliehen. Denn ihr eigener, heiterer, himmlischer Glanz trug sie selbst in alle Lande und schützte sie gegen die zernagende Zeit. Bücher sind der aufgespeicherte Reichtum der Welt und das reale Erbe von Generationen und Völkern. Bücher, und zwar die ältesten und besten, sollten mit Fug und Recht auf dem Bücherbrett in jeder Hütte stehen. Sie haben selbst nichts zu ihrer Verteidigung vorzubringen, und doch wird der gesunde Menschenverstand des Lesers, den sie erleuchten und erbauen, sie nicht von der Hand weisen. Ihre Verfasser bilden einen natürlichen, unwiderstehlichen Adel in jeder Gesellschaft. Sie üben auf die Menschheit einen größeren Einfluß aus als Könige und Kaiser. Wenn der ungebildete und vielleicht noch obendrein zu hochmütigem Spotte veranlagte Kaufmann sich durch Unternehmungsgeist und Fleiß die erstrebte Muße und Unabhängigkeit erworben, in „tonangebende Kreise“ Zutritt erhalten hat, so strebt er unvermeidlich schließlich doch den höheren, wenn auch unzugänglichen Kreisen des Geistes und des Genies zu. Er ist sich der Unvollkommenheit seiner Erziehung und der Nichtigkeit und Unzulänglichkeit all seiner Reichtümer bewußt. Darum zeigt er auch insofern gesunden Menschenverstand, als er sich Mühe gibt, seinen Kindern jene Geistesbildung angedeihen zu lassen, deren Mangel er selbst so schneidend empfand. Und erst auf diese Weise wird er zum Gründer einer Familie.

Wer nicht gelernt hat, die alten Klassiker in der Originalsprache zu lesen, kann nur eine höchst mangelhafte Kenntnis von der Entwicklung des Menschengeschlechtes haben. Denn es ist auffallend, daß sie noch niemals in einer modernen Sprache „nachgedichtet“ sind – wir müßten denn etwa unsre Zivilisation als eine solche Nachdichtung ansehen. Bislang ist Homer noch nicht englisch gedruckt worden, auch Äschylos nicht und Vergil, und das sind doch Werke, so geläutert, so festgefügt, so schön fast wie der Morgen selbst. Spätere Schriftsteller aber haben, einerlei wie hoch wir ihr Genie veranschlagen, selten, wenn überhaupt je, die Alten in der sorgsamen Schönheit und Vollendung ihrer lebenslangen, heldenhaften, literarischen Arbeiten erreicht. Nur jene schwätzen gegen die Klassiker, die nie etwas von ihnen gekannt haben. Es wird noch zeitig genug sein, sie zu vergessen, wenn wir so viel gelernt haben, so viel Verstand besitzen, um sie zu begreifen und zu würdigen. Wahrhaft reich wird jenes Zeitalter sein, in welchem die Reliquien, die wir Klassiker nennen, und einige noch ältere und mehr als klassische, doch weniger gekannte heilige Schriften der Völker mit heißem Bemühen gesammelt sind, wenn die Vatikans mit Vedas, Zendavestas und Bibeln angefüllt sind, mit Homeren, Danten und Shakespearen, wenn all die späteren Jahrhunderte ihre Trophäen auf dem Forum der Welt aufgestapelt haben. Von solcher Höhe aus dürfen wir hoffen schließlich in den Himmel zu kommen.

Die Werke der Dichterfürsten sind bislang noch nie von der Menschheit gelesen worden. Dazu sind nur Dichterfürsten fähig. Sie wurden nur so gelesen, wie die große Masse die Sterne liest – höchstens astrologisch, nicht astronomisch.

Die meisten Menschen haben lesen gelernt, um einer armseligen Bequemlichkeit zu genügen, wie sie auch rechnen lernten, um Buch führen zu können, und um beim Handel nicht übers Ohr gehauen zu werden. Aber vom „Lesen" als einer erhabenen, geistigen Beschäftigung wissen sie wenig oder nichts. Und doch ist „Lesen" im wahren Sinn des Wortes nichts anderes. Jedenfalls nicht das, was uns wie der Luxus einlullt und den höheren Geisteskräften einstweilen zu schlummern gestattet, sondern das, was wir nur lesen können, wenn wir auf den Zehenspitzen stehen, wenn wir unsere wachsten, erleuchtetsten Stunden dazu verwenden.

Haben wir erst einmal die Buchstaben erlernt, so meine ich, sollten wir nur das Beste lesen, was in der Literatur vorhanden ist, und nicht unser a, b, abc und einsilbige Wörter in der vierten oder fünften Klasse in alle Ewigkeit wiederholen und unser Leben lang auf der Faulbank sitzen bleiben. Die meisten Menschen sind zufrieden, wenn sie *ein* gutes Buch lesen – die Bibel zum Beispiel – oder sich aus *einem* guten Buch vorlesen lassen. Es genügt ihnen, wenn sie (vielleicht) von dessen Weisheit überzeugt sind. Den Rest ihres Lebens vegetieren sie und verschwenden ihr Können an sogenannte seichte Literatur. In unserer Volksbibliothek befindet sich ein mehrbändiges Werk, dessen Titel „Little Reading" in mir den Gedanken erweckte, es beschäftige sich mit der Stadt gleichen Namens, die ich noch nie besucht hatte. Es gibt Menschen, die selbst nach einer reichlichen Mahlzeit von Fleisch und Gemüse alles verdauen können, gerade wie die Wasserraben und Strauße. Es schmerzt sie, wenn etwas umkommt. Wenn andere die Maschinen sind, die produzieren, so sind *sie* die Maschinen, die konsumieren. Neuntausendmal lasen sie das Märchen von Zebulon und Sephronia, die einander liebten wie nie zuvor geliebt wurde. Auch war der Pfad, den ihre treue Liebe wandelte, nicht eben – jedenfalls lief sie dahin, strauchelte, stand auf und lief weiter. Oder sie lasen, wie ein Unglücksmensch bis zur Kirchturmspitze hinaufkletterte, der besser daran getan hätte, wenn er nur bis zum Glockenstuhl geklettert wäre. Ist dieser Pechvogel nun – ganz überflüssigerweise – in solche Höhen emporgehoben, dann läutet der glückliche Romandichter die Glocke, damit alle Welt zusammenläuft und sieht – O, Du lieber Himmel! – – wie der Pechvogel wieder herunterklettert. Man täte, meines Erachtens, wohl daran, alle diese strebsamen Helden der gesammten Romanliteratur in menschliche Wetterhähne zu verwandeln, wie man früher die Helden unter die Sterne versetzte. Dort mögen sie sich um sich selber drehen, bis sie rostig sind. Dort mögen sie bleiben und friedliche Bürger mit ihren Possen verschonen. Wenn der Romanschreiber das nächste Mal die Glocke läutet, will ich mich nicht vom Flecke rühren, selbst wenn die Kirche niederbrennen sollte. *„Der Sprung des Zehenspitzenspringers", ein Romanze aus dem Mittelalter, von dem berühmten Verfasser des „Tittle Tol-Tan" wird in monatlichen Lieferungen erscheinen! Man stürmt den Verlag! Kommt nicht alle zur gleichen Zeit!"* Das alles lesen sie, mit Augen groß wie Mühlräder, mit lebhafter, ungetrübter Neugierde, mit unersättlichem Magen, dessen Schleimhautfalten ebensowenig zum Appetit gereizt zu werden brauchen, wie dem kleinen vier Jahre alten Musterschüler seine 10-Pfennig-Goldschnitt-Ausgabe von „Aschenbrödel" nicht erst angepriesen werden muß. Nutzen hat er ja doch nicht davon – weder im Vortrag, noch in der Aussprache, noch in der Betonung, noch in der Fähigkeit die Moral herauszuziehen oder hineinzuverlegen. Und was resultiert? – Müdes Sehen, Hemmung der vitalen Zirkulation und eine allgemeine Ohnmacht und Verwässerung der intellektuellen Fähigkeiten. Diese Sorte Pfefferkuchen wird täglich in jedem Backofen mit mehr Eifer gebacken als reines Weizen-, Roggen- oder Maisbrot. Sie wird auch viel leichter verkauft.

Die besten Bücher werden noch nicht einmal von denen gelesen, die man als „gute Leser" bezeichnet. Wie hoch kann man die Kultur in Concord einschätzen? In diesem Städtchen gibt es – mit sehr wenigen Ausnahmen – für die besten und für die guten Bücher, selbst der englischen Literatur, deren Worte jeder lesen, jeder buchstabieren kann, kein Verständnis. Selbst die Herren an der Universität, d. h. die höher Gebildeten, wissen hier wie auch an anderen Orten wenig oder überhaupt nichts von den englischen Klassikern. Gerade um die Kenntnis der Urväter-Weisheit des Menschengeschlechtes, um die alten Klassiker und heiligen Schriften, die allen zugänglich sind, die dafür Interesse haben, kümmert man sich so wenig wie möglich. Ich kenne einen Holzhacker in den besten Jahren, der sich eine französische Zeitung hält, nicht der Neuigkeiten wegen – darüber ist er erhaben – nein, „um in der Übung zu bleiben". Er ist nämlich in Canada geboren. Und als ich ihn fragte, welche Beschäftigung ihm auf dieser Welt als die beste erscheine, erwiderte er: „Abgesehen von der soeben erwähnten die Pflege und Verbesserung meines Englisch." Das deckt sich ungefähr mit den Taten und Bestrebungen des akademisch Gebildeten. Darum halten solche Leute eine englische Zeitung. Und hat jemand eines der besten englischen Bücher gelesen: wie groß ist dann die Zahl derer, mit denen er darüber sprechen kann? Oder nehmen wir einmal an, jemand habe soeben einen griechischen oder römischen Klassiker im Original studiert – nun, da findet er überhaupt *niemand*, mit dem er sich darüber unterhalten kann. Er muß schweigen! Ja, an unsern Kunst- und Lehrerakademien gibt es keinen Professor, der, selbst wenn er die Schwierigkeiten der Sprache überwunden hat, auch in gleichem Maße die Schwierigkeiten beherrscht, welche in dem geistigen Gehalt und in der Poesie eines griechischen Schriftstellers liegen. Auch ist der Herr Professor nicht imstande dem kritischen, mutigen Leser Sympathie einzuflößen. Und was die heiligen Schriften, die

Bibeln der Menschheit betrifft, so möchte ich einmal anfragen, wer in dieser Stadt kann mir auch nur ihre Titel nennen? Die meisten Menschen wissen gar nicht, daß außer den Juden noch andere Völker eine heilige Schrift besaßen. Ein Mensch, jeder Mensch wird ein gutes Stück von seinem Pfade abweichen, um einen Silberdollar aufzuheben. Hier aber gibt es goldne Worte, Worte, welche die weisesten Männer des Altertums verkündet haben und deren Wert von den Weisen aller nachfolgenden Zeiten bestätigt worden ist! Und doch lernen wir nichts als oberflächliche Bücher lesen, ABC- und andere Schulbücher, und wenn wir die Schule verlassen haben, erbauen wir uns an „kleinen Erzählungen" und Märchen, die für Knaben und Anfänger geschrieben sind. Unsere Lektüre, Unterhaltung und unser Denkvermögen bleiben darum auf einer Pygmäen und Zwergen angemessenen Stufe stehen.

Ich wünsche weisere Männer kennen zu lernen, als hier auf Concords Boden wachsen, Männer, deren Namen man hier kaum kennt. Oder soll ich den Namen Plato hören und nie sein Buch lesen? Als ob Plato mein Landsmann wäre und ich ihn nie gesehen hätte – mein nächster Nachbar, den ich niemals sprechen hörte, dessen weisheitsvollen Worten ich niemals lauschte! Wie aber liegt die Sache in Wirklichkeit? Seine Dialoge, die das enthalten, was an ihm unsterblich war, liegen auf dem nächsten Bücherbrette, und doch habe ich sie nie gelesen. Wir sind ungebildet, gemein und dumm. Und ich gestehe, in dieser Hinsicht gibt es keinen großen Unterschied zwischen der Unwissenheit meiner Landsleute, welche überhaupt nicht lesen können, und der Unwissenheit desjenigen, der nur lesen gelernt hat, was für Kinder und geistig Beschränkte paßt. Wir sollten so gut sein wie die besten Menschen des Altertums. So wollen wir uns denn zunächst einmal darüber unterrichten, wie gut jene waren. Wir sind ein Geschlecht von Zwergen, und unser Geistesflug reicht nicht viel höher als die Spalte der Tageszeitung.

Nicht alle Bücher sind so stumpf wie ihre Leser. Sie enthalten vielleicht Worte, die genau auf unsere Verhältnisse passen, die, wenn wir sie nur wirklich hören und begreifen würden, mehr Segen in unser Leben tragen könnten als der Morgen oder der Frühling. Sie vermöchten vielleicht unsere ganze Lebensanschauung zu ändern. Wie mancher Mensch datiert eine neue Aera seines Lebens von der Lektüre eines Buches. Das Buch, das unsere Wunder erklärt und uns neue Wunder offenbart, existiert vielleicht irgendwo. Dinge, die bis lang nicht vor uns ausgesprochen wurden, finden wir vielleicht irgendwo ausgesprochen. Dieselben Fragen, die uns erregen und quälen und verwirren, haben verständige Menschen stets beschäftigt. Nicht eine einzige ist übergangen worden, und jedermann hat, je nach seinen Fähigkeiten, mit Worten oder mit seinem Leben darauf geantwortet.

Durch Weisheit lernen wir aber auch Hochherzigkeit. Der einsame Arbeiter auf einer Farm in der Nähe von Concord, der seine besonderen religiösen Anschauungen hat, der an seine Wiedergeburt glaubt und annimmt, daß ihn sein Glaube zu solch schweigender Würde und Unnahbarkeit gebracht habe – der einsame Arbeiter dort mag denken: das ist nicht wahr. Doch Zoroaster wanderte vor Tausenden von Jahren auf derselben Straße und hatte dieselbe Erfahrung. Doch *er* in seiner Weisheit wußte, daß sie keinem erspart bleibt. Darum behandelte er seine Mitmenschen dementsprechend. Er soll sogar den Gottesdienst erfunden und bei den Menschen eingeführt haben. So möge jener einsame Arbeiter denn in Demut mit Zoroaster und durch den befreienden Einfluß der besten Menschen mit Jesus Christus selbst sich beraten und „unsere Kirche" getrost als Ballast über Bord werfen.

Wir prahlen damit, daß wir dem neunzehnten Jahrhundert angehören und von allen Völkern die gewaltigsten Fortschritte machen. Was aber tut denn Concord zum Beispiel für seine Kultur? Ich wünsche weder meinen Mitbürgern zu schmeicheln, noch von ihnen Schmeicheleien zu hören; damit ist weder dem einen noch dem andern geholfen. Wir müssen gereizt, mit dem Stachel angetrieben werden, wie Ochsen, die wir ja sind, um ins Traben zu kommen. Wir haben ein verhältnismäßig gutes System gewöhnlicher Freischulen, solcher Schulen, die nur für Kinder bestimmt sind. Aber abgesehen von einem nur halb lebensfähigen Lycaeum im Winter, und abgesehen von einem aus letzter Zeit datierenden, zahmen Anfang einer vom Staate angeregten Bibliothek, haben wir keine Schule für uns selbst. Wir verwenden auf alle Dinge, die zu unserer Pflege und Verpflegung dienen, mehr als auf unsere geistige Nahrung. Es ist an der Zeit, daß wir *ungewöhnliche* Schulen bekommen, daß wir nicht mit unserer Erziehung aufhören, wenn wir anfangen Männer und Frauen zu werden. Es ist Zeit, daß Dörfer sich in Universitäten verwandeln, daß die älteren Einwohner Universitätsmitglieder werden und berechtigt sind – wenn sie wohlhabend genug sind – ihren Lebensabend freien Studien zu widmen. Soll die Welt sich für ewige Zeiten mit Paris oder Oxford begnügen? Können nicht unter Concords Himmel Studenten leben und eine vorurteilsfreie Erziehung finden? Können wir denn keinen Abälardanstellen, der uns Vorlesungen hält? Ach! Viehfüttern und Ladenhüten hat uns allzulange von der Schule ferngehalten, und unsre Erziehung ist bedauerlich vernachlässigt. In diesem Lande hier sollte die Stadt in gewisser Hinsicht die Stelle des Edelmanns in Europa einnehmen. Sie sollte die Beschützerin der Künste sein. Sie ist reich genug. Es fehlt nur an Seelengröße und Seelenreinheit. Sie kann Geld genug für Dinge ausgeben, die von Farmern und Kaufleuten geschätzt werden. Aber schon der Vorschlag, Geld für etwas zu verwenden, was – nach Ansicht weitaus intelligenterer Menschen – viel mehr Wert hat, gilt als eine Utopie. Diese Stadt verausgabte – Dank dem Himmel oder Dank der Politik! – siebenzehntausend Dollars für ein Rathaus. Sie wird aber wahrscheinlich im Verlauf von hundert Jahren nicht die gleiche Summe für lebendige Geisteskraft, für die würdige Fassung eines echten Juwels verwenden. Die einhundert und fünfundzwanzig Dollars, die jährlich für das Winterlycaeum gezeichnet werden, sind besser angewandt, als eine andere Summe in der gleichen Höhe, die in der Stadt gesammelt wird. Wenn wir schon einmal im neunzehnten Jahrhundert leben, warum sollen wir uns dann nicht der Vorteile erfreuen, die das neunzehnte Jahrhundert bietet? Warum soll unser Leben in irgend einer Hinsicht „bäuerisch“ sein? Wenn wir denn schon Zeitungen lesen wollen, warum überschlagen wir nicht den Stadtklatsch aus Boston und greifen gleich zur besten Zeitung der Welt? Nein, da nähren wir uns an den Brüsten der „unabhängigen Familienzeitung“ oder knabbern hier in Neuengland am „Olivenzweig“! Laßt die Berichte aller gelehrten Gesellschaften zu uns kommen. Wir werden prüfen, ob sie tatsächlich etwas wissen. Warum sollen die Herren „Gebrüder Harper“ oder „Redding & Compagnie“ unsere Bücher für uns auswählen? Wenn ein Edelmann von geläutertem Geschmack sich mit allem umgibt, was zu seiner weiteren intellektuellen Erziehung beiträgt, mit Talent, Geist, Wissenschaft, Witz, Büchern, Gemälden, Statuen, Musik, philosophischen Dingen und dergleichen mehr, so sollte auch die Stadt nicht mit *einem* Pädagogen, *einem* Pfarrer, *einem* Meßner, *einer* Pfarrbibliothek und mit drei Stadtverordneten sich begnügen, bloß weil einst in einem kalten Winter auf einem kahlen Felsen unsere Vorfahren, die in dies Land gezogen kamen, damit zufrieden waren. Eine Grundbedingung unserer Verfassung ist gemeinsames Handeln. Ich aber vertraue darauf, daß unsere Schätze größer sind als die des Edelmanns, weil unsre Quellen ergiebiger fließen. Neuengland kann alle weisen Männer der Welt als seine Lehrer anstellen. Es wird ihnen an nichts mangeln, nichts Provinziales wird sich bemerkbar machen. Das ist die *ungewöhnliche* Schule, die wir brauchen. Statt der Edelmänner laßt uns Edelstädte voller Männer haben. Wenn es auch nötig ist, baut keine Brücke über den Fluß, macht einen etwas weiteren Weg und spannt wenigstens einen Bogen über den dunkleren Abgrund der Unwissenheit, der uns umgibt.

Töne

Doch während wir uns auf Bücher beschränken, selbst wenn es die hervorragendsten und die klassischen sind, und während wir nur bestimmte Schriftsprachen lesen, die selbst nur unbeholfene Dialekte sind, laufen wir Gefahr, diejenige Sprache zu vergessen, in welcher alle Dinge und Ereignisse ohne Metapher reden, welche allein erschöpfend und meisterhaft ist. Viel wird veröffentlicht, aber wenig wird gedruckt. An die Strahlen, die durch den Fensterladen fielen, wird niemand mehr denken, wenn der ganze Fensterladen geöffnet ist. Keine Methode, keine Disziplin kann uns über die Notwendigkeit hinweghelfen immer die Augen offenzuhalten. Was ist ein Kursus über Geschichte, Philosophie oder Poesie, mag er noch so vorzüglich zusammengestellt sein, was ist die beste Gesellschaft und die bewunderungswürdigste Lebenskunst im Vergleich zu jener Fähigkeit die Dinge zu sehen, die wirklich zu sehen sind. Willst Du nur ein Leser, ein Forscher sein, oder ein Sehender? Lies Dein Schicksal, sieh was vor Dir liegt und wandle hinein in die Zukunft.

Im ersten Sommer las ich keine Bücher – ich hackte meine Bohnen. Ja, oftmals tat ich noch etwas Besseres! Es gab Zeiten, wo ich es nicht über mich gewinnen konnte, die

Blüte des Augenblicks irgend einer Arbeit des Kopfes oder der Hände zu opfern. Ich liebe es meinem Leben einen weiten Spielraum zu geben. Bisweilen saß ich an einem Sommertage, nachdem ich mein gewohntes Bad genommen hatte, vor meiner Tür im Sonnenschein von Sonnenaufgang bis zur Mittagstunde, traumverloren zwischen Fichten, Walnuß- und Sumachbäumen, in ungestörter Einsamkeit und Stille, während die Vögel ringsum sangen oder geräuschlos durch das Haus flatterten. Und erst, wenn sich die Sonne in dem westlichen Fenster meines Hauses spiegelte, oder wenn das Rollen eines Reisewagens von der fernen Landstraße zu mir drang, erinnerte ich mich daran, wie schnell die Stunden verflogen.

An solchen Tagen wuchs ich wie der Mais in der Nacht. Sie waren auch weitaus besser als irgend ein Werk meiner Hände hätte sein können. Sie wurden meinem Erdenwallen nicht abgeschrieben, sondern zugelegt. Ich verwirklichte das, was die Orientalen unter Beschaulichkeit und Arbeitsentsagung verstehen. Meistens dachte ich gar nicht daran, daß Stunde auf Stunde verrann. Der Tag brach an, als ob er mein Werk beleuchten wolle. Es war Morgen und – siehe da! – nun ist es Abend und nichts von Bedeutung wurde getan. Statt wie die Vögel zu singen, war ich innerlich heiter über mein dauerndes Glück. Wie der zwitschernde Spatz, der auf dem Walnußbaum vor meinem Hause sitzt, so habe auch ich mein Lachen, mein Trillerlied, das vielleicht aus meinem Nest zu ihm hinüberschallt. Meine Tage waren keine Wochentage, waren nicht nach irgend einer heidnischen Gottheit benannt, sie waren nicht in Stunden zerhackt, noch durch das Ticken einer Uhr zerfetzt. Nein, ich lebte wie die Puriindianer, die, wie man erzählt, „für gestern, heute und morgen nur *ein* Wort besitzen; sie modifizieren es dadurch, daß sie für gestern – rückwärts, für morgen – vorwärts und für heute nach oben deuten.“ Ich weiß sicher, daß meine lieben Mitbürger darin nur eine unglaubliche Faulheit erblicken. Doch, wenn Vögel und Blumen mich mit ihrem Maß gemessen hätten, wäre ich nicht zu leicht befunden. Ein Mensch muß von innen heraus seine Impulse bekommen, das steht fest. Der Tag *an sich* ist sehr ruhig und wird ihm kaum seine Trägheit zum Vorwurf machen.

Jedenfalls hatte ich vor der Lebensweise anderer Menschen, die in Vergnügungen, Theater und Gesellschaften aufgehen, mit meiner Lebensweise den Vorzug, daß mein Leben selbst ein Genuß war, und nie aufhörte neu zu sein. Es war ein Schauspiel mit vielen Szenen und ohne Schluß. Würden wir immer versuchen nach den letzten und besten Regeln, die wir lernten, unser Brot zu verdienen, unser Leben zu verbringen, so würde uns Langweile sicher niemals plagen. Folge dem Fluge Deines Genius unmittelbar, und er wird Dir getreulich in jeder Stunde neue Perspektiven eröffnen. Hausarbeit war ein willkommener Zeitvertreib. Wenn mein Fußboden schmutzig war, stand ich frühzeitig auf und setzte all meine Möbel draußen auf das Gras. Bett und Bettstelle trug ich dabei auf einer Schulter. Dann sprengte ich die Dielen mit Wasser, streute weißen Sand aus dem Teiche hinauf und bürstete sie mit dem Besen, und um die Zeit, wo die Dorfbewohner ihr nächtliches Fasten brachen, hatte die Morgensonne bereits mein Haus so weit getrocknet, daß ich wieder einziehen konnte, ohne daß mein Gedankenflug eine Unterbrechung erlitt. Es machte mir Freude meine ganze Hauseinrichtung dort draußen auf dem Gras zu sehen, wo sie einen kleinen Haufen bildete, wie das Bündel eines Zigeuners. Daneben stand mein dreibeiniger Tisch inmitten von Fichten und Walnußbäumen, von welchem ich Bücher, Feder und Tinte nicht entfernte. Ein jedes schien froh, wenn es ins Freie getragen, betrübt, wenn es wieder hineingetragen wurde. Bisweilen kam ich in Versuchung ein Zeltdach über alles zu spannen, und mich darunter niederzulassen. Es lohnte sich schon der Mühe zu beobachten, wie die Sonne auf all diese Dinge schien, wie der Wind darüber hinstrich; die vertrauten Gegenstände sahen im Freien viel interessanter aus als im Hause. Ein Vogel sitzt auf dem nächsten Ast, Immergrün wächst unter dem Tisch, Brombeerranken schlingen sich um des Tisches Füße. Tannenzapfen, stachlige Hüllen der Kastanien und Erdbeerblätter sind über den Boden verstreut. Es hat den Anschein, als ob auf solche Weise diese Formen auf unsere Möbel, Tische, Stühle und Bettstellen übertragen würden – gerade weil sie einst in ihrer Mitte gestanden haben.

Mein Haus lag am Abhang eines Hügels, unmittelbar am Rand eines größeren Waldes, inmitten einer jungen Anpflanzung von Harztannen und Walnußbäumen, etwa dreißig Schritte vom Teich entfernt, zu dem ein schmaler Fußpfad den Hügel hinunter führte. In meinem Vorgarten wuchsen Erdbeeren, Brombeeren und Immergrün, Beifuß und Goldstab, Zwergeichen und Sandkirschen, Heidelbeeren und Erdnüsse. Gegen Ende Mai schmückte die Sandkirsche. (*cerasus pumila*) die Seiten des Weges mit ihren Blüten, die in Dolden zylindrisch um die kurzen Stengel stehen. Im Herbst aber hingen die Stengel, durch die großen und schönen Kirschen niedergebogen, in Guirlanden wie Strahlenbündel an beiden Seiten über den Weg. Ich kostete die Früchte aus Höflichkeit gegen die Natur; sie waren indessen nicht wohlschmeckend. Der Sumach (*rhus glabra*) wuchs im Überfluß um das Haus herum, arbeitete sich durch den Erddamm, den ich aufgeschüttet hatte und erreichte im ersten Jahre eine Höhe von fünf bis sechs Fuß. Sein breites, gefiedertes, tropisches Blatt bot einen schönen, wenn auch seltsamen Anblick dar. Die großen Knospen, die erst spät im Frühling plötzlich aus den trockenen, scheinbar abgestorbenen Stengeln hervorsproßten, entwickelten sich wie durch Zauberkraft zu anmutigen, grünen, zarten Zweigen von einem Zoll im Durchmesser. Und so sorglos wuchsen sie, so sehr überanstrengten sie ihre schwachen Glieder, daß ich bisweilen, wenn ich an meinem Fenster saß, einen frischen und zarten Ast plötzlich wie einen Fächer zur Erde fallen hörte, während sich kein Lüftchen regte. Sein eigenes Gewicht brach ihn. Im August nahmen die zahllosen Beeren, deren Blüten viele wilde Bienen angelockt hatten, allmählich eine helle, sammetartige, karmoisinrote Farbe an; auch sie bogen und brachen durch ihr Gewicht die zarten Stengel.

Während ich jetzt an diesem Sommernachmittage an meinem Fenster sitze, kreisen Habichte über meiner Lichtung. Der pfeilschnelle Flug wilder Tauben, die zu zweien oder dreien meinen Blick kreuzen oder ruhelos auf den Ästen der Weißtannen hinter meinem Hause auf und ab hüpfen, verleiht der Luft eine Stimme; ein Fischreiher taucht in die spiegelglatte Oberfläche des Sees und bringt einen Fisch in die Höhe. Eine Otter stiehlt sich aus dem Sumpf vor meiner Tür hervor und packt einen Frosch am Ufer. Das Schilf beugt sich unter der Last der Riedmeisen und Rohrdommeln, die hinüber und herüber fliegen. Während der letzten halben Stunde habe ich auch das Rollen der Eisenbahnwagen gehört, in welchen die Reisenden von Boston aufs Land fahren; bald klingt es hinsterbend, bald auflebend wie der Flügelschlag eines Rebhuhns. Ja, ich lebte nicht so weit von aller Welt entfernt wie jener Junge, der, wie mir erzählt wurde, bei einem Farmer im östlichen Teile der Stadt untergebracht wurde, von dort aber bald wieder ausriß und zu Haus ankam, zerlumpt und krank vor Heimweh. Nie hatte er einen solch öden, abgelegenen Platz gesehen! Die Leute waren alle von dort fortgezogen! Ja, selbst die Dampfpfeife konnte man dort nicht hören! . . . Ich bezweifle, ob es jetzt noch ein solchen Platz in Massachusetts gibt:

„Denn jetzund ist auch unser Dorf ein Ziel
„Für einen jener windesschnellen Eisenspeere!
„Und über unsrer Felder stille Einsamkeit
„Hallt sanft der Ruf – Concord."

Die Fitchburger Bahn berührt den Teich ungefähr fünfhundert Schritt südlich von meiner Wohnung. Gewöhnlich gehe ich auf dem Eisenbahndamm zum Dorfe; ich bin somit durch dieses Band gleichsam mit der Zivilisation verbunden. Die Leute auf den Güterzügen, welche die ganze Strecke abfahren, grüßen mich wie einen alten Bekannten. Sie fahren so oft an mir vorbei, daß sie mich augenscheinlich für einen Beamten halten. Und das bin ich auch. Ich selbst würde nur allzu gern auf diesem Erdkreis irgendwo die Geleise ausbessern.

Das Pfeifen der Lokomotive durchdringt meine Waldungen im Sommer und im Winter; es klingt wie der Schrei eines Habicht, der über den Hof einer Farm fliegt. Es gibt mir Kunde, daß viele rastlose Kaufleute von Boston, oder unternehmungslustige Geschäftsmänner aus der entgegengesetzten Richtung gleich in unsrem Städtchen eintreffen werden. Kommen sie unter dem gleichen Horizont zusammen, dann schreien sie einander warnend zu: „Mach Platz!" Das kann man bisweilen im Umkreis von zwei Städten hören. Hier kommen Deine Kolonialwaren, Land! Hier ist Euer Mundvorrat, Landleute! Und noch ist kein Mann auf seiner Farm so unabhängig, daß er solche Anerbietungen von der Hand weisen kann. „Und hier ist Euer Geld", kreischt die Pfeife des Landmanns. Bauholz rennt mit einer Geschwindigkeit von zwanzig Meilen pro Stunde auf die Mauern der Stadt zu; Stühle genug können daraus fabriziert werden, daß alle Mühseligen und Beladenen in der Stadt darauf ausruhen können. Mit solch imponierender und hölzerner Höflichkeit bietet das Land der Stadt einen Stuhl an. All die indianischen Heidelbeerhügel werden geplündert, all die Preißelbeerwiesen werden in die Stadt geharkt. Gen Norden geht die Baumwolle, gen Süden das gewebte Tuch. Gen Norden geht die Seide, gen Süden der Wollstoff. Hinauf gehen die Bücher, aber der Geist, der in ihnen wohnt, geht bergab.

Wenn ich die Lokomotive sehe, die mit ihrem Schweif aus Wagen in planetarischer, oder richtiger kometenartiger Bewegung dahineilt, – der Zuschauer weiß nicht, ob sie bei dieser Geschwindigkeit und in dieser Richtung je wieder die gleiche Strecke durchsausen wird, denn ihre Bahn gleicht nicht einer in sich zurückkehrenden Kurve – ja, wenn ich die Lokomotive sehe und die Dampfwolke, die wie ein Banner in goldnen und silbernen Windungen hinter ihr her flattert, wie eine flaumige Wolke, die ich hoch oben am Himmelszelt ihre Masse dem Licht entfalten sah, wenn ich sehe, wie dieser wandernde Halbgott, dieser Wolkenbezwinger den Sonnenuntergangshimmel für die Livree seiner Gefolgschaft zu benutzen versucht, und wenn ich höre, wie von den Hügeln das Schnauben des eisernen Rosses, aus dessen Nüstern Feuer und Rauch strömen, unter dessen Hufen die Erde erdröhnt, donnergleich widerhallt – dann glaube ich, daß die Erde ein Geschlecht trägt, welches würdig ist sie zu bewohnen. (Allerdings weiß ich nicht, welche feuerspeienden Drachen oder welches geflügelte Pferd die Menschen in die neue Mythologie aufnehmen werden.) O, daß doch alles so wäre wie es scheint! Wenn doch die Elemente nur zu edlen Zwecken den Menschen Sklavendienste zu leisten hätten! Wenn die Wolke, die über der Lokomotive schwebt, die Ausgeburt heroischer Taten oder so wohltuend wäre wie die Himmelswolke, die über des Landmanns Felder zieht, dann würden die Elemente und die Natur selbst mit Freuden die Menschen auf Weg und Steg begleiten und beschützen.

Ich beobachte das Vorüberkommen des Morgenzuges mit dem gleichen Gefühl wie den Sonnenaufgang, der kaum regelmäßiger vor sich geht. Die Wolkenschleppe erstreckt sich in weite Ferne, steigt immer höher bis zum Himmel hinan, während der Zug hinab nach Boston fährt. Eine Minute lang ist die Sonne hinter ihr verborgen. Mein entlegener Acker taucht in tiefen Schatten unter: ein Zug fährt zum Himmelszelt, gegen den der kleine Wagenzug, der an der Erde klebt, nur der Widerhaken des Speeres ist. Der Hüter des eisernen Rosses war früh auf an diesem Wintermorgen; die Sterne leuchteten noch über den Bergen, als er sein Streitroß fütterte und zäumte. Früh wurde auch das Feuer geweckt, um ihm Lebenswärme zu verleihen, um es fortzutreiben. Wäre das Unternehmen doch so unschuldig wie früh! Wenn hoher Schnee liegt, schnallen sie ihm Schneeschuhe an und pflügen mit gewaltigem Pflug von den Bergen bis zum Meeresstrand eine Furche, in welche die Wagen – wie nachfolgende Saatmaschinen – all die rastlosen Menschen und die beweglichen Waren als Samen über das Land verstreuen. Den ganzen Tag saust das Feuerpferd durch Wald und Feld; es hält nur an, damit sein Herr Ruhe finde. Um Mitternacht, wenn es in irgend einer entlegenen Waldschlucht den Elementen die Stirn bietet, rings umgeben von Eis und Schnee, erweckt mich sein Stampfen und sein wildes Schnauben. Erst beim Leuchten des Morgensterns erreicht es seinen Stall; und abermals gehts auf die Reise, ohne Rast und Ruh. Manchmal höre ich es auch am Abend, wenn es in seinem Stall die übrig gebliebene Energie des Tages von sich bläst, damit seine Nerven beruhigt, Leber und Hirn gekühlt werden für einige Stunden eisernen Schlafes. Wäre doch dies Unternehmen so heroisch und rühmenswert wie es groß angelegt und unermüdlich ist.

Durch unwegsame, obwohl nicht weit von menschlichen Wohnungen entfernte Wälder, die einst nur bei Tag der Jäger durchdrang, durch die finsterste Nacht jagen diese hellerleuchteten „Salonwagen“ dahin, ohne daß die schlafenden Bewohner der Städte davon erwachen. In diesem Augenblick hält der Zug an dem hellerleuchteten Bahnhof eines Städtchens oder einer Stadt, wo eine gesellige Menge versammelt ist, im nächsten Augenblick ist er im unheimlichen Moor, und erschreckt Fuchs und Eule. Abfahrt und Ankunft der Züge bilden jetzt die Epochen im Leben des Dorfes. Sie kommen und gehen mit solcher Regelmäßigkeit und so pünktlich, ihr Pfeifen kann man so weit hören, daß die Farmer ihre Uhren darnach stellen. Sind die Menschen seit der Erfindung der Eisenbahnen nicht etwas pünktlicher geworden? Sprechen und denken sie nicht schneller auf dem Bahnhof als vor der „Posthaltestelle“? Etwas Elektrisierendes liegt in der Atmosphäre eines Bahnhofs. Ich bin über die Wunder, die er bewirkt, erstaunt! Einige von meinen Nachbarn, von denen ich bestimmt ein für allemal vorausgesetzt hätte, daß sie eine solch systematisch pünktliche Fahrgelegenheit nach Boston niemals benutzen würden, sind zur Stelle, wenn die Glocke an der Lokomotive ertönt. Etwas „wie die Eisenbahn“ tun ist jetzt geradezu sprichwörtlich geworden. Man kann sich übrigens nur freuen, daß man so oft und so nachdrücklich daran erinnert wird drohenden Gefahren aus dem Wege zu gehen. In diesem Falle gibt es keine Verzögerung durch das Vorlesen der „Aufruhrakte“, durch Schießen über die Köpfe des Pöbels. Wir haben ein Fatum, wir haben eine „Atropos“ geschaffen, die nie von ihrem Wege abweicht. (Wie gefällt Euch der Name für Eure Lokomotive?) Man hat den Menschen mitgeteilt, daß diese Donnerkeile zu einer bestimmten Stunde und Minute nach verschiedenen Punkten des Kompasses geschleudert werden; dadurch wird jedoch niemand in seinem Geschäft gestört, und die Kinder benutzen ein anderes Geleise, um in die Schule zu gehen. Wir leben dafür um so stetiger. Wir werden auf diese Weise alle zu Söhnen Tells erzogen. Die Luft ist voll unsichtbarer Pfeile! Jeder Pfad ist der Pfad des Schicksals – ausgenommen Dein eigener. So bleibe denn in Deinem Geleise.

Für den Handel spricht sein Unternehmungsgeist und seine Unerschrockenheit. Er faltet nicht die Hände und betet zum Jupiter. Ich sehe diese Menschen Tag für Tag mit mehr oder weniger Mut und Zufriedenheit an ihr Geschäft gehen, in welchem sie mehr leisten als sie ahnen und vielleicht besser sich betätigen, als sie sich je träumen ließen. Der Heldenmut jener Leute, die einst eine halbe Stunde lang bei Buena Vistain der Front standen, macht auf mich weniger Eindruck als die beharrliche und freudige Tapferkeit derjenigen, die Winterquartiere im Schneepflug beziehen, die nicht nur den „Mut um drei Uhr morgens früh“ besitzen, den Napoleon für den seltensten hielt, sondern auch den Mut nicht so früh zu Bett zu gehen, die nur schlafen, wenn der Sturm schläft, oder wenn die Sehnen des eisernen Rosses erfroren sind. Heute, zum Beispiel, wo ein gewaltiger Schneesturm tobt, der des Menschen Blut erstarren macht, höre ich aus den Nebelwolken ihres erfrorenen Atems heraus den gedämpften Ton der Lokomotivglocke, der verkündet, daß der Zug *trotz allem kommt*, ohne große Verspätung, dem neuenglischen Nordostschneesturm zum Trotz! Ich sehe sogar die schnee- und reifbedeckten Lokomotivführer; über die spitze Kante des dreieckigen Schneepfluges, der allerdings etwas anderes als Maßlieb oder Feldmausnester zerstört, ragen ihre Köpfe empor, wie runde Felsblöcke von der Sierra Nevada; sie scheinen einen Außenplatz in der Schöpfung einzunehmen.

„Handel treiben" heißt – es klingt überraschend: Vertrauen haben, heiter, wachsam, wagemutig und unermüdlich sein. Der Handel benutzt übrigens ganz natürliche Wege, jedenfalls natürlichere, als manche phantastische Unternehmungen und sentimentale Experimente zu wandeln pflegen; und daher rührt sein einzigartiger Erfolg. Es erfrischt mich, meine Spannkraft wächst, wenn der Güterzug an mir vorüber donnert. Ich rieche die Waren, die ihren Duft auf dem ganzen Wege von Long Wharf bis zum Champlainsee verbreiten. Ich werde an fremde Länder erinnert, an Korallenriffe, an den indischen Ozean, an die Tropen und an die Größe der Erde. Wenn ich Palmblätter sehe, die im nächsten Sommer manche Blondköpfe bedecken werden, Manilahanf, Kokosnußschalen, altes Gerümpel: Hanfsäcke, altes Eisen und rostige Nägel, dann fühle ich mich mehr als Weltbürger. Die Wagenladung zerrissener Segel ist lesbarer und interessanter, als wenn sie zu Papier verarbeitet und in gedruckte Bücher verwandelt ist. Wer kann die Geschichte der Stürme, denen sie preisgegeben waren, trefflicher schildern als diese Risse in den Segeln? Das sind Korrekturbogen, die keiner Korrektur bedürfen! Hier kommt Bauholz aus den Wäldern von Maine, das bei der letzten Überschwemmung nicht in die See hinausgespült wurde. Weil so viel fortgeschwemmt und zersplittert wurde, werden tausend Fuß jetzt um vier Dollar höher bezahlt. Tannen-, Fichten-, Zedernholz – erster, zweiter, dritter, vierter, und doch noch vor kurzem von derselben Qualität, damals als es über dem Bären, dem Elentier und dem Karibu rauschte! Dahinter rollt Kalk aus Thomaston – „Primaware". Er wird weit in die Berge hineingefahren, bevor man ihn löscht. Die Ballen dort enthalten Lumpen in allen Farben und Qualitäten: das letzte Schicksal der Kleider. Baumwolle und Leinen sind auf ihre niedrigste Stufe gesunken; die Muster, die nun nie wieder angepriesen werden – vielleicht nur irgend wo im wilden Westen – und die schönsten Erzeugnisse in englischem, französischem oder amerikanischem Kaliko, Gingham, Musselin usw., zusammengesucht aus allen Quartieren des Reichtums und der Armut, werden nun bald zu einfarbigem oder noch schwach getöntem Papier verarbeitet. Und auf dieses werden dann – wer wagt es zu bezweifeln! – wahre, auf Tatsachen beruhende Geschichten aus dem wirklichen, aus dem erhabenen und dem gemeinen Leben gedruckt! Dieser geschlossene Güterwagen riecht nach Salzfischen, verbreitet den strengen, neuenglischen Handelsgeruch, der mich an die See und an Fischerei erinnert. Wer hat noch nie einen Salzfisch gesehen, der auf dieser Welt gegen alles gefeit ist, den nichts verderben kann, mit dem man die Straßen kehren und pflastern und Feuerholz spalten kann, der allem Trotz bietet mit einer Ausdauer, die selbst Heilige neidisch machen könnte, der den Fuhrmann und die Ladung vor Sonne, Wind und Regen schützt, der dann vom Krämer – ein Krämer in Concord tats – an die Türpfosten gehängt wird „zum Zeichen der Geschäftseröffnung", bis schließlich auch der älteste Kunde dieses Herrn nicht mehr bestimmt angeben kann, ob dieses Ding etwas Animalisches, Vegetabilisches oder Mineralisches ist. Wird dieses Ding jedoch in den Topf getan und gekocht, so wird es wieder weiß wie eine Schneeflocke und als Stockfisch beim Mittagessen am Samstag für ausgezeichnet erklärt. Dann folgen spanische Felle: die Schweife sitzen noch daran und zeigen noch jenen Erhebungswinkel, den sie einstens hatten, als die Ochsen, die in diesen Fellen steckten, über die Pampas von Spanisch-Südamerika stürmten. Da haben wir einen Typus für alles Widerspenstige und einen kräftigen Beweis dafür, daß alle konstitutionellen Fehler hoffnungslos und unheilbar sind. Ich muß gestehen, daß ich tatsächlich, wenn ich den wahren Charakter eines Menschen kennen gelernt habe, nicht zu hoffen wage, irgend welchen Einfluß zum Guten oder zum Bösen in dieser Welt auf ihn auszuüben. Der Orientale sagt: „Eines Köters Schwanz kann erwärmt, gequetscht und mit festen Binden rings umwickelt werden; hast Du zwölf Jahre lang Deine Arbeit darauf verwendet, nimmt der Schwanz doch wieder seine natürliche Form an." Gegen eine Widerspenstigkeit, wie diese Schwänze sie zeigen, gibt es nur ein einziges, wirksames Mittel: man mache Leim daraus. Soviel ich weiß, geschieht das auch meistens. Dann tun sie was man will und kleben fest. Hier kommt ein großes Faß Sirup oder Schnaps für John Smith, Cuttingsville, Vermont, für einen Krämer in den grünen Bergen. Er bezieht Waren für die Farmer, die nahe bei seiner Waldlichtung wohnen, und beugt sich jetzt vielleicht über seinen Ladentisch und denkt über die letzten ausländischen Importen nach, und über den Einfluß, den sie auf seine Preise ausüben werden. Dann erzählt er seinen Kunden, was er ihnen heute Morgen schon zwanzigmal erzählt hat, daß er mit dem nächsten Zuge beste Ware erwarte. Das steht übrigens auch im „Lokalanzeiger für Cuttingsville".

Während diese Dinge nordwärts eilen, eilen andre gen Süden. Ein zischendes Geräusch trifft mein Ohr: ich blicke von meinem Buche auf, und sehe eine mächtige Tanne, die irgendwo im Norden auf einem Hügel gefällt wurde; sie flog über die „grünen Berge" und über den Connecticutfluß, schießt wie ein Pfeil in zehn Minuten durch das Stadtgebiet und kaum ein andres Auge sieht sie! Sie geht dahin

> „um eines Admirales stolzes Schiff
> als Mast zu zieren."

Und horch! Da kommt der Viehzug. „Vieh auf den Bergen, da sie bei tausend gehn", Schafhürden, Pferdeställe und Kuhställe in der Luft schwebend, Treiber mit ihren Stecken und Hirtenknaben mitten unter ihren Herden – alles (nur nicht die Weiden am

Bergeshang) fährt dahin, wie Blätter, die ein frischer Herbstwind von den Bergen wehte. Die Luft ist erfüllt von dem Blöken der Kälber und Schafe, von dem Brüllen der Ochsen, als ob ein Hirtental vorbeizöge. Wenn der alte Leithammel an der Spitze seine Glocke schüttelt, da hüpfeten die Berge wie die Lämmer und die Hügel wie die jungen Schafe. Ein Wagen in der Mitte des Zuges ist mit Treibern angefüllt. Sie unterscheiden sich nicht mehr von den Getriebenen; ihr Beruf ist jetzt zwecklos. Dennoch klammern sie sich an das Symbol ihres Amtes, an ihren überflüssigen Stecken. Doch wo sind ihre Hunde? Die ganze Herde stob ihnen davon. Sie wurden als unnötig beiseite geschoben – sie haben die Spur verloren. Ich glaube ihr Bellen hinter den Peterborohügeln zu hören, oder wie sie den Westabhang der „Grünen Berge" hinaufkeuchen. Sie werden nicht dabei sein, wenn *ihr* Wild verendet. Ihr Beruf ist dahin, ihre Treue und ihr Spürsinn stehen jetzt unter Pari. Die in Ungnade gefallenen werden in ihre Hundeställe zurückschleichen oder verwildern und sich zu Fuchs und Wolf gesellen. Seht, so wird Euer pastorales Leben fortgewirbelt, so endet es! Doch da tönt die Zugglocke – ich muß aus dem Geleise gehen, um die Wagen vorüber zu lassen: –

> Was kümmert mich die Eisenbahn?
> Um zu sehen wo sie endet
> Hab ich niemals Zeit verschwendet!
> Ein paar Gräben füllt sie aus
> Am Damm bauen Schwalben ihr erdiges Haus
> Im Schatten von Bambusgesträuch.
> Die Räder wirbeln den Sand empor . . .

ich aber schreite über das Geleise wie über einen Waldpfad. Ich will mir weder Augen noch Ohren von ihrem Rauch und Dampf und Zischen verderben lassen.

Jetzt sind die Wagen und die rastlose Welt mit ihnen vorüber. Die Fische im Teich hören das Gerumpel nicht mehr, und ich bin einsamer denn je. Den übrigen langen Nachmittag werden meine Meditationen vielleicht nur noch durch das schwache Gerassel eines Wagens oder eines Karrens auf der fernen Landstraße unterbrochen.

Bei günstigem Winde hörte ich bisweilen am Sonntag die Glocken von Lincoln, Acton, Bedford oder Concord, eine weiche, holde und sozusagen natürliche Melodie, würdig, hier die Einsamkeit zu durchdringen. In einer genügenden Entfernung jenseits der Wälder erhält diese Melodie einen zitternden, summenden Klang, als ob die Tannennadeln am Horizont die Saiten einer Harfe wären, über die er hinwegschwebt. Jeder Ton, in der größtmöglichen Entfernung gehört, erzeugt genau die gleiche Wirkung: einen zitternden Klang auf der Lyra des Universums, gerade wie die Atmosphäre einen in der Ferne liegenden Erdhügel durch den azurnen Hauch, den sie darüber bereitet, unserm Auge anziehend erscheinen läßt. Dann ertönte mir eine Melodie, die von den Lüften ihre Harmonien erhalten und mit allen Blättern und Nadeln des Waldes

Zwiesprache gepflogen hatte, jener Teil eines Klanges, den die Elemente aufgesogen, moduliert und als Echo von Tal zu Tal getragen hatten. Das Echo ist, in gewissem Grade, ein selbständiger Klang; und darin liegt sein Zauber und sein Reiz. Es ist nicht nur eine Wiederholung dessen, was vom Glockenklang der Wiederholung wert war, sondern zum Teil die Stimme des Waldes. Zwar sind es die gleichen, verbrauchten Worte und Töne, doch werden sie von einer Waldnymphe gesungen.

Am Abend erklang das Muhen einer Kuh am Horizont jenseits der Wälder so lieblich und melodisch, daß ich es anfangs fälschlich für die Stimmen einiger Sänger hielt, die mir bisweilen eine Serenade gebracht hatten, und jetzt vielleicht über Berg und Tal wanderten. Doch bald wurde ich nicht unangenehm überrascht, als ich bei Wiederholungen fand, daß es sich um die wohlfeile und natürliche Musik einer Kuh handelte. Wenn ich erwähne, daß der Gesang der Jünglinge mir mit der Musik der Kuh verwandt zu sein schien, so will ich damit nichts Satirisches sagen, sondern nur meiner Wertschätzung jener menschlichen Stimmen Ausdruck verleihen.

Regelmäßig um einhalb acht Uhr, wenn der Abendzug vorüber gebraust war, sangen während eines Teiles des Sommers die Tagschläfer eine halbe Stunde lang ihr Nachtgebet auf einem Baumstumpf neben meiner Tür oder auf dem Giebel meines Hauses. Sie begannen ihren Gesang mit derselben Pünktlichkeit wie eine Uhr: jeden Abend fünf Minuten nach Sonnenuntergang. Ich hatte eine seltene Gelegenheit mit ihrer Lebensweise vertraut zu werden. Bisweilen hörte ich vier oder fünf von ihnen in verschiedenen Teilen des Waldes, zufällig alle um einen Takt auseinander und so nahe bei mir, daß ich nicht nur das Glucken nach jedem Ton vernehmen konnte, sondern auch oftmals ein eigenartiges Summen, wie es eine Fliege im Spinnennetz erzeugt, – nur verhältnismäßig lauter. Manchmal flog solch ein Tagschläfer im Walde, nur einige Fuß von mir entfernt, immer im Kreise um mich herum, als ob er durch einen Faden mit mir verbunden sei. Ich war dann wahrscheinlich nahe beim Neste mit den Eiern. Diese Vögel sangen bisweilen mit gelegentlichen Unterbrechungen die ganze Nacht hindurch; trotzdem war ihr Gesang vor oder um Tagesanbruch noch ebenso melodisch wie zuvor.

Wenn die anderen Vögel schweigen, beginnen die Knarreulen ihren Gesang, wie Klageweiber ihr uraltes U-lu-lu . . . Weise mitternächt'ge Hexen! Ihr jammervolles Angstgeschrei klingt ganz Ben Jonsonisch.

Nicht das muntere, derbe Uhui-Uhu der Poeten ertönt, sondern – ernstlich gesprochen – ein feierliches Kirchhofslied; man hört die gegenseitigen Tröstungen eines Liebespaares, das gemeinsam den Tod gesucht hat, und das in einem unterirdischen Totenhain sich der Qualen und Wonnen himmlischer Liebe erinnert. Und doch, ich höre ihr Trauerlied gern, die kummervollen Antworten, die am Waldesrand entlang schweben. Bisweilen werde ich dadurch an Musik und Singvögel gemahnt, an eine Musik der Schwermut und der Tränen, an ein unerfülltes Sehnen und Seufzen, das gern im Lied Erlösung finden möchte. Ja, diese Tiere sind die Geister, die Traurigkeit und die melancholischen Gedanken gefallener Seelen, die einst in menschlicher Gestalt nächtlicher Weile auf Erden wandelten und Taten der Finsternis vollführten, jetzt aber ihre Sünden durch Klagelieder und Threnodien auf dem Schauplatz ihrer Verbrechen abbüßen. Die Mannigfaltigkeit und Größe der Natur, die uns allen Obdach gibt, rückt meinem Verständnis näher. „Oh–o–o–o, wär' ich nie geb–o–r–r–r–ren," so jammert eine an dieser Seite des Teiches und kreist mit der Unrast der Verzweiflung zu einem andern Zweig der grauen Eichen. „Wär' ich nie geb–o–r–r–r–ren klagt eine andere am jenseitigen Ufer im ehrlichen Schmerz zurück, und „geb–o–r–r–ren" tönt es leise weither vom Lincolnwald . . .

Auch von der Schreieule wurde mir häufig ein Ständchen gebracht. In der Nähe hätte man es für das melancholischste Lied der Welt halten können, – als ob sie hierdurch für alle Ewigkeit in der Sphärenharmonie das Stöhnen eines Sterbenden typisch charakterisieren wolle, eines sterbenden Menschen, in dem zwar noch ein schwacher, armseliger Lebensfunke flackert, der jedoch alle Hoffnung bereits hinter sich ließ, und jetzt, beim Betreten des dunklen Tales heult wie ein Tier, schluchzt wie ein Mensch. Und dieses Schluchzen wirkt durch eine gewisse gurgelnde Melodie nur um so furchtbarer. Will ich es charakterisieren, beginne ich instinktiv immer mit den Buchstaben „gl"; durch ihn wird jener Gemütszustand gekennzeichnet, wo bereits der Kern eines jeden gesunden und mutigen Gedankens verflüssigt und schleimig entartet ist. Es erinnert mich an das Geheul von Hyänen, Idioten und Wahnsinnigen . . . . Doch jetzt antwortete eine andere aus tiefen Waldesgründen; aus solch weiter Ferne klingt ihr Sang melodisch: Huh–huh–huh–hurruh–huh . . . .; *sie* erweckt tatsächlich meistens nur freundliche Gedankenassoziationen, einerlei ob man sie bei Tag oder Nacht, im Sommer oder im Winter hört.

Ich freue mich, daß es Eulen gibt. Sie mögen das blödsinnige, tolle Heulen für die Menschen besorgen. Es ist ein Klang, der wunderbar zu Sümpfen und Zwielichtwäldern paßt, in die des Tages Schein nicht dringt. Er läßt uns eine ungeheure, unentwickelte Welt ahnen, die menschlichem Wissen noch nicht erschlossen ist. Die Eule ist das Symbol der tiefen, dämmernden Nacht, der unbefriedigten Gedanken, die uns alle quälen. Den ganzen Tag schien die Sonne auf die Oberfläche eines wilden Moores, dort wo die einsame, weiße, flechtenbedeckte Sprossenfichte steht. Kleine Falken ziehen darüber ihre Kreise; die Schwarzmeise zwitschert zwischen dem Immergrün, und Rebhuhn und Kaninchen verstecken sich darunter. Doch nun dämmert ein trüberer, diesem Stück Natur verwandterer Tag herauf und eine andere Gattung von Geschöpfen erwacht, um hier vom Willen und Walten der Natur zu künden.

Spät am Abend hörte ich das ferne Rumpeln von Lastwagen, die über Brücken fuhren; dies Geräusch kann man nachts weiter hören als irgend ein anderes. Hunde bellen und bisweilen muhte eine trostlose Kuh fern in ihrem Stall. Inzwischen beginnen die Ochsenfrösche, die trotzigen, noch immer nichts bereuenden Geister alter Weinsäufer und Zechgenossen am ganzen Ufer entlang ihr Trompetenkonzert; sie versuchen in ihrem stygischen See einen Rundgesang zu singen. Die Waldennymphe wird mir den Vergleich schon verzeihen, denn wenn es dort auch keine Wasserpflanzen gibt – Frösche sind da. Und gar zu gern möchten sie die lustigen Regeln ihrer Festgelage von ehedem aufrecht erhalten, obwohl ihre Stimmen heiser und feierlich tief geworden sind – welche Ironie auf ihre Fröhlichkeit! – obwohl der Wein seine Blume verloren hat und zu einer Flüssigkeit herabgesunken ist, die einem nur den Wanst auftreibt, obwohl auch jene holden Rauschzustände, die das Erinnern an Vergangenes erstickten, nicht mehr eintreten, sondern nur Gefühle der Sättigung und ödematöse Schwellungen. Der Alterspräside, dessen Kinn auf einem Herzblatt ruht, das seinem Sabbermaul als Serviette dient, tut am nördlichen Ufer einen tiefen Zug vom einst verachteten Wasser, und läßt dann den Becher in die Runde gehen mit dem Ruf: „Tr–r–r–uunk, Tr–r–r–uunk, Tr–r–r–r–unk!“ Und unmittelbar schallt über das Wasser aus irgend einer fernen Bucht das gleiche Kommando zurück. Der Nächste an Alter und Umfang trinkt bis zu seinem Strich herunter, und wenn diese Zeremonie am Ufer entlang die Runde gemacht hat, dann ruft der Zeremonienmeister aufs neue: „Tr–r–r–r–uunk, und jeder wiederholt das Kommando der Reihe nach bis zum aufgeschwollensten, schwatzhaftesten Schlappwanst, damit nur ja kein Fehler gemacht wird. Und immer wieder aufs neue kreist der Becher, bis die Sonne den Morgennebel zerstreut. Nur der Patriarch ist auch dann noch nicht in die Tiefe getaucht; er brüllt noch ab und zu sein „Tr–r–unk“, und lauscht vergeblich auf eine Antwort.

Ich weiß nicht genau, ob ich je im Bereich meiner Waldlichtung einen Hahnenschrei vernahm. Ich dachte sogar darüber nach, ob es nicht der Mühe wert sei, einen jungen Hahn nur seiner musikalischen Eigenschaften wegen als Singvogel zu halten. Der Schrei dieses einst wilden, indischen Fasanes ist merkwürdiger als alle anderen Vogelstimmen; könnten diese Tiere unter unsern Himmelsstrichen in Freiheit leben, d. h. wären sie nicht Haustiere geworden, so würde ihr Krähen bald zum berühmtesten Ton in unsern Wäldern und mehr bewundert werden als der gellende Schrei der Gänse oder das Keulen und Kreischen der Eulen. Man denke auch an das Gackern der Hennen, das in den Pausen ertönt, wenn des gnädigen Herrn helltönende Trompete schweigt! Kein Wunder, daß der Mensch diese Vögel seinen Haustieren zugesellte – von den Eiern und saftigen Schenkeln will ich gar nicht reden. An einem Wintermorgen durch einen Wald zu gehen, wo diese wilden Hähne in großer Anzahl wohnen und auf den Bäumen – in *ihrem* heimatlichen Walde – krähen, so hell und durchdringend, daß es meilenweit über die widerhallende Erde tönt und die leisen Sänge anderer Vögel übertönt – man stelle sich das einmal vor! Nationen könnten auf diese Weise alarmiert werden! Wer möchte nicht gern früh aufstehen, früher und früher an jedem folgenden Tag seines Lebens, bis er unaussprechlich gesund, reich und weise würde? Der Gesang dieses fremden Vogels ist durch die Dichter aller Völker zugleich mit den Liedern ihrer heimischen Sänger verherrlicht worden. Jedes Klima sagt dem tapferen Kreyant zu. Er ist einheimischer als die Einheimischen. Seine Lungen sind gesund, seine Gesundheit ist stets gut, seine Stimmung niemals trübe. Selbst der Seemann auf dem Atlantischen oder dem Stillen Ozean wird durch seine Stimme erweckt. Doch nie scheuchte sein schriller Schrei den Schlummer von meinen Augen. Ich hielt weder Hund noch Katze, weder Kuh noch Schwein noch Hühner. Man hätte mir sagen können: Es fehlt bei Dir an heimischen Klängen! Weder ein Butterfaß noch ein Spinnrad, weder das Brodeln in Töpfen, das Singen der Teemaschinen, noch Kindergeschrei trug dazu bei trauliche Stimmung zu schaffen. Ein altmodischer Mensch wäre wahnsinnig geworden oder zuvor aus Langweile gestorben. Auch Ratten in den Wänden gibt es nicht, denn sie wurden ausgehungert, oder überhaupt nie angelockt – nichts als Eichhörnchen auf dem Dach und unter dem Fußboden, ein Tagschläfer auf dem Hausgiebel, eine Dohle, die unter dem Fenster schreit, ein Hase oder ein Murmeltier unter dem Hause, eine Knarr- oder Katzeneule dahinter, eine Schar Wildgänse oder ein lachender Taucher auf dem Teich und in der Nacht ein bellender Fuchs. Selbst Lerche und Goldamsel, diese zutraulichen Plantagenvögel, kommen nicht auf meine Waldlichtung. Kein Hahn, der kräht, keine Henne, die gackert im Hof! Kein Hof! Unumzäunt erstreckt die Natur sich bis an die Türschwelle. Ein junger Wald wächst vor dem Fenster empor, wilder Sumach und Brombeergestrüpp schicken rankende Wurzeln zum Keller hinab. Trotzig reiben und knarren Pechtannen an den Schindeln, um sich Platz zu erobern; ihre Wurzeln strecken sie tief unter das Haus. Nicht Dachfenster oder Wetterladen, die ein Sturm losriß, dienen als Feuerung, sondern die Zweige der Tanne, die hinter dem Hause abbrachen, oder entwurzelte Bäume. Durch den tiefen Schnee führt kein Pfad zum Vorgartentor – es gibt kein Tor – es gibt keinen Vorgarten – es gibt keinen Pfad zur zivilisierten Welt!

Einsamkeit

Das ist ein herrlicher Abend! Der ganze Körper ist nur *ein* Sinn und saugt Entzücken mit jeder Pore ein. Ich wandle mit gar seltsamer Freiheit in der Natur umher; ich bin ein Teil von ihr. Wenn ich am steinigen Teichufer in Hemdärmeln entlanggehe, obwohl es bewölkt und windig ist, und nichts, was meine Aufmerksamkeit besonders erregt, bemerke, dann fühle ich mich ungewöhnlich stark allen Elementen verwandt. Die Ochsenfrösche trompeten, um die Nacht anzukünden, und der Sang des Tagschläfers wird vom Wellengekräusel über das Wasser getragen. Es besteht ein solcher Einklang zwischen mir und jedem zitternden Erlen- oder Pappelblatt, daß ich kaum zu atmen vermag. Und doch ist mein tiefer Friede, wie der des Sees, nur gekräuselt, nicht gestört. Diese kleinen Wellen, die der Abendwind erweckt, sind so weit vom Sturm entfernt wie die glatte, spiegelnde Oberfläche des Wassers. Jetzt ist es dunkel geworden, doch noch weht rauschend der Wind durch den Wald, noch plätschern die Wellen und ein Geschöpf singt das andere zur Ruh. Die Ruhe ist nie vollkommen. Die wilden Tiere rasten nicht, sondern suchen ihre Beute. Fuchs und Skunkund Kaninchen durchstreifen jetzt furchtlos Felder und Wälder. Sie sind die Nachtwächter der Natur – Bindeglieder, welche die Tage regen Lebens miteinander verbinden.

Nach Hause zurückgekehrt bemerke ich, daß Besucher dagewesen sind und ihre Karten zurückgelassen haben: eine Handvoll Blumen, einen Kranz aus Immergrün oder einen Namen, der mit Bleistift auf ein gelbes Walnußblatt oder auf einen Span geschrieben wurde. Leute, die selten in den Wald kommen, nehmen gern ein Stückchen Wald in die Hände, um beim Wandern damit zu spielen; nachher werfen sie es irgendwo fort – absichtlich oder zufällig. Irgend jemand hat eine Weidenrute abgeschält, einen Ring daraus geformt und ihn auf meinen Tisch gelegt. Entweder an den umgebogenen Zweigen und Grashalmen oder an den Fußspuren konnte ich immer erkennen, ob Besucher während meiner Abwesenheit dagewesen waren. Ja, auch über ihr Geschlecht, ihr Alter und ihren Charakter wurde ich meistens aufgeklärt durch irgend eine unbedeutende zurückgelassene Spur: durch eine zur Erde gefallene Blume, durch ein Büschel Gras, das man ausgerissen und wieder fortgeworfen hatte oder durch den noch in der Luft schwebenden Geruch einer Zigarre oder Pfeife. Eine halbe Meile weit, bis zur Eisenbahn, fand ich solche Spuren. Daß überhaupt ein Wanderer auf der ungefähr dreihundert Schritte entfernten Landstraße vorbeizog, erfuhr ich häufig nur durch den Duft seiner Pfeife.

Meistens ist genügend Raum um uns herum. Unser Horizont stößt niemals dicht an unsere Ellbogen. Das Waldesdickicht ist nicht unmittelbar vor unserer Tür, auch nicht der See, sondern ein kleines Stück Natur ist für jeden von uns freigelegt, uns vertraut und angepaßt, auf irgend eine Weise von uns erobert und umzäunt, von der Natur für uns zurückgefordert. Wozu habe ich dieses weite, mehrere Quadratmeilen große Waldgebiet zu meinem Privatgebrauch von meinen Mitmenschen erhalten? Mein nächster Nachbar wohnt eine Meile weit entfernt; im Umkreis von einer halben Meile ist von meinem Wohnort aus kein anderes Haus zu sehen, nur dann vielleicht, wenn man auf einen Gipfel der Hügel steigt. Mein Horizont ist von Wäldern umrahmt und gehört mir ganz allein. Auf der einen Seite habe ich einen Fernblick auf die Bahn, dort, wo sie den Teich berührt, auf der andern Seite auf den Zaun, der den Waldweg begrenzt. Im übrigen ist es hier, wo ich lebe, so einsam wie auf den Prärien. Hier ist gerade so gut Asien oder Afrika wie Neuengland. Ich habe tatsächlich Sonne, Mond und Sterne – eine kleine Welt ganz für mich allein. Nachts kam nie ein Wandersmann an meinem Haus vorüber; nie klopfte einer an meine Tür. Ich hätte so gut der erste wie der letzte Mensch sein können. Nur im Frühjahr trafen nach langer Pause ein paar Menschen aus dem Dorf ein, um Bricken zu fischen; sie fischten augenscheinlich mehr in dem Waldenteich ihres eigenen Herzens und steckten die Finsternis als Köder an ihre Angelhaken. Nach kurzem Verweilen zogen sie jedoch meistens mit fast leeren Körben ab und überließen „die Welt der Finsternis und mir."So wurde der schwarze Kern der Nacht nie durch menschliche Nähe entweiht. Ich glaube die Menschen haben noch immer etwas Angst vor der

Dunkelheit, obwohl alle Hexen gehenkt und Christentum und Kerzen eingeführt wurden.

Meine Erfahrungen haben mich indessen gelehrt, daß der lieblichste und zärtlichste, der unschuldigste und erfrischendste Gesellschafter in irgend einem natürlichen Gegenstand gefunden werden kann, selbst für den menschenfeindlichsten, melancholischsten Menschen. Wer inmitten der Natur lebt und seine Sinne noch beisammen hat, der kann einer wirklichen, düsterschwarzen Melancholie nicht anheimfallen. Mögen auch noch so oft gewaltige Stürme toben, einem unschuldigen und gesunden Ohr klingen sie stets wie Musik – Äolsharfenmusik. Nichts kann einen einfachen, unerschrockenen Mann zu gemeiner Traurigkeit zwingen. Während ich mich der Freundschaft der Jahreszeiten erfreue, hoffe ich zuversichtlich, daß nichts mir das Leben zur Last machen kann. Der leise Regen, der meine Bohnen wässert und mich heute ans Haus fesselt, ist nicht langweilig oder melancholisch, sondern nutzbringend für mich. Zwar hält er mich ab meine Bohnen zu hacken, doch bringt er ihnen mehr Vorteil als mein Hacken. Sollte so viel Regen fallen, daß die Saat im Boden fault und die Kartoffeln im niedrig gelegenen Ackerland verderben, so wäre er noch immer eine Wohltat für das Gras an Hügelhängen. Ist er aber für das Gras gut, so ist er auch gut für mich. Wenn ich bisweilen zwischen mir und andern Menschen Vergleiche anstelle, so kommt es mir vor, als ob die Götter mich mehr begünstigt hätten als sie, weitaus über mein Verdienst – das weiß ich nur allzu gut. Mir ist, als hätte ich einen Erlaubnisschein, eine Garantie von ihrer Hand, die meine Mitmenschen nicht besitzen, so daß ich mich ganz besonderer Leitung und Fürsorge erfreue. Ich will mir selbst nicht schmeicheln, doch – wenn das überhaupt möglich ist – schmeicheln sie mir. Ich habe mich nur einmal einsam, oder durch das Bewußtsein der Einsamkeit bedrückt gefühlt. Das geschah, als ich erst einige Wochen im Walde wohnte. Damals war ich eine Stunde lang im Zweifel, ob nicht die unmittelbare Nachbarschaft eines Menschen zu einem friedvoll heiteren und gesunden Leben erforderlich sei. Damals war mir meine Einsamkeit unangenehm. Ich war mir übrigens zu dieser Zeit einer leichten seelischen Gleichgewichtsstörung wohl bewußt und schien meine Genesung vorauszusehen. Während leise der Regen niederfiel und solche Gedanken mich beherrschten, verspürte ich plötzlich, welch wohltuende und holde Gesellschafterin die Natur ist: am Fallen der Tropfen, an jedem Klang und Anblick um mein Haus herum. Eine unendliche, unerklärliche Freundschaft umfing mich plötzlich wie ein Dunstkreis. Die eingebildeten Vorteile menschlicher Nähe schwanden dahin und nie habe ich wieder an sie gedacht. Jede kleine Tannennadel dehnte sich aus, strömte über von Sympathie und wurde mir Freund. Selbst an Orten, die wir gewöhnlich als wild oder langweilig bezeichnen, fühlte ich deutlich, daß etwas mir Verwandtes in der Nähe sein müsse, daß das mir am meisten Blutsverwandte, das Menschlichste für mich nicht im Menschen, in einem Dorfbewohner zu suchen sei. Ja, ich glaubte, kein Ort könne mir je wieder fremd erscheinen.

„Zu früh verzehrt die Traurigen die Trauer!
„Ihr Erdenwallen währt nur kurze Frist,
„Du schöne Tochter Toskars.“

Einige meiner angenehmsten Stunden verlebte ich im Frühling oder im Herbst während der langen Regenstürme, die mich sowohl vormittags wie nachmittags ans Haus fesselten, während ein beständiges Rauschen und Plätschern mich sanft umschmeichelte. Die früh hereinbrechende Dämmerung leitete einen langen Abend ein, an welchem viele Gedanken Zeit hatten Wurzel zu fassen und sich zu entfalten. Und wenn dann von Nordosten her die Regenstürme kamen und die Häuser im Dorf so arg bedrängten, daß die Mägde mit Scheuerlappen und Eimer an der Haustür standen, um die Sintflut nicht hereinzulassen, da saß ich hinter meiner Tür in meinem kleinen Hause, das nichts wie Eingang war und erfreute mich seines Schutzes in aller Ruhe. Während eines heftigen Gewitterschauers schlug einmal der Blitz in eine hohe Tanne und höhlte eine deutlich sichtbare und absolut regelmäßige spiralige Rinne aus, die (ungefähr einen Zoll tief und drei Zoll breit) vom Wipfel bis zur Wurzel sich erstreckte. Man dachte unwillkürlich an einen ausgekerbten Spazierstock. Erst kürzlich kam ich wieder an dem Baum vorbei; ich fühlte ein ehrfurchtsvolles Erschauern, als ich beim Hinaufblicken jenes Zeichen erblickte, das von dem fürchterlichen Donnerkeil kündete, der hier vor acht Jahren mit Allgewalt aus heiterem Himmel niederfuhr. Die Menschen sagten mir oft: „Sie fühlen sich gewiß recht einsam hier und möchten wohl gern, wenn es regnet oder schneit, und besonders in der Nacht näher bei ihren Freunden sein!“ Solchen Leuten möchte ich am liebsten antworten: Diese ganze, von uns bewohnte Erde ist nur ein Punkt im Raum. Wie weit wohnen, Ihrer Ansicht nach, die beiden entferntesten Bewohner jenes Sternes auseinander, dessen Scheibendurchmesser mit unseren Instrumenten nicht einmal annähernd berechnet werden kann? Warum sollte ich mich einsam fühlen? Befindet sich unser Planet nicht in der Milchstraße? Die Frage, die Sie stellen, scheint mir nicht die wichtigste zu sein. Von welcher Art ist der Raum, der den Menschen von seinen Mitmenschen trennt und ihn einsam macht? Ich fand, daß keine Anstrengung der Füße zwei Seelen je einander um vieles näher brachte. In wessen Nähe möchte ich am liebsten wohnen? Sicherlich nicht in der Nähe vieler Menschen, des Bahnhofs, des Postamts, der Gastwirtschaft, des Versammlungshauses, der Schule oder des Gewürzkrämers, nicht in die Nähe von Beacon Hilloder von „*Five Points*“wo Menschen in Massen zusammenströmen! Nein, es zieht uns hin zum ewigen Quell, von dem, wie alle unsere Weisheit lehrt, unser Leben stammt. So sendete auch der Weidenbaum am Bachesrand ins Wasser seine Wurzeln aus. Verschiedene Individualitäten werden verschieden wählen, doch gerade hier wird ein weiser Mann seine Hütte bauen ... Ich überholte eines Abends auf der Waldenstraße einen Bekannten aus dem Dorfe, der, wie man so sagt, „sein Schäfchen ins Trockne“ gebracht hatte – auf mich machte es allerdings nie einen *sauberen* Eindruck. Er trieb gerade ein paar Ochsen zu Markte, und fragte mich, wie ich mich habe entschließen können, so vielen Annehmlichkeiten des Lebens zu entsagen. Ich gab zur Antwort, daß ich mich halbwegs wohl dabei befinde und durchaus nicht spaße. Ich ging dann heim ins Bett und er tappte seinen Weg durch Finsternis und Schmutz nach Brighton oder Brightown;dort wollte er bei Tagesanbruch eintreffen.

Hat ein Toter die Hoffnung einmal wieder aufzuwachen, wieder zum Leben zurückzukehren, so sind ihm Zeit und Ort gleichgültig. Der Ort, an dem dies geschehen könnte, ist immer derselbe und all unsren Sinnen unbeschreiblich angenehm. Meistens gestatten wir nur unbedeutenden und vorübergehenden Ereignissen einen Einfluß auf unseren Lebensgang. Gerade sie sind die Ursachen für unsere Verwirrung und Unruhe. Allen Dingen am nächsten steht jene Kraft, der sie ihr Dasein verdanken. In unserer unmittelbaren Nähe werden die gewaltigsten Gesetze ohne Unterlaß zur Anwendung gebracht. In unserer unmittelbaren Nähe befindet sich nicht der Arbeiter, den wir dingen, sondern der Arbeiter, dessen Werk wir sind.

„Wie unerschöpflich groß ist der Einfluß der geheimen Kräfte des Himmels und der Erde! Wir suchen sie zu erblicken und sehen sie nicht, wir suchen sie zu vernehmen und hören sie nicht. Identisch mit der Substanz der Dinge, können sie von ihnen nicht getrennt werden." „Sie sind es, die die Menschen auf der ganzen Welt veranlassen ihre Herzen zu reinigen und zu heiligen, sich in Festgewänder zu hüllen, um ihren Vorfahren Opfergaben darzubringen. Sie sind ein Ozean feinster Intelligenzen. Sie sind überall – über uns, zu unsrer Linken, zu unsrer Rechten; sie umgeben uns von allen Seiten."

Wir werden zu einem Experiment benutzt, das für mich im höchsten Grade interessant ist. Können wir unter diesen Umständen nicht für eine kurze Zeit auf die Gesellschaft von Vettern und Tanten verzichten, – uns an unseren eigenen Gedanken erbauen? Konfuzius spricht die Wahrheit, wenn er sagt: „Die Tugend bleibt nicht wie die verlassene Waise; sie muß notgedrungen Nachbarn haben."

Das Denken ermöglicht uns bei gesunden Sinnen eine Doppelexistenz. Durch eine bewußte Anstrengung unseres Verstandes können wir Handlungen und ihre Folgen gleichsam aus der Perspektive betrachten. Alle Dinge, die guten, wie die bösen, rauschen wie ein Strom vorbei. Wir sind nicht völlig mit der Natur verschwistert. Ich kann sowohl das Treibholz im Flusse sein, als auch Indra im Himmel, der darauf herniedersieht. Ich *kann* vielleicht durch ein Schauspiel im Theater ergriffen werden; andererseits *brauche* ich nicht unbedingt durch ein reales Ereignis, das mich vielleicht viel näher angeht, ergriffen zu werden. Ich weiß nur, daß ich ein menschliches Wesen, der Schauplatz sozusagen von Gedanken und Leidenschaften bin. Ich bin mir auch einer gewissen Doppelexistenz bewußt, die mir gestattet mich selbst wie jeden anderen Menschen von ferne zu betrachten. Wie tiefe Kenntnisse auch immer ich besitze, stets habe ich das Bewußtsein, daß ein Teil in mir lebt, der Kritik übt. Und doch ist das eigentlich kein Teil von mir, sondern gleichsam ein Zuschauer, der selbst ohne

Kenntnisse ist, aber von ihnen Notiz nimmt. Und dieser Teil gehört ebensowenig mir wie Dir. Wenn das Schauspiel, vielleicht die Tragödie des Lebens vorbei ist, dann geht der „Zuschauer“ seines Wegs. Aus seiner Perspektive erschien es ihm wie eine Art Dichtung, wie ein Werk der Phantasie. Diese Doppelexistenz kann uns manchmal mit leichter Mühe zu erbärmlichen Nachbarn und Freunden machen.

Ich halte es für gesund, die meiste Zeit allein zu sein. Gesellschaft, selbst mit den Besten, wird bald langweilig und zerstreuend. Ich *liebe* die Einsamkeit. Nie fand ich einen Kameraden kameradschaftlicher als die Einsamkeit. Wir sind meistens einsamer, wenn wir zwischen Menschen umhergehen, als wenn wir in unsern Zimmern bleiben. Ein Mensch ist immer allein, wenn er denkt oder arbeitet, sei es wo er wolle. Einsamkeit wird nicht nach den Meilensteinen gemessen, die sich zwischen uns und unsern Mitmenschen befinden. Der wirklich fleißige Student, der zu Cambridge in einem der vollgepfropften Bienenstöcke lebt, ist so einsam wie der Derwisch in der Wüste. Der Farmer kann den ganzen Tag auf den Feldern oder in den Wäldern allein Holz hacken oder Bäume fällen und sich doch nicht einsam fühlen, weil er beschäftigt ist. Kommt er aber abends nach Haus, dann mag er nicht allein in seinem Zimmer sitzen, sich der Willkür seiner Gedanken überlassen, sondern es treibt ihn dahin, wo er „Leute sehen“, sich erholen und sich – seiner Ansicht nach – für des Tages Einsamkeit entschädigen kann. Und darum wundert er sich, daß der Gelehrte, ohne Langeweile oder melancholische Anwandlungen zu haben, zu Hause sitzen kann. Er vermag natürlich nicht zu begreifen, daß der Gelehrte, obschon er zu Hause bleibt, doch bei der Arbeit auf *seinem* Felde ist, wie ein Farmer Holz hackt in *seinem* Walde, daß er für seine Person die gleiche Erholung und Gesellschaft aufsucht wie der Farmer, wenn auch vielleicht in etwas konzentrierterer Form.

Gesellschaft ist meistens zu wohlfeil. Wir treffen uns nach allzu kleinen Pausen wieder und haben darum keine Zeit gehabt neuen Wert füreinander zu erlangen. Dreimal täglich sitzen wir bei den Mahlzeiten zusammen und einer gibt dem andern von dem alten, muffigen Käse, der wir sind, zu kosten. Wir mußten uns einer bestimmten Anzahl von Regeln fügen, die wir Etikette oder Höflichkeit nennen, um dies häufige Zusammensein erträglich zu machen, um offene Fehde zu verhüten. Wir treffen einander auf dem Postamt, an Empfangsabenden und am Kamin, wir leben dicht gedrängt, sind einander im Wege, stolpern übereinander und dadurch verlieren wir, wie mir scheint, etwas den Respekt vor einander. Für jeden wertvollen und herzlichen Verkehr würde ein weniger häufiges Zusammensein genügen. Man denke einmal an Fabrikmädchen: sie sind nie allein, kaum in ihren Träumen. Es wäre besser, wenn es nur einen Einwohner pro Quadratmeile gäbe, gerade wie dort, wo ich lebe. Den Wert des Menschen macht nicht seine Haut aus – wir brauchen ihn darum nicht zu berühren.

Man hat mir von einem Manne erzählt, der, im Walde verirrt, vor Hunger und Erschöpfung am Fuße eines Baumes starb. Seine Einsamkeit wurde ihm durch groteske

Visionen erleichtert, mit welchen seine durch körperliche Schwäche erkrankte Phantasie ihn von allen Seiten umgab, und die er für Wirklichkeit hielt. So können aber auch wir mit unserer körperlichen und geistigen Kraft und Gesundheit beständig durch ähnliche, jedoch normalere und natürlichere Gesellschaft ermuntert werden und zu der Erkenntnis kommen, daß wir nie allein sind.

Ich habe viele Gäste in meinem Hause, besonders am Morgen, wenn kein Besuch kommt. Man gestatte mir einige Vergleiche zu gebrauchen, damit dieser oder jener sich einen Begriff von meiner Lage machen kann. Ich bin nicht einsamer als der Taucher, der dort auf dem Teiche so laut lacht, nicht einsamer als der Waldenteich selbst. Was für Gesellschaft hat denn dieser einsame See? Und doch birgt er keinen Trübsinn, sondern Himmelsheiterkeit in seinen Tiefen, in den Azurfarben seines Wassers. Die Sonne ist allein – nur bei dicker Luft scheinen oft zwei da zu sein; doch die eine ist imitiert. Gott ist allein – doch der Teufel ist sicherlich nicht allein; der hat gar viele Kameraden! Der ist Legion! Ich bin nicht einsamer als eine einzelne Königskerze, als ein Löwenzahn auf dem Wiesengrund, als ein Bohnenblatt, als Sauerampfer, Pferdefliege oder Hummel. Ich bin nicht einsamer als der Mühlenbach, der Wetterhahn, der Nordstern, der Südwind, oder ein Aprilschauer, ein Tautag im Januar, nicht einsamer als die erste Spinne im neuen Haus.

Gelegentlich bekomme ich an langen Winterabenden, wenn dicht der Schnee fällt und der Wind in den Wäldern heult, Besuch von einem alten Ansiedler, von dem ursprünglichen Besitzer. Man erzählt, er habe den Waldenteich ausgegraben, mit Steinen gepflastert und mit Tannenwaldungen umsäumt. Er erzählt mir Geschichten aus alter Zeit und neuer Ewigkeit. Uns beiden macht es keine Schwierigkeit einen frohen Abend voll geselliger Heiterkeit und sonniger Lebensanschauung miteinander zu verbringen, obwohl es weder Äpfel noch Apfelwein gibt. Ja, er ist der klügste und lustigste Freund; ich liebe ihn von Herzen. Er lebt jedoch noch mehr im Verborgenen, wie Goffe oder Whalley. Man glaubt zwar, daß er gestorben ist, doch niemand sah sein Grab. Eine ältere Dame wohnt ebenfalls in meiner Nachbarschaft, unsichtbar für die meisten Menschen. In ihrem duftenden Kräutergarten wandere ich gern umher, sammle bisweilen Kräuter und lausche ihren Märchen; sie weiß dieselben meisterhaft zu erzählen und hat einen unerschöpflichen Vorrat bereit. Ihr Gedächtnis reicht weiter zurück als Mythologie. Sie kennt das Urbild jeder Sage, weiß auf welcher Tatsache sie beruht, denn die Ereignisse geschahen allesamt in ihrer Jugendzeit. Eine rotwangige, lustige, alte Dame, der jedes Wetter und jede Jahreszeit behagt, und die wahrscheinlich alle ihre Kinder überleben wird.

Die unbeschreibliche Unschuld und Güte der Natur – Sonne, Wind und Regen, Sommer und Winter – gewähren immerdar solch gute Gesundheit und solchen Frohsinn, sie haben so viel Mitgefühl mit dem Menschengeschlecht, daß die Allnatur trauern, der Sonne Glanz erbleichen, die Winde wie Menschen seufzen, die Wolken Tränen regnen, die Wälder ihre Blätter abwerfen und im Hochsommer Trauer anlegen würden, wenn je ein Mensch wahrhaft Ursache hätte, traurig zu sein. Soll ich nicht mit der Erde im Einvernehmen sein? Bin ich selbst nicht zum Teil Blätter und Pflanzenerde?

Was ist das für eine Arznei, die uns glücklich, heiter und gesund erhält? Nicht die Deines oder meines Urgroßvaters, sondern die unserer Urgroßmutter *Natur*. *Ihr* Universalheilmittel, durch welches sie sich selbst jung erhielt, durch dessen Kraft sie manchen Hundertjährigen überlebte, um aus seinem morschen Gebein neue Kraft zu sammeln, entströmt Feldern und Wäldern. Statt jener Quacksalberflasche mit Mixtur aus dem Acheron oder dem Toten Meere, die man aus den langen, flachen, schwerbehangenen, schiffartigen Wagen nimmt, welche bisweilen zum Flaschentransport benutzt werden, soll meine Panacee ein Trunk unverdünnter Morgenluft sein. Morgenluft! Wenn die Menschen davon nicht trinken wollen am Urquell des Tages, dann müssen wir auch sie auf Flaschen ziehen und in den Läden verkaufen zum Besten derjenigen, die ihre Abonnementskarte „für Morgenluft auf dieser Welt“ verloren haben. Doch darf man Eines nicht vergessen: diese Morgenluft hält sich selbst im kühlsten Keller nicht bis zum Mittag, sondern treibt den Pfropfen von der Flasche und eilt nach Westen, Auroras Spuren folgend.

Ich bete nicht zu Hygieia, zur Tochter des alten Kräuterdoktors Äskulap. Den Vater findet man ja oft auf Denkmälern abgebildet: in der einen Hand hält er eine Schlange, in der andern einen Becher, aus dem die Schlange bisweilen trinkt. Ich verehre Hebe, die Jupiter den Becher reicht, die Tochter der Juno und des wilden Lattich; sie besaß die Macht, Göttern und Menschen die Jugendkraft zurückzugeben. Sie war wahrscheinlich die einzige tadellose, gesunde und starke junge Dame, die je auf Erden wandelte. Wohin auch immer sie kam, dort war es Frühling!

Besuch

Ich glaube, daß ich Gesellschaft geradeso liebe, wie die meisten Menschen; ich bin gleich zur Stelle, wenn es gilt mich wie ein Vampir eine Zeitlang an irgend einem vollblütigen Menschen, der meinen Weg kreuzt, festzusaugen. Ich bin von Natur aus kein Einsiedler und könnte vielleicht den seßhaftesten Stammgast in der Kneipe an Ausdauer übertreffen, wenn mein Geschäft mich dorthin riefe.

Ich habe drei Stühle in meinem Haus: einen für die Einsamkeit, zwei für die Freundschaft und drei für die Gesellschaft. Wenn unerwartet mehr Besucher kamen, mußten sie sich mit dem dritten Stuhl begnügen; der Raum wurde dann meistens dadurch gut ausgenutzt, daß sie sich nicht setzten. Es ist erstaunlich, wie viele große Männer und Frauen in einem kleinen Hause Platz haben. Ich sah schon fünfundzwanzig oder dreißig Seelen – mit ihren Körpern – gleichzeitig unter meinem Dache, und doch hatten wir beim Scheiden oftmals nicht das Gefühl einander sehr nahe getreten zu sein. Viele unserer Privathäuser und Staatsgebäude scheinen mit ihren fast unzählbaren Zimmern, ihren ungeheuren Hallen und Kellern zum Aufbewahren von Wein und anderer Friedensmunition viel zu groß für die Bewohner. Sie sind so hoch und prächtig, daß die Menschen wie Ungeziefer wirken, das darin haust. Und wenn der Herold vor einem der palastähnlichen Häuser Amerikas sein Horn bläst, dann sehe ich mit Erstaunen als einzigen Bewohner eine lächerliche Maus daraus hervorkriechen, die über die Piazza läuft, um nach kurzer Frist schon wieder in irgend ein Loch des Straßenpflasters zu schlüpfen.

Eine Unbequemlichkeit machte sich allerdings bisweilen in meinem kleinen Haus bemerkbar: die Schwierigkeit, in eine genügende Entfernung von einem Gaste zu gelangen, sobald wir begannen, große Gedanken mit großen Worten zu verkünden. Man muß Raum für seine Gedanken haben, damit sie die offene See gewinnen und einige Male lavieren können, bevor sie den Kurs auf den Hafen nehmen. Die Kugel Deines Gedankens muß erst ihre seitliche und die Prallbewegung überwunden und ihre endgültige, gleichmäßige Flugbahn angenommen haben, bevor sie das Ohr des Hörers erreicht, sonst nimmt sie womöglich den Weg durch seinen Kopf von einem Ohr zum andern. Auch unsere Urteile brauchen Zeit, um sich zu entfalten, um allmählig ihre Kolonnen zu formieren. Individuen wie Nationen müssen angemessene, weitreichende natürliche Grenzen haben, ein beträchtliches neutrales Gebiet muß zwischen ihnen liegen. Es gewährt mir einen hochgradigen Genuß, wenn ich mich über die Wasserfläche hin mit einem Bekannten am anderen Ufer des Teiches unterhalten kann. In meinem Hause waren wir so nahe beieinander, daß wir gar nicht anfangen konnten zu hören – wir konnten nicht leise genug sprechen, um gehört zu werden. Wenn man zwei Steine nahe beieinander ins Wasser wirft, so stört bekanntlich auch ein Wellenkreis den andern. Sind wir laute Schwätzer, dann allerdings vertragen wir es schon so nahe beisammen zu stehen, daß einer des andern Atem spürt; sind wir aber zurückhaltend und gedankenvoll, dann möchten wir gern weiter voneinander getrennt sein, damit alle animale Wärme und Feuchtigkeit Gelegenheit hat sich zu verflüchtigen. Wenn wir die intimste Gesellschaft genießen, durch welche gerade das in unserer Seele erweckt wird, was außer oder über uns ist, so müssen wir nicht nur im Schweigen verharren, sondern auch körperlich so weit voneinander entfernt sein, daß der eine auf keinen Fall die Stimme des anderen hören kann. Von diesem Gesichtspunkte aus betrachtet ist das Gespräch zur Bequemlichkeit der Schwerhörigen da; es gibt aber viele, vortreffliche Dinge, über welche wir nicht reden können, wenn wir schreien müssen. Sobald die Unterhaltung einen stolzeren, erhabeneren Ton annahm, schoben wir unsere Stühle weiter auseinander, bis sie die zwei entgegengesetzten Ecken der Wand berührten; doch auch dann war gewöhnlich nicht genügend Platz da.

Meine „beste Stube“, mein „Salon“, der stets für Besuch hergerichtet war, und auf dessen Teppich selten Sonnenstrahlen fielen, war der Fichtenwald hinter meinem Hause.

Kamen an Sommertagen vornehme Gäste, so führte ich sie dorthin und ein unschätzbarer Dienstbote fegte den Boden, stäubte die Möbel ab und gab auf alles wohl acht.

Wenn ein einzelner Gast kam, so nahm er manchmal an meinem frugalen Mahle teil. Wenn ich dann aus Mehl und Milch einen Pudding anrührte und nebenbei das Aufgehen und Garwerden des Brotes in der Asche beaufsichtigte, so erlitt dadurch die Unterhaltung keine Unterbrechung. Wenn aber zwanzig kamen und sich im Hause niederließen, so wurde vom Mittagsessen nichts erwähnt. Und obwohl Brot genug für vielleicht zwei Personen vorhanden war, so stellte man sich so, als ob das Essen eine altmodische Gewohnheit sei. Wir übten Enthaltsamkeit, als sei sie etwas Selbstverständliches. Und darin sah niemand einen Verstoß gegen die Gastfreundschaft. Im Gegenteil, solche Handlungsweise galt als schicklich und rücksichtsvoll. Was an Körperkraft fortwährend verbraucht wird und zerfällt und so oft wieder ersetzt werden muß, schien wunderbarerweise in diesem Falle erhalten zu bleiben: die Lebenskraft hielt tapfer stand. Deshalb konnte ich ebensogut tausend bewirten wie zwölf. Und wenn je einer enttäuscht oder hungrig von meinem Hause fortging, trotzdem ich zu Hause gewesen war, so kann er sich darauf verlassen, daß ich zum wenigsten mit ihm sympathisierte. So leicht ist es, obwohl viele Hausfrauen es bezweifeln, neue und bessere Sitten an die Stelle der alten zu setzen. Man braucht seinen Ruf nicht auf die „Diners" zu gründen, die man gibt. Ich persönlich wurde nie von irgend einem Cerberus so sehr vom Besuch bei meinen Mitmenschen abgeschreckt, als durch die Komödie, die man machte, um mich zu speisen. Ich sah infolgedessen in ihr einen sehr höflichen Wink – von hinten herum –, die lieben Leute nie wieder in Unkosten zu stürzen. Solche Szenen werde ich nie wieder aufsuchen, davon bin ich überzeugt. Ich würde stolz sein, wenn über meiner Hütte als Motto jene Zeilen von Spenserständen, die einst einer meiner Besucher auf seiner Visitenkarte – auf einem gelben Walnußblatt – zurückließ:

> „Dort angekommen füllen sie die kleine Hütte,
> „Und fordern weder Speis' noch Trunk – das wär' vergeblich:
> „Zum Labsal wird die Ruhe, alles steht zu Diensten.
> „Völlig zufrieden sein kann nur der beste Mensch."

Winslow, der spätere Präsident der Plymouthkolonie, wanderte einst mit einem Gefährten zu Fuß durch die Wälder, um Massassoiteinen Höflichkeitsbesuch abzustatten. Hungrig und durstig kamen sie zum Wigwam des Königs, der sie freundlich empfing. An jenem Tage war jedoch von irgend einer Mahlzeit nicht die Rede. Als die Nacht hereinbrach, – ich will mit ihren eigenen Worten fortfahren – „wies er uns einen Platz in seinem Bett neben sich und seinem Weibe an; sie lagen an dem einen, wir am anderen Ende. Das Lager bestand aus einem etwa einen Fuß über dem Erdboden befindlichen Brett; eine dünne Matte diente als Decke. Zwei andre Häuptlinge drückten sich neben uns und auf uns, um überhaupt Platz zu finden. Auf diese Weise ermattete uns unser Quartier mehr als unsre Reise." Um ein Uhr am nächsten Tag „brachte Massassoit zwei Fische, die er geschossen hatte", ungefähr dreimal so groß wie ein Brassen. Als diese gekocht waren, hofften nicht weniger als vierzig Personen auf einen Bissen. Die meisten bekamen etwas davon. Dies war die einzige Mahlzeit, die wir im Verlauf von zwei Nächten und einem Tag einnahmen; hätte nicht einer von uns ein Rebhuhn gekauft, so hätten wir die Reise fastend gemacht." Da die Reisenden befürchteten, aus Mangel an Nahrung und auch an Schlaf wahnsinnig zu werden – an Schlaf war nicht zu denken, weil die Wilden sich mit einem unmenschlichen Gebrüll in Schlaf sangen – zogen sie es vor, die schwachen, noch vorhandenen Kräfte zum Heimweg zu benutzen und reisten ab. Allerdings: das Quartier war jämmerlich gewesen, obwohl gerade das, was sie als Unbequemlichkeit empfanden, zweifellos eine Ehrung für sie sein sollte. Was aber die Mahlzeiten anbetrifft – ja, da konnten die Indianer meiner Ansicht nach kein besseres Verfahren einschlagen. Sie selbst hatten nichts zu essen und waren zu verständig, um anzunehmen, daß Entschuldigungen ihren Gästen als Ersatz für Speisen dienen könnten; drum schnallten sie ihre Gürtel enger und verloren kein Wort darüber. Als Winslow sie späterhin zum zweiten Mal besuchte, war eine Zeit des Überflusses; da hatte er auch in dieser Beziehung keinen Grund sich zu beklagen.

An Menschen wird es einem fast nirgends fehlen. Ich hatte mehr Besucher, während ich in den Wäldern lebte, als zu irgend einer anderen Zeit meines Lebens, d. h. ich hatte einige. Ich traf mit manchen Leuten unter günstigeren Umständen als irgendwo sonst zusammen. Die Anzahl derer, die mit alltäglichen Anliegen zu mir kamen, war geringer. In dieser Hinsicht wurde meine Gesellschaft schon durch die Entfernung von der Stadt durchgesiebt. Ich war soweit auf den großen Ozean der Einsamkeit, in den die Ströme der Gesellschaft münden, hinausgefahren, daß meistenteils – insofern meine Ansprüche eine Rolle spielten – nur das feinste Sediment um mich herum sich absetzte. Außerdem wurden mir Beweise von weitentlegenen, unerforschten und unkultivierten Erdteilen zugetragen.

Wer kommt da heute morgen zu meiner Hütte? Ein wahrhaft homerischer oder paphlagonischer Mann – er hatte einen so passenden und poetischen Namen, daß ich denselben hier zu meinem großen Bedauern nicht drucken lassen kann – ein Kanadier, ein Holzfäller und Pfostenmacher, der fünfzig Pfosten an einem Tage anfertigen konnte und dessen letztes Abendbrot aus einem Murmeltier bestand, das sein Hund erlegt hatte. Auch er hatte von Homer gehört, und „wenn es keine Bücher gäbe", so wüßte er nicht „was er an Regentagen anfangen solle". Er hatte vielleicht nicht ein einziges Buch in vielen regnerischen Wochen durchgelesen. Irgend ein Priester der fernen heimatlichen Gemeinde, ein Priester, der sogar griechisch aussprechen konnte, hatte ihn gelehrt Verse im Alten Testament zu lesen, und jetzt muß ich ihm, während er das Buch hält, die Stelle übersetzen, wo Achilles den Patroklos wegen seiner betrübten Miene tadelt:

„Warum also geweint, Patroklos, gleich einem Mägdlein?
„Hast Du etwa allein Botschaft aus Pythia vernommen?
„Siehe noch lebt, wie sie sagen, Menoetius, Sprößling des Aktor,
„Auch noch lebt in dem Volk der äakidische Peleus:
„Welche zween wir am meisten betrauerten, wenn sie gestorben."

Darauf sagt er: „Das ist gut." Er hat ein großes Bündel Weißeichenrinde unter dem Arm; er sammelte sie heute am Sonntagsmorgen für einen kranken Mann. „Ich glaube, es ist nichts Böses dabei, wenn man so etwas am Sonntag tut", sagt er. Für ihn war Homer ein großer Schriftsteller, obwohl er nicht wußte, über was Homer geschrieben hatte. Einen einfacheren, natürlicheren Menschen wird man wohl schwerlich finden. Laster und Krankheit, durch welche auf die Welt ein düsterer Schatten geworfen wird, schienen für ihn kaum zu existieren. Er war ungefähr achtundzwanzig Jahre alt, hatte Canada und sein Vaterhaus vor ungefähr zwölf Jahren verlassen, um in den „Vereinigten Staaten" zu arbeiten, Geld zu verdienen und sich späterhin, vielleicht in seiner Heimat, eine Farm kaufen zu können. Er war aus grobem Holz geschnitzt, hatte einen stämmigen, schwerfälligen Körper, den er jedoch ganz anmutig zu bewegen wußte, einen starken sonnverbrannten Nacken, dunkles buschiges Haar und trübe, schläfrige blaue Augen, die bisweilen in der Erregung aufleuchteten. Er trug eine enganliegende, graue Tuchmütze, einen schmutzigen, wolligen Überrock und Stiefeln aus Rindsleder. Er war ein starker Fleischesser. Gewöhnlich trug er sein Essen in einem Zinneimer nach seinem einige Meilen von meinem Hause entfernten Arbeitsplatz; dort fällte er während des ganzen Sommers Holz. Er aß kaltes Fleisch, oftmals ein kaltes Murmeltier und trank dazu Kaffee; ein Steinkrug, der an einem Bindfaden von seinem Gürtel herniederbaumelte, war damit angefüllt. Manchmal bot er mir einen Schluck davon an. Früh am Morgen kam er quer über mein Bohnenfeld dahergeschlendert; er ging nicht hastig und unruhig zur Arbeit wie die Yankees. „Nur keine Überstürzung" schien er zu denken. Ihm genügte es, wenn er nur seinen Lebensunterhalt verdiente. Nicht selten, wenn sein Hund auf der Wanderung ein Murmeltier erlegt hatte, pflegte er sein Mittagessen im Gebüsch stehen zu lassen. Er ging dann anderthalb Meilen zurück, um die Beute herzurichten und im Keller seines Hauses aufzuheben, nachdem er sich eine halbe Stunde lang überlegt hatte, ob er sie nicht bis zum Abend getrost in den Teich versenken könne. Solchen Erwägungen hing er mit Vorliebe nach. Er pflegte auch im Vorübergehen morgens früh zu sagen: „Wie eng beieinander die Tauben heute wieder fliegen! Wenn ich nicht alle Tage Tagelöhner von Beruf wäre, könnte ich mir alles Fleisch, das ich brauche, durch die Jagd verschaffen: Tauben, Murmeltiere, Kaninchen, Rebhühner! Herrgott im Himmel! Ich könnte alles, was ich für die ganze Woche nötig habe, an einem Tage mir verschaffen!"

Er war ein geschickter Holzhauer, und liebte es in seiner Kunst Schnörkel und Ornamente anzubringen. Er fällte seine Bäume in horizontaler Linie dicht über dem

Erdboden, damit nachwachsende Triebe kräftiger würden, damit auch die Schlitten ungehindert über die Stümpfe gleiten könnten. Anstatt einen ganzen Baum als Stütze für sein aufgeschichtetes Holz unberührt zu lassen, hackte er soviel von ihm ab, daß nur ein schlanker Stab oder ein Splitter stehen blieb, den man schließlich mit der Hand abbrechen konnte.

Er interessierte mich, weil er so still und einsam und doch so glücklich war. Eine Quelle des guten Humors und der Zufriedenheit strömte aus seinen Augen. Sein Frohsinn war ungetrübt. Bisweilen besuchte ich ihn im Walde bei der Arbeit, beim Baumfällen. Er empfing mich dann mit einem Lachen voll unaussprechlicher Befriedigung und mit einem Gruß in kanadischem Französisch, obwohl er ebensogut Englisch sprach. Wenn er mich herankommen sah, hielt er mit der Arbeit inne und streckte sich mit halbunterdrückter Fröhlichkeit der Länge nach an einem Fichtenstamm, den er gefällt hatte, nieder. Dann schälte er sich ein Stück der inneren Baumborke ab, rollte es zu einer Kugel zusammen, und begann es unter Lachen und Schwatzen zu kauen. Er besaß eine solche Überfülle an animalischer Lebenskraft, daß er sich manchmal, wenn ihn irgend etwas zum Nachdenken reizte und ihm gefiel, auf die Erde warf und sich lachend auf ihr herumwälzte. Wenn er rundum die Bäume betrachtete, schrie er: „Zum Kuckuck! Ich habe genug Spaß an meiner Holzhauerei! Ich will keine bessere Beschäftigung!“ Bisweilen hatte er keine Arbeit; dann vergnügte er sich den ganzen Tag lang in den Wäldern mit seiner Taschenpistole; er schoß für sich selbst beim Herumwandern in regelmäßigen Zwischenräumen Salut. Im Winter machte er ein Feuer an, über welchem er mittags seinen Kaffee in einem Kessel wärmte; und wenn er auf einem Baumstumpf saß, um sein Mittagbrot zu verzehren, dann kamen bisweilen Schwarzmeisen angeflogen, hüpften auf seinen Arm und pickten in die Kartoffel, die er zwischen den Fingern hielt. Er aber pflegte dann zu sagen: „Ich hab' es gern, wenn die ›kleinen Kerle‹ da um mich sind.“

In ihm war hauptsächlich der animalische Mensch entwickelt. An physischer Ausdauer und Genügsamkeit war er der Fichte und dem Felsen verwandt. Ich fragte ihn einmal, ob er nicht bisweilen abends nach solch harter Tagesarbeit müde sei. Er antwortete mit einem offenen und ernsten Blick: „Potz sapperment! Ich war nie in meinem ganzen Leben müde.“ Der intellektuelle und der geistige Mensch in ihm lagen im Schlummer wie bei einem Kindchen. Er war nur auf jene unschuldige und unwirksame Weise unterrichtet worden, in welcher der katholische Priester die Eingeborenen belehrt und durch welche der Schüler nie zu einem bestimmten Grad von Bewußtsein, sondern nur zu einem bestimmten Grad von Vertrauen und Ehrfurcht erzogen wird, durch welche auch das Kind nie zum Mann gemacht wird, sondern Kind bleibt. Als die Natur ihn schuf, gab sie ihm einen kräftigen Körper und Zufriedenheit für seinen Lebensweg mit und stützte ihn an beiden Seiten mit Ehrfurcht und Vertrauen, damit er seine siebenzig Jahre verbringen möge wie ein Kind. Er war so urwüchsig und harmlos, daß es seinem Nachbar gerade so schwer wurde mit ihm näher bekannt zu werden wie mit einem Murmeltier.

Er mußte ihn enträtseln, gerade so mühsam wie ich. Er wollte keine Rolle spielen. Die Menschen gaben ihm seinen Arbeitslohn und verhalfen ihm auf diese Weise zu Kleidung und Nahrung. Aber Ansichten tauschte er nie mit ihnen aus. Er war so einfach und demütig von Natur aus – wenn der demütig genannt werden kann, der nie etwas erstrebte – daß die Demut keine auffallende Eigenschaft an ihm war; auch kam sie ihm selbst nicht zum Bewußtsein. Klügere Menschen waren für ihn Halbgötter. Wenn man ihm erzählte, daß solch einer kommen würde, gab er deutlich zu verstehen, daß so etwas Gewaltiges nichts mit ihm gemeinsam haben würde, sondern alle Verantwortlichkeit auf sich selbst laden und ihn der Vergessenheit, wie bislang, überlassen müsse. Er hörte nie ein lobendes Wort. Schriftsteller und Priester wurden hauptsächlich von ihm verehrt. Ihre Taten waren Wunder. Als ich ihm mitteilte, daß ich ziemlich viel schreibe, glaubte er lange Zeit, ich meine das Schreiben mit der Hand; er schrieb selbst eine halbwegs gute Handschrift. Manchmal fand ich den Namen seiner heimatlichen Gemeinde mit dem Akzent auf der richtigen Silbe schön in den Schnee am Wegesrand geschrieben. Ich wußte dann, er war vorübergekommen. Ich fragte ihn, ob er je gewünscht habe seine Gedanken niederzuschreiben. Er gab zur Antwort, daß er Briefe für diejenigen, die dazu nicht imstande waren, gelesen und geschrieben habe; indessen: *Gedanken* zu schreiben habe er nie versucht. Nein, das könne er nicht, er wisse auch nicht, wie er anfangen solle – es würde ihn umbringen; und dann müsse man doch auch zu gleicher Zeit auf das Buchstabieren acht geben.

Ich war dabei, als ein hervorragend begabter Mensch und Reformator ihn fragte, ob er sich die Welt nicht anders wünsche. Er antwortete in seinem kanadischen Akzent aus vollem Halse lachend und ohne zu wissen, daß diese Frage je vorher gestellt worden war: „Nein, ich bin mit ihr ganz zufrieden." Die Unterhaltung mit ihm konnte in einem Philosophen manchen Gedankengang anregen. Ein Fremder konnte glauben, er wisse nichts von den Dingen im allgemeinen. Ich aber sah bisweilen in ihm einen Menschen, den ich nie zuvor gesehen hatte und ich wußte nicht, ob er so weise wie Shakespeare oder so harmlos dumm wie ein Kind sei – ob ich ihn für zart und poetisch empfindend oder für ein beschränktes Wesen halten sollte. Ein Dorfbewohner sagte mir, er habe den Kanadier einst gesehen, als dieser vor sich hinpfeifend durch das Dorf geschlendert sei: da habe er auf ihn den Eindruck eines verkleideten Prinzen gemacht.

Seine einzigen Bücher waren ein Almanach und eine Arithmetik. Das Rechenbuch kannte er ganz genau. Der Almanach war eine Art Konversationslexikon für ihn; er glaubte, darin wären die Grundbegriffe des gesamten menschlichen Wissens enthalten. In gewissem Sinne ist das ja auch der Fall. Ich suchte mit Vorliebe seine Ansichten über die verschiedenen Reformen der Gegenwart zu erfahren: immer betrachtete er sie vom einfachsten und praktischen Standpunkte aus. Er hatte bislang nichts davon gehört. Ob er ohne Fabriken sich behelfen könne, fragte ich ihn? Er habe einen hausgesponnenen, grauen Vermontanzug, war die Antwort, und der sei gut. Ob er Tee und Kaffee entbehren könne, und ob dies Land noch andere Getränke als Wasser liefere? Er habe die Nadeln der Hemlockstanne in Wasser eingeweicht, den Abguß getrunken und gefunden, daß er an heißen Tagen zuträglicher sei als Wasser. Als ich ihn fragte, ob er ohne Geld sich behelfen könne, wies er die praktische Bedeutung des Geldes in einer Weise nach, die sich mit durchaus philosophischen Aufsätzen über den Ursprung dieser Einrichtung deckte, und sogar die Herkunft des Wortes *pecunia* erklärte. Wenn er einen Ochsen besäße und Nadel und Zwirn in einem Laden einkaufen wolle, so würde es gar bald unbequem und unmöglich werden, jedesmal einen Teil des Tieres zu verpfänden. Er konnte manche Einrichtungen besser verteidigen als ein Philosoph; denn wenn er beschrieb, wie sie ihm erschienen, gab er den *wahren* Grund ihrer Berechtigung an; durch Nachdenken war ihm kein andrer eingefallen. Ein anderes Mal erzählte man ihm, Plato habe den Menschen als ein zweibeiniges Tier ohne Federn definiert, und infolge dessen habe irgend jemand einen Hahn gerupft und ihn als den Menschen Platos herumgezeigt. Da erwiderte er: „Meiner Ansicht nach liegt aber ein wichtiger Unterschied darin, daß die *Knie* sich nach der verkehrten Seite biegen!" Manchmal rief er laut: „Wie gern unterhalte ich mich! Zum Kuckuck! Ich könnte mich den ganzen Tag lang unterhalten." Gelegentlich fragte ich ihn, als ich ihn während vieler Monate nicht gesehen hatte, ob ihm im Lauf des Sommers ein neuer Gedanke gekommen sei. „Du lieber Gott", antwortete er, „wenn ein Mann, der arbeiten muß wie ich, seine alten Gedanken nicht vergißt, soll er zufrieden sein. Wenn der Mensch, mit dem man zusammen Unkraut hackt, mit einem um die Wette arbeiten will, ja dann, sapperment, muß man seine Gedanken zusammenhalten, man muß ans Unkraut denken." Bei solchen Anlässen fragte *er* mich bisweilen zuerst, ob ich irgend welche Fortschritte gemacht habe. An einem Wintertage stellte ich ihm die Frage, ob er immer mit sich selbst zufrieden gewesen sei. Ich wünschte ihn darauf hinzuleiten, für den Priester dieser Welt einen Ersatz in seiner Innenwelt und einen höheren Lebenszweck zu suchen. „Zufrieden!" rief er aus, „der eine ist zufrieden, wenn er das tägliche Brot hat und nun den ganzen Tag dasitzen kann, mit dem Rücken nach dem Feuer und mit dem Dickwanst gegen den Tisch, zum Kuckuck!" Es gelang mir übrigens auf keine Weise ihn zu einer geistigen Auffassung der Außenwelt zu veranlassen. Der Höhepunkt seines Begriffsvermögens war ein oberflächliches instinktives Gefühl, wie es auch das Tier aufweist. Das gilt in Wahrheit von den meisten Menschen. Wenn ich ihm irgend eine Verbesserung für seine Lebensführung vorschlug, antwortete er mir, ohne irgend welches Bedauern, daß es dazu zu spät sei. Er glaubte indessen durchaus an Ehrlichkeit und ähnliche Tugenden.

Er besaß bis zu einem gewissen Grade eine positive, wenn auch geringe Originalität, und gelegentlich beobachtete ich, daß er selbständig dachte und seiner eigenen Meinung Ausdruck verlieh. Das ist immerhin ein so seltenes Phänomen, daß ich zu jeder Zeit zehn Meilen weit gehen würde, um so etwas zu erleben. Er ließ sich über die vollkommene Neugestaltung vieler gesellschaftlichen Institutionen aus. Obwohl alles nur zögernd herauskam, obwohl er sich vielleicht nicht einmal klar ausdrückte: ein verständiger

Gedanke bildete stets die Basis. Doch sein Denken war so urwüchsig und in das animalische Leben verwoben, daß es, obwohl es vielversprechender war als das eines bloß gelehrten Mannes, selten Früchte zeitigte, die des Pflückens wert waren. Er gemahnte daran, daß in den niedrigsten Lebensstellungen geniale Menschen sich befinden mögen, die – einerlei wie bescheiden und unkultiviert sie Zeit ihres Lebens bleiben – stets ihre eigene Ansicht haben oder vorgeben überhaupt nichts zu verstehen. Mögen sie auch unbekannt und zerlumpt sein, sie sind so tief wie der Waldenteich, dessen Tiefe man nur ahnen kann. Mancher Reisende machte einen Umweg, um mich und das Innere meines Hauses zu sehen; die Bitte um ein Glas Wasser diente als Vorwand. Ich teilte solchen Leuten mit, daß ich selbst aus dem Teich zu trinken pflege, wies sie dorthin und bot ihnen leihweise meinen Schöpfer an. Obgleich ich im Verborgenen wohne, blieb ich von den jährlichen Besuchen nicht verschont, die, soviel ich weiß, ungefähr um den ersten April stattfinden, wo jedermann ausfliegt. Im großen und ganzen war ich hierin allerdings vom Glück begünstigt, wenn auch einige merkwürdige Exemplare unter meinen Gästen sich befanden. Närrische Leute aus dem Armenhaus und Gott weiß woher machten mir ihre Aufwartung. Ich gab mir Mühe, daß sie den noch vorhandenen Verstand anwendeten und mir beichteten. Da in solchen Fällen der Verstand das Gesprächsthema bildete, wurde ich belohnt. Ja, ich fand, daß einige von ihnen verständiger waren als die sogenannten *Armenaufseher* und Stadträte, und hielt es für angezeigt, daß der Spieß gewendet würde. In bezug auf den Verstand machte ich die Erfahrung, daß kein großer Unterschied besteht zwischen denen, die ihn ganz, und denen, die ihn halb besitzen. So besuchte mich zum Beispiel eines schönen Tages ein ganz harmloser, einfältiger Armenhäusler. Ich hatte ihn oft gesehen, wenn er mit anderen zusammen einen lebenden Zaun bilden half. Er stand oder saß dann inmitten der Felder auf einem Scheffelmaß und gab acht, daß er selbst und das Vieh sich nicht verliefen. Dieser Mensch sprach den Wunsch aus so zu leben wie ich. Er erzählte mir mit der größtmöglichen Einfachheit und Ehrlichkeit, die hoch über oder vielmehr unter allem standen, was man Demut nennt, daß „sein Verstand minderwertig sei". Das waren seine eigenen Worte. Der liebe Gott habe ihn so gemacht, doch er glaube, daß der Herrgott für ihn gerade so gut sorge wie für die andern. „Ich bin immer so gewesen", fuhr er fort, „seit meiner Kindheit. Ich bin schwach im Kopfe. Ich glaube, das war Gottes Wille." Und da stand er nun vor mir, um die Wahrheit seiner Worte zu bestätigen. Es war für mich ein metaphysisches Rätsel. Selten traf ich einen Mitmenschen mit solch vielversprechenden Grundlagen an; jedes seiner Worte war einfach, ehrlich und wahr. Und tatsächlich wurde er in dem Maße, in welchem er sich zu erniedrigen schien, erhöht. Ich war anfangs nicht ganz sicher, ob nicht etwa alles an ihm das Resultat einer klugen Politik war. Bald aber wußte ich, daß Wahrheit und Offenheit des schwachsinnigen Armenhäuslers innerstes Wesen ausmachten, und daß auf dieser Basis eine Unterhaltung mit ihm trefflicher gedeihen konnte als die Unterhaltung mit Philosophen.

Ich hatte auch Gäste, die man gewöhnlich nicht unter die Armen der Stadt zählt, die aber dazu gehören – wenigstens zu den Armen der Welt. Das sind Gäste, die nicht *Hospitalität* sondern *Hospitalhospitalität* beanspruchen, die dringende Hilfe wünschen und ihrer Bitte eine Einleitung vorausschicken, in welcher verkündet wird, daß sie auf keinen Fall sich selbst helfen wollen. Ich verlange von einem Gast, daß er nicht gerade am Verhungern ist; meinetwegen mag er den besten Appetit haben, und woher er sich den holte, das geht mich nichts an. Bettler sind keine Gäste. Leute kamen zu mir, die nicht wußten, wann sie ihren Besuch zu beenden hatten, obgleich ich wieder an meine Arbeit ging und ihnen aus immer größerer Entfernung antwortete. Leute von allen Graden der Begabung suchten mich auf um die Zeit, wo die Menschen mit Vorliebe Ausflüge aufs Land machen, Leute, die mehr Verstand hatten als sie verwerten konnten: davongelaufene Sklaven mit plumpen Manieren, die von Zeit zu Zeit, wie der Fuchs in der Fabel, horchten, ob die klaffende Meute auf ihrer Spur sei, die flehentlich zu mir emporblickten, als ob sie sagen wollten:

„O Christenmensch, willst Du zurück uns senden?“

Ja, ein Sklave, der tatsächlich entlaufen war, kam zu mir, und ich half ihm weiter – gegen den Nordstern hin. Dann wieder stellte sich ein Mensch ein mit einer einzigen Idee, wie eine Henne mit *einem* Küchlein, das obendrein ein Entlein war. Andere sprach ich, die hatten tausend Ideen und ungekämmte Haare, wie Hennen, die auf hundert Küken acht geben müssen, welche alle *einem* Käfer nachlaufen; mehr als ein Dutzend geht in jedem Morgentau verloren und die Hüter und Pfleger werden mit der Zeit widerhaarig und schäbig. Da kamen Leute mit Ideen statt mit Beinen, eine Art geistiger Tausendfüßler, in deren Gegenwart man sich fortwährend jucken mußte. Ein Mann schlug mir sogar vor ein Buch auszulegen, in welches alle Besucher ihre Namen einschreiben sollten – wie in den „Weißen Bergen“. Doch – Du liebe Zeit – mein Gedächtnis ist zu gut, als daß so etwas nötig wäre.

Einige Eigentümlichkeiten meiner Besucher konnte ich unmöglich übersehen. Mädchen, Knaben und Frauen schienen sich über den Aufenthalt in den Wäldern zu freuen. Sie sahen in den Teich und nach den Blumen und genossen die Stunden. Geschäftsleute, selbst Farmer interessierten sich zumeist für meine Einsamkeit, meine Beschäftigung und für die Entfernung, die mich von dem einen oder anderen Gegenstande trennte, und wenn sie auch sagten, daß sie recht gern von Zeit zu Zeit einen Ausflug in den Wald machten, so kam ihnen diese Äußerung, das merkte ich nur allzu gut, nicht von Herzen. Rastlose, knechtschaffene Männer, die all ihre Zeit dazu verwendeten Geld zu verdienen oder zusammen zu halten, Geistliche, die über den Herrgott sprachen, als ob sie ein Monopol darauf besäßen, Doktoren, Rechtsanwälte, verdrießliche Hausfrauen, die ihre Nasen in Schrank und Bett steckten, sobald ich nicht zuhause war, – woher konnte sonst Frau P. . . . . wissen, daß meine Bettücher nicht so rein waren wie ihre eigenen? – junge Leute, die nicht mehr jung waren und glaubten, es sei das sicherste, auf dem ausgetretenen Pfade der Berufsarten zu wandeln: – all diese Menschen gaben mir meistenteils zu verstehen, daß es unmöglich sei in meiner Lage viel Gutes zu tun. Ja, da liegt's! Ihnen schien das Leben voll Gefahren – doch wo ist Gefahr, wenn man nicht an sie denkt? – und darum hielten sie es für angezeigt, als verständige Menschen sorgfältig die sicherste Lage auszuwählen, dort wo Dr. B. . . . im Notfall sofort zur Stelle war. Ihnen war die Stadt wirklich eine *Com-munitas*, eine Vereinigung zu Schutz und Trutz. Daß solche Leute nicht ohne Taschenapotheke zum Preißelbeerenpflücken ausgingen, ist selbstverständlich. Kurzum: wenn ein Mensch lebendig ist, schwebt er immer in Todesgefahr, obgleich man zugeben muß, daß die Gefahr um so geringer ist, je mehr er von vornherein scheintot ist. Der Mensch sitzt so viele Gefahren als er läuft. Schließlich besuchten mich auch Leute, die sich selbst den Titel *Reformator* beilegten. Das waren die widerlichsten von allen. Sie dachten, ich sänge ohne Unterlaß:

„Dies ist das Haus, das ich baute,
„Dies ist der Mann, der da wohnt in dem Haus, das ich baute."

Sie wußten jedoch nicht, daß die dritte Zeile lautete:

„Dies sind die Leute, die plagen den Mann,
„Der da wohnt in dem Haus, das ich baute."

Ich hatte keine Angst vor *Tierschindern*, denn ich hatte keine Tiere, doch vor *Menschenschindern* hatte ich Angst.

Meistens machten mir jedoch meine Besucher Freude: Kinder, die kamen, um Beeren zu pflücken, Eisenbahnbeamte, die in sauberer Kleidung ihren Sonntagmorgen-Spaziergang machten, Fischer und Jäger, Dichter und Philosophen, kurz, alle ehrbaren Pilger, die tatsächlich die Stadt hinter sich ließen und um der Freiheit willen in die Wälder wanderten – für alle hatte ich den Gruß bereit: „Willkommen Engländer! Willkommen Engländer!" Denn mit dieser Nation hatte ich schon in Verkehr gestanden.

Das Bohnenfeld

Inzwischen warteten meine Bohnen, deren Reihen aneinander gelegt wohl an die sieben Meilen betrugen, mit Ungeduld aufs Sacken, denn die ersten waren schon beträchtlich ins Kraut geschossen, bevor die letzten gepflanzt wurden. Das ließ sich tatsächlich jetzt nicht länger hinausschieben. Wozu ich diese stetige, sorgfältige Herkulesarbeit *en miniature* verrichtete, weiß ich nicht. Ich fing an meine Reihen, meine Bohnen zu lieben, trotzdem ihrer mehr waren als ich gebrauchte. Sie fesselten mich an die Erde, und so erstarkte ich wie Antäus. Doch warum zog ich sie groß? Ja, das mag der Himmel wissen! Während des ganzen Sommers beschäftigte ich mich damit, diesen Teil der Erdoberfläche, der bisher nur Fünffingerkraut, Brombeeren, Beifuß und andere wildwachsende, süße Früchte und holde Blumen hervorgebracht hatte, mit Hülsenfrüchten zu befreunden. Was soll ich von den Bohnen lernen oder sie von mir? Ich pflege sie, ich hacke sie, früh und spät beschäftigen sie mich. Das ist mein Tagewerk. Wie ein breites, schönes Blatt liegt das Feld vor meinen Blicken! Meine Mitarbeiter sind nicht nur Tau und Regen, welche diesen trockenen Boden wässern, mir hilft auch die Fruchtbarkeit des Bodens selbst, der zum größten Teil mager und abgenutzt ist. Meine Feinde sind Würmer, kühle Nächte und hauptsächlich Murmeltiere. Diese Tiere haben schon nahezu hundert Quadratfuß abgeknabbert. Wer gab mir aber auch ein Recht dazu, Beifuß und alles andere zu verjagen und den alten Kräutergarten zu vernichten? Die übrig gebliebenen Bohnen werden indessen bald zu kleberig für sie werden und in Zukunft neuen Feinden anheimfallen.

Ich kann mich noch ganz gut erinnern, wie ich im Alter von vier Jahren durch *diesen* Wald, durch *dieses* Feld hier am Teichufer entlang zu meiner Heimatstadt gebracht wurde. Das ist eine der frühesten Erinnerungen, die in meinem Gedächtnis haften blieb. Und heute im nächtlichen Dunkel hat meine Flöte das Echo über demselben Wasser erweckt. Die Tannen stehen noch immer hier: sie sind älter als ich; einige sind gefällt oder gefallen – mit ihren Stümpfen habe ich mein Abendbrot gekocht. Ein neues Werden ringsum! Für der Jugend frische Augen ein jugendfrisches Bild! Fast der gleiche Beifuß sproßte aus der gleichen perennierenden Wurzel auf dieser Weide hier empor. Ich selbst habe geholfen, diese mythische Landschaft meiner Kinderträume zu bekleiden und eines der Ergebnisse meiner Gegenwart und meines Einflusses zeigt sich in diesen Bohnen- und Maisblättern, in den Ranken der Kartoffeln.

Ich bepflanzte ungefähr zwei und einhalb Morgen Hochland. Da dieses erst vor fünfzehn Jahren abgeholzt war und ich selbst ungefähr zwei bis drei Klafter Wurzelholz herausgeholt hatte, brachte ich keinen Dünger hinauf. Im Laufe des Sommers wurde aber durch die Pfeilspitzen, die beim Hacken zum Vorschein kamen, bewiesen, daß ein ausgestorbenes Volk hier in alten Zeiten gewohnt, Mais und Bohnen gezogen hatte, ehe die weißen Männer kamen, um das Land urbar zu machen. Der Boden war also bis zu einem gewissen Grade für diese Erträgnisse schon erschöpft.

Bevor noch ein Murmeltier oder ein Eichhörnchen über die Straße lief oder die Sonne über die Zwergeichen emporstieg, begann ich die Reihen der hochmütigen Unkrautpflanzen in meinem Bohnenfeld zu Boden zu strecken und Staub auf ihre Häupter zu werfen. Obwohl Farmer mir rieten, mit dieser Beschäftigung zu warten, bis der Tau sich verflüchtigt habe, rate ich jedermann, alle Arbeit zu verrichten, wenn der Tau noch leuchtet! Früh am Morgen arbeitete ich barfuß und plantschte wie ein plastischer Künstler in dem feinkörnigen, taubedeckten Sand herum; später am Tage brannte mir die Sonne Blasen auf die Füße. Die Sonne leuchtete mir beim Bohnenhacken, wenn ich langsam über das gelbe, sandige Hochland zwischen den grünen, fast zweihundertundvierzig Fuß langen Reihen bald herauf bald hinunter arbeitete. Das eine Ende mündete in eine Zwergeichen-Pflanzung, wo ich im Schatten mich ausruhen konnte, das andere in Brombeergesträuch, dessen grüne Beeren sich tiefer färbten in der kurzen Zeit, die ich gebrauchte, um eine andere Reihe zu hacken. Unkraut zu jäten, frische Erde um die Bohnenpflanzen zu schaufeln, das Unkraut, das ich gepflanzt hatte, zum Wachsen zu ermutigen, den gelben Boden zu veranlassen, seine sommerlichen Gedanken in Bohnenblätter und Blüten, und nicht in Wermut, Pfeifenkraut und Hirsegras zu kleiden –, das war mein Tagewerk. Da Pferde und Ochsen mir nicht halfen, auch nicht Tagelöhner, junge Burschen oder verbesserte Ackergeräte, so gings mit meiner Arbeit nur langsam vorwärts. Doch ich wurde um so vertrauter mit meinen Bohnen.

Handarbeit, selbst wenn sie an Plackerei grenzt, ist vielleicht nicht die schlimmste Form des Müßigganges. Sie lehrt eine ewige und unverwüstliche Moral, und wer sich ihr weiht, wird musterhafte Früchte ernten. Für die Reisenden, die westwärts über Lincoln und Wayland, Gott weiß wohin, fuhren, war ich der Typus des *agricola laboriosus*. *Sie* saßen behaglich in ihren Gigs, stützten die Ellbogen auf die Knie und ließen die Zügel lose in Bogen herniederhängen. *Ich* war mit der Scholle verwachsen, der erdgeborene Arbeitsmann. Doch nach einer kleinen Weile entschwand mein Heim ihren Augen, ihrem Sinn. Im weiten Umkreis war an der Landstraße nur mein Feld bebaut und sichtbar. Das bot guten Anlaß zur Kritik. So kam es, daß der Mann auf dem Felde mehr von dem Geplauder und den Bemerkungen der Reisenden vernahm, als für seine Ohren bestimmt war: „So spät noch Bohnen! So spät noch Erbsen!“, denn ich pflanzte noch neue, wenn ich die anderen schon hackte. Das hatte der superkluge Herr Landwirt nicht erwartet.

„Das gibt nur Futtermais, mein Junge, nur Futtermais!“

„*Wohnt* der hier auch?“ fragt der schwarze Damenhut den grauen Überzieher. Und der hartherzig dreinschauende Farmer läßt seine Rosinante – zu ihrer Freude – halten, um zu fragen, was ich hier schaffe, wo er doch keinen Dünger in den Furchen sähe; er empfiehlt Humus, Abfallstoffe aller Art, Asche oder auch Gips. Doch die Furchen zogen sich über zwei und einen halben Morgen hin, statt eines Schubkarrens gabs nur eine Hacke und für diese standen nur zwei Hände zur Verfügung. Und somit war Humus schwer herbei zu schaffen, zumal da gegen andere Schubkarren und Pferde eine Abneigung vorhanden war. Andere Reisende, die vorüberrasselten, unterhielten sich mit lauter Stimme und verglichen mein Feld mit anderem, an dem sie vorübergekommen waren, so daß ich über die ackerbautreibende Welt unterrichtet wurde. Hier war ein Feld, das in Herrn Colemans Bericht nicht erwähnt war. Übrigens: wer schätzt den Wert jener Ernte, welche die Natur auf noch weniger gepflegten, von Menschen nicht verbesserten Feldern hervorbringt? Die Ernte an *englischem* Heu wird sorgfältig gewogen, der Gehalt an Feuchtigkeit, Silikaten und Pottasche wird sorgfältig berechnet. Doch in allen Gruben und eingetrockneten Gräben der Wälder, Wiesen und Moore wächst gar reiche und mannigfache Frucht – Menschen ernten sie allerdings nicht. Mein Feld war sozusagen ein Bindeglied zwischen bebauten und unbebauten Feldern. Wie es zivilisierte, halbzivilisierte und wilde oder barbarische Länder gibt, so war mein Feld,, wenn auch nicht im schlimmen Sinne, ein halbzivilisiertes. Hier gab es Bohnen, die fröhlich in ihren wilden, primitiven Zustand zurückkehrten und meine Hacke spielte dazu den *Kuhreigen* für sie.

Ganz in meiner Nähe hochoben auf einem Birkenzweig singt eine braune Drossel oder – wie andere sie gern nennen – eine rote Sangdrossel den ganzen Morgen lang. Sie erfreut sich an meiner Gesellschaft und würde eines anderen Farmers Feld aufsuchen, wenn mein Feld nicht hier wäre. Während ich den Samen ausstreue ruft sie: „Wirf ihn – wirf ihn – deck ihn zu, deck ihn zu – reiß Unkraut aus – reiß Unkraut aus – reiß Unkraut aus!“ Ich pflanzte hier jedoch keinen Mais und war vor ihrer Feindschaft sicher. Man fragt vielleicht voll Erstaunen, was ihre Salbaderei, ihre dilettantischen Paganini-Kadenzen auf eine Saite oder auf zwanzig Saiten mit meinen Pflanzen zu tun haben, und doch würde man sie der Laugenasche oder dem Gips vorziehen. Diese Sorte Dünger war billig, wurde nicht untergepflügt und besaß mein volles Vertrauen. Während ich immer wieder frische Erde an die Bohnenreihen schaufelte, wühlte ich die Asche von Völkern auf, deren Geschichte nie geschrieben war, die aber in uralten Zeiten unter diesem Himmel wohnten. Ihre kleinen Kriegs- und Jagdgeräte wurden ans Licht der neuen Zeit befördert. Sie lagen unter anderen, natürlichen Steinen; einige von ihnen zeigten Spuren, daß sie von Indianerstämmen, andere, daß sie von der Sonne gebrannt waren. Auch Scherben von Vasen und Gläsern, die von den spätern Bebauern hierher gebracht waren, kamen zum Vorschein. Wenn meine Hacke klingend gegen die Steine stieß, gaben Wald und Himmel die Musik im Echo zurück; das war die Begleitung zu meiner Arbeit, welche mir also eine unmittelbare, unvergeßliche Ernte zeitigte. Es waren keine Bohnen mehr, die ich hackte – und *ich* war es nicht mehr, der sie hackte. Mit ebensoviel Mitleid wie Stolz gedachte ich – wenn ich überhaupt ihrer gedachte – meiner Bekannten, die sich zur Stadt begeben hatten, um sich ein Oratorium anzuhören. Der Geißmelker kreiste an sonnigen Nachmittagen (ja! manchmal schaffte ich den ganzen Tag) zu meinen Häupten: ein Stäubchen in meinem Auge oder im Auge des Himmels. Von Zeit zu Zeit stieß er schreiend hernieder, als ob der Himmel geborsten, in einen Trümmerhaufen verwandelt sei – doch blieb die Wölbung des Doms ohne Riß! Ja, diese kleinen Teufel bevölkern die Luft, legen ihre Eier auf den Erdboden, auf den nackten Sand oder auf Felsen und auf die Gipfel der Hügel, wo sie ab und zu gefunden werden. In ihrer schlanken Anmut gleichen sie dem Wellengekräusel, das der Teich gebiert, den Blättern, die der Wind emporhebt, damit sie durch den Himmel fliegen. Solche Ähnlichkeiten finden sich in der Natur. Der

Falke ist der luftgeborene Bruder der Welle, über die er hinschwebt, die er beherrscht. Seine luftgefüllten Flügel gleichen den kleinen, noch nicht flügge gewordenen Schwingen des Meeres. Bisweilen sah ich auch ein Hühnerhabichtpaar, das hoch im Himmel seine Kreise zog, bald aufwärts schwebte, bald niederstieß, bald sich voneinander entfernte, bald sich näherte, als ob es die Inkarnation meiner eigenen Gedanken sei; oder ein Zug wilder Tauben erregte meine Aufmerksamkeit, die mit Windeseile und unter leicht vibrierendem Schreien von einem Wald zum andern zogen. Dann wieder brachte meine Hacke unter einem halbvermoderten Baumstumpf eine verträumte, unglücksschwangere, seltsam gefleckte Eidechse zum Vorschein: ein Erinnerungsbild an Ägypten und den Nil und doch unser Zeitgenosse. Wenn ich auf meine Hacke gestützt mich erholte, hörte und sah ich solche Klänge und Dinge überall in meinen Bohnenreihen, einen Teil jener unerschöpflichen Unterhaltung, die das Land uns gewährt.

An Festtagen feuert das Städtchen seine großen Geschütze ab, deren Donner der Wald wie Knallbüchsenschüsse wiederhallt, und ab und zu treffen sogar einige verlorene Klänge kriegerischer Musik mein Ohr. Hier in meinem Bohnenfeld, an der entgegengesetzten Seite des Stadtbezirkes erklang der Kanonenschuß wie das Platzen eines Bofistes. Und wenn eine militärische „Felddienstübung" stattfand, von der ich nichts wußte, dann hatte ich oft den ganzen Tag lang ein unbestimmtes Kribbeln in den Gliedern, das Gefühl, als ob eine Gefahr am Horizont laure, als ob dort bald etwas zum Ausbruch kommen würde – Scharlachfieber oder Rachenbräune – bis mir schließlich ein günstigerer Luftzug, der über die Felder und die Waylandstraße flog, von den übenden „Soldaten" Kunde brachte. Das ferne Summen erweckte den Gedanken, daß Bienen schwärmten und daß die Nachbarn, Vergils Rat befolgend, durch ein leises *tintinnabulum* auf ihrem helltönenden Hausgerät die Bienen wieder in den Stock zu locken versuchten. Wenn der Klang erstarb, wenn das Summen verstummte, und wenn auch der günstigste Windzug nichts mehr erzählte, dann wußte ich, daß auch die letzte Drohne im Middlesexkorb wohl geborgen war, und daß ihr Herz nach Honig lechzte, mit dem der Korb bestrichen war.

Ich fühlte mit Stolz, daß die Freiheiten von Massachusetts und von unserem Vaterland treu gehütet wurden. Wenn ich dann wieder zu hacken begann, war ich von unaussprechlichem Vertrauen erfüllt und mit Seelenruhe setzte ich fröhlich meine Arbeit fort.

Spielten mehrere Musikkapellen, dann klang es, als ob das ganze Dorf ein großer Blasebalg sei, und alle Häuser unter großem Spektakel sich ausdehnten und zusammenzogen. Doch bisweilen hallte zu diesen Wäldern ein herrlicher und begeisternder Akkord herüber – Trompetenklang, der vom Ruhme sang. Dann hätte ich am liebsten einen Mexikaner an der Kehle gepackt – denn warum wollen wir uns immer mit Lappalien abgeben? – und sah nach einem Murmeltier oder einem Skunk aus, um meinen Heldenmut zu kühlen. Diese kriegerischen Klänge schienen so weit entfernt zu sein wie Palestina, und wenn am fernen Horizont die Ulmenwipfel über der Stadt zu gleicher Zeit leicht zitternd ihre Zweige wiegten, wurde ich an einen Zug der Kreuzfahrer erinnert. Das war einer der „großen“ Tage! Mir kam das allerdings nicht zum Bewußtsein: bot doch von meiner Waldlichtung aus der Himmel heute denselben, ewigen, gewaltigen Anblick wie alle Tage.

Ja! Um eine außergewöhnliche Erfahrung wurde ich durch den innigen Verkehr mit meinen Bohnen bereichert: durch das Pflanzen und Hacken, Ernten, Dreschen, Auslesen und auch durch das Verkaufen – das bot nebenbei die größte Schwierigkeit – und ich darf hinzufügen auch durch das Essen, denn ich habe sie gekostet. Ich war nun einmal fest entschlossen, Bohnen kennen zu lernen. Während sie wuchsen, hackte ich sie von morgens früh um fünf Uhr bis zum Mittag, um dann meistens den Rest des Tages anderen Obliegenheiten zu widmen. Man denke, welch genaue und interessante Bekanntschaft ich mit den verschiedenen Unkrautsorten machte – man wird mir schon verzeihen, wenn ich mich wiederhole, denn die Wiederholung in der Arbeit war noch viel ärger –, wenn ich ihr holdes Dasein unbarmherzig vernichtete, wenn ich gehässige Unterschiede mit meiner Hacke machte, ganze Reihen der einen Art zu Boden schlug und sorgsam die andere Art pflegte. Das ist römischer Wermut – dort Schweinekraut – dort Sauerklee – dort Dünengras . . . Fertig zum Angriff! Nieder damit! Die Wurzeln der Sonne zugekehrt! Nicht ein Fäserchen soll im Schatten liegen, sonst wächst so'n Zeug auf d'r anderen Seite und is in zwei Tagen so grün wie Lauch . . . Das war ein langer Krieg, nicht mit Kaninchen, aber mit Unkräutern, mit jenen Trojanern, welche Sonne, Regen und Tau auf ihrer Seite hatten. Täglich sahen meine Bohnen, wie ich mit der Hacke bewaffnet ihnen zu Hilfe kam, um die Reihen der Feinde zu lichten. Und die Laufgräben wurden gefüllt mit Unkrautleichen. Manch stämmiger, mit flatterndem Helmbusch geschmückter Sektor, der seine ihn umdrängenden Kameraden um einen ganzen Fuß überragte, fiel unter meinen Streichen und wälzte sich im Staub.

Die Sommertage, welche manche meiner Zeitgenossen den schönen Künsten in Rom oder Boston, andere der inneren Beschaulichkeit in Indien und wieder andere dem Handel in London oder New York widmeten, weihte ich zugleich mit anderen Farmern Neuenglands der Landwirtschaft. Nicht als ob ich Bohnen zum Essen gebraucht hätte, denn ich bin von Natur aus ein Pythagoräer,, wenigstens soweit wie die Bohnen in Frage kommen, einerlei ob sie zur Bohnensuppe oder zum Wahlakt verwendet werden. Darum vertauschte ich sie gegen Reis; nein, ich tats vielleicht nur deshalb, weil einige Leute auf den Feldern arbeiten müssen, um jene Inspiration, jene Worte zu finden, die einst einem Parabeldichter von Nutzen sein können. Alles in allem war es eine unvergleichlich erfreuende Beschäftigung, die, hätte ich sie allzu lang fortgesetzt, vielleicht in Liederlichkeit ausgeartet wäre. Obgleich ich die Bohnen nicht düngte und nicht alle zu gleicher Zeit hackte, so hackte ich doch Reihe für Reihe mit größter Sorgfalt und wurde schließlich reich belohnt. „Denn kein Mist oder Kunstdünger,“ so sagte Evely, „läßt sich mit dieser beständigen Durcharbeitung und Auffrischung, mit dem Umgraben der Erde durch die Schaufel vergleichen.“ „Die Erde,“ so fügt er an anderer Stelle hinzu, „hauptsächlich die jungfräuliche Erde besitzt einen gewissen Magnetismus, durch welchen sie Salz, Stärke oder Kraft (man mag es nennen, wie man will), kurz das, was ihr Leben verleiht, anzieht; und die Logik aller Mühe und Plage, die wir ihr widmen, wurzelt im Erhaltungstrieb. Mist und andere grobe Verbindungen sind nur Notbehelfe zweiten Ranges für diese beste Methode“. Mein Feld war überdies „eines jener abgenutzten und verbrauchten Brachfelder, welche ihren Sabbat genießen“, und hatte vielleicht, wie Sir Kenelm Digbyannimmt, seine „Lebenskraft“ der Luft entnommen. Ich erntete zwölf Scheffel Bohnen.

Man hat sich darüber beklagt, daß Mr. Coleman in der Hauptsache nur über die teueren Versuche der Herren Großgrundbesitzer berichtet. Ich will deshalb etwas ausführlicher sein. Meine Ausgaben betrugen:

Eine Hacke	0,54	Doll.	
Pflügen, Eggen, Furchen	7,50	"	(zu viel!)
Bohnen zum Pflanzen	3,12½	"	
Kartoffeln	1,33	"	
Erbsen	0,40	"	
Rübsamen	0,06	"	
Weiße Schnur zum Schutz gegen Krähen	0,02	"	
Pferd zum Pflügen und Knecht für 3 Stunden	1,00	"	
Pferd und Wagen für die Ernte	0,75	"	
Summa:	14,72½	Doll.	

Meine Einnahmen betrugen *(patrem kamillas vendacem, non emacem esse oportet):*

Verkauft: neun Scheffel und zwölf Viertel Bohnen	16,94	Doll.
Fünf Scheffel große Kartoffeln	2,50	"
Neun Scheffel kleine Kartoffeln	2,25	"

Gras		1,00	"
Stengel		0,75	"
	Summa:	23,44	Doll.

Also Nettoverdienst: 8,71½ Dollar, wie ich schon an anderer Stelle erwähnte.

Ich fasse die Erfahrungen, die ich beim Bohnenpflanzen machte, kurz zusammen: Pflanze ungefähr am ersten Juni die weiße Buschbohne in Reihen, die etwa drei Fuß achtzehn Zoll von einander entfernt sind. Wähle sorgfältig frische, runde, unvermischte Saat aus. Gib Obacht auf Würmer und pflanze in etwaige Lücken neue Saat. Dann gib Obacht auf die Murmeltiere, denn die knabbern die ersten zarten Blätter der Reihe nach völlig ab und stellen sich pünktlich wieder ein, wenn die jungen Ranken wieder wachsen. Ranken, Knospen und junge Schoten – alles mähen sie ab, wobei sie aufrecht wie die Eichhörnchen dasitzen. Vor allen Dingen: Ernte so früh wie möglich, wenn Du Nachtfröste vermeiden und eine gute verkäufliche Qualität erzielen willst. Auf diese Weise kannst Du Dich vor großem Verlust schützen.

Ferner machte ich folgende Erfahrung. Ich sagte zu mir selbst: Im nächsten Sommer will ich nicht mit solch emsigem Fleiß Mais und Bohnen, sondern solche Saat als Aufrichtigkeit, Wahrheit, Einfachheit, Vertrauen, Unschuld usw. pflanzen – vorausgesetzt, daß ich die Aussaat noch besitze. Dann will ich sehen, ob sie nicht im Boden Wurzel schlägt, selbst wenn ich weniger Mühe und Pflege darauf verwende, ob sie mich nicht erhalten wird, denn, wahrlich, für *solche* Früchte ist der Boden noch nicht erschöpft. Ach ja! Wohl sprach ich also zu mir, aber jetzt ist ein zweiter Sommer dahin, ein dritter gar und ein vierter und ich muß Dir gestehen, Leser, daß der Samen – wenn es *wirklich* der Samen dieser Tugenden war, den ich ausstreute – wurmstichig oder ohne Lebenskraft war, und deshalb nicht zu keimen begann. Meistens sind die Menschen so tapfer oder so feige wie ihre Väter. Als ob es ein Fatum wäre, wird diese Generation höchstwahrscheinlich in jedem neuen Jahr Mais und Bohnen pflanzen, also das tun, was vor Jahrhunderten die Indianer taten und den ersten Ansiedlern zeigten. Ich sah neulich zu meinem Erstaunen einen alten Mann, der mit seiner Hacke zum siebenzigsten Mal Löcher grub, jedoch nicht um sich selbst darin zu betten. Warum soll aber der Neuengländer nicht auf neue Abenteuer ausgehen? Warum soll er nicht weniger Nachdruck auf die Mais-, Kartoffel- und Grasernte und auf seine Obstgärten legen und andere Früchte ziehen? Warum kümmern wir uns *so sehr* um unsere Saatbohnen und *überhaupt nicht* um ein neues Menschengeschlecht? Bessere Speise wird uns zuteil, wenn wir einen Menschen gefunden haben, in welchem zweifelsohne einige der von mir erwähnten Eigenschaften Wurzel gefaßt und Früchte getragen haben, einen Menschen mit jenen Eigenschaften, die wir höher als alle anderen Erzeugnisse schätzen, die aber meistens in alle Welt verstreut sind und in der Luft schweben. Hier kommt solch eine feine, unaussprechliche Eigenschaft z. B. Wahrheit oder Gerechtigkeit, wenn auch nur in kleinster Menge oder in neuer Gewandung des Weges daher. Unsere Gesandten sollten Instruktionen bekommen, solche Saat nach Haus zu senden und der Kongreß sollte helfen, daß sie über das ganze Land gestreut wird. Mit der Aufrichtigkeit sollten wir niemals zeremoniell verkehren. Wir sollten niemals durch unsre niedrige Gesinnung einander betrügen, beleidigen und verscheuchen, solange noch ein Körnchen Güte und Freundlichkeit zu bemerken ist. Wenn wir zusammenkommen, sollen wir nicht in Eile sein. Die meisten Menschen laufen an mir vorbei – sie scheinen keine Zeit zu haben; sie haben zu viel mit ihren Bohnen zu tun. Mit dem Mann mag ich nichts zu schaffen haben, der ewig sich plackt, der, wenn er von der Arbeit ausruht, Hacke oder Schaufel als Stab und Stecken benutzt, und ausschaut, nicht wie ein Pilzlein, das nur ein wenig über den Erdboden emporsieht und doch stolz den Kopf hebt, sondern wie eine Schwalbe, die aus den Lüften sich niederließ und am Boden kriecht.

„Er spannte während seiner Worte von Zeit
„Zu Zeit weit seine Flügel aus.
„Er wollte fliegen, doch die Kraft versagte . . .“

so daß wir vermuten könnten, wir sprächen mit einem Engel. Brot ernährt uns vielleicht nicht immer, aber es tut uns immer wohl. Es nimmt die Steifheit aus unseren Gelenken, macht uns geschmeidig und elastisch, wenn wir nicht wußten was uns quälte, so daß wir alles Edle im Menschen und in der Natur zu erkennen, jede ungemischte und jubelnde Freude zu teilen vermögen.

Poesie und Mythologie der Alten lassen wenigstens vermuten, daß Ackerbau einst eine heilige Kunst war. Wir aber treiben ihn mit unehrerbietiger Eile und Unachtsamkeit. Wir wollen nichts als Großgrundbesitz und große Ernten. Wir haben Viehausstellungen und Danksagungstage,aber keine Feste, Prozessionen und Zeremonien, durch welche der Landmann dem Gefühl der Heiligkeit seines Berufes Ausdruck verleiht oder an dessen heiligen Ursprung erinnert würde. Ihn reizen die Preise des Wettbewerbs und das Festessen. Er opfert nicht der Ceres und dem irdischen Jupiter, sondern dem höllischen Pluto. Durch Geiz und Egoismus und durch jene gemeine Gewohnheit: den Boden als Besitz oder vielmehr als Mittel zum Erwerb von Besitz zu betrachten – von dieser Schwäche ist übrigens niemand von uns frei – wird die Landschaft entstellt, die Landwirtschaft mit uns selbst entehrt und der Farmer zu einem wahren Jammerleben gezwungen. Er glaubt, die Natur sei nur seiner Räubergelüste wegen da.

Cato sagt, daß der durch Landwirtschaft erzielte Gewinn der unbefleckteste oder gerechteste sei (*maximeque pius quaestus*), und nach Varro nannten die alten Römer „die Erde sowohl Mutter wie Ceres; auch glaubten sie, daß diejenigen, welche sie bebauten, ein frommes und nutzbringendes Leben führten und die einzigen überlebenden Nachkommen des Königs Saturn seien."

Wir pflegen zu vergessen, daß die Sonne ohne Unterschied auf unsere bebauten Felder, auf Prärien und auf Wälder scheint. Alles absorbiert und reflektiert ihre Strahlen in gleicher Weise und die Felder sind nur ein Teil jenes herrlichen Bildes, das sie alltäglich auf ihrer Bahn erblickt. Für sie ist die Erde ein einziger wohlgepflegter Garten. Darum sollen wir die Wohltat ihres Lichtes und ihrer Wärme mit Vertrauen und Hochherzigkeit entgegennehmen. Was will es denn heißen, wenn ich diese Saatbohnen und ihren Ertrag im Herbste zu beurteilen vermag? Dieses große Feld, das ich so lange sorgsam betrachtete, betrachtet mich nicht als seinen Hauptpfleger, es blickt von mir fort nach Einflüssen, die ihm verwandter sind, die es wässern und grünen machen. Diese Bohnen werden nicht völlig von mir geerntet. Wachsen sie nicht zum Teil auch für die Murmeltiere? Die Weizenähre (lateinisch: *spica*, veraltet: *spece*, von *spes* = Hoffnung) sollte nicht des Farmers einzige Hoffnung sein. Ihr Korn oder Gran (*granum* von *gerendo* = tragend) ist's nicht allein was sie trägt. Wie kann da eine Mißernte eintreten? Soll ich mich nicht auch über den Überfluß an Unkraut freuen, dessen Samen die Kornkammer der Vögel ist? Es ist verhältnismäßig gleichgiltig, ob die Felder des Farmers Scheunen füllen. Der echte Landmann wird sich nicht sorgen und sich, wie die Eichhörnchen, nicht darum kümmern, ob die Wälder in diesem Jahre Kastanien tragen werden oder nicht. Er wird getreulich Tag für Tag seine Arbeit verrichten, aller Ansprüche auf den Ertrag seiner Felder sich entschlagen, und nicht nur die ersten, sondern auch die letzten Früchte frohen Herzens opfern.

Das Dorf

Wenn ich vormittags gehackt, vielleicht auch gelesen oder geschrieben hatte, nahm ich meistens ein zweites Bad im Teich, schwamm hinüber nach einer der Buchten (das war mein „Deputat"), wusch den Arbeitsstaub von meinem Körper, glättete die letzten Falten, die das Nachsinnen dort zurückgelassen hatte und war dann für den Nachmittag vollkommen frei. Nicht selten schlenderte ich zum Dorf, um etwas Klatsch zu hören. Er wurde dort beständig fabriziert, ging entweder von Mund zu Munde oder von Zeitung zu Zeitung und wirkte, in homöopathischen Dosen genossen, auf seine Art ebenso erfrischend wie das Rascheln der Blätter oder das Geschwätz der Frösche. Wie ich in die Wälder spazierte, um die Vögel und Eichhörnchen zu sehen, so spazierte ich ins Dorf, um Männer und Frauen zu betrachten. Statt Waldesrauschen hörte ich hier Wagengerassel. Nach der einen Seite von meinem Hause aus befand sich eine Kolonie Bisamratten auf den Wiesen nahe am Fluß, nach der anderen Seite lag fern am Horizont unter Ulmen und Sykamorenwipfeln das Dorf voll geschäftiger Menschen; sie erregten meine Aufmerksamkeit in demselben Maße wie Präriehunde, die vor dem Eingang ihrer

Höhle sitzen oder zum Nachbar laufen und klatschen. Ich ging oftmals dorthin, um ihre Gewohnheiten zu beobachten. Das Dorf war für mich ein großer Novitätenladen. Auf der einen Seite wurden, um Geschäfte zu machen, wie einst bei Redding & Comp. an der Hauptstraße, Rosinen, Nüsse, Salz, Mehl und andere Kolonialwaren zum Kauf angeboten. Es gibt Leute, die einen solch gesegneten Appetit auf die soeben erwähnten Leckerbissen, d. h. auf die Neuigkeiten, und solch vortreffliche Verdauungsorgane haben, daß sie immerdar auf offener Straße sitzen können, ohne sich zu rühren. Sie lassen sich von dem, was sie hören, umsäuseln und einlullen wie von Passatwinden; sie atmen gleichsam Äther ein, der nur Betäubung und Unempfindlichkeit gegen Schmerz hervorruft – denn sonst müßte das Anhören doch bisweilen Schmerz verursachen – ohne das Bewußtsein zu trüben. Wenn ich durch das Torf schlenderte, konnte ich fast immer mit Sicherheit voraussagen, daß eine Anzahl dieser Prachtexemplare mit vornüber gebeugtem Körper und mit Augen, die gierig von Zeit zu Zeit bald nach rechts und bald nach links die Straße absuchten, auf einer Leiter sitzen würde, um sich zu sonnen, daß andere karyatidengleich – die Hände in den Hosentaschen – gegen einen Stall sich lehnen würden, als ob sie ihn stützen müßten. Diese Sorte, die meistens im Freien lebt, weiß immer „was los ist“. Sie sind die gröbsten Mühlen; durch sie wird der Klatsch aufgeknackt und zerstampft, um alsdann den feineren, zarteren Trichtermühlen daheim überliefert zu werden. Ich erkannte, daß die treibenden Kräfte des Dorfes der Kramladen, die Gastwirtschaft, die Post und die Bank waren; unbedingt erforderlich waren für den Betrieb eine Glocke, eine Kanone und eine Feuerspritze. Die Häuser waren so angeordnet, daß man die Menschen nach Herzenslust genießen konnte. Reihenweise lagen sie einander gegenüber, so daß jeder Wanderer Spießruten laufen mußte, Männer, Weiber, Kinder ihn verhauen konnten. Natürlich bezahlten diejenigen, welche die ersten Plätze in dieser Reihe innehatten, wo sie am meisten sehen und gesehen werden und die ersten Prügel verabfolgen konnten, die höchsten Preise für ihre Positionen; die wenigen verstreuten Menschen, die an der Peripherie des Dorfes wohnten, dort wo die Reihen schon große Lücken aufwiesen, wo der Wanderer über eine Mauer springen oder auf einem Kuhpfad entwischen konnte, zahlen nur eine ganz geringe Grund- und Fenstersteuer. Überall waren Aushängeschilde angebracht, um ihn anzulocken. Einige appellierten an seinen Appetit – das „Hotel“ und das Wirtshaus; andere an seine Augen – der Kleiderhändler und der Goldschmied; und wieder andere an das Haar, die Füße oder den Rockzipfel – Barbier, Schuster und Schneider. Außerdem bestand aber eine noch schrecklichere, permanente Einladung, in allen Häusern vorzusprechen, wo um diese Zeit Besuch erwartet wurde. Meistens entging ich all diesen Gefahren auf wunderbare Weise, indem ich entweder kühn und ohne Zaudern aufs Ziel hinmarschierte – das rät man bekanntlich denjenigen, die Spießruten laufen müssen – oder indem ich meine Gedanken auf erhabene Dinge richtete wie Orpheus, „der laut zu seiner Leier das Lob der Götter singend, den Sirenengesang übertönte und der Gefahr entrann.“ Manchmal lief ich plötzlich davon, und niemand wußte, wo ich war, denn auf

Anmut legte ich nicht viel Wert und zögerte nicht über einen Zaun zu springen. Ja, in einige Häuser, wo ich einer guten Aufnahme sicher war, pflegte ich sogar Einfälle zu machen; und wenn ich dort die Quintessenz und das letzte Ergebnis der Neuigkeits-Durchsiebung, die Aussichten auf Krieg und Frieden und auf den Fortbestand der Welt, erfahren hatte, ließ man mich zur Hintertür hinaus; ich aber eilte wieder in den Wald.

Hatte ich bis zu später Stunde im Dorf verweilt, so machte es mir besondere Freude, nach dem Verlassen eines hellerleuchteten Empfangs- oder Lesezimmers durch die Nacht dahin zu wandern – hauptsächlich wenn sie dunkel und stürmisch war. Auf der Schulter einen Sack Roggen oder Maismehl tragend, steuerte ich, wenn an Bord alles niet- und nagelfest, und ich mit einer munteren Mannschaft von Gedanken unter Deck gegangen war, meinem friedlichen, verborgenen Hafen im Walde zu. Nur mein äußerer Mensch blieb am Steuer, oder selbst das Steuer wurde festgesetzt, wenn das Fahrwasser frei war. Ich hatte auf meiner Fahrt viel gute Gedanken bei meinem Kajütenfeuer. Ich wurde niemals verschlagen noch durch böses Wetter geängstigt, obwohl ich gegen manch schweren Sturm zu kämpfen hatte. Es ist selbst in gewöhnlichen Nächten dunkler im Wald als man gewöhnlich annimmt. Ich mußte häufig nach der Öffnung der Bäume über dem Pfad emporsehen, um meinen Weg zu finden, dort, wo es keine Fahrstraße gab, mit meinen Füßen die leichte Spur, die von mir selbst herrührte, fühlen oder durch den mir bekannten Abstand gewisser Bäume, welche ich mit den Händen fühlte, leiten lassen. So fand ich jedesmal, selbst in schwärzester Nacht zwischen zwei Fichten, die mitten im Walde nur ungefähr achtzehn Zoll von einander entfernt standen, mit Sicherheit meinen Weg. Wenn ich manchmal in finsterer, nebeliger Nacht, während meine Füße den Pfad fühlten, den meine Augen nicht sehen konnten, träumend und gedankenverloren den ganzen Weg zurückgelegt hatte, und erst durch das Heben der Hand zum Niederdrücken der Türklinke aufgeweckt wurde, dann war ich nicht imstande, mich auch nur an *einen* Schritt meines Heimweges zu erinnern. Dann kam mir der Gedanke: Dein Körper würde vielleicht allein den Heimweg finden, wenn sein Herr ihn verlassen würde. Es findet ja auch die Hand ohne Hilfe den Weg zum Munde. Mehrfach mußte ich diesen oder jenen Besucher, der zufällig bis zum Abend geblieben war, in dunkler Nacht bis zur Fahrstraße hinter meinem Hause geleiten, und ihm die Richtung, die er einzuschlagen hatte, angeben. Wollte er sie einhalten, mußte er sich mehr von den Füßen als von den Augen leiten lassen. In einer finsteren Nacht wies ich solchermaßen zwei junge Leute, die im Teich gefischt hatten, auf den Weg. Sie wohnten ungefähr eine Meile entfernt jenseits des Waldes und waren mit dem Weg vertraut. Einige Tage später erzählte mir einer von ihnen, daß sie den größten Teil der Nacht nahe bei ihrer Wohnung herumgetappt und erst gegen Tagesanbruch heimgelangt seien, völlig durchnäßt durch mehrere heftige Regenschauer und durch den beständigen Tropfenfall von den Blättern. Viele Leute sollen sich sogar in den Dorfstraßen verirren, wenn die Dunkelheit so dicht ist, daß man sie schneiden kann, wie man so zu sagen pflegt. Manche, die nicht weit außerhalb des Dorfes wohnten und zu Wagen hereingekommen waren, um Einkäufe zu machen, konnten in der Nacht nicht zurückkehren, ja einige Frauen und Männer, die irgend jemand besucht hatten, machten einen Umweg von einer halben Meile. Sie tasteten den Bürgersteig mit den Füßen entlang und wußten nicht, wann sie sich seitwärts zu wenden hatten. Verirrt man sich zu irgend einer Zeit im Walde, so wird man um eine ebenso überraschende und merkwürdige wie wertvolle Erfahrung bereichert. Tritt man in einem Schneesturm selbst bei Tage auf eine wohlbekannte Landstraße hinaus, so ist es nicht selten unmöglich zu sagen, in welcher Richtung das Dorf liegt. Wenn man auch auf derselben Straße tausendmal gewandert ist: jetzt erscheint sie einem so fremd, als ob sie in Sibirien wäre. Bei Nacht ist die Verwirrung natürlich bedeutend größer. Auf unseren Alltagswegen steuern wir beständig, wenn auch unbewußt, wie die Lotsen mit Hilfe von wohlbekannten Blinklichtern und Vorgebirgen, und selbst wenn wir vom gewohnten Kurse etwas abweichen, erinnern wir uns noch, wo irgend ein bekanntes Kap liegt. Erst dann, wenn wir völlig verloren oder herumgedreht sind – der Mensch braucht nämlich in dieser Welt nur ein einziges Mal mit geschlossenen Augen herumgedreht zu werden, um verirrt zu sein – lernen wir die Unermeßlichkeit und das Wunderbare der Natur schätzen. Beim Erwachen aus dem Schlaf oder aus irgend einer Abstraktion muß der Mensch jedesmal die Himmelsrichtungen von neuem lernen. Erst wenn wir verloren sind, mit anderen Worten, wenn wir die Welt verloren haben, fangen wir an uns selbst zu finden und einzusehen, wo wir sind und wie endlos weit unsere Verwandtschaft reicht.

Als ich gegen Ende des ersten Sommers eines Nachmittags zum Dorf ging, um beim Flickschuster einen Schuh zu holen, wurde ich verhaftet und ins Gefängnis geführt. An anderer Stelle habe ich davon erzählt; ich hatte dem Staat eine Steuer nicht bezahlt, die Autorität des Staates nicht anerkannt, jenes Staates, der Männer, Frauen und Kinder wie ein Stück Vieh vor den Toren seines Senatsgebäudes kauft und verkauft. Es ist einerlei, wohin ein Mann geht: überall verfolgen ihn die Menschen, klammern sich an ihn mit ihren schmutzigen Institutionen und zwingen ihn, ihrer verzweifelten Maffia beizutreten. Ich hätte allerdings mit mehr oder weniger Erfolg gewaltsam Widerstand leisten, gegen die Gesellschaft „Amok"laufen können. Ich zog's jedoch vor, die Gesellschaft gegen mich „Amok" laufen zu lassen, denn sie ist die verzweifelte Partei. Ich erhielt übrigens am nächsten Tage meine Freiheit und kurz hernach meinen Schuh zurück und kam noch zu guter Stunde im Walde an, um mein aus Heidelbeeren bestehendes Mittagessen auf dem Fair Haven-Hügel einnehmen zu können. Die einzigen Personen, die mich je in meinem Leben belästigten, repräsentierten den Staat. Nur am Schreibtisch, der meine Papiere enthielt, hatte ich Schloß und Riegel. Im übrigen gab es selbst über dem Türgriff und über den Fenstern keinen Nagel. Niemals schloß ich meine Tür, weder bei Tag noch bei Nacht, auch nicht, wenn ich mehrere Tage fortzubleiben beabsichtigte, ja selbst dann nicht, als ich im zweiten Herbst meines Aufenthaltes vierzehn Tage in den Maine-Wäldern zubrachte. Und doch wurde mein Haus mehr respektiert, als wenn es von einer Anzahl Soldaten bewacht worden wäre. Der müde Wanderer konnte sich an meinem Feuer ausruhen und wärmen, der Gelehrte sich mit den wenigen Büchern auf meinem Tisch unterhalten, der Neugierige meinen Wandschrank öffnen und sehen, was vom Mittagessen übrig geblieben war und wie die Aussichten aufs Abendbrot waren. Und wenn auch viele Menschen aus allen Gesellschaftsklassen zum Teiche kamen: nennenswerte Unannehmlichkeiten wurden mir dadurch nicht bereitet. Auch kam mir nichts weiter abhanden, als ein kleines Buch, ein Band Homer, der – wohl unpassenderweise – vergoldet war, und der hoffentlich inzwischen schon wieder von einem Soldaten unseres Lagers gefunden ist. Ich bin überzeugt, daß Diebstähle und Räubereien unbekannt sein würden, wenn alle Menschen so einfach leben würden wie ich. Diebstähle und Räubereien kommen nur in Gemeinwesen vor, wo der eine mehr als genug, der andere nicht genug hat. Die Homere Popes würden bald richtig verteilt sein. –

„Nec bella fuerunt
„Faginus astabat dum scyphus ante dapes."

„Kriege kannte man nicht,
„Als im Buchenholzbecher den Trank man kredenzte."

„Ihr, die Ihr die öffentlichen Angelegenheiten leitet, wozu wollt Ihr Strafen anwenden? Liebt die Tugend, und das Volk wird tugendhaft sein. Die Tugenden des Hochgestellten gleichen dem Winde; die Tugenden des gewöhnlichen Menschen gleichen dem Grase. Wenn der Wind darübergeht, neigt sich das Gras."

Die Teiche

Manchmal, wenn mich der Ekel packte vor der Gesellschaft und vor dem Geschwätz der Menschen und all meine Freunde im Dorf nur Phantomen glichen, verließ ich meine Wohnung und wanderte noch weiter gen Westen, zu noch weniger besuchten Teilen des Landbezirks, wo „frisch die Wälder, neu die Weiden" waren; oder ich verzehrte beim Sonnenuntergang als Abendbrot meine Heidelbeeren und Blaubeeren auf dem Fair Haven-Hügel und legte einen Vorrat für mehrere Tage zurück. Wer Früchte kauft oder sie zum Verkaufe großzieht, weiß nicht wie hold sie duften. Es gibt nur einen Weg, sich an ihrem Aroma zu erfreuen, und die wenigsten benutzen diesen Weg. Willst Du wissen, wie Heidelbeeren duften, so frage den Kuhhirten oder das Rebhuhn. Wenn man glaubt, daß derjenige, der nie Heidelbeeren pflückte, weiß wie sie schmecken, so ist das ein großer Irrtum. Nach Boston ist noch nie eine Heidelbeere gekommen. Dort wuchsen sie vor langer, langer Zeit auf den drei Hügeln, und seitdem kennt man sie dort nicht mehr.

Im Wagen, der sie zu Markte fährt, erstickt ihr Duft: der ambrosische, spezifische Charakter der Frucht geht zugrunde. Hernach ist sie nichts weiter als Futter. Solange die ewige Gerechtigkeit herrscht, kann keine einzige, unschuldige Heidelbeere von den Hügeln des Landes in die Stadt gebracht werden.

Wenn ich mit dem Hacken für den Tag fertig war, suchte ich bisweilen einen ungeduldigen Mitmenschen auf, der seit Tagesanbruch im Teich schweigend und bewegungslos wie eine Ente oder ein schwimmendes Blatt fischte; um die Zeit, wo ich zu ihm kam, hatte er bereits alle philosophischen Systeme auf die Probe gestellt und war zu dem Schluß gekommen, er gehöre zu der alten Sekte der Coenobiten.Ein anderer, älterer Mann, ein ausgezeichneter Fischer und vielseitig erfahrener Weidmann, fand sich auch manchmal dort ein; er sah mit Vergnügen mein Haus als ein zur Bequemlichkeit der Fischer errichtetes Gebäude an, und ich meinerseits sah ihn mit Freude auf meiner Schwelle sitzen und seine Angelschnüre in Ordnung bringen. Ab und zu fuhren wir zusammen auf den Teich hinaus; er saß am einen Ende des Bootes, ich am anderen. Viele Worte wurden allerdings nicht zwischen uns gewechselt, denn er war in den letzten Jahren taub geworden, doch bisweilen summte er einen Psalm vor sich hin, und das harmonierte ganz trefflich mit meiner Philosophie. Unser Verkehr erfreute sich infolgedessen einer nie getrübten Harmonie, und ich erinnere mich an ihn mit größerer Freude, als wenn er durch Gespräche aufrecht erhalten wäre. War niemand da, der mir Gesellschaft leisten konnte – das war gewöhnlich der Fall – dann weckte ich das Echo auf, indem ich mit dem Ruder an eine Seite des Bootes schlug. Wie der Menageriebesitzer die wilden Tiere, so erweckte ich die benachbarten Wälder, erfüllte sie mit Klängen, die immer weiter ihre Kreise zogen, bis ich schließlich jedem Waldtal und Hügelhang ein brummiges Knurren entlockt hatte.

An warmen Abenden saß ich oft im Boot, spielte die Flöte und sah wie der Barsch, der von mir bezaubert schien, um mich herumschwamm und wie der Mond über den gerippten, mit Waldestrümmern bedeckten Grund dahinwanderte. Einst pflegte ich voll Abenteuerlust mit einem Kameraden in dunklen Sommernächten nicht selten zu diesen Teich zu wandern. Wir zündeten dann nahe am Ufer ein Feuer an und glaubten, es würde die Fische anlocken. Mit einem Bündel Würmer, die auf Fäden gezogen waren, fingen wir dann Bricken. Waren wir tief in der Nacht damit fertig, dann warfen wir die Feuerbrände wie Raketen hoch in die Luft und wenn sie in den Teich niederfielen, erloschen sie mit zischendem Laut, so daß wir uns plötzlich in tiefster Finsternis befanden. Dann pfiffen wir uns eins und zogen heim zu den Nestern der Menschen. Jetzt aber stand mein Haus am Teichesrand.

Manchmal blieb ich in der besten Stube bei Bekannten im Dorf so lange, bis die ganze Familie sich zurückgezogen hatte, kehrte dann heim in den Wald und widmete einige Stunden der tiefen Nacht – teilweise mit Rücksicht auf das nächste Mittagessen – bei Mondschein im Boot der Fischerei, während Eulen und Füchse mir ein Ständchen brachten und von Zeit zu Zeit der knarrende Schrei eines unbekannten Vogels ganz in meiner Nähe erklang. Solche Erlebnisse waren denkwürdig und von hohem Wert für mich ... Unbewegt lag das Boot auf dem vierzig Fuß tiefen Wasser, ungefähr fünfundsiebzig bis hundert Meter vom Ufer entfernt. Am mich herum tanzten Tausende kleiner Barsche und Weißfische, die mit ihren Schwänzchen im Mondlicht die Wasserfläche kräuselten, während ich mit einer langen, flächsernen Schnur mit geheimnisvollen nächtlichen Fischen, die vierzig Fuß tiefer wohnten, Bekanntschaft anknüpfte. Oder ich zog, wenn das Boot vor dem leichten Nachtwinde dahintrieb, eine sechzig Fuß lange Angelschnur durch den Teich und fühlte ab und zu, wie ein leises Zittern an ihr entlang lief, welches mir anzeigte, daß sich ans Ende der Schnur ein Stück Leben voll stumpfen, ungewissen und blinden Begehrens heimlich heranschlich und schwerfällig einen Entschluß faßte. Mit seltsamem Erschauern spürte ich, zumal in dunklen Nächten, wenn die Gedanken mit unergründlichen und kosmogonischen Problemen in andere Sphären gewandert waren, dieses leichte Jucken, das meine Träume unterbrach und mich wieder mit der Natur verband. Ich dachte, daß ich meine Angel ebensogut in die Luft hinauswerfen könne, wie hinein in das kaum dichtere Element. So fing ich zwei Fische mit einer Angel.

Die Landschaft, die den Waldenteich umgibt, ist bescheiden und läßt sich, obwohl sie große Schönheiten aufweist, doch nicht als erhaben bezeichnen. Auch vermag sie den Menschen, der sie nicht häufig besucht oder am Ufer gewohnt hat, nicht sonderlich zu interessieren. Der Teich aber ist wegen seiner Tiefe und Klarheit so merkwürdig, daß er eine besondere Beschreibung verdient. Er ist eine klare und tiefe, grüne Quelle, welche eine halbe Meile lang ist, einunddreiviertel Meilen im Umkreis mißt und ungefähr einundsechzig und einen halben Morgen bedeckt: eine dauernde Quelle zwischen Tannen- und Eichenwäldern, ohne Zufluß und ohne Abfluß außer durch Wolken und Verdunstung. Die umliegenden Hügel steigen vom Wasser aus steil bis zur Höhe von vierzig oder achtzig Fuß empor. Nur im Osten und Südosten erreichen sie innerhalb einer Viertel- oder Drittelmeile eine Höhe von ungefähr hundert bis hundertundfünfzig Fuß. Alle sind mit Wäldern bedeckt. All unsere Gewässer in Concord zeigen wenigstens zwei Farben; die eine erkennt man am besten aus der Ferne, die andere, natürlichere, besser in der Nähe. Die erste hängt mehr vom Licht ab und ist dem Himmel verschwistert. An klaren Sommertagen sehen die Gewässer in der Nähe, hauptsächlich wenn sie bewegt sind, blau aus, in größerer Entfernung stehend bemerkt man jedoch keinen Unterschied zwischen ihnen. Bei stürmischem Wetter haben sie bisweilen eine dunkle Schieferfärbung. Man behauptet übrigens, daß die See an einem Tage blau, am anderen grün aussieht, ohne daß eine wahrnehmbare Veränderung in der Atmosphäre sich ereignet hätte. War die Landschaft mit Schnee bedeckt, dann sah das Eis und das Wasser unseres Teiches fast so grün wie Gras aus. Einige glauben, daß „blau die Farbe des reinen Wassers, des flüssigen oder des festen sei“. Sieht man jedoch vom Boot aus direkt in unsere Gewässer hinein, so bemerkt man, daß sie sehr verschiedene Farben besitzen. Der Waldenteich ist, von demselben Ort aus betrachtet, das eine Mal blau und das andere Mal grün. Da er zwischen Himmel und Erde liegt, vereint er die Farben der beiden in sich. Sieht man ihn von einer Hügelkuppe aus, dann spiegelt er die Himmelsfarbe wieder; in der Nähe gesehen, zeigt er unmittelbar am Ufer, dort wo man den sandigen Grund erkennen kann, eine gelbliche Färbung; dann folgt ein Hellgrün und dieser Farbenton geht allmählich nach der Teichmitte zu in ein gleichmäßiges Dunkelgrün über. Es gibt jedoch Beleuchtungen, wo er, auch von einer Hügelkuppe aus gesehen, nahe am Ufer lebhaft grün gefärbt ist. Man hat dies Phänomen oft auf die Spiegelung der grünen Pflanzenwelt am Ufer zurückgeführt. Er ist aber gerade so grün dort, wo am Ufer der sandige Eisenbahndamm sich erstreckt, gerade so grün im Frühling, wenn die Blätter sich noch nicht entfaltet haben. So ist diese Erscheinung wohl nur das Resultat einer Mischung des kräftigeren Blau mit dem Gelb des Teichsandes. Also so sieht seine Iris aus! Das ist auch die Stelle, wo im Frühling das Eis, wenn es durch die vom Grunde zurückgestrahlte und von der Erde fortgepflanzte Sonnenglut erwärmt wurde, zuerst schmilzt und um die noch zugefrorene Mitte einen schmalen Kanal bildet. Wie unsere übrigen Gewässer zeigt der Teich bei klarem Wetter und bei lebhafter Brise, wenn die Oberflächen der Wellen den Himmel im rechten Winkel spiegeln können, oder weit mehr Licht sich mit ihm vereint, ein tieferes Blau als der Himmel selbst. War ich zu einer solchen Zeit auf dem Teich und sah mit geteiltem Blick hinein, um gleichzeitig die Reflexe wahrzunehmen, so bemerkte ich manchmal ein wunderbares, unbeschreibliches Hellblau, das blauer war wie der Himmel selbst – Moiré- oder Changeantseide oder eine Degenklinge können vielleicht für einen Augenblick einen solchen Farbenton hervorzaubern – und dieses Blau, welches mit dem ursprünglichen Grün der entgegengesetzten Seite abwechselte, war so leuchtend, daß das Grün relativ stumpf anmutete. Es war, soweit ich mich erinnern kann, ein glasartiges Grünblau, und glich jenen wolkenlosen Stellen, die man am Winterhimmel westwärts bisweilen vor Sonnenuntergang sieht. Im Glasgefäß erscheint jedoch dieses Teichwasser gegen das Licht gehalten geradeso farblos wie die gleiche Menge Luft. Man weiß, daß eine dicke Glasplatte einen grünen Farbenton besitzt (die Fachleute sagen: „der Körper ist grün"), daß aber ein kleines Stück dieser Platte farblos ist. Wie stark der „Körper" des Waldenwassers sein muß, um grüne Färbung anzunehmen, habe ich nie erprobt. Das Wasser unseres Flusses ist, wenn man unmittelbar von oben hineinsieht, schwarz oder tief dunkelbraun; es verleiht, wie das Wasser der meisten Teiche, dem Körper des darin Badenden einen gelblichen Ton. Dieses Wasser ist jedoch so kristallklar, daß der Körper des Badenden – weiß wie Alabaster leuchtet. Das sieht noch unnatürlicher aus und macht, da die Gliedmaßen drinnen vergrößert und verzerrt erscheinen, einen geradezu monströsen Eindruck. Ein Michelangelo könnte hier passende Studien machen.

Das Wasser ist so durchsichtig, daß der Grund ohne Mühe bei einer Tiefe von fünfundzwanzig bis dreißig Fuß gesehen werden kann. Beim Rudern erblickt man viele Fuß unter der Oberfläche Scharen von Barschen und Weißfischen, die meistens nur einen Zoll lang sind. Trotzdem kann man die Barsche leicht an ihrer Querstreifung erkennen. Fische, die hier ihre Nahrung finden, müssen Asketen sein, so dachte ich bei mir. Ich hatte einst vor vielen Jahren im Winter Löcher ins Eis gehackt, um Grashechte zu fangen. Als ich hierauf ans Ufer ging, stieß ich zufällig gegen meine Axt, die auf das Eis fiel und wie von einem bösen Geist getrieben, sechzig bis neunzig Fuß weit darüber hinglitt, um alsbald in einem der Löcher – dort, wo das Wasser fünfundzwanzig Fuß tief war – zu verschwinden. Neugierig legte ich mich auf das Eis nieder und sah so lange in die Öffnung hinein, bis ich die Axt auf der einen Seite entdeckte. Sie stand auf dem Kopf und streckte den Stiel, der mit dem Puls des Teiches leicht hin und her schwankte, in die Höhe. Da hätte sie nun stecken und hin und her pendeln können, bis der Stiel vermodert wäre, wenn ich mich nicht eingemischt hätte. Unmittelbar über ihr machte ich ein zweites Loch – ich hatte einen Eismeißel bei mir – schnitt mit meinem Messer die längste Birke, die ich in der Nähe finden konnte, ab, befestigte an ihrem Ende eine Fadenschlinge, tauchte dieses Instrument behutsam in die Flut, ließ die Schlinge über den Kopf des Stieles gleiten, zog sie zu und holte meine Axt an der Birke herauf.

Nur an zwei Stellen des Ufers befinden sich Sandbänke. Im übrigen wird es von einem Gürtel glatter, runder, weißer Steine eingefaßt, die Pflastersteinen gleichen, und ist so steil, daß einem an vielen Stellen schon beim ersten Sprung das Wasser über den Kopf reicht. Wäre der Teich nicht so außerordentlich klar, so könnte man von seinem Grund von hier aus nichts mehr erkennen bis dorthin, wo er am entgegengesetzten Ufer sich wieder zu erheben beginnt. Manche halten den Teich für unergründlich tief. Er ist nirgends schlammig und ein oberflächlicher Beobachter könnte behaupten, daß keine Pflanzen in ihm wachsen. Auch bei genauer Untersuchung findet man (ich sehe von den kleinen Wiesen, die erst kürzlich überschwemmt wurden, ab) keine bemerkenswerten Pflanzen, keine Schwertlilien und Flatterbinsen, nicht einmal gelbe oder weiße Wasserlilien, sondern nur einige Herzblätter, Potamagetonenund vielleicht ein paar Exemplare von *Brasenia pellata*.Diese Pflanzen sind jedoch so klar und durchsichtig wie das Element, in dem sie wachsen; drum würde sie der Badende kaum bemerken. Die Steine erstrecken sich ungefähr sechzehn bis dreißig Fuß weit in das Wasser hinein, dann beginnt reiner Sandboden. Nur an den tiefsten Stellen findet sich gewöhnlich etwas Bodensatz, wahrscheinlich aus den Zerfallsprodukten der Blätter gebildet, die im Herbst gar manches Jahr in den Teich geweht wurden. Eine hellgrüne Wasserpflanze wird selbst mitten im Winter mit dem Anker heraufgebracht.

Es gibt einen anderen Teich, der diesem genau gleicht: *White Pond* im *Nine-acre-corner*. Er liegt ungefähr zwei und eine halbe Meile westlich. Doch wenn ich auch fast alle Teiche im Umkreis von einem Dutzend Meilen kenne, so weiß ich doch keinen dritten zu nennen, der diesen reinen, quellenartigen Charakter hat. Manches Volk trank daraus, bewunderte ihn, maß seine Tiefe und schwand dahin, und noch immer ist sein Wasser so grün und durchsichtig wie je. Das ist keine intermittierende Quelle! Vielleicht war an jenem Frühlingsmorgen, als Adam und Eva aus dem Paradies vertrieben wurden, der Waldenteich schon vorhanden! Vielleicht plätscherten schon damals im leisen Frühlingsregen, bei Nebel und Südwind seine Wellen, und trugen Tausende von Enten und Gänsen, die nichts vom Sündenfall wußten und noch an solch reinen Gewässern ihre Freude hatten! Schon damals hatte er begonnen zu steigen und zu fallen, hatte seine Wasser geklärt und ihnen jenen Farbenton gegeben, den sie noch heute tragen. Der Himmel hatte ihm ein Patent verliehen, daß er der einzige Waldenteich sein und den Tau des Himmels destillieren solle. Wer kennt die vielen verschollenen Völker, in deren Literatur er der kastalische Quell war? Wer die Nymphen, die im goldenen Zeitalter über ihn herrschten? Ein Edelstein von reinstem Wasser schmückt Concords Krone!

Vielleicht haben die Menschen, die zuerst zu diesem Quell kamen, schwache Spuren ihrer Fußstapfen hier zurückgelassen. Ich war erstaunt, als ich rund um den Teich herum – selbst dort, wo hart am Ufer ein dichter Wald vor kurzem erst den Äxten weichen mußte – einen schmalen Bergpfad am steilen Abhang entdeckte, der, bald steigend, bald fallend, bald nahe am Wasser, bald mehr abseits liegend, vielleicht so alt ist wie das Menschengeschlecht hier. Ihn schufen die Füße der eingeborenen Jäger und instinktiv wird er noch heute von den Bewohnern des Landes von Zeit zu Zeit benutzt. Wenn man im Winter, gerade nach einem leichten Schneefall, mitten auf dem Eise steht, dann ist dieser Pfad vollkommen deutlich als weiße Wellenlinie sichtbar; er wird dann nicht durch Unkraut und durch Zweige verdeckt, sondern tritt gerade dort, wo man ihn im Sommer und in geringerer Entfernung nicht zu lokalisieren vermag, klar hervor. Der Schnee gibt ihn in neuer Auflage heraus, druckt ihn in klaren weißen Hochrelief-Typen. Vielleicht werden die kunstvoll angelegten Gärten der Landhäuser, die man dereinst hier errichten wird, ein Stück von ihm bewahren.

Der Teich steigt und fällt; ob dies regelmäßig und innerhalb welcher Periode es geschieht, weiß jedoch kein Mensch, wenn auch natürlich viele behaupten, es zu wissen. Meistens ist er im Winter höher, im Sommer niedriger, doch lassen sich hieraus auf Regen oder Trockenheit keine Schlüsse ziehen. Ich kann mich erinnern, daß er einmal zwei Fuß niedriger, ein anderes Mal fünf Fuß höher war als zu der Zeit, wo ich an seinem Ufer wohnte. Eine schmale Sandbank erstreckt sich in ihn hinein; an ihrer einen Seite ist das Wasser sehr tief. Dort – ungefähr neunzig Fuß vom Hauptufer entfernt – half ich im Jahre 1824 einen Kessel voll Chowderkochen. Das wäre in den folgenden fünfundzwanzig Jahren unmöglich gewesen. Andererseits machten meine Freunde ungläubige Gesichter, wenn ich ihnen sagte, daß ich einige Jahre später vom Boot aus in einer abgelegenen Waldbucht, ungefähr 240 Fuß von dem einzigen, *ihnen* bekannten Ufer entfernt, zu fischen pflegte, an einer Stelle, die jetzt längst in eine Wiese verwandelt ist. In den letzten zwei Jahren ist der Teich jedoch beständig gestiegen und jetzt im Sommer 1852 genau um fünf Fuß höher wie damals, als ich dort wohnte; er hat also die gleiche Höhe wie vor dreißig Jahren und wieder einmal wird auf der Wiese gefischt. Das macht eine maximale Differenz von sechs oder sieben Fuß. Da jedoch die umliegenden Höhen als Wasserscheide kaum in Betracht zu ziehen sind, so muß dieser Hochstand auf

Ursachen zurückgeführt werden, welche den tieferen Quellen entstammen. Gerade in diesem Sommer hat der Teich wieder angefangen zu fallen. Es ist interessant, daß diese Schwankung – einerlei, ob sie periodisch ist oder nicht – sich im Verlauf so vieler Jahre abspielt. Ich habe *ein* Steigen und ein zweimaliges, teilweises Fallen beobachtet, und ich vermute, daß nach weiteren zwölf oder fünfzehn Jahren das Wasser wieder so tief stehen wird, wie ich es einstens sah. Flints Teich, der eine Meile östlich liegt, sympathisiert, auch wenn man die durch Zuflüsse und Abflüsse hervorgerufene Niveauschwankung in Rechnung zieht, gerade wie auch die kleineren dazwischen liegenden Teiche mit dem Waldensee; er erreichte kürzlich seine höchste Höhe zu derselben Zeit wie sein westlicher Nachbar. Das gleiche kann man, soweit meine Beobachtungen reichen, vom Whiteteich sagen.

Das Steigen und Fallen des Waldenteiches, das in langen Zwischenräumen vor sich geht bringt wenigstens einen Vorteil: Wenn das Wasser ein Jahr oder länger seinen Hochstand beibehält, wird der Spaziergang um den See allerdings etwas erschwert, die Sträucher und Bäume aber, die am Uferrand seit seinem letzten Steigen emporsproßten, die Harztannen, Birken, Erlen und Espen und manche andere sterben ab, – ein freies Ufer bleibt zurück. So kommt es, daß sein Ufer im Gegensatz zu manchen Teichen und allen Gewässern, die täglich Ebbe und Flut aufweisen, am reinsten ausschaut, wenn das Wasser am tiefsten steht. An der einen Seite des Teiches wurde eine Anzahl Harztannen, die fünfzehn Fuß hoch waren, getötet, wie mit einem Hebeeisen umgelegt und so ihren wachsenden, widerrechtlichen Übergriffen auf fremdes Gebiet ein Ziel gesetzt. Ihre Größe deutet indessen darauf hin, wieviele Jahre seit dem letzten Ansteigen bis zu diesem Hochstand verflossen sind. Durch diese Niveauschwankungen betont der Teich sein Hoheitsrecht über den Uferwall; der *Wall* wird *verwüstet* und Bäume nicht an ihm geduldet. Diese Ufer sind die Lippen des Sees, auf dem kein Bart wächst. Er leckt sich von Zeit zu Zeit den Mund ab. Wenn das Wasser am höchsten steht, dann schicken Erlen, Weiden und Ahornbäume eine Menge faseriger, roter Wurzeln, die mehrere Fuß lang sind, von allen Seiten ihres Stammes in das Wasser hinein bis zu einer Tiefe von drei bis vier Fuß über dem Boden, um mit aller Kraft ihren Platz zu behaupten. Ich beobachtete, daß Blaubeerenbüsche, die gewöhnlich keine Früchte zeitigten, unter diesen Umständen reichliche Ernte lieferten.

Manche Leute suchen mit Eifer zu ergründen, warum das Ufer so regelmäßig gepflastert ist. Im ganzen Landbezirk kennt indessen ein jeder die Überlieferung, die den ältesten Einwohnern bereits in ihrer Jugendzeit erzählt wurde. In grauer Vorzeit sollen nämlich die Indianer auf diesem Hügel, der so hoch zum Himmel emporragte wie der Teich jetzt in die Erde sinkt, einen *Pow-wow*veranstaltet haben, wobei es ein arges Lästern und Fluchen gab. So erzählt die Legende, obwohl die Indianer diese Untugend niemals kannten. Da habe der Hügel plötzlich gebebt und sei versunken. Nur eine alte Squaw, Walden mit Namen, sei entkommen und nach ihr sei der See genannt. Man hat nun angenommen, daß bei dem Erdbeben Steine den Hügelhang hinunterrollten und das jetzige Ufer bildeten. Jedenfalls ist mit Bestimmtheit anzunehmen, daß einst kein Teich hier vorhanden war, und daß jetzt einer vorhanden ist. Und somit widerspricht die indianische Legende in keiner Weise der Erzählung des vorher erwähnten alten Ansiedlers: er konnte sich noch recht gut daran erinnern, daß ein leichter Dampf vom grünen Erdboden emporstieg, als er mit seiner Wünschelrute hier ankam. Und da die Rute vom Haselnußbaum beständig auf den Boden deutete, beschloß er hier eine Quelle zu graben. Allerdings glauben noch manche, daß die Anordnung der Steine kaum durch die Wirkung der Wellen auf diesen Hügel zustande gebracht sei. Ich habe jedoch beobachtet, daß die umliegenden Hügel ganz besonders reich an Steinen gleicher Art sind, so daß man sie dort, wo die Eisenbahn nahe am See verläuft, zu beiden Seiten des Dammes mauergleich aufschichten mußte. Und noch einen Umstand möchte ich hervorheben: Die meisten Steine befinden sich dort, wo das Ufer am steilsten ist. Es liegt also für mich hier – leider – kein Problem vor. Ich kenne den Pflasterer. Wenn der Name nicht von irgend einer englischen Ortsbezeichnung abgeleitet ist, z. B. von Saffron Walden, so ist vielleicht die Annahme berechtigt, daß der Teich ursprünglich *Walled-in-Pond* – eingemauerter Teich – geheißen hat.

Der Teich war meine, für mich gegrabene Quelle. Vier Monate im Jahr ist das Wasser so kalt wie es zu allen Zeiten klar ist; dann ist es meiner Ansicht nach ebenso gut, wenn nicht besser, als irgend ein anderes im ganzen Bezirk. Jedes Wasser, welches der Luft ausgesetzt ist, hat im Winter niedrigere Temperatur als vor Luft geschütztes Quellwasser. Die Temperatur des Teichwassers, das in dem Zimmer aufbewahrt wurde, in welchem ich von fünf Uhr vormittags bis zum Mittag des nächsten Tages verweilt hatte, betrug am 6. März 1846, während das Thermometer inzwischen auf 65 bis 70° Fahrenheit gestiegen war (hauptsächlich, weil die Sonne aufs Dach schien), 42°, war somit um einen Grad niedriger als die Temperatur des kältesten Quellwassers im Dorf, das gerade geschöpft war. Die Temperatur der Boilingquelle, deren Wasser hier als das wärmste gilt, betrug an demselben Tage 45°, obwohl ihr Wasser im Sommer kälter ist als das aller anderen mir bekannten Quellen, wenn, nebenbei bemerkt, seichtes und stagnierendes Oberwasser nicht zufällig mitgeschöpft wurde. Übrigens ist im Sommer das Waldenwasser wegen seiner großen Tiefe nie so warm, wie das der meisten Gewässer, welche der Sonne ausgesetzt sind. An warmen Tagen stellte ich meistens einen Eimer voll in meinen Keller, wo es während der Nacht abkühlte und tagsüber so blieb. Doch nehme ich auch eine Quelle in der Nähe in Anspruch. Das Wasser war nach 8 Tagen noch gerade so frisch, wie an dem Tage, wo ich es schöpfte und schmeckte nicht nach der Pumpe. Wer im Sommer eine Woche lang am Teichufer verweilt, braucht nur einen Eimer mit Wasser ein paar Fuß tief im Schatten seines Lagers einzugraben, um den Luxus des Eises entbehren zu können.

Im Waldenteich hat man sieben Pfund schwere Grashechte gefangen. Von dem Exemplar, das die Fischschnur mit größter Schnelligkeit ablaufen machte und das vom Fischer mit Bestimmtheit auf acht Pfund veranschlagt wurde – weil er es nicht sah – will ich ganz absehen. Außerdem fängt man Barsche, Bricken, die mehr als zwei Pfund wiegen, Weißfische und Rochen *(Leuciscus pulchellus)*, sehr selten Brasse und ab und zu Aale, wovon der eine vier Pfund schwer war. Ich berichte darüber so genau, weil das Gewicht des Fisches meistens der einzige Anlaß ist, ihm ein Loblied zu singen, und weil dies die einzigen Aale waren, von denen ich hier gehört habe. Ich selbst erinnere mich indessen dunkel an einen kleinen, ungefähr fünf Zoll langen Fisch, dessen Seiten silberglänzend, dessen Rücken grünlich war; er glich in seinem Aussehen etwas dem Weißfisch und ich erwähne ihn hauptsächlich deshalb hier, um all den Fischerlegenden *eine* Tatsache gegenüberzustellen. Im großen und ganzen ist der Teich nicht allzu fischreich. Die Grashechte, die auch nicht in übergroßer Menge vorhanden sind, machen seinen Hauptstolz aus. Ich habe einmal, der Länge nach auf dem Eise liegend, wenigstens drei verschiedene Arten dieses Fisches beobachtet: einen langen, schmalen, stahlfarbigen, der mit dem Flußhecht viel Ähnlichkeit hatte, einen hellgoldenen, mit grünlichen Reflexen, der ganz in der Tiefe schwamm, er gehört zu der Art, die hier am häufigsten ist, und einen dritten, goldfarbigen, der wie der zweite gebaut war, aber an den Seiten kleine dunkelbraune oder schwarze Flecken aufwies, die, ähnlich wie bei der Forelle, mit blutroten Tupfen untermischt waren. Für diese Sorte paßt der eigentliche Name *"reticulatus"* nicht, *"guttatus"* wäre richtiger. All diese Fische sind fest gebaut und wiegen mehr, als ihre Größe verspricht. Die Weißfische, Bricken und auch die Barsche, ja, alle Fische, die diesen Teich bevölkern, sind reiner, schöner und von festerem Fleisch als diejenigen im Flusse und in anderen Teichen, weil das Wasser reiner ist. Man kann sie daher leicht von anderen unterscheiden. Ichthyologen würden wahrscheinlich einige von ihnen als neue Spielarten beschreiben. Auch ein sauberes Geschlecht von Fröschen und Schildkröten und einige zweischalige Muscheln gibt es im Teich. Bisamratten und Nörzwiesellassen hier Spuren zurück und gelegentlich besucht ihn eine wandernde Schlammschildkröte. Wenn ich frühmorgens mein Boot ins Wasser schob, störte ich ab und zu ein großes Exemplar dieser Tiere auf, das sich während der Nacht darunter verborgen hatte. Im Frühjahr und im Herbst besuchten Enten und Gänse den Teich, die weißbrüstige Schwalbe (*hirundo bicolor*) schwebt über ihn dahin und die Sumpflerchen (*totanus macularius*) „wippen" während des ganzen Sommers am steinigen Ufer. Manchmal scheuchte ich einen Fischadler auf, der auf einer Weißtanne über dem Wasser saß; im übrigen glaube ich kaum, daß der Waldenteich wie Fair Haven je durch die Flügel einer Möve entweiht wurde. Er duldet höchstens einmal im Jahre einen Taucher. Und damit sind alle wichtigen Tiere, die ihn häufig zu besuchen pflegen, genannt.

Bei ruhigem Wetter sieht man vom Boot aus nahe am sandigen, östlichen Ufer, wo das Wasser acht bis zehn Fuß tief ist, und auch an anderen Stellen des Teiches einige kreisrunde Haufen, deren Durchmesser sechs Fuß und deren Höhe einen Fuß beträgt. Diese Haufen bestehen aus kleinen Steinen, die kaum so groß sind wie ein Hühnerei, während ringsherum nur Sand liegt. Im ersten Augenblick fragt man sich voll Erstaunen, ob diese Steine vielleicht von Indianern zu irgend einem Zweck aufs Eis gelegt wurden und hernach, als das Eis schmolz, zu Boden gesunken sind. Dem widerspricht jedoch die allzu regelmäßige Anordnung und einige dieser kreisrunden Haufen sehen auch tatsächlich zu frisch aus. Sie ähneln denen, die man in Flüssen findet. Da aber Sauger und Lampreten hier nicht vorkommen, so weiß ich nicht, welcher Fisch sie baut. Vielleicht sind sie die Nester des Chivin, des Döbel.Sie verleihen dem Grunde etwas Geheimnisvolles, Anziehendes.

Das Ufer ist unregelmäßig genug, um nicht monoton zu wirken. Klar sehe ich es vor meinem inneren Auge liegen: tiefe Buchten im Westen, im Norden fast grotesk, im Süden lieblich ausgezackt, dort wo eine Hügelspitze eine andere, vor ihr liegende, überragt und den Gedanken an unerforschte Buchten zwischen waldigen Hügeln erweckt. Nie hat der Wald eine solch herrliche Fassung, nie tritt seine Schönheit so klar hervor, als dort, wo man ihn von der Mitte eines kleinen Teiches aus zwischen Hügeln sieht, die vom Uferrande emporsteigen. Denn nicht nur die Fluten, in denen der Wald sich spiegelt, bilden in diesem Falle den Vordergrund, nein, auch die Wellenlinien des Ufers stellen seine natürlichste und anmutigste Grenze dar. Keine plumpe und unvollkommene Linie ist an seinem Rand zu sehen, wie dort, wo die Axt eine Lichtung schuf, oder dort, wo ein bebautes Feld ihn begrenzt. Für die Bäume ist genügend Raum vorhanden, sich nach dem Wasser hin auszubreiten und dorthin sendet ein jeder seinen kräftigsten Zweig. Hier erblickt das Auge einen natürlichen Saum, den die Natur gewoben hat und der von den niedrigsten Sträuchern bis zu den höchsten Bäumen harmonisch ansteigt. Von Menschenhänden gibts hier nur wenige Spuren. Das Ufer wird vom Wasser gerade wie vor tausend Jahren bespült.

Ein See ist der schönste, strahlendste Schmuck einer Landschaft. Er ist der Erde Auge. Wer hineinschaut, mißt die Tiefe seines eigenen Wesens. Die Bäume, die das Ufer umrahmen, sind seine schlanken Wimpern, die waldigen Hügel und Klippen gleichen den schützenden Augenbrauen.

Wenn ich an einem ruhigen Septembernachmittag auf dem ebenen, sandigen Ufer am östlichen Ende des Teiches stand, während ein leichter Dunsthauch die Konturen des gegenüberliegenden Ufers verschleierte, dann erkannte ich, woher der Ausdruck „glasige Oberfläche eines Teiches“ stammt. Wendet man den Kopf zur Seite, so gleicht der See einem feinsten Sommerfaden, der über das Tal hinweggespannt ist, sich glitzernd vom gegenüberliegenden Tannenwald abhebt und eine Luftschicht von der anderen trennt. Man glaubt, daß man trockenen Fußes darunter zu den gegenüberliegenden Hügeln wandern könne, daß die Schwalben, die darüber hin flattern, sich auf ihm ausruhen werden. Manchmal tauchen sie auch, wie aus Versehen, unter die Oberfläche, um sofort eines Besseren belehrt zu werden. Will man gen Westen über den Teich blicken, so muß man die Augen mit beiden Händen beschatten zum Schutz gegen die wirkliche Sonne und gegen ihr Spiegelbild, denn beide sind gleich blendend. Betrachtet man zwischen diesen beiden Sonnen die Oberfläche scharf, so ist sie tatsächlich so glatt wie Glas, nur dort nicht, wo die Wasserläuferinsekten, in gleichmäßigen Zwischenräumen über den ganzen Teich verteilt, durch ihre Bewegungen die denkbar feinsten Glanzlichter im Sonnenschein hervorbringen, auch dort nicht, wo eine Ente ihr Gefieder putzt oder eine Schwalbe so niedrig fliegt – ich erwähnte das schon –, daß ihre Flügel die Fluten berühren. Weit vom Ufer entfernt beschreibt bisweilen ein Fisch einen Bogen von drei bis vier Fuß durch die Luft: ein heller Blitz zuckt an der Stelle auf, wo das Tier emportaucht, ein zweiter, wo es das Wasser wieder berührt. Bisweilen wird der ganze Silberbogen deutlich sichtbar. Hier und dort schwimmt ein Stückchen Distelwolle auf dem Wasserspiegel. Fische schießen pfeilschnell darauf los, so daß die Wellen leicht sich kräuseln. Wie geschmolzenes, erkaltetes aber nicht erstarrtes Glas liegt der Teich da. Die wenigen Stäubchen darauf sind so klar und schön wie die Unvollkommenheiten im Glase. Manchmal kann man auch ein noch glatteres, dunkleres Wasser entdecken: ein unsichtbares Spinngewebe dient hier als Hafenbaum, um den Ruheplatz der Nymphen von dem übrigen Wasser abzugrenzen. Von einer Hügelspitze aus sieht man fast überall die Fische springen. Denn weder ein Grashecht noch ein Weißfisch erhascht auf dieser glatten Oberfläche ein Insekt, ohne das Gleichgewicht des ganzen Teiches zu stören. Es ist wundervoll, wie genau diese einfache Tatsache nach allen Richtungen hin verkündet wird – dieser Mörder in Fischgestalt kann nichts heimlich tun – und von meiner hohen Warte kann ich in der Ferne die Wellenkreise unterscheiden, wenn ihr Durchmesser auch neunzig Fuß beträgt. Ich kann sogar eine Wasserwanze *(Gyrinus)* aus der Entfernung von einer Viertelmeile sehen, die unaufhörlich über den glatten Spiegel dahinläuft, denn diese Tiere furchen das Wasser leicht, ein feines Gekräusel zeigt sich auf der Oberfläche, das von zwei divergierenden Linien begrenzt wird. Die Wasserläufer aber gleiten dahin, ohne das Wasser wahrnehmbar zu bewegen. Ist der See nicht ganz ruhig, dann gibt es weder Wasserläufer noch Wasserwanzen auf ihm. An windstillen Tagen dagegen verlassen sie ihren Hafen, fahren voll Abenteuerlust mit kurzen Stößen vom Ufer ab, bis sie scharenweise den ganzen Teich bedecken. Es wirkt beruhigend, wenn man, wie ich, an einem jener schönen Herbsttage, wo man die Sonnenwärme vollauf zu schätzen weiß, hoch oben auf einem Baumstumpf sitzend den Teich überblickt und die Wellenkreise beobachtet, die ohne Unterlaß auf die sonst unsichtbare Oberfläche zwischen dem Spiegelbild des Himmels und der Bäume gezeichnet werden. Auf dieser weiten Fläche wird jede eintretende Störung sogleich mild besänftigt und beseitigt: ein Glas mit Wasser ward geschüttelt, zitternd suchten die Kreise das Ufer – und unbewegt ist alles wie zuvor. Ob ein Fisch springt oder ein Insekt in den Teich fällt: leichtes Gekräusel zieht seine Kreise und gibt hiervon Kunde in Linien voll Schönheit, gemahnt an einen ewig fließenden Quell, an den leisen Pulsschlag seines Lebens, an das Heben und Senken seiner Brust. Der Freudenschrei und Schmerzensschrei sind nicht zu unterscheiden. Wie friedlich ist des Teiches Leben! Wieder leuchten die Werke der Natur wie zur Frühlingszeit. Ja! Jedes Blatt und jeder Zweig, jeder Stein und jedes

Spinnengewebe glänzt jetzt mitten am Nachmittage, als läge überall eines Frühlingsmorgens Tau. Jede Bewegung eines Ruders oder eines Insektes erzeugt einen Lichtblitz. Und wenn ein Ruder eintaucht – wie hallt das Echo so hold!

An solch einem Nachmittage im September oder Oktober ist der Waldenteich ein vollkommener Waldspiegel, umrahmt von Steinen, die mein Auge so entzücken, als ob davon nur wenige von hohem Wert auf dieser Welt vorhanden wären. Vielleicht ist auf Erden nichts so schön, so rein und zugleich so groß wie der See. Himmelswasser! Es braucht keinen Schutz. Völker kommen und Völker gehen, ohne es zu trüben. Es ist ein Spiegel, den kein Stein zertrümmert, dessen Quecksilber nie sich abnutzt, dessen Vergoldung die Natur beständig ausbessert, ein Spiegel, dessen allzeit klare Fläche kein Sturm, kein Staub je trüben kann, in dem alles Unreine, was mit ihm in Berührung kommt, zu Boden sinkt, ein Spiegel, den die Sonne mit ihrem dampfenden, schimmernden Staubtuch säubert und putzt. Kein Hauch, der auf ihm sich niederschlägt, bleibt haften, nein, er sendet vielmehr den eigenen Atem empor, damit er als Wolke hoch über ihm schwebe und in seinem Schoß sich noch wiederspiegele.

Eine Wasserfläche verrät den Geist, der in der Luft ist. Von oben her erhält sie stets neues Leben und neue Bewegung. Sie ist ihrer Natur nach ein Mittelding zwischen Himmel und Erde. Auf dem festen Lande wogen nur Gras und Bäume, das Wasser selbst wird jedoch vom Winde bewegt. Lichtstreifen und Lichtblitze verkünden mir, wie die Brise über den See streicht. Es ist seltsam, daß wir auf seine Oberfläche herniederblicken können. Wir werden vielleicht eines Tages auch auf die Oberfläche der Luft herniederschauen und die Stelle sehen, wo ein noch feinerer Geist darüber hin schwebt.

Die Wasserläufer und Wasserwanzen verschwinden Ende Oktober, wenn die heftigen Nachtfröste beginnen, gänzlich. Dann ist, gerade wie an windstillen Novembertagen, meistens nichts vorhanden, was die Oberfläche kräuseln könnte. An einem Novembernachmittag bemerkte ich während der Windstille, die mehrtägigen Regenstürmen folgte, bei bedecktem Himmel und nebeliger Luft eine außerordentliche Glätte des Teiches. Seine Oberfläche war daher nur mit Mühe zu erkennen, obwohl er nicht mehr die leuchtenden Farben des Oktobers, sondern die dunkelen Novemberfarben der umliegenden Hügel wiederspiegelte. Trotzdem ich so behutsam wie nur möglich auf ihm dahinruderte, dehnten sich doch die kleinen Wellen, die mein Boot verursachte, fast so weit wie ich sehen konnte aus, und verliehen den Spiegelbildern ein geripptes Aussehen. Und als ich über die Oberfläche hinsah, bemerkte ich hier und dort ein schwaches Leuchten. Ich dachte, daß einige Wasserläuferinsekten, die dem Frost entgangen waren, sich dort versammelt hätten, oder daß vielleicht die jetzt so glatte Oberfläche verraten wolle, wo am Grund eine Quelle springe. Langsam ruderte ich nach einer dieser Stellen und sah mich dort zu meinem Erstaunen von Myriaden kleiner, ungefähr fünf Zoll langer Barsche von tiefer Bronzefarbe umschwärmt, die in der grünen Flut sich vergnügten, fortwährend zur Oberfläche emporstiegen, leises Gekräusel daselbst verursachten und manchmal Bläschen dort zurückließen. Auf solch durchsichtigem und scheinbar bodenlosem Wasser, das die Wolken wiederspiegelt, glaubte ich in einem Ballon durch die Lüfte zu schweben; das Schwimmen der Fische schien mir ein Fliegen, ein Schweben zu sein. Sie glichen einem dichten Schwarm von Vögeln in ihnen, die rechts und links gerade unter meiner Gondel dahinzogen. Ihre ausgebreiteten Flossen machten auf mich den Eindruck von Flügeln. Solche Schwärme gab es in großer Anzahl im Teich. Sie nutzten augenscheinlich nach besten Kräften die kurze Zeit aus, ehe noch der Winter seine Fensterladen aus Eis über ihr breites Oberlicht zog. Manchmal sah es aus, als ob eine leichte Brise über den Wasserspiegel lief oder einige Regentropfen auf ihn niederfielen. Wenn ich mich unvorsichtig einem Schwarme näherte, dann verursachten die Tiere mit ihren Schwänzen ein plötzliches Aufspritzen und Gekräusel des Wassers, daß man glauben konnte, jemand habe mit einem buschigen Zweig darauf geschlagen. Dann verschwanden sie sofort in der Tiefe. Endlich erhob sich ein Wind, der Nebel nahm zu, die Wellen begannen zu wachsen und die Barsche sprangen höher denn zuvor. Hunderte von schwarzen, drei Zoll langen Punkten befanden sich gleichzeitig über der Oberfläche. Selbst am fünften Dezember sah ich noch einmal einige Tüpfelchen über dem Wasserspiegel. Da die Luft nebelig war und ich glaubte, es würde sogleich ein heftiger Regen niederfallen, ergriff ich schleunigst die Ruder und begann heimzufahren. Der Regen schien auch wirklich bald ärger zu werden, obwohl ich ihn noch nicht an meinen Wangen spürte, und ich machte mich schon auf eine gehörige Durchnässung gefaßt. Doch plötzlich verschwanden die Tüpfelchen: Barsche, die durch das Geräusch der Ruder in die Tiefe verscheucht wurden, hatten sie verursacht. Undeutlich konnte ich noch gerade erkennen, wie ihr Schwarm in der Tiefe verschwand. So verbrachte ich doch noch einen trockenen Nachmittag.

Ein alter Mann, der vor sechzig Jahren den Waldenteich häufig besuchte, zu einer Zeit, wo die dichten umliegenden Wälder dem See noch ein dunkeles Aussehen gaben, erzählte mir, daß er ihn in diesen Tagen mit Enten und anderen Wasservögeln dicht bedeckt fand, und daß es hier viele Adler gegeben habe. Er kam hierher, um zu fischen, und benutzte ein altes Baumkanoe, das er am Ufer fand. Es bestand aus zwei ausgehöhlten und miteinander verbundenen Weißtannenstämmen und war an den Enden rechtwinkelig. Wenn auch recht plump, tat es viele Jahre lang seine Dienste. Dann wurde es leck und sank wahrscheinlich auf den Grund. Den Eigentümer kannte er nicht: es gehörte dem Teich. Um ein Ankertau zu haben, pflegte er Streifen von Walnußbast zusammenzubinden. Ein anderer alter Mann, ein Töpfer, der vor der Revolution am Teichufer wohnte, hatte ihm erzählt, auf dem Grund liege eine eiserne Kiste, er habe sie selbst gesehen. Sie tauche manchmal auf und treibe dem Ufer zu, wenn man aber sich ihr nähern wolle, dann kehre sie ins tiefe Wasser zurück und verschwinde. Ich hörte mit Freuden von dem alten Baumkanoe, das dazu diente, ein anmutigeres und aus dem gleichen Material verfertigtes Fahrzeug der Indianer zu ersetzen. Dieses alte plumpe Kanoe war anfangs vielleicht ein Baum am Teichesrand, der fiel gleichsam ins Wasser hinein, um dort ein Menschenalter lang zu schwimmen, – kein Schiff paßte je besser hierher! Ich erinnere mich, daß ich beim ersten Blick in die Tiefe des Sees undeutlich viele große Stämme auf dem Boden liegen sah, die entweder früher vom Sturme hineingeweht oder auf dem Eis zurückgelassen waren, damals beim letzten Holzschlag, als das Holz noch billiger war. Doch jetzt sind sie zum größten Teil verschwunden.

Als ich zum erstenmal mein Boot auf dem Waldenteich dahintrieb, war er völlig von dichten und hohen Fichten- und Eichenwäldern umgeben, ja, in einige Buchten hatten sich Ranken über die nahe am Wasser stehenden Bäume geschlungen und schattige Laubdächer gebildet, unter welchen ein Boot fahren konnte. Die Hügel, welche sein Ufer bilden, sind so steil und die umrahmenden Wälder waren damals so hoch, daß man glauben konnte – hauptsächlich wenn man an seinem westlichen Ende stand – ein Amphitheater für irgend ein Waldschauspiel vor sich zu sehen. In jungen Jahren ließ ich mich manche Stunde lang, nachdem ich mein Boot zur Mitte des Sees gerudert hatte, vom Zephyr über die Fluten treiben. Dann lag ich an Sommervormittagen, quer über die Bänke ausgestreckt, auf dem Rücken und träumte wachend, bis das Boot auf Sand stieß, und ich, hierdurch erweckt, um mich blickte, um zu erfahren, an welches Ufer mein Schicksal mich verschlagen habe. An solchen Tagen war Müßiggang die einladendste und fruchtbringendste Betätigung. Wie häufig schlich ich mich heimlich fort, weil ich es vorzog, den wertvollsten Teil des Tages auf diese Weise zu verbringen! Denn ich war reich, wenn nicht an Geld, so doch an sonnigen Stunden und Sommertagen. Sie pflegte ich mit vollen Händen auszugeben. Auch reut es mich nicht, daß ich sie nicht auf dem Katheder oder in der Werkstatt verschwendete. Doch seitdem ich dieses Ufer verließ, haben die Holzhauer noch ärger an ihm gewütet, und jetzt wird für viele Jahre kein Wanderer hier durch den Waldesdom gehen, und kein Durchblick auf das Wasser ihn von Zeit zu Zeit erfreuen können. Möge man meiner Muse verzeihen, wenn sie jetzt schweigt. Wie kann man erwarten, daß die Vögel singen, wenn man ihre Bäume fällt?

Jetzt sind die Stämme auf dem Boden, das alte Baumkanoe und die dunklen Wälder ringsum dahin! Jetzt wollen die Dorfbewohner, die kaum noch wissen, wo der Teich liegt, sein Wasser, das mindestens so heilig sein sollte wie das des Ganges, in einem Rohr zum Dorf leiten, um ihr Eßgeschirr damit zu reinigen! Sie wollen ihren Walden mühelos genießen, indem sie einen Hahn umdrehen oder einen Stöpsel herausziehen! Dieses teuflische, eiserne Pferd, dessen ohrenzerreißendes Wiehern durch den ganzen Stadtbezirk gehört wird, hat die Boilingquelle mit seinen Hufen getrübt und alle Wälder an Waldens Rand aufgefressen! Dieses trojanische Pferd mit tausend Menschen in seinem Bauch, das geldgierige Griechen herbeischleppten! Wo ist der Held des Landes, wo der Moore von Moore Hall, der bei dem Deep Cut mit ihm zusammentrifft und dieser Pest die Lanze in die aufgedunsene Seite stößt?

Und doch ist von allen Charaktern, die ich kenne, vielleicht der Walden am meisten sich selber treu geblieben. Er hat seine Reinheit wohl am besten bewahrt. Viele

Menschen sind mit ihm verglichen worden, nur wenige waren dieser Ehre würdig. Wenn auch die Holzhauer erst dieses und dann jenes Ufer verwüsteten, wenn auch hernach die Irländer dort ihre Dreckhütten bauten und die Eisenbahn seinen Rahmen in Stücke schlug, wenn auch die Eisleute einmal hier Raub verübten: er blieb sich gleich, das Wasser ist noch dasselbe, das einst meine jugendfrischen Augen erblickten. Ich allein habe mich verändert. Zog er auch oft die Stirne kraus – keine Runzel blieb dauernd zurück. Seine Jugend währet ewig und wie damals kann ich auch heute beobachten, wie eine Schwalbe ein Insekt auf seiner Oberfläche erhascht. Heute Abend wieder machte er einen so tiefen Eindruck auf mich, als ob ich ihn nicht zwanzig Jahre lang täglich vor Augen gehabt hätte. Ja! Das hier ist der Walden, derselbe Waldsee, den ich vor so vielen Jahren entdeckte. Wo man im vorigen Winter Bäume fällte, da sprossen jetzt an seinem Ufer neue empor, so kraftstrotzend wie je. Noch immer quillt der gleiche Gedanke zur Oberfläche des Teiches empor. Er hat an sich selbst die gleiche ungemischte Freude und Glückseligkeit, die er seinem Schöpfer bereitet. Ja, er *kann* sie auch auf mich übertragen. Er ist das Werk eines edlen Mannes, der keine Arglist kannte. Und dieser rundete das Wasser in seiner Hand, vertiefte und klärte es in seinen Gedanken und gab es Concord zum Geschenk. Ich kann's auf seinem Antlitz lesen: er hat den gleichen Gedanken wie ich. Fast könnte ich zu ihm sagen: Walden, bist Du es?

> Da liegst Du still vor dem erstaunten Blick!
> Kein Sang vermag Dich nach Gebühr zu preisen.
> Vertrauter sind mir Gott und Himmel nicht
> Als Du, vielteurer See!
> Ich bin Dein stein'ges Ufer und der Wind,
> Der Deine Fluten sanft bewegt.
> In meiner hohlen Hand
> Halt ich Dein Wasser, Deinen Sand,
> Und Deine Tiefe lehrt mich
> Nach dem Höchsten streben.

Da der Zug hier nicht hält, bekommt kein Reisender Gelegenheit den Teich zu betrachten. Ich bilde mir jedoch ein, daß die Lokomotivführer, Heizer und die Passagiere, welche eine Dauerkarte haben und ihn oft sehen, durch seinen Anblick zu besseren Menschen werden. Der Lokomotivführer (oder vielleicht seine Seele) vergißt in der Nacht nicht, daß wenigstens einmal am Tag diese Vision voll heiteren Friedens und Reinheit an seinem Auge vorüberzog. Und wenn er sie auch nur einmal sah: Maschinenruß und Straßenschmutz waren weggewaschen. Es hat jemand vorgeschlagen, den See *Gottestropfen* zu nennen.

Ich habe bereits erwähnt, daß Walden keinen sichtbaren Zufluß oder Abfluß besitzt, doch ist er auf der einen Seite entfernt und indirekt mit dem etwas höher gelegenen

Flintteich durch eine Anzahl kleiner Teiche verbunden, die nach dieser Richtung hin liegen. Auf der anderen Seite steht er direkt und augenscheinlich mit dem etwas tiefer liegenden Concordflusse ebenfalls durch eine Reihe von Teichen in Verbindung. In einer früheren geologischen Periode mag der Waldensee vielleicht durch sie hindurch geflossen sein, ja würde man etwas durch Graben nachhelfen – Gott möge es verhüten! – könnte es wieder geschehen. Wen würde es nicht schmerzen, wenn der Waldensee, der so viele, viele Jahre im Verborgenen, wie ein Einsiedler in den Wäldern, ein ernstes Dasein führte, und dadurch wunderbar sich selber läuterte, einst mit dem verhältnismäßig unreinen Wasser des Flintteiches in Berührung käme, oder seine süße Frische an des Meeres Wellen verschwenden würde?

Der Flint- oder Sandyteich, unser größter Binnensee in Lincoln, liegt ungefähr eine Meile östlich vom Walden. Er ist viel größer, auch fischreicher und soll einhundertundsiebenundneunzig Morgen bedecken. Er ist jedoch verhältnismäßig seicht und nicht besonders rein. Ein Spaziergang dorthin durch die Wälder hat mich oft erquickt. Das war schon deshalb lohnend, weil einem der Wind frisch um die Wangen blies und weil man durch die rollenden Wogen ans Seemannsleben erinnert wurde. An windigen Herbsttagen ging ich zum Kastaniensuchen hinüber: die Früchte, die ins Wasser fielen, wurden mir vor die Füße gespült. Eines Tages kroch ich an seinem schilfbewachsenen Ufer entlang, während kühler Gischt in mein Gesicht wehte. Da stieß ich auf das Wrack eines Bootes, dessen Teile bereits vermodert waren. Kaum mehr als der Abdruck seines flachen Rumpfes war zwischen dem Schilf zurückgeblieben. Seine Umrisse waren indessen noch scharf ausgeprägt, glichen gewissermaßen einem großen, verwelkten Lilienblatt mit deutlich sichtbaren Adern. Es machte einen so tiefen Eindruck auf mich wie ein Wrack am Meeresufer und lehrte eine ebenso gute Moral. Allmählich ist es ganz zu Erde geworden, und keine Spur am Teichufer weist noch darauf hin. Jetzt wachsen dort Binsen und Schwertlilien. Stets hatte ich meine Freude an der gerippten Zeichnung des sandigen Bodens, der durch den Wasserdruck fest und für die Füße des Watenden unnachgiebig geworden war – an den Binsen, die hintereinander im Gänsemarsch wuchsen, und getreulich sich den Wellenlinien der Bodenzeichnung anpaßten, gerade als ob die Wellen sie gepflanzt hätten. Dort habe ich auch in beträchtlicher Zahl merkwürdige Bälle gefunden, die augenscheinlich aus zartem Gras, aus Wurzeln, vielleicht aus Pfeifenkraut bestanden. Ihr Durchmesser schwankte zwischen einem halben und vier Zoll. Sie waren vollkommen rund. Beim ersten Anblick hätte man glauben können, daß sie durch die Wirkung der Wellen geformt wären, ähnlich wie glatte Kiesel. Doch selbst die kleinsten, einen halben Zoll starken Bälle waren aus dem gleichen, groben Material gebildet und wurden nur zu einer bestimmten Jahreszeit sichtbar. Im übrigen vermute ich, daß durch die Wellen solche Stoffe, die schon eine gewisse Konsistenz besitzen, eher abgenutzt als zusammengesetzt werden. Wenn man diese Kugeln trocknet, so behalten sie ihre Form dauernd.

Flints Teich! Wie arm ist unser Wortschatz! Was berechtigte den unsauberen und beschränkten Bauer, der dieses Ufer grausam verwüstet hatte, dessen Farm an dieses Himmelswasser grenzte, ihm seinen Namen zu geben? Wer gab einem gewissen Herrn Flint, einem Filz, das Recht dazu, ihm, dem doch die spiegelnde Fläche eines Dollar oder eines glänzenden Cent, in der er sein eigenes, unverfrorenes Gesicht betrachten kann, weit besser behagt? Ihm, dem sogar die wilden Enten auf dem Teich als Einbrecher galten, dessen Finger sich infolge der langjährigen Gewohnheit des harpyenhaften Greifens und Raffens zu krummen hornigen Krallen entwickelt hatten! Nein, *ich* heiße den Teich nicht so! Ich pilgere nicht zu seinem Ufer, um von Herrn Flint etwas zu sehen oder zu hören. Der *sah* den Teich nie; er badete nicht darin, er liebte und schützte ihn auch nicht, sprach nie ein gutes Wort über ihn und dankte auch dem Herrgott nicht, daß er den See erschuf. Eher soll dieser Teich nach den Fischen genannt werden, die darin schwimmen, nach dem Geflügel und den Vierfüßlern, die ihn aufsuchen, nach der wilden Blume, die an seinem Ufer wächst, nach irgend einem Indianer, nach einem Kind, dessen Lebensfaden mit diesem Teich verwoben ist. Doch nicht nach Flint, der kein anderes Recht auf ihn geltend machen konnte als seinen Vertrag, den er von einem ebenbürtigen Nachbar oder von einer Regierung erhalten hatte, die seiner würdig war; der im Teich nur ein Geldobjekt sah, und dessen Gegenwart allein vielleicht dem ganzen Ufer zum Unheil gereichte. Nicht nach Flint, der das Land ringsum aussaugte und am liebsten auch das Wasser darin ausgepumpt hätte, der lebhaft nur darüber sich betrübte, daß der Teich keine Heuwiese, kein Preißelbeerenfeld sei – irgend eine Eigenschaft, die hierfür entschädigen konnte, gab es natürlich für seine blöden Augen nicht – nicht nach Flint, der dazu imstande gewesen wäre, ihn abzulassen, nur um den Schlamm auf seinem Grunde zu verkaufen. Er konnte seine Mühle nicht damit treiben und sein *Anblick* erregte in ihm kein *Glücksgefühl.* Ich achte nicht die harte Arbeit, nicht die Farm jenes Mannes, für welchen alles seinen Preis hat, der womöglich die Landschaft, seinen Gott selbst zu Markte trägt, wenn man ihm nur irgend einen Preis dafür zahlt. Er geht ja seines *Götzen* wegen sowieso zu Markte. Ich achte nicht den Mann, auf dessen Farm nichts frei wächst, dessen Felder keine Ernte, dessen Wiesen keine Blumen, dessen Bäume keine Früchte tragen, sondern nur *Dollars,* der nicht die Schönheit seiner Früchte liebt, der seine Früchte erst dann für reif erklärt, wenn er sie in *Dollars* verwandelt hat. Gebt mir die Armut, die wahren Reichtums sich erfreut! Je ärmer ein Farmer ist, desto mehr Achtung und Aufmerksamkeit zolle ich ihm. Armselige Farmer! Eine Musterfarm! Seht, da steht das Haus wie ein Pilz auf einem Misthaufen, und für Menschen, Pferde, Ochsen und Schweine gibts dort Räumlichkeiten, die, gereinigt oder ungereinigt, alle miteinander zusammenhängen. Mit Menschen vollgepfropft! Ein großer Schmutzfleck, der nach Mist riecht und nach Buttermilch. Und dieser hohe Kulturzustand! Man düngte hier ja mit Herzen und Hirnen von Menschen, pflanzt gleichsam Kartoffeln auf einem Kirchhof! Das heißt eine Musterfarm!

Nein, nein! Wenn die schönsten Naturlandschaften schon nach Menschen genannt werden müssen, dann suche man aus der Menschheit die edelsten und würdigsten heraus! Unsere Seen sollen Namen bekommen, die wenigstens so viel Anspruch auf Wahrheit machen können wie der des ikarischen Meeres, „dessen Ufer noch gar kühnes Wagnis kündet".

Der kleine „Gänseteich" liegt auf dem Weg zum Flintteich. Fair Haven, eine angeblich siebenzig Morgen bedeckende Verbreiterung des Concordflusses, liegt eine Meile weit nach Südwesten. Der vierzig Morgen große „Weißsee" liegt anderthalb Morgen jenseits Fair Haven. Das ist mein Seenland! Das sind zugleich mit dem Concordflusse meine Wasserprivilegien, und bei Nacht und bei Tag, Jahr aus und Jahr ein mahlen sie die Früchte, die ich zu ihnen trage.

Seitdem die Holzhacker und die Eisenbahn und ich selbst Walden entweiht haben, ist der Weißsee vielleicht der anziehendste, wenn auch nicht der schönste von all unseren Seen. Er ist der Edelstein unserer Wälder. Doch *Weißsee!* was für ein abgenutzter Name, einerlei, ob der Teich wegen der Reinheit seines Wassers oder wegen der Farbe seines Sandes so genannt wurde. In dieser und in manch anderer Hinsicht ist er übrigens der kleinere Zwillingsbruder des Walden. Sie gleichen einander so sehr, daß man an einen unterirdischen Zusammenhang zwischen ihnen glauben möchte. Er hat das gleiche steinige Ufer, und seine Fluten zeigen die gleiche Färbung. Wie bei Walden ist die Farbe seines Wassers grünlichblau oder graublau, wenn man an schwülen Hundstagen durch die Wälder auf eine seiner Buchten niederblickt, die wegen ihrer geringen Tiefe durch die Reflexe des Bodens farbig leuchten. Vor vielen Jahren fuhr ich oft dorthin, um ganze Wagenladungen voll Teichsand zu holen, der zur Herstellung von Sandpapier verwendet wurde. Seit der Zeit habe ich ihn oft besucht. Ein häufiger Gast an seinem Gestade schlug den Namen *Grünsee* für ihn vor. Vielleicht könnte man ihn *Gelbtannensee* nennen, und zwar aus folgendem Grunde: Vor ungefähr fünfzehn Jahren konnte man die Spitze einer Pechtanne – hierorts sagt man Gelbtanne, obwohl sie keine besondere Abart repräsentiert – aus tiefem Wasser über die Oberfläche hinausragen sehen, viele Klafter vom Ufer entfernt. Man schloß sogar aus dieser Tatsache, daß der See durch eine Erdsenkung entstanden sei und daß diese Tanne dem Walde angehört habe, der einst hier stand. In der „topographischen Beschreibung der Stadt Concord", die von einem Bürger daselbst herrührend in der Sammlung der historischen Gesellschaft von Massachusetts aufbewahrt wird und bis zum Jahre 1792 zurückreicht, fand ich eine bemerkenswerte Angabe. Der Verfasser spricht zunächst über den Walden- und Weißsee und fährt dann fort: „In der Mitte des Weißsees sieht man bei sehr niedrigem Wasserstand einen Baum, dessen Stellung den Eindruck macht, als sei er an der Stelle, wo er sich jetzt befindet, gewachsen, obwohl seine Wurzeln sich fünfzig Fuß tief unter dem Wasserspiegel befinden. Die Spitze dieses Baumes ist abgebrochen und die

Bruchstelle besitzt einen Durchmesser von vierzehn Zoll.“ Im Frühling 1849 unterhielt ich mich mit einem Mann, der ganz nahe am Teich in Sudbury wohnte. Der erzählte mir, daß er es gewesen sei, der diesen Baum vor zehn oder fünfzehn Jahren herausgeholt habe. Soweit er sich erinnern konnte, befand sich derselbe ungefähr zweihundert bis zweihundertundvierzig Fuß vom Ufer entfernt, dort wo das Wasser eine Tiefe von ungefähr dreißig bis vierzig Fuß hatte. Es war Winter. Vormittags hatte er Eis gehauen und sich entschlossen, nachmittags mit Hilfe einiger Nachbarn die Gelbtanne herauszuziehen. Er sägte gegen das Ufer hin einen Kanal in das Eis und begann mit einigen von den Nachbarn geliehenen Ochsen den Baum erst durch den Kanal hindurch und dann aufs Eis hinaufzuheben. Doch kaum hatte er sein Werk begonnen, da bemerkte er schon, daß das falsche Ende des Baumes nach oben stand, daß alle Aststumpfen nach unten zeigten, daß das dünne Ende fest im sandigen Boden steckte. Am dicken Ende betrug der Durchmesser ungefähr einen Fuß. Der gute Mann hatte gehofft, den Baum zu brauchbaren Brettern zersägen zu können, doch fand er das Holz so vermodert, daß es – wenn überhaupt – höchstens zur Feuerung benutzt werden konnte. Unter einem Wetterdach lagerten noch Reste davon. An dem einen Ende konnte man Spuren von einer Axt und von Spechten bemerken. Der Mann glaubte, der Baum sei bereits abgestorben gewesen, als er noch am Ufer stand und sei schließlich in den See geweht. Die Spitze habe sich dann mit Wasser vollgesogen, während das breite Ende noch eine Zeitlang trocken und mithin leicht blieb. Dann sei er allmählich in den See hinausgetrieben und versunken, die Wurzeln nach oben streckend. Selbst der achtzigjährige Vater dieses Mannes konnte sich an keine Zeit erinnern, wo der Baum *nicht* dortgewesen sei. Mehrere große Stämme kann man wohl noch jetzt auf dem Boden liegen sehen, wo sie infolge der Wellenbewegung an der Oberfläche wie sich ringelnde Riesenwasserschlangen wirken.

Dieser Weißsee wurde selten durch ein Boot entweiht, denn er enthält wenig, was einen Fischer locken könnte. Statt der weißen Lilie, die Schlammboden verlangt, oder des gewöhnlichen Kalmus wächst, wenn auch spärlich, rund um das steinige Ufer herum im reinen Wasser die blaue Schwertlilie (*Iris versicolor*). Zu ihr kommen im Juni die Kolibris, und die Farbentöne ihrer bläulichen Blätter und Blüten (besonders deren Reflexe) harmonieren prächtig mit dem bläulichgrünen Wasser.

Weißsee und Walden sind große Kristalle auf der Oberfläche der Erde. Seen von Licht! Wären sie dauernd erstarrt und klein genug, um mit den Händen ergriffen zu werden, dann würden sie vielleicht, wie kostbare Steine, von Sklaven geraubt, um Kaiserkronen zu schmücken. Doch da sie flüssig sind, weithin sich erstrecken, uns und unsern Nachkommen für alle Zeiten zugesprochen wurden, schätzen wir sie gering und laufen dem Diamant Kohinoor nach. Sie sind zu rein, um einen Marktpreis zu haben. Sie enthalten nichts unreines. Wieviel schöner sind sie als unser Leben, wieviel durchsichtiger als unser Charakter. Von *ihnen* haben wir nichts Niedriges gelernt. Um wieviel reiner sind sie als der Sumpf vor des Farmers Haus, auf dem die Enten schwimmen. Hierher kommen echte Wildenten. Die Natur hat keinen Einwohner, der sie zu würdigen weiß. Der Vögel Gefieder und Gesang harmoniert mit den Blumen. Doch welcher Jüngling, welches Mädchen versenkt sich mit Inbrunst in die wilde, wonnige Schönheit der Natur? Sie blüht meistens im Verborgenen, fern von den Städten, wo die Menschen wohnen. Schwätzt vom Himmel – Ihr entweiht die Erde!

Baker Farm

Manchmal wanderte ich durch Fichtenhaine, die wie Tempel oder wie Seeschiffe in die Lüfte ragten, bis obenhin geschmückt mit wogenden Zweigen, mit zitternden Lichtern, so sanft und grün und schattig, daß die Druiden ihre Eichenhaine verlassen haben würden, um hier Gottesdienst abzuhalten. Ich ging auch in den Zedernwald hinter dem Flintteich, wo die Bäume, würdig Walhalls Eingang zu schmücken, mit stahlblauen Beeren bedeckt, höher und höher ihre Wipfel hoben, und wo des Wacholders früchteschwere Ranken den Erdboden verdeckten. Oder ich wanderte zum Moore hinaus, wo Usneaflechten wie Blumengewinde von den Weißtannen herniederhingen, wo Krötenstühle – der Sumpfgötter runde Tische – am Boden wuchsen und wo noch viel schönere Pilze, Schmetterlingen, Muscheln oder Schnecken gleichend, manch alten Baumstumpf schmücken, wo der Maibusch und Hartriegel wächst, wo die roten Erlenbeeren wie Koboldaugen funkeln, und wo selbst an das härteste Holz sich die Lianeklammert, um es mit ihrer Umarmung zu ersticken – wo der wilden Stechpalme Beeren in all ihrer Schönheit den Beschauer Haus und Hof vergessen machen, wo er geblendet und gelockt wird durch andere, namenlose, wilde, verbotene Früchte, die allzu schön sind, als daß er sie pflücken und kosten möchte. Anstatt mich zu einem Professor zu begeben, machte ich häufig Besuche bei eigenartigen Bäumen, die man nur selten in dieser Gegend antrifft und die weit entfernt auf einer Weide, in Waldestiefen, im Moore oder auf einem Hügel standen. Ich pilgerte zur Schwarzbirke, von der hier einige schöne, zwei Fuß im Durchmesser starke Exemplare vorhanden sind, oder zu ihrer Verwandten, der Gelbbirke, die in ihrem losen, goldenen Gewand so lieblich duftete wie jene. Zur Buche ging ich hin, deren zierlichen Stamm, vollendet in jeder Einzelheit, malerische Flechten schmückten. Abgesehen von einigen verstreuten Exemplaren, kenne ich im ganzen Stadtbezirk nur einen einzigen kleinen Hain ansehnlicher Buchen. Tauben, die man einst mit Bucheckern hier in der Nähe fütterte, sollen ihn, so erzählt man, gepflanzt haben. Es ist der Mühe wert, dies Holz zu spalten, um die Silberfäden darin zu sehen. Die Linde suchte ich auf, die Hagebuche und *Celtis occidentalis* – die falsche Ulme. Von dieser haben wir hier nur *ein* schöngewachsenes Exemplar. Hier und da steht ein kräftiger Tannenstamm, ein Schindelbaum oder eine hervorragend schöne Hemlockstanne wie eine Pagode mitten im Wald. Viele andere könnte ich noch anführen. Das waren die Altäre, zu denen ich wanderte im Sommer wie im Winter.

Es geschah auch einmal, daß ich gerade in dem Ende eines Regenbogens stand, welcher die niedrigere Luftschicht erfüllte, Gras und Blätter ringsum in Farben tauchte und mich blendete, als ob ich durch gefärbtes Kristall sähe. Es war ein Meer von Regenbogenlicht, in welchem ich für kurze Zeit wie ein Delphin lebte. Hätte dieses Farbenspiel länger gedauert – meine Beschäftigung und mein Leben wären dadurch vielleicht getönt worden. Wenn ich auf dem schmalen Pfade neben den Eisenbahnschienen dahinwanderte, wunderte ich mich oft über den Lichtkranz um meinen Schatten und gern hätte ich mich den Auserwählten zugezählt. Ein Besucher teilte mir gelegentlich mit, daß die Schatten einiger Irländer, die vor ihm her gegangen seien, diesen Lichtkranz nicht gezeigt hätten, und daß nur Eingeborene auf solche Weise ausgezeichnet würden. Benvenuto Cellini berichtet in seinen Denkwürdigkeiten, daß nach einem entsetzlichen Traum oder nach einer Vision während seiner Haft im Schlosse St. Angelo, morgens und abends ein Lichtschein über dem Schatten seines Kopfes geschwebt habe, einerlei ob er in Italien oder in Frankreich sich aufgehalten habe. Dieser Kranz sei am deutlichsten gewesen, wenn der Tau frisch auf dem Grase lag. Das war vielleicht das gleiche Phänomen, wie das vorhin von mir erwähnte. Man kann es hauptsächlich morgens, aber auch zu anderen Stunden, ja selbst bei Mondschein beobachten. Obwohl es ein konstantes Phänomen ist, wird es gewöhnlich nicht bemerkt; es kann daher bei Menschen mit solch sensitivem Gemüt wie bei Cellini leicht den Ausgangspunkt abergläubischer Vorstellungen bilden. Der Meister fügt übrigens hinzu, daß er nur wenige Bekannte darauf aufmerksam gemacht habe. Sind aber diejenigen nicht wirklich ausgezeichnet, die wissen, daß sie überhaupt beachtet werden?

Eines Nachmittags wanderte ich durch die Wälder zum Fischen nach Fair Haven, um mit meinem knappen Gemüsevorrat etwas länger haushalten zu können. Mein Weg führte mich über „die schöne Wiese“, die zu Baker Farm gehörte. Dies stille Plätzchen wurde bereits von einem Dichter besungen, der also anhub:

„In keuscher Schönheit liegt vor Deinem Haus das Feld,
„Und zwischen moosbedeckten, früchteschweren Bäumen
„Leis murmelnd hüpft des Bach's goldgelbe Welle.
„Und friedlich wohnt die Bisamratte hier bei der lustigen Forelle.“

Bevor ich mich für Walden entschied, hatte ich daran gedacht, mich hier niederzulassen. Damals „stibitzte“ ich mir Äpfel, sprang über den Bach und erschreckte Bisamratte und Forelle . . . Es war an einem jener Nachmittage, die unendlich lang vor mir zu liegen schienen, obwohl sie häufig, wenn ich aufbrach, schon halb verflossen waren, an einem jener Nachmittage, an denen gar vieles sich ereignen kann, und die einen wertvollen Teil unseres irdischen Lebens ausmachen. Ein heftiger Regenguß ging nieder, als ich kaum meine Wanderung angetreten hatte. Ich war gezwungen eine halbe Stunde lang unter einer Tanne zu stehen, wo ich mir aus einigen Ästen und aus meinem

Taschentuch ein Wetterdach schuf. Als ich schließlich meine Angel über das Hechtkraut hinweg zum ersten Male auswarf, wobei ich bis zu den Hüften im Wasser stand, schwebte plötzlich ein dunkler Wolkenschatten um mich her, während der Donner mit solchem Nachdruck zu rollen begann, daß mir nichts anderes übrig blieb als zuzuhören. Das nenn' ich einen leichten Sieg der Götter, dachte ich bei mir, wenn sie mit solch gezückten Strahlen einen armen unbewaffneten Fischer in die Flucht jagen! Ich entschloß mich, in der nächstgelegenen Hütte Obdach zu suchen. Sie war eine halbe Meile weit von jeglicher Landstraße entfernt, lag aber desto näher am Teiche. Lange Zeit hatte niemand in ihr gewohnt:

„Diese Hütte baute einst ein Dichter!
„Doch nun ist auch für sie
„Die Sterbestunde nicht mehr fern . . ."

So dichtet die Muse. Einstweilen aber wohnte, wie ich sah, noch John Field darin, ein Irländer mit Frau und mehreren Kindern. Den Anfang der Reihe machte ein Knabe mit breitem Gesicht, der dem Vater bereits bei der Arbeit half und gerade jetzt aus dem Moor mit ihm dahergelaufen kam, um dem Regen zu entgehen. Den Schluß bildete das runzelige, sibyllenhafte, kegelköpfige *Baby*, das – gerade wie in den Palästen der Vornehmen – alsbald auf seines Vaters Knie saß und aus seinem Heim voll Nässe und Hunger heraus, von dem Vorrecht der Kindheit ausgiebig Gebrauch machte, den Fremden scharf ins Auge faßte und nicht wußte, ob es vielleicht der letzte Sproß eines edlen Stammes sei oder John Fields armseliger, hungernder Balg. Da saßen wir nun beieinander unter dem Teil des Daches, der am wenigsten undicht war, während draußen Donner und Regen wüteten. Ich hatte hier vor langer Zeit schon oft gesessen, ehe noch das Schiff gebaut war, auf welchem diese Familie nach Amerika fuhr. John Field war augenscheinlich ein ehrlicher, aber ein ratloser Mann, der schwere Arbeit tat. Auch seine Frau war eine biedere Seele, die ungezählte Mittagessen in der Nische des hohen Kamines kochte. Ihr rundes Gesicht war schweiß- und staubbedeckt, ihre Brust nicht verhüllt. Sie hoffte noch immer auf bessere Tage. Immer hielt sie einen Scheuerlappen in der einen Hand und doch war nirgends eine Spur seiner Tätigkeit zu sehen. Auch die Hühner hatten hier vor dem Regen Schutz gesucht. Sie spazierten im Zimmer auf und ab, als ob sie zur Familie gehörten und sahen mir zu „zivilisiert" aus, als daß ich sie mir gebraten hätte vorstellen können. Sie machten vor mir Halt, sahen mir in die Augen und pickten, um mir ihren Wunsch auszudrücken, gegen meine Stiefel. Inzwischen erzählte mir mein Wirt seine Lebensgeschichte. Ich erfuhr, daß er für einen benachbarten Farmer angestrengt im Moor arbeiten mußte. Er grub dort mit der Schaufel oder mit der Sumpfhacke eine Wiese um. Dafür erhielt er zehn Dollars pro Morgen und zugleich die Nutznießung des Landes (inklusive Dünger) für ein Jahr. Sein Ältester mit dem breiten Gesicht arbeitete fröhlich neben dem Vater, ohne zu ahnen, welch schlechten Handel jener geschlossen hatte. Ich versuchte ihm mit meiner Erfahrung zu Hilfe zu kommen und erzählte ihm, daß ich, einer seiner nächsten Nachbarn, wie ein Bummler aussehend, zum Fischen hierher gekommen sei, meinen Lebensunterhalt verdiene wie er selbst, und daß ich in einem wasserdichten, hellen und reinen Hause wohne, welches kaum mehr koste, als die Miete der von ihm bewohnten Ruine betrage. Ich setzte ihm auseinander, wie er sich in ein paar Monaten, wenn er nur wolle, seinen eigenen Palast bauen könne, ich betonte, daß ich weder Tee noch Kaffee, weder Butter noch Milch oder frisches Fleisch gebrauche, mich deshalb auch nicht für solche Dinge zu plagen habe. Andererseits sei eine sehr kräftige Nahrung für mich nicht notwendig, weil ich nicht hart arbeite; mein Lebensunterhalt koste mir darum so gut wie nichts. Er aber wolle Tee, Kaffee, Butter, Milch und Ochsenfleisch verzehren und müsse angestrengt schaffen, um solche Ausgaben bestreiten zu können. Die harte Arbeit verlange wieder kräftige Kost, um den Kräfteverbrauch im Körper zu ersetzen – kurzum: das alles sei so breit wie lang, oder vielmehr breiter als lang, denn er sei unzufrieden und setze obendrein seine Gesundheit bei dem Handel aufs Spiel. Als John Field nach Amerika auswanderte, hatte ihn aber gerade die Aussicht gelockt, dort an jedem Tage Tee, Kaffee und Fleisch genießen zu können. Und doch ist nur dort das echte Amerika, wo man in aller Freiheit sein Leben derart gestalten kann, daß man ohne diese Dinge auszukommen vermag, wo der Staat sich nicht bemüht, Sklaverei, Krieg und andere zwecklose Ausgaben zu unterstützen, welche direkt oder indirekt durch den Gebrauch dieser Dinge hervorgerufen werden. Ich sprach absichtlich zu ihm, als ob er ein Philosoph wäre oder einer sein möchte. Meinetwegen könnte man gern alle Wiesen der Erde in ihrem natürlichen Zustande lassen, wenn dadurch der Anfang zur Erlösung der Menschheit gemacht würde. Um zu wissen, was der eigenen Kultur am besten frommt, braucht man keine Geschichte zu studieren. Doch, o weh! Der Kultur eines Irländers muß man schon mit einer Sumpfhacke zu Leibe gehen. Ich sagte John Field, daß er für seine Arbeit im Moor dicke Stiefel und derbe Kleider gebrauche, die obendrein bald schmutzig und abgenutzt seien. Ich dagegen trüge leichte Schuhe und dünne Kleider, bezahle dafür kaum halb so viel wie er und dabei denke er vielleicht noch, ich sei wie ein Herr gekleidet! (Das war übrigens nicht der Fall!) Ich könne, so fuhr ich fort, in ein paar Stunden, wenn ich nur wolle, so viel Fische fangen, daß ich für zwei Tage daran genug hätte, und das sei obendrein keine Arbeit, sondern ein Vergnügen. Ich könne in ein paar Stunden Geld genug verdienen, um eine ganze Woche damit hauszuhalten. Wenn er mit seiner Familie einfach leben wolle, so möchte er mit Kind und Kegel im Sommer vergnüglich Heidelbeeren pflücken. Seufzend hörte John meine Worte an, sein Weib blickte, die Hände in die Hüften gestützt, starr vor sich hin und beide schienen zu überlegen, ob sie Kapital genug besäßen, ein solches Unternehmen anzufangen, oder Rechenkunst genug, um es durchzuführen. Für sie hieß es ohne Kompaß segeln. Sie konnten sich nicht vorstellen, wie sie schließlich in den Hafen einlaufen würden. Und so glaube ich denn, daß sie noch immer mutig sich durchs Leben schlagen, Angesicht gegen Angesicht, daß sie es sich blutsauer werden lassen, weil sie nicht geschickt genug sind, des Lebens starke Säule mit einem fein zugespitzten Keil zu sprengen, um dann Stück vor Stück zu bewältigen. Sie glauben, sie müßten wie bei einer Distel hart zupacken! Doch sie kämpfen unter ungeheuer nachteiligen Verhältnissen . . . John Field – ach! er vegetiert dahin, ohne zu rechnen, und darum gibts nichts als Mißerfolg.

„Fischen Sie auch bisweilen?“ fragte ich ihn. „O ja, wenn ich mal gerade nichts zu tun habe, fange ich ab und zu eine Portion guter Barsche.“ „Was nehmen Sie als Köder?“ „Ich fange Weißfische mit Regenwürmern und benutze die Weißfische als Köder für die Barsche.“ „Es wird das beste sein, wenn Du Dich gleich aufmachst“, sagte sein Weib mit glänzenden, hoffnungsfrohen Augen. Doch John blieb da.

Der Regen hatte inzwischen aufgehört und ein Regenbogen über den Wäldern im Westen versprach einen schönen Abend. So nahm ich denn Abschied. Als ich aus dem Hause trat, bat ich um ein Trinkgefäß. Ich wollte einen Blick in den Brunnen tun, um mein Bild von dieser Farm abzurunden. Doch, du lieber Himmel! Der Brunnen war seicht und versandet, das Seil war zerrissen und der Eimer für ewige Zeiten verschwunden, unterdessen hatte man das passende Kochgeschirr herausgesucht, Wasser augenscheinlich abgekocht und es nach langem Warten und gründlicher Überlegung dem Durstenden überreicht. Das Wasser hatte weder Zeit gehabt sich abzukühlen, noch sich zu setzen. Diese Sorte Haferschleim dient hier als Nährmittel, dachte ich bei mir, schloß die Augen, vermied durch einen weise dirigierten Tiefstrom den schmutzigen Bodensatz und trank aufs Wohl edler Gastfreundschaft so herzhaft wie nur möglich. Ich stehe meinen Mann, in Fällen, wo es sich darum handelt, gute Lebensart zu zeigen.

Als ich nach dem Regen des Irländers Haus verlassen hatte und meine Schritte nach dem Teich hinlenkte, erschien mir, der ich Schulen und Akademien besucht hatte, mein Wunsch, Hechte zu fangen und mich dabei durch einsame Wiesen, Sümpfe und Moore, durch entlegene, wilde Gegenden durchzuarbeiten, einen Augenblick lang abgeschmackt. Doch als ich den Hügel hinabeilte, hinein in den rotglühenden Westen, als der Regenbogen über meiner Schulter stand und von irgendwoher durch die gereinigte Luft ein leises Klingen sich hören ließ, da schien mein guter Geist zu mir zu sagen: Geh, fische und jage, weit und breit, tagaus tagein, weiter und breiter und ruhe aus an manchem Bach, an manchem Herd, ledig aller Sorgen, Gedenk an Deinen Schöpfer in Deiner Jugend.Steh' auf, bevor die Sonne erwacht, sei unbekümmert und zieh auf Abenteuer aus. Der Mittag soll an anderen Seen Dich finden, und wo auch immer die Nacht Dich überrascht: dort sei Dein Heim. Herrlicher denn hier dehnen sich nirgends die Wiesen, die schönsten Spiele spielt man hier. Wachse und blühe, wild wie Deine Natur es erheischt, wild wie dieses Schilf, wie dieses Dorngebüsch, das niemals englisches Heu werden kann. Laß den Donner rollen. Was kümmert's Dich, ob er des Landmanns Ernte Unheil bringt. Nicht solche Botschaft will er Dir verkünden. Suche Obdach unter der Wolke, derweil die anderen in Wagen und Hütten sich verbergen. Und wenn Du Dir Dein täglich Brot erwirbst: heiße das nicht Arbeit, sondern Spiel. Erfreue Dich am Land, doch erwirb es nicht. Weil es dem Menschen an Mut und Vertrauen fehlt, sind sie dorthin gelangt, wo sie sind – sie kaufen und verkaufen, und führen ein Leben wie Leibeigene. O Baker Farm!

„Dieser Landschaft holdeste Zierde
„Ist ein keuscher Sonnenstrahl . . ."

„Niemand eilt dorthin zum Spiel,
„Wo Gitter die Wiesen umgürten . . ."

„Mit keinem Menschen brauchst Du je zu rechten,
„Noch quälen Dich törichte Frager.
„Du bist in Deinem schlichten, braunen Wams
„Noch gerad' so demutvoll wie einst
„Als ich zum erstenmal Dich sah . . ."

„Ihr, die Ihr liebt,
„Und Ihr, die Ihr haßt,
„Kinder der heiligen Taube,
„Und Ihr, Guy FauxGenossen:
„Hängt alle niedrigen Gedanken
„An dieser Bäume unbeugsame Äste!"

Vom nahen Feld oder von der Straße, wo stets das Haushaltecho spukt, kommen die Menschen am Abend matt nach Haus. Ihr Leben spinnt sich freudlos ab, weil es fortwährend seinen eigenen Atem wieder einatmet. Ihr Schatten am Morgen und Abend reicht weiter als ihre täglichen Schritte. Aus weiten Fernen sollten wir an jedem Abend heimwärts ziehen, aus Abenteuern, Gefahren und Neuland heimkehren, mit neuer Erfahrung, mit neuem Charakter.

John Field hatte inzwischen seine Pläne geändert und mich, bevor ich zum Teiche kam, eingeholt. Er war entschlossen, heute nicht mehr im Moor zu arbeiten. Und nun holte der arme Bursche nur ein Paar winzige Fische heraus, während ich eine stattliche Anzahl fing. Solches Pech habe er immer, sagte er. Als wir dann die Plätze im Boot wechselten, tat das Pech dasselbe. Armer John Field! Ich hoffe, daß er diese Erinnerungen nicht liest, es sei denn, daß sie ihm zum Vorteil gereichen würden. Er will nach einem von der alten Welt ererbten Prinzip in dieser primitiven neuen Welt leben – will Barsche mit Weißfischen fangen! Das mag bisweilen ein guter Köder sein, meinetwegen. Soweit sein Auge reicht gehört alles ihm, und doch ist er ein armer Schlucker, der zur Armut geboren ward, dessen Eltern schon, wie er, die irländische Armut, vorsündflutliche

Ansichten und versumpfte Gewohnheiten erbten. Erst dann wird er oder einer seiner Nachkommen in dieser Welt auf den grünen Zweig kommen, wenn ihren watenden, patschenden, sumpfstampfenden Füßen *talaria* an den Fersen wachsen.

Höhere Gesetze

Die Fische auf einen Faden gereiht und die Angelrute nachschleppend, so zog ich heimwärts durch die Wälder. Es war bereits ganz dunkel geworden, als ich ein Murmeltier über meinen Pfad schleichen sah. Eine seltsam wilde Freude ließ mein Herz erbeben und ich war nahe daran das Tier zu packen und roh zu verzehren. Nicht weil ich hungrig war – nein, nur als Inkarnation der Wildheit reizte es mich. Während der Zeit, wo ich am Teichufer wohnte, ertappte ich mich mehrere Male dabei, daß ich wie ein halbverhungerter Jagdhund im Walde umherstreifte, um irgend ein Wild aufzustöbern und zu verschlingen. Die wildesten Szenen waren mir seltsam vertraut geworden. Ich weiß, daß in mir wie in den meisten Menschen ein instinktives Sehnen nach einem höheren, oder wie man so sagt, seelischen Leben wohnte und noch wohnt, und daß dieses Sehnen mit dem Verlangen nach einem primitiven und wilden Leben sich vereint. Beides achte ich gleich hoch. Ich liebe das Wilde ebenso sehr wie das Gute. Noch immer ziehe ich gern zum Fischen aus, weil mich das Grenzenlose und das Abenteuerliche dieser Beschäftigung lockt. Es macht mir bisweilen Freude, allen Instinkten im Leben freie Bahn zu geben, wie es die Tiere tun. Vielleicht wurde durch diese Vorliebe und durch die Jagd, der ich schon als Knabe oblag, meine innige Vertrautheit mit der Natur gezeitigt. Auf diese Weise werden wir frühzeitig mit solchen Landschaften bekannt und verwandt, die uns sonst in diesem Alter verborgen bleiben. Fischer, Jäger und Holzfäller, die ihr Leben in Feldern und Wäldern verbringen, die in gewissem Sinne ein Teil der Natur selbst sind, vermögen oft, wenn sie von ihrer Arbeit ausruhen, tiefer das Wesen der Natur zu erfassen als Philosophen oder gar Dichter, die sich ihr mit Erwartungen nähern. Jenen offenbart sich die Natur willig. Wer durch die Prärien wandert, ist naturgemäß ein Jäger, an den Quellen des Missouri und des Columbiaflusses ein Schlingensteller, und an dem Fall von St. Mary ein Fischer. Wer nur reist, um zu reisen, der lernt alles halb und aus zweiter Hand, der ist eine schlechte Autorität. Unser Interesse wird am meisten erregt, wenn die Wissenschaften das bestätigen, was jene Menschen schon praktisch oder instinktiv wissen. Denn dieses Wissen allein ist das Kriterium wahrer „Menschlichkeit" oder die Geschichte menschlicher Erfahrung.

Man irrt, wenn man behauptet, daß der Yankee wenige Vergnügungen kenne, weil er nur spärlich Feiertage habe und weil Männer und Knaben sich nicht soviel wie in England mit Spielen beschäftigen. In Amerika werden die naturwüchsigen, wenn auch einsamen Vergnügungen – Jagen, Fischen usw. – am meisten bevorzugt. Fast jeder Neuengländer unter meinen Altersgenossen nahm, wenn er zehn bis vierzehn Jahre alt war, seine Vogelflinte in den Arm. Sein Fischereigebiet und seine Jagdgründe waren nicht begrenzt wie die des englischen Aristokraten, sondern unbeschränkter selbst als die eines Wilden. Kein Wunder also, wenn er nicht häufiger zum Spiel auf der Gemeindewiese daheimblieb. Doch schon tritt eine Veränderung zutage, die nicht so sehr auf gesteigerte Humanitätsgefühle als auf das allmähliche Aussterben des Wildes zurückzuführen ist. Der Jäger ist aber vielleicht der beste Freund des gejagten Wildes, – trotz der Tierschutzvereine.

Während ich am Teich wohnte, wünschte ich ab und zu in meine Speisekarte durch Fisch etwas Abwechselung zu bringen. Ich fischte also tatsächlich aus demselben zwingenden Grunde wie die ersten Fischer. Was ich an Humanitätsgefühlen dagegen mobil machte, war eitel Künstelei und ging mehr meine Philosophie als mein Empfinden an. Ich spreche jetzt nur vom Fischen, denn über die Vogeljagd habe ich meine Ansichten schon vor langer Zeit geändert. Meine Büchse verkaufte ich, bevor ich in den Wald zog. Ich glaube nicht weniger human zu sein als andere Menschen, ich bemerkte nur nicht, daß meine Gefühle stark in Mitleidenschaft gezogen wurden. Ich bedauerte weder die Fische noch die Regenwürmer. Das machte die Gewohnheit. Wenn ich auf die Vogeljagd ging, so entschuldigte ich mich in den letzten Jahren, wo ich eine Flinte besaß, mit dem Studium der Ornithologie. Nur auf mir unbekannte, seltene Vögel kam es mir an. Allerdings muß ich gestehen, daß ich darüber jetzt anderer Ansicht bin. Ornithologie läßt sich ja auch auf eine würdigere Weise betreiben. Diese Methode verlangt eine weitaus schärfere Beobachtung der Gewohnheiten der Vögel, daß ich schon aus diesem Grunde gern auf mein Gewehr verzichtete. Und wenn auch die Humanität Einspruch erhebt: Ich zweifle, ob diese körperlichen Übungen je durch etwas gleich Wertvolles ersetzt werden können. Drum habe ich auch einigen meiner Freunde, die besorgt mich fragten, ob sie ihren Jungen das Jagen erlauben sollten, *Ja!* geantwortet und zugleich mich erinnert, daß die Jagd einen der besten Teile meiner Erziehung bildete. *Erzieht* die Jungen zu Jägern! Mögen sie's auch anfangs nur dilettantisch betreiben, vielleicht werden sie dereinst gewaltige Jäger, denen kein Wild in diesem oder in irgend einem anderen Urwald groß genug ist: Menschenjäger und Menschenfischer. Ich stimme hierin mit Chaucers Nonne überein, die

> „Für den Text gab kein gerupftes Huhn,
> „Daß Weidwerk sei unheil'ges Tun!"

In der Geschichte des Individuums wie der Menschheit gibt es eine Periode, in welcher die Jäger „die besten Menschen" sind. So wurden sie von den Algonquinerngenannt. Den Knaben, der nie eine Flinte abknallen durfte, kann man nur bedauern. Er wurde dadurch nicht humaner, nein, seine Erziehung wurde arg vernachlässigt. So lautete meine Antwort in betreff dieser jungen Leute, die sich nach einer Beschäftigung sehnten, über die sie, wie ich hoffe, bald hinauswachsen werden. Ein „guter" Mensch wird, wenn er über die gedankenlosen Knabenjahre hinaus ist, mutwillig kein Geschöpf töten, dessen Leben von den gleichen Bedingungen abhängig ist wie sein eigenes. Der Hase schreit in seiner Todesangst wie ein Kind. Ihr könnt mirs glauben, Ihr Mütter: mein Mitgefühl macht nicht immer die landläufigen *philanthropischen* Unterschiede.

Solchermaßen wird meistens der junge Mann in den Wald und in den am wenigsten bepflanzten Teil seines Ichs eingeführt. Hier ist er nur Jäger und Fischer, bis er endlich, wenn er den Samen zu einem edleren Leben in sich trägt, sein wahres Feld entdeckt und, vielleicht als Dichter oder Naturforscher, Flinte und Angelrute beiseite legt. Die große Masse der Menschen war und ist in dieser Beziehung ewig jung. In manchen Landen ist ein jagender Priester durchaus keine Seltenheit. Man kann ihn dann wohl mit einem guten Schäferhund vergleichen, ein guter Hirte aber ist er sicher nicht. Zu meinem Erstaunen mußte ich erfahren, daß, mit einer einzigen Ausnahme, die einzige Beschäftigung, die meines Wissens je am Waldensee einen halben Tag lang von meinen lieben Mitbürgern, von den Kindern und Vätern der Stadt, ausgeübt wurde, Fischerei war. Vom Eisschneiden, Holzfällen usw. sehe ich dabei natürlich ab. Hatten diese Menschen nicht eine große Anzahl Fische gefangen, so waren sie überzeugt, daß das Glück ihnen nicht hold gewesen sei, daß ihre Zeit sich schlecht bezahlt gemacht habe. Und dabei bot sich ihnen während der ganzen Zeit Gelegenheit, den See zu betrachten! Sie müssen vielleicht tausendmal dorthin gehen, bevor das Sediment des Fischens zu Boden gesunken ist und ihre Absichten sich geklärt haben. Der Gouverneur und sein Rat erinnern sich dunkel an den Teich, denn als sie noch Knaben waren, kamen sie zum Fischen hierher. Jetzt sind sie natürlich zu alt, zu würdevoll, um noch zu fischen und darum kennen sie ihn überhaupt nicht mehr. Und auch sie hoffen dereinst in den Himmel zu kommen! Die Regierung beschäftigt sich nur dann mit dem Teich, wenn es gilt, die Anzahl der Angelhaken festzusetzen, die hier gebraucht werden dürfen. Sie weiß nichts von der Angel aller Angeln, mit welcher der Teich selbst gewonnen werden kann, wobei die Regierung als Köder dient. So geht auch in zivilisierten Landen der Embryomensch in seiner Entwickelung durch das Jägerstadium.

Ich habe in letzter Zeit mehrfach gefühlt, daß ich nicht fischen konnte, ohne in meiner Selbstachtung etwas zu sinken. Ich habe es immer und immer wieder versucht. Ich bin ganz geschickt bei dieser Tätigkeit und besitze wie mancher meiner Bekannten einen gewissen Instinkt dafür, der von Zeit zu Zeit wieder auflebt. Aber hernach denke ich immer: besser wär's gewesen, Du hättest nicht gefischt. Ich glaube nicht, daß ich mich darin irre. Es ist nur ein leises Ahnen, dem ersten Lichtstreifen am Morgenhimmel zu vergleichen. Zweifellos lebt in mir jener Instinkt, welcher den niederen Wesen der Schöpfung eigen ist. Und doch werde ich von Jahr zu Jahr weniger Fischer, ohne mehr Mitgefühl oder Verstand zu besitzen. Jetzt habe ich die Fischerei gänzlich aufgegeben. Müßte ich indessen in einer Einöde leben, so würde ich aller Wahrscheinlichkeit nach wieder ein echter Fischer oder Jäger werden. Außerdem aber haftet dieser Nahrung und jeder Fleischkost etwas wirklich Unreines an, und allmählich lernte ich begreifen, wo die

Hausarbeit anfängt, woher der kostspielige Wunsch stammt, jeden Tag ein neues und sauberes Äußeres zu zeigen, und das Haus gesund und frei von jedem üblen Geruch und Anblick zu halten. Da ich mein eigener Schlachter, Küchenjunge und Koch und zugleich auch der Herr war, für den alle Speisen aufgetragen wurden, so kann ich aus ungewöhnlich großer Erfahrung sprechen. Der praktische Einwand gegen animalische Nahrung war in meinem Falle ihre Unreinlichkeit. Außerdem fühlte ich mich meistens durchaus nicht gesättigt, wenn ich meine Fische gefangen, gereinigt und gegessen hatte. Es kam mir vor wie etwas Unbedeutendes, Unnötiges, das so viel Mühe nicht verdiente. Einige Scheiben Brot oder ein paar Kartoffeln hätten bei weniger Arbeit und Schmutz die gleichen Dienste geleistet. Wie manche meiner Zeitgenossen hatten viele Jahre lang kaum irgend welche animalische Nahrung, auch nicht Tee, Kaffee oder dergleichen, genossen. Nicht weil diese Dinge irgend welche unangenehme Wirkung bei mir hervorriefen, sondern weil sie meinem Gefühl, meiner Vorstellung nicht zusagten. Die Abneigung gegen animalische Nahrung resultiert nicht aus der Erfahrung, sondern wurzelt im Instinkt. Theoretisch hielt ich es für richtiger, bei einfacher Nahrung in mancher Hinsicht dürftig zu leben; und wenn ich mich auch praktisch nicht dazu entschließen konnte, wünschte ich doch meine Sinne zufrieden zu stellen. Ich glaube, daß gerade die Menschen, welche ernstlich darauf Wert legen ihre edleren oder poetischen Fähigkeiten im besten Zustande zu erhalten, animalische Nahrung und größere Nahrungsmengen irgend welcher Art überhaupt vermeiden. Es ist eine wichtige, von Entomologen festgestellte Tatsache – ich verweise auf *Kirby*und *Spence* –, daß „manche vollentwickelte Insekten, obwohl sie mit Freßwerkzeugen ausgestattet sind, keinen Gebrauch davon machen“. Sie behaupten ferner, es sei eine allgemeine Regel, daß fast alle Insekten in diesem Zustand viel weniger fressen als im Larvenzustand. „Die gefräßige Raupe, die sich in einen Schmetterling verwandelte“ . . . „und die gierige Made, welche zur Fliege wurde“ . . ., sind mit einem oder zwei Tropfen Honig oder mit irgend einer anderen süßen Flüssigkeit zufrieden. Das Abdomen unter den Flügeln des Schmetterlings stellt noch immer die Larve vor. Das ist der Leckerbissen, der sein insektenfressendes Schicksal reizt. Wer viel ißt, gleicht einem Menschen im Larvenzustand. Es gibt ganze Nationen, die sich in diesem Zustande befinden, Nationen ohne Ideen, ohne Phantasie. Man kann sie an ihrem aufgetriebenen Abdomen erkennen.

Der Erwerb und die Zubereitung einer Diät, die so einfach und zuträglich ist, daß die Sinne nicht durch sie beleidigt werden, ist schwierig. Die Sinne aber sollen meiner Ansicht nach zugleich mit dem Körper ernährt werden. Beide sollen von demselben Tische speisen. Ist denn das unmöglich? Wenn wir Früchte in mäßiger Weise genießen, so brauchen wir uns unseres Appetites nicht zu schämen, noch zu befürchten, unsere höchsten Ziele aus den Augen zu verlieren. Fügt man aber ein Extragewürz zu einem Gericht, so wird es uns vergiften. Es lohnt sich sicherlich nicht, „feine Küche“ zu führen. Den meisten Menschen würde es peinlich sein, wenn man sie bei der eigenhändigen Zubereitung jener Mahlzeit überraschte, die sie sich täglich, sei es aus vegetabilischen, sei es aus animalischen Bestandteilen von *anderen* herstellen lassen. Solange so etwas möglich ist, sind wir nicht zivilisiert. Mögen wir uns auch Herren und Damen nennen, wir sind trotzdem keine echten Männer und Frauen. Dies deutet sicherlich an, wo Wandel geschaffen werden muß. Warum die Sinne sich nicht mit Fleisch und Fett auszusöhnen vermögen, scheint mir eine nutzlose Frage zu sein. Mir genügt die Tatsache, daß es unmöglich ist. Der Mensch ein fleischfressendes Tier! Ist das kein Vorwurf? Allerdings: er kann leben, er lebt zum großen Teil, indem er andere Tiere verzehrt. Doch ist es ein klägliches Unterfangen, und jeder, der Kaninchen jagt oder Lämmer schlachtet, kann sich davon überzeugen. Wer aber lehrt, sich auf eine unschuldigere und zuträglichere Nahrung zu beschränken, der wird als ein Wohltäter seines Volkes betrachtet werden. Ganz abgesehen von meinem persönlichen Standpunkt zu dieser Frage bezweifle ich nicht, daß in der allmählichen Weiterentwicklung der Menschheit auch der Zeitpunkt kommen wird, wo Tiere nicht mehr verzehrt werden. Die Wilden haben aufgehört, sich untereinander aufzufressen, wenn sie mit zivilisierten Völkern in Berührung kamen.

Wer aber auf die leisen, beharrlichen und sicherlich wahren Ratschläge seines Genius horcht, der weiß nicht, bis zu welchen Extremen, ja bis zu welchem Wahnsinn sie ihn führen mögen. Und doch: wird er mutiger, treuer, dann liegt sein Weg in dieser Richtung. Ein noch so geringer aber berechtigter Einwand, den ein gesunder Mann empfindet, wird schließlich über alle Beweisgründe und Gebräuche des Menschengeschlechtes triumphieren. Noch nie ist ein Mensch durch seinen Genius irregeführt. Und mag das Resultat auch bisweilen körperliche Schwäche sein, so kann doch wohl niemand behaupten, daß man solche Folgen bedauern müsse, denn gerade sie zeitigten ein Leben, das sich auf höheren Prinzipien harmonisch aufbaute. Wenn Tag und Nacht so auf uns wirken, daß wir sie mit Freuden begrüßen, wenn das Leben duftet wie Blumen oder balsamische Kräuter, wenn es elastischer, sternenreicher, unsterblicher wird – ja dann wollen wir lieber von Erfolgen sprechen. Die ganze Natur beglückwünscht uns, und für einen Augenblick mögen wir uns getrost selig preisen. Die größten Reichtümer und Werte werden am wenigsten geschätzt. Der Glaube an ihre Existenz ist gar leicht erschüttert. Wir vergessen sie schnell. Sie sind die höchste Realität. Vielleicht teilt nie ein Mensch dem anderen die staunenswertesten, realsten Dinge mit. Die wahre Ernte meines täglichen Lebens ist etwas so völlig Körperloses und Unbeschreibliches wie die Himmelsfarben am Morgen oder Abend. Ein wenig Sternenstaub, ein Stückchen Regenbogen, den ich umklammert hielt – das ist meine Ernte . . . Ich persönlich war indessen nie besonders heikel. Ich konnte, wenn es nötig war, eine geschmorte Ratte mit Appetit verzehren. Ich bin aus dem gleichen Grunde froh, so lange Zeit Wasser getrunken zu haben, als ich den natürlichen Himmel dem Paradiese des Opiumrauchers vorziehe. Ich möchte gern immer nüchtern bleiben, aber es gibt so unendlich viele Grade von Trunkenheit. Ich glaube, Wasser ist das einzige Getränk für einen verständigen Menschen. Wein ist keine solch edle Flüssigkeit. Wer aber möchte die Hoffnungen am

Morgen mit einer Tasse heißen Kaffees, wer die Hoffnungen am Abend mit einer Kanne voll Tee vernichten? O, wie tief falle ich, wenn sie mich zu locken vermögen! Selbst Musik kann berauschend wirken. Solch scheinbar kleine Ursachen zerstörten Griechenland und Rom, sie werden auch England und Amerika zerstören. Kann man auf schönere Weise berauscht werden als durch die Luft, die man atmet? Ich bin zu der Ansicht gekommen, daß der schwerwiegende Vorwurf gegen grobe, lang andauernde Arbeit in der Tatsache liegt, daß sie mich zwingt, in gröberem Maße zu essen und zu trinken. Doch muß ich der Wahrheit gemäß gestehen, daß ich jetzt in dieser Hinsicht weniger heikel bin. Ich bringe nicht so viel Religion zu Tische mit und spreche kein Tischgebet, nicht weil ich verständiger bin als ich war, sondern weil ich mit den Jahren stumpfer und gleichgültiger geworden bin. Vielleicht beschäftigt man sich mit solchen Fragen nur während der Jugendzeit. Bei der Poesie ist diese Annahme ja ganz landläufig. Meine Theorie ist hier, meine Praxis ist nirgends. Trotzdem bin ich weit entfernt, mich für einen jener Auserwählten zu halten, von denen es in den Veden heißt: „Wer wahren Glauben an das allgegenwärtige höchste Wesen hat, der mag essen, was existiert," das heißt, er braucht sich nicht darum zu bekümmern, woraus seine Nahrung besteht oder wer sie ihm zubereitet. Und selbst in diesem Falle – so sagt ein Hindukommentator – muß noch hinzugefügt werden, daß der Vedenausleger diesen Vorzug auf „Zeiten der Not" beschränkt.

Wer hat nicht bisweilen aus seiner Nahrung jene unaussprechliche Befriedigung gesogen, die mit dem Appetit nichts zu tun hatte? Der Gedanke, daß ich dem groben Geschmacksinn eine geistige Vorstellung verdankte, daß ich durch den Gaumen inspiriert wurde, daß ein paar Beeren, die ich am Hügelhang verzehrte, meinem Genius Nahrung waren, hat mich geradezu erschüttert. „Weil die Seele nicht über sich selbst Herrin ist," sagt Thseng-tsen, „so sieht man, aber man schaut nicht, man lauscht, aber man hört nicht, man ißt, aber man kennt den Geschmack der Speisen nicht." Wer den wahren Geschmack seiner Nahrung zu erkennen vermag, kann nie ein Schlemmer sein. Wer es nicht vermag, der ist es stets. Ein Puritaner kann seine Schwarzbrotrinde mit dem gleichen, rohen Appetit verzehren wie der Herr Stadtverordnete seine Schildkrötensuppe. Was zum Munde eingehet, das verunreinigt den Menschen nichtsondern das sinnliche Verlangen, mit dem es verzehrt wird. Nicht die Qualität oder die Quantität, sondern das Zugeständnis an die Sinnlichkeit ist verächtlich. Speisen sollen zur Erhaltung unseres animalischen und zur Erweckung unseres intellektuellen Lebens, und nicht zur Nahrung für die Würmer dienen, die uns dereinst besitzen werden. Während der Jäger ein Verlangen nach Schildkröten, Bisamratten und anderen wilden Leckerbissen dieser Art hat, wird die Weltstadtdame Kalbsfußsülze oder importierte Sardinen bevorzugen. Zwischen beiden besteht jedoch kein Unterschied: er geht zum Mühlenteich, sie zu ihrer Konservenbüchse. Zu bewundern ist allein, wie sie, Du und ich dieses schleimige, viehische Leben führen mögen – essend und trinkend.

Unser ganzes Leben ist überraschend moralisch. Nicht eine Minute gibt es Waffenstillstand zwischen Tugend und Laster. Güte ist die einzige sichere Kapitalsanlage. Sie bildet in dem Harfenklang, der die Welt umzittert, den ewigen Grundton, der uns erschauern macht. Die Harfe ist der Geschäftsreisende für die Weltallversicherungsgesellschaft, deren Statuten durch sie gepriesen werden, und unser bescheidenes Quantum Güte ist der einzige Beitrag, den wir zahlen. Und mag auch der Jüngling schließlich gleichgültiger werden, die Gesetze des Kosmos werden es nicht, sondern stehen immerdar auf der Seite dessen, der am tiefsten empfinden kann. Man soll aus jedem Zephir den leisesten Tadel hören, den er sicherlich enthält; unglücklich ist derjenige, der ihn nicht vernimmt. Wir können keine Saite berühren, kein Register ziehen, ohne daß eine bezaubernde Moral unser Innerstes durchdringt. Manch lästiger Lärm wirkt, von ferne gehört, wie Musik – eine stolze und liebreiche Satire auf die Gemeinheit unseres Lebens.

Wir wissen, daß ein Tier in uns wohnt, welches um so mehr sich regt, je tiefer unsere höheren Triebe schlummern; es kriecht am Boden, ist sinnlich und kann vielleicht nie ganz ausgetrieben werden, gleich den Würmern, die, selbst während wir gesund dahinleben, in unserm Körper hausen. Vielleicht können wir uns von ihm zurückziehen, seine Natur aber können wir nicht ändern. Ich fürchte, daß seine Gesundheit bis zu einem gewissen Grade nichts zu wünschen übrig läßt, daß wir also wohl gesund aber nicht rein sein können. Vor kurzem hob ich den Unterkiefer eines Schweines auf. Er war mit weißen, gesunden Zähnen und Hauern besetzt und bewies mir, daß es neben einer geistigen auch eine animalische Gesundheit und Kraft gibt. Dieses Geschöpf verdankt seine Erfolge nicht seiner Mäßigkeit und Reinheit. „Das, worin der Mensch sich vom Tiere unterscheidet,“ sagt Mencius,“ist etwas ganz Unbedeutendes. Die gemeine Herde verliert es bald genug. Höhere Menschen bewahren es sorgsam.“ Wer weiß, wie unser Dasein verlaufen würde, wenn wir uns zur Reinheit durchgekämpft hätten. Wenn ich wüßte, daß ein Mann lebte, weise genug, um mich Reinheit lehren zu können – ich würde sogleich aufbrechen, um ihn zu suchen. „Die Beherrschung unserer Leidenschaften und der äußeren Sinne unseres Körpers und gute Taten werden in den Veden als unerläßlich bezeichnet, um die Seele Gott näher zu bringen.“ Doch der Geist vermag eine Zeitlang jedes Glied, jede Funktion des Körpers zu beherrschen und zu überwachen und das, was der Form nach gröbste Sinnlichkeit ist in Reinheit und Andacht zu verwandeln. Die Zeugungskraft, die uns verweichlicht und unrein macht, wenn wir ausschweifend sind, kräftigt und inspiriert uns, wenn wir keusch leben. Keuschheit ist des Menschen Blüte, und was man Genius, Heroismus, Heiligkeit usw. nennt, sind nur die verschiedenen Früchte, die durch sie gezeitigt werden. Der Mensch fließt sofort zu Gott, wenn der Kanal der Reinheit offen ist. Bald inspiriert uns unsere Reinheit, bald drückt uns unsere Unreinheit zu Boden. Selig ist der Mensch, der weiß, daß das Tier in ihm von Tag zu Tage mehr abstirbt und das Göttliche in ihm an Kraft gewinnt. Vielleicht hat sich ein jeder wegen der niedrigen, tierischen Natur, an die er gekettet ist, zu schämen. Ich fürchte, wir sind nur Götter und Halbgötter vom Geschlecht der Faune und Satyrn, bei denen Göttliches sich mit Tierischem paart, Geschöpfe der niederen Sinnenlust; und darum fürchte ich auch, daß unser Leben bis zu einem gewissen Grade unseren Schandfleck ausmacht . . .

„Wie glücklich ist der Mensch, der seinen Tieren
„Die rechten Plätze angewiesen hat,
„Und seiner Seele Dickicht lichtete!“

„Der Pferd und Ziege, Wolf und jedes andre Tier
„Verständig zu benutzen weiß, und dabei nicht
„Des schwerbeladenen Esels Rolle für sie alle spielt
„Die Menschen sind nicht nur die Herde Schweine,
„Nein auch die Teufel, welche diese Tiere trieben,
„Daß sie kopfüber den Hügel abwärts stürzten –
„Und noch gemeiner waren als zuvor.“

Es gibt nur *eine* Sinnlichkeit, wenn sie auch in vielen Formen auftritt. Auch gibts nur *eine* Reinheit. Es ist einerlei, ob der Mensch lüstern ißt, trinkt, kohabitiert oder schläft. Wir brauchen ihn nur bei *einer* dieser Handlungen zu beobachten, um zu wissen, wie sinnlich er ist. Der Unreine kann mit Reinheit weder stehen noch sitzen. Wenn das Reptil an der einen Seite seines Schlupfwinkels angegriffen wird, so zeigt es sich an einer anderen Seite. Wer keusch sein will, muß mäßig sein. Was ist Keuschheit? Wie kann ein Mensch beurteilen, ob er keusch ist? Er wird es nicht wissen. Wir haben von dieser Tugend gehört, aber wir kennen sie nicht. Wir urteilen nach den Gerüchten, die über sie im Umlauf sind. Arbeit schafft Weisheit und Reinheit, Müßiggang dagegen Dummheit und Sinnlichkeit. Bei einem Denker ist Sinnlichkeit gleichbedeutend mit Geistesträgheit. Ein unsauberer Mensch ist stets auch faul; er sitzt hinter dem Ofen, schläft in den Tag hinein und ruht sich aus, ohne müde zu sein. Wer der Unreinheit und allen Sünden entfliehen will, der arbeite unverdrossen, und sei es auch beim Stallreinigen. Die menschliche Natur ist schwer zu überwinden, doch sie *muß* überwunden werden. Was nützt es, daß Ihr Euch Christen nennt, wenn Ihr nicht reiner als die Heiden seid, wenn Ihr Euch so wenig selbst bezwingt, wenn Ihr nicht mehr Religion besitzt? Ich kenne viele als heidnisch bezeichnete Religionen, deren Gesetze den Leser beschämen und zu neuem Ringen erwecken, mag es sich auch nur durch die Befolgung gewisser Gebräuche dokumentieren.

Nur zögernd spreche ich über diese Dinge. Nicht wegen des Gegenstandes – es ist mir einerlei, wie unzüchtig meine *Worte* sind – sondern weil ich nicht darüber reden kann, ohne meine eigene Unreinheit zu verraten. Wir besprechen ohne Rückhalt und Schamgefühl *eine* Form der Sinnlichkeit, während wir über eine andere schweigen. Wir sind so tief gesunken, daß wir nicht herzhaft über die notwendigen Funktionen des menschlichen Körpers reden können. In früheren Zeiten wurde in manchen Ländern jede Funktion ehrerbietig besprochen und durch das Gesetz geregelt. Nichts erschien dem indischen Gesetzgeber zu unbedeutend, wie ekelhaft es auch immer unseren modernen Geschmack berührt. Er lehrt, wie man essen, trinken, kohabitieren, die Exkremente und den Urin entleeren soll usw., indem er das Gemeine adelt und nicht über diese Dinge hinwegsieht, als wären sie Lappalien.

Jeder Mensch baut einen Tempel, der sein Körper genannt wird, für den Gott, zu dem er betet und nach dem Stil, der ganz seiner Individualität entspricht. Und mag der Mensch auch Werke aus Marmor schaffen, *diesem* Tempelbau darf er sich nicht entziehen. Wir alle sind Bildhauer und Maler, und als Materialien dienen uns das eigene Fleisch und Blut und unsere Knochen. Edle Gesinnung verfeinert sofort des Menschen Züge, während jede Gemeinheit oder Sinnlichkeit sie vertiert.

An einem Septemberabend saß John Farmer nach harter Tagesarbeit vor seiner Tür und seine Gedanken weilten noch immer mehr oder minder bei seiner Arbeit. Er hatte sich nach einem Bad hierher gesetzt, um seinen geistigen Menschen zu erfrischen. Der Abend war recht kühl, und einige Nachbarn hatten Nachtfrost vorausgesagt. Er hatte die Kette seiner Gedanken noch nicht lange verfolgt, da hörte er jemand Flöte spielen, und dieser Klang harmonierte mit seiner Stimmung. Noch immer dachte er an seine Arbeit, doch seine Gedanken waren bedrückt. Er fühlte, daß alle jene Pläne, die er gegen seinen Willen im Geiste entwarf und durchdachte, ihn im Grunde sehr wenig angingen. Sie waren so unbedeutend, wie die Schuppen seiner Haut, welche beständig abgestoßen wird. Doch die Flötentöne, die sein Ohr vernahm, kamen nicht aus der Sphäre, in welcher er arbeitete und erweckten gewisse Fähigkeiten, die in ihm schlummerten, zum Leben. Leise nahmen sie die Straße fort, das Dorf und auch den Staat, in welchem er lebte, und eine Stimme sprach zu ihm: Warum verziehst Du hier und führst dieses niedrige, mühselige Dasein, wo doch ein glorreiches Leben Dir winkt? Die selben Sterne leuchten auch über anderen Feldern als diesen. Wie aber sollte er sich aus diesem Zustand befreien und wirklich dorthin wandern? Doch zu dem Einen war er fest entschlossen, einer neuen strengen Einfachheit sich zu befleißigen, seine Seele tief in den Körper zu versenken, damit sie ihn erlöse, und unermüdlich an sich selbst zu arbeiten, damit die Selbstachtung stetig wachse.

Meine Nachbarn: die Tiere

Bisweilen hatte ich einen Kameraden beim Fischen, der vom anderen Ende des Landbezirkes durch das Dorf nach meiner Wohnung kam. Dann war das Fangen des Mittagmahles ebenso sehr ein Prüfstein für die Geselligkeit wie das Verzehren desselben.

Der Eremit spricht: Wie's wohl jetzt in der Welt zugeht! Seit drei Stunden habe ich keinen Laut vernommen, selbst nicht der Grille Zirpen über dem Amberbaum.Die Tauben schlafen alle auf den Zweigen – kein Flügelschlag ist hörbar. War das eines Farmers Mittagshorn, was jenseits des Waldes gerade jetzt erklang? Heimwärts zieht der Feldarbeiter zu gekochtem, salzigem Ochsensfleisch, zu Apfelwein und Maisbrot. Warum plagen sich die Menschen so sehr? Wer nicht ißt, braucht nicht zu arbeiten . . . Ich möchte wohl wissen, wieviel sie geerntet haben! Wer möchte dort wohnen, wo man nicht denken kann, weil „Spitz" fortwährend bellt . . . Ja, dieses Haushalten! Dieses Blankputzen von des Teufels Türgriffen, dieses Säubern der Schüsseln an einem solch leuchtenden Tage! Besser ist's, man hält nicht Haus. Wie wärs mit einem hohlen Baum? . . . Und dann die Morgenbesuche und die Mittagsgäste . . . Hei! Da hämmert ein Specht! . . . Ach, wie einer den anderen drängt und stößt . . . Die Sonne ist ihnen dort zu heiß. Ich finde, sie werden schon alt geboren . . . Quellwasser habe ich noch im Hause, und ein Laib Brot liegt im Schrank . . . Horch, es raschelt in den Blättern . . . Ist es vielleicht ein schlecht gefütterter Dorfhund, der seinem Jagdinstinkt folgt, oder ist es das verirrte Schwein, das in diesen Wäldern sich herumtreiben soll und dessen Spuren ich nach dem Regen sah? Hastig kommt es näher . . . Sumach und Feldrosen zittern . . . Ah, Herr Dichter, seid Ihr es? . . . Wie gefällt Ihnen heute die Welt?

Der Dichter spricht: Blick empor zu diesen Wolken, wie sie herniederhängen! Das ist das Herrlichste, was ich heut' gesehen habe. Nichts Ähnliches gibt es auf alten Gemälden, nichts Ähnliches in fremden Landen – es sei denn an der spanischen Küste. Das ist der echte Mittelmeerhimmel! Ich beabsichtigte zu fischen, da ich mir doch meinen Lebensunterhalt erwerben muß und heute noch nichts gegessen habe. Das ist eine des Dichters würdige Beschäftigung, das einzige Gewerbe, welches ich gelernt habe. Komm, laß uns gehen!

Der Einsiedler spricht: Ich kann nicht widerstehen. Mein Schwarzbrot geht auf die Neige. Hernach will ich Dich begleiten, zunächst muß ich einen ernsten Gedankengang beschließen. Ich glaube, ich bin fast fertig damit. So laß mich denn noch eine kurze Weile allein. Damit wir aber nicht noch mehr Zeit einbüßen, magst Du inzwischen den Köder besorgen. Regenwürmer sind hier, wo der Boden nie gedüngt wird, selten. Ihr Geschlecht ist beinahe ausgestorben. Das Vergnügen Würmer zu graben ist fast ebenso groß wie der Fischfang selbst, vorausgesetzt, daß man nicht allzu hungrig ist. Diese Beschäftigung wird heute Dir ganz allein übertragen. Ich empfehle Dir, dort unten, wo die Erdnüsse wachsen und der Beifuß im Winde schwankt, den Spaten einzustechen. Ich glaube Dir versprechen zu können, daß drei Schaufeln voll Erde je einen Wurm zutage fördern werden, wenn Du genau die Graswurzeln betrachtest – gerade wie beim Unkrautroden. Willst Du aber weiter gehen, so halte ich das für ganz gescheut, denn ich fand, daß die Qualität des Köders nahezu im Quadrat der Entfernung wächst.

Der Einsiedler allein: Laß mich sehen ... Wo war ich? Ja, so ungefähr war meine Stimmung, und aus dieser Perspektive betrachtete ich die Welt ... Soll ich zum Himmel oder zum Fischen gehen? Wenn ich jetzt schon diesen Gedankengang beende, wird sich mir je wieder eine solch angenehme Gelegenheit bieten? Ich war so nahe daran, in aller Dinge Wesen mich aufzulösen, wie je in meinem Leben. Ich fürchte, meine Gedanken werden nicht wieder zu mir zurückkommen ... Ich würde ihnen pfeifen, wenn das etwas helfen könnte. Wenn sie uns ein Anerbieten machen, ist es dann klug, zu sagen: Wir wollen es einmal überlegen? ... Heute war die Luft trübe ... Ich werde jetzt diese drei Aussprüche des Konfuzius prüfen, vielleicht sind sie mit meiner Stimmung verwandt ... Ich weiß nicht, war es Schwermut oder knospensprengende Ekstase? Notabene: Es gibt nie mehr wie eine Gelegenheit zu einer Tat.

Der Dichter spricht: Wie wär's jetzt, Einsiedler? Ist's noch zu zeitig? Hier meine Beute: dreizehn Ganze, außerdem einige nicht ganz vollständige oder Magere. Die Dünnen genügen für kleinere Fische und verdecken den Angelhaken nicht so sehr. Die Dorfwürmer sind allesamt viel zu groß! Ein Weißfisch frißt sich satt daran, ohne den Haken zu finden.

Der Einsiedler spricht: Gut! Wir wollen aufbrechen. Wollen wir zum Concordfluß? Der verspricht gar viel, wenn das Wasser nicht zu hoch ist.

Warum machen gerade die Dinge, die wir sehen, eine Welt aus? Warum hat der Mensch gerade diese Arten von Tieren zu Nachbarn? Kann denn nur eine Maus diese Spalte ausfüllen? Ich glaube Pilpayund Komp. haben die Tiere am besten benutzt, denn alle sind in einer Hinsicht wenigstens Lasttiere und berufen, einen Teil unserer Gedanken zu tragen.

Die Mäuse, die in meinem Haus umherhuschten, waren nicht die gewöhnlichen, welche angeblich ins Land eingeschleppt sind, sondern gehörten zu einer wilden, eingeborenen Art, welche man im Dorf nicht findet. Ein Exemplar, welches ich an einen hervorragenden Naturforscher schickte, interessierte den Herrn sehr. Gerade dort, wo ich mein Haus baute, hatte eine Maus ihr Nest, und bis ich den zweiten Boden gelegt und die Späne entfernt hatte, kam sie regelmäßig zur Frühstückszeit ans Tageslicht, um die Brosamen zu meinen Füßen aufzufressen. Wahrscheinlich hatte sie nie zuvor einen Menschen gesehen. Bald wurde sie ganz zutraulich, lief über meine Schuhe und an den Kleidern in die Höhe. Ohne Mühe huschte sie ruckweise an den Wänden des Zimmers empor, wie ein Eichhörnchen, dem sie in ihren Bewegungen glich. Schließlich kletterte sie eines Tages, als ich, den Ellbogen auf die Bank gestützt, dasaß, an meinen Kleidern hoch, lief am Ärmel entlang und rund um das Papier herum, welches mein Mittagessen barg. Und während ich das Papier festhielt, neckte ich sie und spielte mit ihr Verstecken. Einmal hielt ich ein Stückchen Käse unbeweglich zwischen Daumen und Zeigefinger: da huschte sie herbei und knabberte daran, in meiner Hand sitzend. Nachher wischte sie sich wie eine Fliege Schnäutzchen und Pfoten und eilte fort.

Eine Phöbe baute ihr Nest in meinen Holzschuppen und ein Rotkehlchen suchte in meiner Fichte Schutz, die nahe am Hause wuchs. Im Juni führte das Rebhuhn (*Tetrao umbellus*), ein äußerst scheuer Vogel, seine Jungen erst hinter und dann vor mein Haus, gluckte und lockte sie wie eine Henne und bewies durch ihr ganzes Benehmen, daß sie das Huhn des Waldes sei. Wenn man sich ihnen nähert, zerstreuen sich die Jungen auf ein von der Mutter gegebenes Zeichen schnell, als ob ein Wirbelwind sie plötzlich hinweggefegt habe. Sie gleichen übrigens dürren Blättern und Zweigen so genau, daß mancher Wandersmann, ohne es zu ahnen, seinen Fuß mitten zwischen die Jungen setzte, während er gleichzeitig das Schwirren der davonfliegenden Mutter und ihre ängstlichen Rufe hörte, oder sah, wie sie ihre Flügel nachschleppen ließ, um die Aufmerksamkeit auf sich zu lenken. Die Mutter rollt und dreht sich manchmal mit gesträubten Federn derart, daß man anfangs nicht weiß, was für ein Tier man vor sich hat. Die Jungen drücken sich unbeweglich und flach auf den Boden, verstecken oft ihren Kopf unter einem Blatt und richten sich nur nach den Verhaltungsmaßregeln, die ihnen von der Mutter aus der Ferne zugerufen werden. Nähert man sich ihnen, so lassen sie sich nie zur Flucht veranlassen, um sich nicht zu verraten. Selbst wenn man auf sie tritt oder die Stelle, wo sie liegen, minutenlang betrachtet: man wird sie nicht entdecken. Und selbst wenn ich bisweilen ein Junges in meine flache Hand legte, war es noch immer bestrebt (der Mutter und dem eigenen Instinkt gehorsam) sich ohne Furcht und Zittern auszustrecken. Und dieser Instinkt ist so ausgeprägt, daß einmal, als ich die Jungen wieder auf die Blätter legte und dabei zufällig eins auf die Seite fiel, dieses Tierchen mitten zwischen den andern nach Verlauf von zehn Minuten noch in der gleichen Lage vorgefunden wurde. Sie sind nicht ungefiedert, wie die meisten jungen Vögel, sondern vollkommen entwickelt und frühreifer als die jungen Hühnchen. Der auffallend kluge und doch unschuldige Ausdruck ihrer offenen, klaren Augen ist fesselnd. Alle Intelligenz scheint sich in ihnen zu spiegeln. Sie erinnern nicht nur an die Reinheit der Kinderjahre, sondern auch an eine durch Erfahrung geläuterte Weisheit. Solch ein Auge wurde nicht gleichzeitig mit dem Vogel geboren, sondern ist so alt wie der Himmel, der sich in ihm spiegelt. Der Wald gebiert kein zweites Kleinod von solcher Reine. Nicht häufig blickt der Wandersmann in solch lauteren Quell. Jäger schießen oft aus Unverstand oder Spielerei die Alten um diese Zeit. Dann fallen die Jungen den Raubtieren aller Art anheim, oder sterben allmählich zwischen den welken Blättern, denen sie ja stets gleichen. Wenn sie von einem Haushuhn ausgebrütet sind, und sich beim ersten Alarm zerstreuen, so sind sie verloren, denn sie hören nicht der Mutter Ruf, der sie wieder sammeln möchte. Das waren meine Hennen und Hühnchen.

Es ist erstaunlich, wie viele Geschöpfe wild und frei, wenn auch verborgen in Wäldern leben und, nur von Jägern gekannt, in der Nähe der Städte sich zu behaupten wissen. Wie verborgen lebt die Otter hier! Sie wird vier Fuß lang, so groß wie ein kleiner Knabe, und doch wird sie vielleicht nie von Menschenaugen erblickt. Früher sah ich Waschbären in den Wäldern hinter jener Stelle, wo mein Haus errichtet wurde, und nachts höre ich auch noch ihr Winseln. Meistens ruhte ich mich um die Mittagszeit im Schatten ein bis zwei Stunden von der Feldarbeit aus, aß mein Frühstück und las ein wenig an der Quelle, welche das Moor durchtränkt und einem Büchlein Nahrung gibt. Sie sickert unter Brister's Hügel, eine halbe Meile von meinem Feld entfernt, hervor. Um dorthin zu gelangen, mußte ich erst eine Reihe grasbewachsener, welliger Niederungen durchwandern, in denen junge Pechtannen wuchsen. Dann erst kam ich bei dem Moor in einen größeren Wald. Hier gab es unter dem Dach einer Weißtanne ein abgelegenes, schattiges Plätzchen, eine saubere feste Grasbank, auf welcher man niedersitzen konnte. Ich hatte die Quelle ausgegraben und einen Brunnen mit klarem, grauen Wasser geschaffen, aus dem ich eimerweise schöpfen konnte, ohne ihn zu trüben. Im Hochsommer, wenn der Teich am wärmsten war, ging ich fast täglich zum Wasserholen hierher. Dorthin führte auch die Waldschnepfe ihre Jungen, um im Schlamm nach Würmern zu suchen. Sie flatterte nur einen Fuß hoch über den Jungen am Bachesrand, während die kleine Schar unter ihr dahinlief. Sobald sie mich jedoch entdeckte, verließ sie ihre Jungen und schwebte um mich herum, immer engere Kreise ziehend. Sie kam näher und näher – bis auf vier Fuß – an mich heran, stellte sich, um meine Aufmerksamkeit auf sich zu lenken, als ob sie Flügel und Füße gebrochen habe, während die Brut, den mütterlichen Anweisungen folgend, die bereits begonnene Flucht nach dem Sumpf im Gänsemarsch und unter schrillem, wenn auch schwachem Piepsen fortsetzte. Bisweilen vernahm ich auch das Piepen der Jungen, während ich nach der Mutter vergeblich ausschaute. Auch Turteltauben saßen hier über der Quelle oder flatterten auf der zarten Weißtanne von einem Ast zum andern. Besonders neugierig und zutraulich war ein rotes Eichhörnchen, welches am nächsten Zweig herunterlief. Man brauchte nur lange genug an einem schönen Platz im Walde ruhig sitzen zu bleiben, um mit allen Bewohnern der Reihe nach Bekanntschaft zu schließen.

Doch auch weniger friedliche Ereignisse konnte ich beobachten. Als ich eines Tages zu meinem Holzhaufen oder vielmehr zu meinem Baumstumpfhaufen kam, sah ich zwei große Ameisen, die in erbittertem Kampfe sich befanden. Die eine war rot, die andere, weit größere, war schwarz und fast einen halben Zoll lang. Nachdem sie einmal sich gegenseitig gepackt hatten, ließen sie nicht mehr locker, sondern kämpften und rangen und rollten auf den Holzspänen ohne Unterlaß hin und her. Als ich weiter Umschau hielt, sah ich zu meinem Erstaunen, daß die Späne mit solchen Kämpfern bedeckt waren, daß kein *duellum* sondern ein *bellum* hier stattfand, ein Krieg zwischen zwei Ameisenvölkern! Überall kämpfte eine rote gegen eine schwarze, oder zwei rote fochten mit einer schwarzen. Die Legionen dieser Myrmidonen bedeckten alle Hügel und Täler meines Holzhofes. Schon war der Boden mit roten und schwarzen Toten und Sterbenden besät. Es war das einzige Schlachtfeld, das ich je sah, das einzige Schlachtfeld, das ich betrat, als wilder Kampf wütete. Ein Kampf auf Leben und Tod! Die roten Republikaner auf der einen Seite, die schwarzen Kaiserlichen auf der anderen. Überall wurde erbittert gekämpft, ohne daß ich irgend ein Geräusch vernehmen konnte. Nie fochten menschliche Krieger so standhaft. Ich beobachtete ein Paar, das in einem kleinen sonnigen Tal zwischen zwei Holzscheiten rang und jetzt am Mittag fest entschlossen schien, bis zum Sonnenuntergang oder bis zum letzten Atemzug zu kämpfen. Der kleinere rote Krieger hielt wie ein Schraubstock fest die Vorderseite seines Gegners umklammert und bemühte sich, obwohl er mit seinem Gegner häufig auf dem Schlachtfeld kopfüber hinstürzte, unablässig, dem Kaiserlichen den einen Fühler nahe an der Wurzel abzunagen; der andere war diesem Schicksal bereits anheimgefallen. Der stärkere schwarze Soldat schleuderte seinen Gegner von einer Seite zur anderen, und als ich genauer hinsah, bemerkte ich, daß der Republikaner schon verschiedene Gliedmaßen eingebüßt hatte. Sie kämpften mit größerer Hartnäckigkeit als Bulldoggen. Keiner von beiden zeigte die geringste Neigung zur Flucht. Ihr Schlachtruf war zweifellos: Siegen oder Sterben! Inzwischen kam ein zweiter roter Krieger augenscheinlich in höchster Erregung an einem der Hügel, welche dieses Tal begrenzten, herabgeeilt. Entweder hatte er seinen Feind besiegt oder noch nicht am Kampfe teilgenommen. Da er noch ganz unversehrt war, gehörte er vielleicht zur Reserve. Jetzt hatte ihm die Mutter befohlen, mit dem Schilde oder auf dem Schilde zurückzukehren. Vielleicht war er ein zweiter Achill, der abseits seinen Grimm nährte und jetzt herbeistürmte, um seinen Patroklus zu rächen oder zu retten. Er sah den ungleichen Kampf von fern – denn die Schwarzen waren nahezu zweimal so groß wie die Roten – kam schnellen Laufes herbei und stand jetzt nur einen halben Zoll von den Kämpfenden entfernt auf der Lauer, um im günstigen Augenblick auf den schwarzen Krieger sich zu stürzen und den Angriff nahe an der Wurzel des rechten Vorderfußes zu beginnen. Mochte der Gegner unter seinen eigenen Gliedmaßen die Wahl treffen! So waren die drei dort fürs Leben vereint, als ob ein neues Bindemittel hier verwendet würde, das jedes Schloß und jeden Mörtel übertraf. Wenn ich jetzt noch entdeckt hätte, daß auf den Gipfeln der Holzscheite die Musikkapellen beider Armeen aufgestellt seien, Nationalhymnen spielend, um die matten Krieger anzufeuern, die Sterbenden zu trösten: ich hätte mich nicht gewundert. Ich selbst war so erregt, als ob hier Menschen kämpften. Und je mehr man darüber nachdenkt, desto geringer wird der Unterschied. Sicherlich ist in Concords, vielleicht sogar in Amerikas Annalen kein Kampf verzeichnet, der auch nur für einen Augenblick, sowohl in bezug auf die Streitkräfte als auch in bezug auf den entwickelten Patriotismus und Heldenmut, mit diesem verglichen werden kann. Die Masse der Truppen und das Blutbad erinnerten an Austerlitz oder Dresden! Die Schlacht bei Concord! Da gabs zwei Tote auf Seiten der Patrioten und Luther Blanchard ward verwundet! Hier aber war jede Ameise ein Buttrick ... „Feuer – um Gottes Willen,

Feuer! . . ." und Tausende teilten das Schicksal von Davis und Hosmer. Hier gab es keine Söldner. Sie fochten wie einst unsere Vorfahren zweifellos für ein Prinzip und nicht für die Aufhebung der „Dreipennysteuer"auf ihren Tee. Und die Resultate dieser Schlacht werden für die, welche hier fochten, wenigstens so wichtig und denkwürdig sein, wie die der Schlacht bei Bunker Hill.

Ich hob den Holzspan auf, an welchem die drei soeben beschriebenen Krieger kämpften, und trug ihn nach Hause. Dort stülpte ich auf der Fensterschwelle ein Wasserglas über ihn, um den Ausgang zu beobachten. Ich betrachtete die zuerst erwähnte rote Ameise mit der Lupe: ihre Brust war zerstückelt, und ihre Eingeweide waren den Bissen des schwarzen Gegners preisgegeben, dessen Brustpanzer augenscheinlich zu stark war, um durchstoßen zu werden. Trotzdem nagte sie auch jetzt noch, nachdem beide Fühler abgetrennt waren, unablässig an dem ihr zunächst befindlichen Vorderfuße des Gegners. Und in den dunkelen Karfunkelaugen der Schmerzgeplagten leuchtete eine Wildheit auf, die nur der Krieg zu entfachen vermag. Noch eine halbe Stunde lang währte der Kampf unter dem Wasserglas. Als ich hernach wieder hinsah, hatte der schwarze Krieger die Häupter seiner Feinde von ihren Leibern abgesägt. Die noch lebenden Köpfe hingen, wie grausige Trophäen am Sattelbogen, an ihm zu beiden Seiten herunter. Mit schwachen Kräften versuchte er, der keine Fühler mehr besaß, nur noch ein einziges arg verstümmeltes Bein und wer weiß wie viele andere Wunden hatte, die Köpfe abzuschütteln. Das gelang ihm auch nach einer weiteren halben Stunde. Ich hob das Glas in die Höhe und nun kroch er als Krüppel über die Fensterschwelle fort. Ob er schließlich den Kampf überlebte und seinen Lebensabend in irgend einem "*Hôtel des Invalides*" zubrachte, weiß ich nicht. Ich war indessen überzeugt, daß seine Tätigkeit hernach nur wenig Wert haben würde. Welche Nation siegte und welche Ursache dieser Krieg hatte, blieb mir unbekannt. Doch in den nachfolgenden Stunden dieses Tages befand ich mich in solch erregter, quälender Stimmung, als ob ich vor meiner Tür Augenzeuge eines hartnäckigen, wilden, blutigen Kampfes zwischen Menschen gewesen wäre.

Kirby und Spence berichten uns, daß Ameisenschlachten schon seit langer Zeit berühmt sind, und daß man die Daten dieser Schlachten kennt. Sie fügen jedoch hinzu, daß Huberder einzige moderne Schriftsteller sei, der sie augenscheinlich selbst beobachtet habe. Weiterhin heißt es dort: „Äneas Sylvius gibt zunächst einen sehr umständlichen Bericht über einen erbitterten Kampf, der zwischen einer größeren und einer kleineren Ameisenart auf dem Stamm eines Birnbaumes ausgefochten wurde," und fährt dann fort: „diese Schlacht fand unter dem Pontifikate Eugens des Vierten statt. Nicholas Pistoriensis, ein ganz hervorragender Advokat, war Augenzeuge und hat alle Vorgänge der Schlacht mit größter Genauigkeit geschildert." Über ein ähnliches Gefecht zwischen großen und kleinen Ameisen wird von Olaf Magnus berichtet: hier siegten die Kleinen; sie begruben die Leichen ihrer eigenen Krieger, während sie die ihrer riesenhaften Feinde als Beute für die Vögel auf dem Schlachtfeld zurückließen. Dies geschah vor der Vertreibung des Tyrannen Christian II. von Schweden.Die Schlacht, die ich beobachtete, fand statt, als PolkPräsident war, fünf Jahre bevor Websters Antrag in bezug auf „flüchtige Sklaven“ zum Gesetz erhoben wurde.

Mancher Spitz im Dorf, der allenfalls noch eine Schlammschildkröte in einem Proviantkeller herumhetzen konnte, lief mit plumpen Bewegungen ohne Wissen seines Herrn zum Zeitvertreib in den Wäldern umher und schnupperte ohne Erfolg an allen Fuchsbauen oder Murmeltierhöhlen. Bisweilen diente ihm ein kleiner, schlanker, verkommener Köter als Führer, der leichtfüßig den Wald durchstreifte und den eingesessenen Bewohnern noch immer einen erklärlichen Schrecken einzujagen vermochte. Jetzt ist der Spitz weit hinter seinem Führer zurückgeblieben und bellt wie ein hündischer Stier vor einem kleinen Eichhörnchen, das sich auf einen Baum geflüchtet hat, um Umschau zu halten. Dann galloppiert er weiter, drückt das Unterholz durch sein Gewicht zu Boden und bildet sich ein, er sei irgend einem verirrten Mitglied der Jerbillafamilie auf der Spur. Einmal sah ich zu meinem Erstaunen eine Katze am steinigen Teichufer entlang schleichen; nur selten entfernen sie sich so weit von ihrem Heim. Das Erstaunen war übrigens gegenseitig. Trotzdem fühlt sich, wie es scheint, auch die verwöhnteste Hauskatze, die ihr ganzes Leben lang auf dem Teppich lag, im Walde ganz heimisch und beweist durch ihr listiges und verstohlenes Benehmen, daß sie hier besser zu Hause ist als die ständigen Bewohner. Beim Beerensuchen stieß ich in den Wäldern einmal auf eine Katze mit ihren Jungen. Alle sahen ganz verwildert aus, machten zugleich mit der Mutter einen Buckel und fauchten mich wütend an. Einige Jahre bevor ich meinen Wohnsitz in den Wäldern aufschlug, gab es in Gibian Bakers Farmhaus, in Lincoln nahe am Teich, eine sogenannte „geflügelte Katze“. Als ich sie im Juni 1842 besuchen wollte, war sie gerade zum Jagen in die Wälder gewandert. Das war ihre Gewohnheit. (Da ich nicht weiß, obs ein Kater oder eine Katze war, gebrauche ich das in diesem Falle am meisten angewendete Pronomen.) Ihre Herrin erzählte mir, das Tier sei vor etwas mehr als einem Jahr im April in diese Gegend gekommen und schließlich in ihrem Haus aufgenommen worden. Sie sei dunkel-braungrau gefärbt, habe am Hals einen weißen Flecken, weiße Pfoten und einen langen buschigen Schwanz wie ein Fuchs. Im Winter würde ihr Pelz dick und hänge in zehn bis zwölf Zoll langen und zweiundeinhalb Zoll breiten Zotten an den Seiten herunter. Unter dem Kinn sähe er wie ein Damenmuff aus. Die obere Seite sei lose, die untere unregelmäßig verflochten wie ein Filz. Im Frühjahr fielen diese Anhängsel ab. Ich bekam ein Paar dieser „Flügel“ geschenkt – ich besitze sie noch heute. Man sieht nichts membranöses an ihnen. Einige Leute glauben, daß diese Katze mit dem fliegenden Eichhörnchen oder mit irgend einem anderen wilden Tier verwandt ist. Das ist nicht unmöglich, denn Naturforscher berichten, daß zeugungsfähige Bastarde von Marder und Hauskatze erzielt wurden. Das wäre eine Katze für mich gewesen, wenn ich mir eine hätte halten wollen! Denn warum soll eines Dichters Katze nicht ebenso geflügelt sein wie sein Roß?

Im Herbst kam gewöhnlich der Taucher (*Colymbus glacialis*), um im Teiche sich zu mausern und zu baden. Dann hallten die Wälder, noch bevor ich aufgestanden war, sein wildes Gelächter wider. Sobald das Gerücht von seiner Ankunft sich verbreitet, sind alle Sportsmänner von der Hauptstraße des Dorfes unterwegs: in Gigs oder zu Fuß, zu zweien oder zu dreien, mit Patentgewehren, konischen Kugeln und Fernrohren. Wie Herbstblätter rascheln sie durch den Wald, zehn Mann mindestens gegen einen Taucher. Die einen nehmen auf dieser Seite des Teiches, die andern auf jener Seite Stellung, denn der arme Vogel kann nicht allgegenwärtig sein. Taucht er hier unter, so taucht er dort auf. Doch da erhebt sich der freundliche Oktoberwind, rauscht in den Blättern und kräuselt die Oberfläche des Wassers, so daß kein Taucher gehört oder gesehen werden kann, obwohl seine Feinde mit Ferngläsern gierig den Teich absuchen, obwohl ihre Schüsse durch die Wälder hallen. Die hilfsbereiten Wellen steigen und stürzen ärgerlich – sie nehmen für alle Wasservögel Partei – so daß unsere Sportsmänner schon bald eiligst in die Stadt, zum Geschäft, zur unvollendeten Arbeit zurückkehren. Doch allzuoft hatten sie Erfolg. Wenn ich früh morgens einen Eimer Wasser holte, sah ich oft nur wenige Meter von mir entfernt diesen stolzen Vogel aus meiner Bucht hinaussegeln. Wenn ich mich bemühte, ihn mit dem Boot einzuholen, um zu sehen, wie er *manövrierte*, so tauchte er unter und wurde manchmal erst spät am Tage von mir aufs neue entdeckt. An der Oberfläche war ich ihm indessen ein gut Teil überlegen. Meistens flog er bei Regenwetter auf und davon.

Als ich an einem friedlich stillen Oktobernachmittag am Nordufer entlang ruderte, hielt ich lange vergebens über den Teich hin nach einem Taucher Ausschau, obwohl der Vogel gerade an solchen Tagen sich gern auf den Teich herabsenkt, wie der Flaum des Milchkrautes. Plötzlich sah ich, wie einer vom Ufer aus nach der Mitte des Teiches hin, kaum fünf bis sechs Meter von mir entfernt, dahinsegelte. Sein wildes Lachen wurde sein Verräter. Ich setzte das Boot in Bewegung, um ihn zu verfolgen: er tauchte unter. Als er jedoch wieder zum Wasserspiegel emporkam, war ich ihm näher wie zuvor. Er tauchte aufs neue unter. Ich verrechnete mich jedoch in der Richtung, welche er vermutlich einschlagen würde, so daß wir, als er wieder emporkam, etwa zweihundert Meter voneinander entfernt waren. Ich selbst hatte zur Vergrößerung des Zwischenraumes beigetragen. Wieder lachte er laut und lang, und mit mehr Recht als zuvor. Er manövrierte so geschickt, daß ich ihm nicht auf etwa fünfundzwanzig Meter nahe kommen konnte. Wenn er auftauchte, drehte er jedesmal den Kopf nach allen Seiten, überblickte kaltblütig Wasser und Land und nahm dann jenen Kurs, welcher ihm die weiteste Wasserfläche und die größte Entfernung vom Boot zu versprechen schien. Es war erstaunlich, wie schnell er seine Entschlüsse faßte und ausführte. Er brachte mich sofort dorthin, wo der Teich am breitesten war, und war von hier nicht wieder zu vertreiben. Während sein Gehirn einen Plan entwarf, mühte ich das meine, diesen Plan zu erraten. Es war ein gar liebliches Spiel, das auf dem glatten Wasserspiegel Mensch gegen Taucher spielte! Plötzlich verschwindet des Gegners Figur unter dem Brette! Jetzt gilt's, die eigene Figur nahe an den Platz zu bringen, wo die des Gegners wieder auftauchen wird! Bisweilen kam er gegen mein Erwarten an meiner anderen Seite in Sicht. Er war also direkt unter dem Boot hinweggeschwommen. Er war so langatmig und so unermüdlich, daß er selbst dann, wenn er die weiteste Strecke unter Wasser zurückgelegt hatte, sofort wieder untertauchte. Dann konnte man sich noch so sehr anstrengen ohne zu erraten, in welcher Richtung er durch diesen tiefen Teich unter der glatten Oberfläche wie ein Fisch dahinschoß. Denn er hatte Zeit und die Fähigkeit, den Boden des Teiches an den tiefsten Stellen zu besuchen. In den Seen des Staates New York sollen achtzig Fuß unter der Oberfläche an Angelhaken, die für Forellen ausgeworfen wurden, Taucher gefangen worden sein. Der Walden aber ist tiefer als achtzig Fuß! Man stelle sich das Erstaunen der Fische vor, wenn dieser seltsame Besucher aus einer anderen Welt mitten durch ihre Scharen dahineilt! Doch er schien seinen Kurs ebensogut unter als auf dem Wasser zu kennen und schwamm dort nur noch schneller. Ein paarmal sah ich, wenn er sich der Oberfläche näherte, ein leichtes Gekräusel. Dann tauchte nur der Kopf zum „Rekognoszieren“ empor, um im nächsten Augenblick wieder zu verschwinden. Auf mein Ruder gestützt in Ruhe sein Wiedererscheinen abzuwarten, erschien mir schließlich ebensogut wie die mühsame Berechnung des Ortes, an welchem er auftauchen würde. Mochte ich auch angestrengt mit meinen Augen die Wasserfläche absuchen: immer und immer wieder erschreckte er mich plötzlich hinter meinem Rücken durch sein unirdisches Lachen. Doch warum verrät der sonst so Schlaue sich im Moment des Emportauchens beständig durch dieses laute Lachen? Verrät ihn seine weiße Brust nicht schon genug? „Du bist doch ein einfältiger Taucher,“ dachte ich bei mir. Meistens konnte ich auch das Geplätscher des Wassers hören, wenn er heraufkam: auch dadurch konnte ich ihn entdecken. Nach einer Stunde schien er noch gerade so frisch wie zuvor zu sein, tauchte noch gerade so gern unter und schwamm noch weiter als zuvor. Man mußte bewundern, mit welch heiterer Gelassenheit er dahinsegelte, sobald er zur Oberfläche gelangt war: seine Brust blieb unbeweglich, während die Schwimmfüße in der Tiefe die Arbeit verrichteten. Meistens ließ er dieses dämonische Lachen erklingen, welches immerhin noch an den Schrei eines Wasservogels erinnern konnte. Bisweilen aber, wenn er mich recht erfolgreich genarrt hatte und in großer Entfernung wieder zum Vorschein kam, stieß er ein langgezogenes, unirdisches Geheul aus, das eher von einem Wolf als von einem Vogel herzurühren schien. Es klang, als ob ein wildes Tier die Schnauze gegen den Erdboden preßte und bedächtig heulte. Das war sein Sang! Es war vielleicht der wildeste Klang, der je hier vernommen wurde und den die Wälder nah und fern widerhallten. Ich war schließlich überzeugt, daß der Vogel voll Vertrauen auf seine eigenen Fähigkeiten über meine Anstrengungen spottend lachte. Obwohl der Himmel allmählich sich bedeckt hatte, war der Teich so spiegelglatt, daß ich genau die Stelle sehen konnte, wo der Taucher emporkam, wenn ich auch das Geplätscher nicht hörte. Seine weiße Brust, die Windstille, die Glätte des Wassers: alles war gegen ihn. Jetzt war er ungefähr zweihundert Meter von mir entfernt, und wieder erschallte jenes langgezogene Geheul. Es klang, als ob er zum Gott der Taucher um Hülfe flehte, und sogleich erhob sich ein Wind aus Osten, kräuselte die Oberfläche und brachte Nebel mit feinem Regen. Ich aber hatte das Gefühl, als ob sein Gebet erhört worden sei, als ob sein Gott mir zürne. Darum ruderte ich heim, er aber verschwand in weiter Ferne auf wogendem Teich.

An Herbsttagen beobachtete ich stundenlang die Enten, die geschickt lavierten, vor dem Winde umwendeten und sich fern von den *Sportsmännern* mitten auf dem Teich aufhielten. Solche Künste brauchten sie in den Louisianabuchtenweniger zu üben. Wurden sie zum Auffliegen gezwungen, dann kreisten sie bisweilen rund um den Teich und über ihm in beträchtlicher Höhe. Von dort konnten sie – schwarzen Stäubchen am Himmel gleichend – leicht die anderen Teiche und den Fluß überblicken. Und wenn ich glaubte, sie seien längst dorthin geflogen, dann senkten sie sich bisweilen, im schrägen Flug seitlich aus einer Entfernung von einer Viertelmeile kommend, auf einen entfernteren, ungestörten Teil hernieder. Was sie aber bei ihren Fahrten auf der Mitte des Waldenteiches abgesehen von der Sicherheit fanden, weiß ich nicht. Sie lieben jedoch vielleicht sein Wasser aus demselben Grunde wie ich.

Heizung

Im Oktober wanderte ich zur Weinlese nach den Wiesen am Fluß und belud mich mit Trauben, deren Schönheit und Duft köstlicher waren als ihr Geschmack. Dort bewunderte ich auch, ohne sie zu pflücken, die Preißelbeeren, den roten Perlenschmuck des Wiesengrases, die kleinen Wachsjuwelen, die der Farmer mit häßlichem Rechen abreißt, wobei er die lieblichen Wiesen zerzaust. Er mißt diesen, den grünen Matten entrissenen Raub gleichgültig nach Scheffeln und barer Münze, und schickt die Beeren nach Boston oder New York zum Verkauf. Dort werden sie gepreßt und gequetscht, um den Geschmack der dortigen Naturliebhaber zu befriedigen. So reißen Schlächter den Büffeln nur die Zunge heraus und lassen im übrigen diese wilden Pflanzen der Prärien elend zugrunde gehen.Der Berberitze gleißende Frucht diente ebenfalls nur meinen Augen als Nahrung. Doch sammelte ich einen kleinen Vorrat wilder Äpfel zum Dämpfen, die der Besitzer oder der Wandersmann übersehen hatte. Als die Kastanien reif waren, legte ich einen halben Scheffel davon für den Winter zurück. Es machte mir großes Vergnügen, die damals endlosen Kastanienwälder Lincolns zu durchstreifen – jetzt schlafen sie ihren langen Schlaf unter der Eisenbahn – den Sack auf der Schulter und den Stock in meiner Hand, mit dem ich die rauhen Hülsen entfernte, denn ich wartete nicht den Frost ab. Es rauschte im Laub und laute Vorwürfe ertönten vom roten Eichhörnchen und von der Dohle, deren halbverzehrte Nüsse ich bisweilen stahl, weil die von ihnen ausgesuchten Hülsen mit Sicherheit gute Früchte enthielten. Gelegentlich kletterte ich auch auf einen Baum und schüttelte die Zweige. Kastanien wuchsen auch hinter meinem

Hause, und ein hoher Baum dieser Art, der es fast überschattete, glich zur Blütezeit einem großen Strauß, der die ganze Nachbarschaft mit Duft erfüllte. Scharenweise kamen früh morgens die Dohlen herbei und schälten die Früchte aus den Hülsen, ehe sie herausfielen. Willig überließ ich ihnen diese Bäume und besuchte die entfernter gelegenen Wälder, die nur aus Kastanienbäumen bestanden. Diese Früchte gaben mir, solange ihr Vorrat reichte, einen guten Ersatz für Brot. Doch könnte man vielleicht noch manch anderes Ersatzmittel finden. Als ich eines Tages nach Regenwürmern grub, fand ich die Erdnuß (*Apios tuberosa*) an ihrem Faden, die Kartoffel der Ureinwohner, eine Art fabelhafter Frucht. Ja, ich wußte nicht einmal genau, ob man mir erzählt habe, daß ich sie in der Kindheit gegraben und gegessen habe, oder ob das nur ein Traum gewesen sei. Seitdem habe ich oft ihre gekräuselte, rote, sammetartige Blüte gesehen, die von den Stengeln anderer Pflanzen getragen wurde, ohne daß ich wußte, daß sie der Erdnuß angehöre. Inzwischen hat die Kultur sie fast gänzlich ausgerottet. Sie hat einen süßlichen Geschmack (ähnlich wie die Kartoffel, die vom Frost gelitten hat) und mundete mir gekocht besser als geröstet. Durch diese Knollengewächse schien die Natur leise zu versprechen, in Zukunft ihre eigenen Kinder großzuziehen und sie hier einfach zu ernähren. Heute, in der Epoche gemästeter Viehherden und wogender Kornfelder ist diese bescheidene Wurzel, die einst das Totemseines Indianerstammes war, ganz in Vergessenheit geraten, oder nur durch ihre blühenden Ranken bekannt. Sollte aber die Natur hier noch einmal in ungezähmter Freiheit herrschen, dann werden tausend und abertausend Feinde das zarte und üppige englische Korn vernichten. Ohne Menschenhilfe wird dann vielleicht die Krähe das letzte Saatkorn gen Südwesten zu Manito's großem Kornfeld tragen, dorthin, von wo sie einst ein Körnchen gebracht haben soll. Und dann wird die jetzt fast ausgerottete Erdnuß wieder aufleben, trotz Frost und Wildernis, als *autochthon* sich bewähren und ihre alte Bedeutung und Würde als Ernährerin eines Jägervolkes aufs neue betätigen. Irgend eine indianische Ceres oder Minerva muß sie erfunden und der Menschheit zum Geschenk gemacht haben. Und wenn hier das Reich der Poesie einmal beginnt, dann werden ihre Blüten und ihre Wurzelknollen auf unseren Kunstwerken vielleicht dargestellt werden.

Schon am ersten September hatte ich über den Teich hin zwei oder drei kleine Ahornbäume gesehen, welche etwas unterhalb der Stelle, wo die weißen Espenstämme auseinander wichen, nahe am Wasser gleichsam auf einem Vorgebirge standen und im schönsten Scharlachrot leuchteten. Ach, wie manche Geschichte erzählte ihre Farbe! Von Woche zu Woche kam allmählich der Charakter jedes Baumes mehr zum Vorschein, und sich selbst bewundernd blickten alle in den glatten Spiegel des Sees. Jeden Morgen ersetzte der Direktor dieser Galerie ein altes Bild an der Wand durch ein neues, das noch vollendeter war an Leuchtkraft und Farbenharmonie.

Wespen kamen im Oktober zu Tausenden nach meiner Hütte, als ob hier ihr Winterquartier sei. Sie ließen sich innen an den Fenstern und oben an der Zimmerdecke nieder, und schreckten nicht selten Besucher vom Eintritt ab. Morgens waren sie vor

Kälte erstarrt, dann fegte ich einige von ihnen hinaus. Im übrigen gab ich mir nicht viel Mühe sie los zu werden. Im Gegenteil, ich fühlte mich geehrt, daß sie mein Haus als passenden Zufluchtsort betrachteten. Sie belästigten mich niemals ernstlich, obwohl sie bei mir im Bette schliefen. Allmählich verschwanden sie in – wer weiß welchen – Spalten, um dem Winter und der unsäglichen Kälte zu entgehen.

Wie die Wespen pflegte ich, bevor ich definitiv Winterquartier im November bezog, die Nordostseite des Walden zu besuchen. Sonnenstrahlen, die von dem Pechtannenwald und vom steinigen Ufer zurückgeworfen wurden, bildeten hier gleichsam den Kamin des Teiches. Es ist angenehmer und gesünder, sich so lange wie möglich von der Sonne anstatt von einem künstlichen Feuer wärmen zu lassen. So wärmte ich mich denn an der noch glühenden Asche, die der Sommer – wie ein Jäger, der fortzog – zurückgelassen hatte.

Als ich mit dem Bau meines Kamins begann, studierte ich das Maurerhandwerk. Da meine Ziegelsteine aus zweiter Hand gekauft waren, mußten sie zunächst mit einer Mauerkelle gereinigt werden, Ich gewann dadurch genauere Kenntnisse über die Qualität der Ziegel und Mauerkellen, als man durchschnittlich besitzt. Der Mörtel an den Steinen war fünfzig Jahre alt und sollte angeblich noch immer härter werden. Das ist jedoch nur eine jener Phrasen, die von den Menschen mit Vorliebe nachgeplappert werden, einerlei ob sie wahr sind oder nicht. Solche Redensarten werden selbst härter und hängen sich im Verlauf der Zeit immer fester an, so daß gar manche Schläge mit der Kelle oder mit der Keule notwendig sein würden, um einen alten, superklugen Hansnarren davon zu säubern. Viele Dörfer Mesopotamiens sind aus vorzüglichen Ziegelsteinen gebaut, die aus den Ruinen Babylons, mithin aus zweiter Hand, stammten, und der Mörtel, der an diesen Steinen haftet, ist älter und wahrscheinlich noch härter. Doch abgesehen davon: ich war erstaunt über die eigenartige Stärke des Stahls, der so viele energische Hiebe austeilen konnte ohne sich abzunutzen. Da meine Ziegelsteine zuvor bei einem Kamin verwendet waren (Nebukadnezars Name war allerdings nicht auf ihnen eingemeißelt), suchte ich aus dem Vorrat möglichst viele Ziegel heraus, um Mühe und Verlust zu vermeiden, füllte die Räume zwischen den Ziegeln mit Steinen vom Teichufer aus, und gebrauchte Teichsand zum Mörtel. Wegen ihrer großen Wichtigkeit für das Haus wurde diese Feuerstelle sehr bedachtsam gebaut. Ja, ich arbeitete recht langsam daran. Obwohl ich bereits früh morgens mit dem Aufbau begann, konnte eine Reihe Ziegelsteine, die nur ein paar Zoll über den Boden sich erhob, mir während der Nacht als Kissen dienen. Soweit ich mich erinnern kann, bekam ich davon keinen steifen Hals. Der war schon älterer Herkunft. Um diese Zeit wohnte nämlich vierzehn Tage lang ein Dichter bei mir und da bot die Raumfrage die einzige und große Schwierigkeit. Er brachte sein Messer mit, obwohl ich selbst zwei besaß. Die pflegten wir zu reinigen, indem wir sie in die Erde stachen. In die Arbeit des Kochens teilte er sich mit mir. Es machte mir Freude, mein Werk allmählich so zweckentsprechend und festgefügt wachsen zu sehen, und ich dachte im stillen: Was lange währt, wird gut und dauerhaft.

Der Kamin ist gewissermaßen ein selbstständiges Gebäude, das auf dem Erdboden steht und durch das Haus himmelwärts sich erhebt. Selbst wenn das Haus abgebrannt ist, steht er noch bisweilen da und dokumentiert seine Wichtigkeit und Unabhängigkeit. Der Kaminbau fand am Ausgang des Sommers statt. Jetzt war es November.

Der Nordwind hatte schon begonnen den Teich abzukühlen, doch erst nach vielen Wochen war er damit fertig, denn der Walden ist sehr tief. Als ich anfing abends ein Feuer anzumachen – damals, als das Haus noch nicht beworfen war – zog der Rauch vorzüglich durch den Kamin ab, weil so viele Spalten zwischen den Brettern sich befanden. Dennoch verbrachte ich manch fröhlichen Abend in dem kühlen, luftigen Zimmer innerhalb der ungeglätteten, braunen Bretter und unter einer Decke, deren Balken noch mit Rinde bedeckt waren. Nachdem das Haus Bewurf erhalten hatte, machte es meinen Augen nicht mehr so viel Freude, obwohl ich gestehen muß, daß es wohnlicher geworden war. Sollte nicht jedes Zimmer, in welchem Menschen wohnen, so hoch sein, daß über ihren Häuptern eine leichte Dunkelheit herrscht, wo am Abend flackernde Schatten am Gebälk ihr Spiel treiben können? Solche Gebilde wirken auf die Stimmung und die Phantasie anziehender als Freskomalereien oder die kostbarsten Möbel. Jetzt erst, da ich mein Haus der Wärme und des Schutzes wegen benutzte, fing ich wirklich an, es zu bewohnen. Ich hatte ein paar eiserne Feuerböcke, welche verhinderten, daß brennende Holzscheite auf den Fußboden vor den Kamin glitten. Es tat mir wohl zu sehen, wie der Ruß sich an der Rückwand des Kamins niederschlug. Darum schürte ich das Feuer mit mehr Recht und mehr Befriedigung als gewöhnlich. Meine Wohnung war klein und ich konnte wohl kaum ein Echo darin unterhalten, doch da sie nur aus einem einzigen Zimmer bestand und fern von den Menschen lag, erschien sie größer. Alle Annehmlichkeiten des Hauses waren in einem Raum vereinigt, welcher zugleich Küche, Kammer, Empfangs- und Wohnzimmer war. So wurde mir die Summe all jener Befriedigung zuteil, welche Eltern und Kinder, Herr und Diener durch das Wohnen im Hause genießen. Cato sagt: Der Hausvater (*pater familias*) soll in seinem Landhaus haben: „*cellam oleariam, vinariam, dolia multa, uti lubeat caritatem expectare, et rei, et virtuti, et gloriae erit*,“ d. h. einen Öl- und Weinkeller und viele Fässer, damit er unbesorgt harten Zeiten entgegensehen kann. Das wird ihm Vorteil, Ehre und Ruhm eintragen.“ Ich hatte in meinem Keller ein Fäßchen Kartoffeln, ungefähr zwei Liter Erbsen, in denen der Kornwurm war, und im Speiseschrank ein wenig Reis, einen Krug Sirup und je ¼ Scheffel Roggen- und Maismehl.

Bisweilen träume ich von einem größeren Haus, in welchem mehr Menschen wohnen. Es steht in einem goldenen Zeitalter, ist aus dauerhaftem Material ohne Pfefferkuchenornamente gebaut, enthält nur ein einziges Zimmer, eine weite kunstlose, festgefügte einfache Halle ohne Decke und ohne Bewurf. Dachsparren und Querbalken tragen gleichsam einen niedrigen Himmel über den Häuptern der Menschen und schützen vor Regen und Schnee. Die Eckpfosten stehen da wie König und Königin und nehmen den ehrfürchtigen Gruß der Besucher entgegen, welche beim Überschreiten der Schwelle bereits dem überwundenen Saturnaus einer älteren Dynastie gehuldigt haben. Ich träume von einem Höhlenhaus, wo man eine an einem Stab befestigte Fackel emporhalten muß, um das Dach zu sehen, wo die einen am Kamin, die anderen in der Fensternische oder auf Sesseln, wo die einen an dem einen Ende und die anderen am anderen Ende der Hallen, oder auch, wenn's ihnen besser gefällt, hoch oben im Gebälk bei den Spinnen sich aufhalten können, von einem Haus, in welchem man sich wirklich befindet, wenn man die Außentür geöffnet und damit zugleich alles Zeremoniell erledigt hat; wo der ermüdete Wandersmann sich waschen und unterhalten, wo er schlafen und speisen kann, ohne weiterpilgern zu müssen. Ich träume von einem Haus, das man in stürmischer Nacht froh begrüßt, das alles notwendige Hausgerät enthält und nichts zum Haushalten, wo man alle Schätze des Hauses mit einem Blick überschaut, wo jeder Gegenstand, den der Mensch gebraucht, an seinem bestimmten Pflock hängt, von einem Haus, das Küche und Speisekammer, Empfangs- und Schlafzimmer, Magazin und Dachkammer zugleich ist; wo man etwas so Notwendiges wie ein Faß und eine Leiter, oder etwas so Bequemes wie einen Speiseschrank zu sehen bekommt, wo man den Kessel brodeln hört, wo man dem Feuer, das die Nahrung kocht, und dem Ofen, der das Brot backt, Reverenz erweisen kann; wo die notwendigen Möbel und Geräte den Hauptschmuck bilden; wo man die Wäsche nicht auswärts waschen, das Feuer nicht ausgehen und die Hausherrin nicht außer Atem kommen läßt, sondern wo man bisweilen ersucht wird, wenn die Köchin in den Keller hinabsteigen will, von der Falltür wegzutreten, wo man also ohne mit dem Fuß zu stampfen erfährt, ob der Boden unter den Füßen fest oder hohl ist. Ich träume von einem Haus, das so offenkundig sein Inneres zeigt wie eines Vogels Nest, bei dem man nicht durch die Vorderseite hinein und durch die Hintertüre hinausgehen kann, ohne einen Bewohner gesehen zu haben, wo „Gast sein“ so viel heißt wie „benutze das ganze Haus nach Belieben“, wo man nicht von sieben Achteln desselben ausgeschlossen und in eine besondere Zelle mit der Aufforderung eingesperrt wird, sich „*hier zu Hause zu fühlen*“ – in Einzelhaft. Heutzutage ladet uns der Wirt nicht zu *seinem* Herde ein, sondern zu jenem, den er irgendwo, rechts oder links von seinem Korridor,für seine Gäste hat errichten lassen. Für ihn ist Gastfreundschaft die Kunst, den Gast in möglichst großer Entfernung zu *fesseln*. Das Kochen wird so geheimnisvoll betrieben, als habe man den Plan, uns zu vergiften. Ich weiß, ich habe manches Menschen Grundstück betreten, von wo man mich mit Fug und Recht hätte fortweisen können, aber ich weiß nicht, daß ich in vieler Menschen *Häusern* war. Ich könnte wohl in meinen alten Kleidern einen König und eine Königin besuchen, die schlicht und einfach in einem Hause leben, wie ich es soeben beschrieb. Sollte man mich aber jemals in einem modernen Palaste antreffen, so ist's nur eines, was ich dort lernen will: wie schnell ich ihm den Rücken kehren kann.

Fast scheint es, als ob selbst die Sprache in unseren *Salons* ihre Nerven einbüßt und gänzlich zu *saloppem* Geschwätz entartet, als ob unser Leben sich weit von ihren Symbolen entfernt, und als ob ihre Metaphern und Tropen gleichsam aus Versenkungen und mit stummen Dienern herbeigeschafft werden müssen. Mit anderen Worten: Unser Salon liegt zu weit abseits von Küche und Werkstatt. Selbst das Mittagessen ist meistens nur eine Parabel des Mittagessens. Vielleicht wohnt nur der Wilde nahe genug bei der Natur und bei der Wahrheit, um Tropen von ihnen entlehnen zu dürfen. Was weiß der Gelehrte, der hoch oben in Canada oder auf der „*Isle of Man*“ haust, vom „Küchenreglement“?

Es waren übrigens nur einige wenige Gäste vertrauensvoll genug, um zu bleiben und einen Schnellpudding aus Mais mit mir zu verzehren. Meistens zog man es vor, schleunigst den Rückzug anzutreten, sobald man diese Krisis herannahen sah, als ob dieselbe das Fundament des Hauses erschüttern müßte. Es überdauerte indessen eine ganze Anzahl von Schnellpuddingen.

Erst als der Frost einsetzte, begann ich den Bewurf. Zu diesem Zwecke holte ich mir von der entgegengesetzten Seite des Sees weißeren und reineren Sand im Boote herüber, und dieser Transport auf dem Wasser machte mir so viel Freude, daß ich noch viel weiter gefahren wäre, wenn die Notwendigkeit vorgelegen hätte. Mein Haus hatte ich inzwischen an allen Seiten bis zum Erdboden hin mit Schindeln bedeckt. Beim Festnageln der Bretter machte es mir Spaß, jeden Nagel mit einem einzigen Hammerschlag ganz ins Holz zu treiben, und mein Ehrgeiz war, den Mörtel vom Brett sauber und rasch an die Wand zu bringen. Dabei fiel mir die Geschichte von jenem aufgeblasenen Burschen ein, der in eleganter Kleidung im Dorfe herumzubummeln und den Arbeitern Ratschläge zu geben pflegte. Als er eines Tages seinen Worten die Tat folgen lassen wollte, schob er die Manschette in die Höhe, packte das Mörtelbrett und warf, nachdem er die Mauerkelle ohne Unfall mit Mörtel beladen hatte, die feuchte Masse mit vergnügtem Blick und mutigem Schwung nach oben gegen die Bretter. Sofort saß diese zu seinem größten Kummer und Unbehagen auf seinem gekräuselten Hemdeinsatz ... Ich bewunderte aufs neue die Billigkeit und das Zweckmäßige des Bewurfs, der die Kälte so wirksam ausschließt und dabei nicht schlecht aussieht. Auch lernte ich die verschiedenen Zufälligkeiten kennen, denen der Verputzer ausgesetzt ist. Mit Erstaunen sah ich, wie durstig die Ziegel sind. Sie hatten alle Feuchtigkeit aus meinem Mörtel gesogen, bevor ich das Glätten beenden konnte. Und wie viele Eimer voll Wasser sind nötig, um einen Herd zu taufen! Ich hatte mir im vorigen Winter zu Versuchszwecken eine kleine Quantität Kalk dadurch verschafft, daß ich Muscheln von *Unio Fluviabilis*, welche in unserem Fluß hier vorkommt, verbrannte. Ich wußte also, woher meine Materialien stammten. Guten Kalkstein zum Brennen konnte ich, wenn mir daran lag, wohl auch ein bis zwei Meilen weit von hier aus bekommen.

In den schattigsten und seichtesten Buchten des Teiches hatte sich inzwischen eine zarte Eishaut gebildet, einige Tage oder selbst Wochen bevor die ganze Oberfläche gefror. Das erste Eis ist besonders interessant und rein. Es ist hart, dunkel und durchscheinend und bietet die beste Gelegenheit den Grund dort, wo er seicht ist, zu untersuchen. Denn man kann sich, selbst wenn das Eis nur einen Zoll dick ist, der Länge nach darauf ausstrecken, wie ein Wasserläuferinsekt auf dem Wasserspiegel, und den Boden mit Muße in einer Entfernung von zwei bis drei Zoll, wie ein Bild unter Glas studieren. Dabei ist das Wasser selbstverständlich immer glatt. Viele Furchen gibt's in dem Sande, dort, wo ein Geschöpf denselben Pfad hin und her wandelte. Und statt mit Wracks ist der Boden mit den aus feinsten weißen Quarzkörnchen geformten Hüllen der Köcherfliegenlarvenbestreut. Vielleicht haben sie den Boden gefurcht – jedenfalls liegt eine Anzahl dieser Hüllen in den ziemlich breiten und tiefen Furchen. Das interessanteste Objekt ist indessen das Eis selbst. Allerdings muß man die erste Gelegenheit benutzen, um es zu studieren. Betrachtet man es genau am frühen Morgen nach einer Frostnacht, so wird man finden, daß der größere Teil jener Blasen, die auf den ersten Blick im Eise selbst sich zu befinden scheinen, der unteren Fläche des Eises anliegen, und daß fortwährend neue vom Boden aufsteigen, solange das Eis noch relativ fest und dunkel ist, das heißt, solange man das Wasser durchsieht. Der Durchmesser dieser Blasen schwankt zwischen einem achtel und einem ganzen Zoll; sie sind so vollkommen rein und schön, daß man sein Gesicht durch das Eis hindurch in ihnen spiegeln kann, ungefähr dreißig bis vierzig solcher Blasen sind in einem Quadratzoll vorhanden. Im Eise selbst sieht man ferner schmale, längliche, senkrecht stehende und ungefähr einen halben Zoll lange Blasen, die einem spitzen Kegel gleichen, dessen Spitze nach oben zeigt. Häufiger jedoch kann man, wenn das Eis ganz frisch ist, überaus kleine, runde, rosenkranzartig übereinander gereihte Blasen bemerken. Die Bläschen im Eis sind indessen nicht so zahlreich und nicht so leicht aufzufinden wie die unter demselben. Bisweilen warf ich Steine auf das Eis, um seine Stärke zu prüfen. Brechen sie durch, so nehmen sie Luft mit sich, wodurch ausgedehnte und deutlich sichtbare weiße Blasen unter dem Eis gebildet werden. Und als ich eines Tages nach achtundvierzig Stunden wieder an diese Stelle kam, da waren diese großen Blasen noch ganz unverändert, obwohl der Durchmesser des Eises um einen Zoll zugenommen hatte. Das konnte ich deutlich an der Grenzlinie zwischen altem und neuem Eis erkennen. Da aber die letzten beiden Tage sehr warm gewesen waren, so warm wie im Spätsommer, so war das Eis jetzt nicht durchsichtig, besaß auch nicht die dunkelgrüne Farbe des Wassers und des Grundes, sondern hatte ein dunkelweißes oder graues Aussehen. Obwohl es doppelt so dick war als zuvor, hatte seine Tragkraft nicht zugenommen, denn die Luftblasen hatten sich unter der Wärmewirkung bedeutend ausgedehnt, waren ineinander gelaufen und hatten ihre regelmäßigen Formen eingebüßt. Jetzt lag nicht mehr die eine genau über der anderen, sondern wie Silbermünzen, die aus einem Sack geschüttelt wurden, bedeckten die flachen Blasen einander an vielen Stellen. Hier und da glichen sie Flocken, die kleine Ritzen auszufüllen schienen. Die Schönheit des Eises war verschwunden, zu spät war's, den Teichboden zu untersuchen. Da ich erfahren wollte, welche Lage meine großen Blasen in bezug auf das neue Eis eingenommen hatten, brach ich ein Stück davon, das eine mittelgroße Blase enthielt, heraus und drehte seine Unterseite nach oben. Das neue Eis hatte sich unter der Blase und um dieselbe herum gebildet, so daß sie zwischen den beiden Eisschichten eingeschlossen war. Sie befand sich völlig in der unteren, aber nahe an der oberen Eisschicht, war etwas abgeflacht oder leicht linsenförmig, ein viertel Zoll dick, hatte abgerundete Ecken und einen Durchmesser von vier Zoll. Zu meinem Erstaunen bemerkte ich, daß das Eis gerade unter den Blasen mit großer Regelmäßigkeit geschmolzen war, daß sich eine Art Untertasse dort gebildet hatte, die in der Mitte fünf achtel Zoll tief war, und daß nur eine zarte, ungefähr ein achtel Zoll dicke Wand Blase und Wasser noch trennte. An vielen Stellen hatten die kleinen Bläschen indessen diese schmalen Scheidewände nach unten gesprengt. Vielleicht befand sich unter den größten Blasen, deren Durchmesser einen Fuß betrug, überhaupt kein Eis. Ich folgerte daraus, daß die unzähligen Bläschen, welche ich anfangs unter der Oberfläche des Eises gesehen hatte, jetzt ebenfalls eingefroren waren, daß ein jedes in seiner Weise als Brennglas gewirkt und das unter ihr liegende Eis völlig geschmolzen habe. Das sind die kleinen Windbüchsen, die dazu beitragen, daß das Eis kracht und keucht.

Endlich setzte der Winter ernstlich ein. Gerade als ich meinen Bewurf beendet hatte, begann der Wind um das Haus herum zu heulen, als ob ihm dazu bislang die Erlaubnis verweigert worden sei. In jeder Nacht kamen die Wildgänse mit hellem Geschrei und pfeifendem Flügelschlag in der Dunkelheit herbeigepoltert, selbst als ringsum Schnee lag. Einige ließen sich auf dem Walden nieder, andere flogen dicht über den Baumwipfeln, um über Fair Haven nach Mexiko zu wandern. Manchmal hörte ich, wenn ich um zehn oder elf Uhr nachts vom Dorf heimkehrte, hinter meinem Haus die Tritte einer Schar Wildgänse oder auch Enten auf dem dürren Laub, nicht weit von einer kleinen Wasserlache, zu welcher sie gekommen waren, um zu fressen. Auch das leise „Honk" oder „Quack" des Führers konnte ich hören, wenn sie weiterflogen. Anno 1845 fror Walden in der Nacht vom 22. Dezember gänzlich zu, während Flints Teich, andere seichtere Gewässer und der Fluß bereits seit zehn Tagen oder noch länger mit Eis bedeckt waren. 1846 am 16. und 1849 am 31., 1850 ungefähr am 27. Dezember, 1852 am 5. Januar, 1853 am 31. Dezember. Der Schnee bedeckte bereits seit dem 25. November den Erdboden und umgab mich plötzlich mit einer Winterlandschaft. Ich zog mich jetzt tiefer in mein Gehäuse zurück und suchte im Innern meiner Hütte und meiner Brust ein helles Feuer zu unterhalten. Außer dem Hause beschäftigte ich mich nunmehr damit, dürres Holz im Walde zu sammeln, das ich in meinen Händen oder auf den Schultern heimtrug. Bisweilen schleppte ich auch unter jedem Arm einen abgestorbenen Tannenbaum nach meinem Unterschlupf. Ein alter Waldzaun, der seine besten Tage hinter sich hatte, war mein bester Lieferant. Ich opferte ihn dem Vulkan, denn dem Gotte Terminuskonnte er nicht mehr dienen. Doch wie sehr gewinnt das Abendessen für den Menschen an Bedeutung, der noch soeben im Schnee sein Feuerholz zum Kochen aufstöberte, ja, man kann sagen, stahl! Wie köstlich munden ihm Brot und Fleisch! Es gibt genug Reisig und Holzreste aller Art in den Wäldern, um viele Feuer zu unterhalten. Aber diese Dinge dienen nicht dazu, die Menschen zu wärmen, sondern hindern nur, wie man vielfach annimmt, das Wachstum des jungen Holzes. Auch gab es Treibholz im Teiche. Während des Sommers hatte ich ein Floß aus Pechtannenstämmen, an denen noch die Rinde saß, entdeckt. Irländer, die beim Eisenbahnbau beschäftigt waren, hatten es gezimmert. Ich zog es teilweise auf den Ufersand. Nachdem es zwei Jahre lang im Wasser und dann sechs Monate lang am Ufer gelegen hatte, war das Holz desselben noch vollkommen gesund, aber so sehr mit Wasser durchtränkt, daß an ein Austrocknen nicht mehr zu denken war. An einem Wintertage machte ich mir beim Schlittschuhlauf ein Vergnügen daraus, das Floß stückweise über den Teich gleiten zu lassen: das eine Ende eines ungefähr fünfzehn Fuß langen Stammes ruhte dabei auf meiner Schulter, das andere vor mir auf dem Eise. Bisweilen band ich mehrere Stämme mit einem Birkenreis zusammen und zog sie an einer längeren Birke oder Erle, welche an einem Ende einen Haken hatte, über die Eisfläche. Obwohl sie mit Wasser durchtränkt und fast so schwer wie Blei waren, brannten sie nicht nur lange, sondern gaben auch starke Hitze. Ja, ich glaube, daß sie wegen ihres Wassergehaltes besser, und da das Pech, gerade wie bei einer Lampe, unter Abschluß sich befand, auch länger brannten.

Gilpinerzählt in seinem Bericht über englische Waldanwohner, daß „die Leute, welche gesetzwidrig fremde Wälder betraten, Häuser und Zäune am Waldesrande errichteten, sich gewaltsamer Eingriffe und einer groben Verletzung des alten Waldrechtes schuldig machten, daß sie als *purprestures* schwer bestraft wurden, weil sie *ad terrorem ferarum, ad nocumentum forestrae* usw. – zum Verscheuchen des Wildes und zur Zerstörung des Waldes – beitrugen". Mir persönlich lag die Schonung des Waldes und Wildes mehr am Herzen als den Jägern und Holzfällern, ja so sehr, als ob ich „Lord Walden" selbst gewesen sei. Wenn irgend ein Teil des Waldes niederbrannte oder unglücklicherweise durch meine Schuld dem Feuer zum Opfer fiel, so betrübte mich dieses Ereignis länger und tiefer als die Eigentümer. Ja, es stimmte mich auch traurig, wenn die Besitzer selbst den Wald fällten. Ich möchte nur wünschen, daß unsere Farmer beim Abforsten eines Waldes etwas von jener ehrfürchtigen Scheu empfinden würden, welche in den alten Römern sich regte, wenn sie einen heiligen Hain lichteten, dem Tageslicht preisgaben (*lucum conlucare*). Ich wünsche mit anderen Worten, daß unsere Farmer glauben möchten, der Wald sei einer Gottheit geweiht. Der Römer vollzog ein Sühnopfer und betete: Welchem Gott oder welcher Göttin auch immer Du geweiht seist, o Hain – laß deine Gnade walten über mir, meiner Familie, meinen Nachkommen . . .

Es ist bemerkenswert, wie hoch selbst heutzutage in diesem neuen Lande das Holz im Preise steht, und daß dieser Preis konstanter und allgemeiner verbreitet ist als der des

Goldes. Trotz aller Entdeckungen und Erfindungen will kein Mensch einen Holzstoß missen. Holz ist für uns geradeso kostbar wie für unsere sächsischen und normannischen Vorfahren. Sie machten ihre Bogen daraus, wir unsere Gewehrkolben. Michauxberichtete vor mehr als dreißig Jahren, daß der Preis für Feuerholz in Newyork und Philadelphia „sich mit dem für das beste Holz in Paris bezahlten Preis beinahe deckt, ihn bisweilen sogar übersteigt, obwohl die gewaltige Metropole jährlich mehr als dreihunderttausend Klafter verbraucht und in einer Ausdehnung von dreihundert Meilen von bebauten Feldern umgeben ist." In Concord steigt der Preis des Holzes beständig; immer handelt es sich nur darum, wieviel mehr in diesem Jahr als im Vorjahr bezahlt werden muß. Mechaniker und Handwerker, die persönlich durch keinen anderen Anlaß in den Wald gelockt werden, finden sich unfehlbar ein, wenn Holz verauktioniert wird, ja, sie zahlen sogar eine große Summe für die Erlaubnis, nach dem Holzfäller Nachlese halten zu dürfen. Schon seit vielen Jahren versorgen sich die Menschen aus den Wäldern mit Brennholz und mit Materialien für ihre Kunsterzeugnisse. Der Neuengländer und der Neuholländer, der Perser und der Kelte, der Farmer und Robin HoodGoody Blake und Harry Gill,der Bauer und der Prinz, der Gelehrte und der Wilde: sie alle gebrauchen überall in der Welt ein paar Holzscheite aus dem Walde, um sich zu wärmen und um ihre Nahrung zu kochen. Auch ich konnte ohne dieselben nicht fertig werden.

Jedermann blickt gewissermaßen mit Zuneigung auf seinen Holzstoß. Ich liebe es, den meinigen vor meinem Fenster zu haben, und je mehr Späne mich an meine angenehme Arbeit erinnern, desto besser. Ich besaß eine alte Axt, auf welche niemand Anspruch erhob. Mit ihr hackte ich von Zeit zu Zeit an Wintertagen an der Sonnenseite des Hauses auf den Stümpfen, die ich aus meinem Bohnenfeld gegraben hatte, herum. Wie mir mein Rosselenker damals beim Pflügen prophezeit hatte, wärmten sie mich zweimal: zuerst als ich sie hackte und dann, als ich sie ins Feuer legte. Mehr Wärme konnte kein Brennmaterial abgeben. Was übrigens die Axt anbetrifft, so hatte man mir geraten, sie beim Dorfschmied ausbessern zu lassen. Ich besserte aber den Schmied nicht auf, machte ihr selbst einen Nußbaumstiel aus dem Walde, so daß sie wieder gebrauchsfähig wurde. Sie war zwar stumpf, aber Griff und Schneide waren wohl ineinander gefügt.

Ein paar dicke Stücke mit Pech durchtränkten Tannenholzes waren ein großer Schatz. Es ist interessant sich zu vergegenwärtigen, wieviel von dieser Feuernahrung noch in den Eingeweiden der Erde verborgen ist. In früheren Jahren hatte ich oft „Inspektionsreisen" über einen kahlen Hügelabhang hin gemacht, auf dem vor Zeiten ein Pechtannenwald stand. Die kräftigsten Wurzeln hatte ich dort herausgeholt. Sie sind nahezu unverwüstlich. Selbst die Stümpfe, die wenigstens dreißig bis vierzig Jahre alt waren, besaßen noch gesundes Mark, obwohl der Splint schon zu Pflanzenerde zerfallen war, wie durch die kreisförmigen Abschuppungen der dicken Rinde bewiesen wurde, die in gleicher Höhe mit dem Erdboden, etwa vier bis fünf Zoll vom Mark des Baumes entfernt, sich befanden. Mit Axt und Schaufel wurde diese Mine durchforscht und das markige

Magazin, das so gelb wie Rindsfett aussieht oder einer Goldader tief unten in der Erde gleicht, weiter verfolgt. Gewöhnlich machte ich mein Feuer mit trockenen Blättern aus dem Walde an, die ich in großer Menge in meinem Schuppen angehäuft hatte, bevor der Schnee einsetzte. Der Holzhauer benutzt, wenn er im Walde wohnt, grüne feingespaltene Nußbaumspäne dazu. Hier und da verwandte ich auch diese. Wenn die Dorfbewohner jenseits des Horizontes ihre Feuer anzündeten, dann pflegte auch ich die verschiedenen wilden Bewohner des Waldentales durch einen rauchigen Strom aus meinem Kamin zu benachrichtigen, daß ich erwacht sei. –

„Leichtbeschwingter Rauch, ikarischer Vogel,
„Wenn Du zu sonnigen Höhen schwebst,
„Schmelzen Deine Flügel!
„Du gleichst einer schweigenden Lerche, bist der Morgenröte Herold,
„Und über dem Dörfchen ziehst du Deine Kreise
„Als sei's Dein Nest.
„Dem Traume gleichst Du, der enteilt, dem Schattenbild
„Mittnächtiger Erscheinung, die ihr Gewand rafft und entschwindet.
„In dunkler Nacht verhüllst Du mir die Sterne und bei Tag
„Verdunkelst Du der Sonne Glanz.
„Steig' auf, mein Weihrauch, steige auf von diesem Herd
„Und fleh' die Götter an, daß sie dies helle Feuer
„In ihrer Güte mir auch künftig schenken."

Hartes, grünes, frischgefälltes Holz entsprach, obwohl ich es nur wenig benutzte, meinem Zweck besser als irgend etwas anderes. Wenn ich an Winternachmittagen meinen Spaziergang machte, ließ ich nicht selten ein tüchtiges Feuer zurück. Kehrte ich dann nach drei bis vier Stunden heim, dann war es noch am Leben und glühte. Mein Haus war nicht leer, auch wenn ich fortgegangen war. Ich hatte gewissermaßen einen freundlichen Hausgeist zurückgelassen. Ich und das Feuer – wir wohnten hier zusammen, und gewöhnlich rechtfertigte mein Hausgeist das in ihn gesetzte Vertrauen. Einmal aber, als ich gerade beim Holzspalten beschäftigt war, dachte ich doch daran, einen Blick zum Fenster hinein zu tun, um zu sehen, ob das Haus nicht brenne. Das war das einzige Mal, soweit ich mich erinnern kann, wo ich in dieser Hinsicht wirklich besorgt war. Und als ich hineinschaute, bemerkte ich, daß tatsächlich ein Funken aufs Bett geflogen war. Ich eilte sofort ins Haus und löschte das Feuer, das bereits ein Loch so groß wie meine Hand ins Bett hineingebrannt hatte. Mein Haus stand indessen an einem so sonnigen und geschützten Platze, und das Dach war so niedrig, daß ich an Wintertagen fast täglich nur bis zur Mittagstunde heizte.

Die Maulwürfe nisteten in meinem Keller, knabberten jede dritte Kartoffel an, und schufen sich dort ein warmes Bett aus einigen beim Bewurf übriggebliebenen Haaren und aus Packpapier. Denn selbst die wildesten Tiere lieben Behaglichkeit und Wärme gerade so sehr wie die Menschen und überleben den Winter nur, weil sie sich so sorgfältig darauf vorbereiten. Einige meiner Freunde redeten so, als ob ich zum Erfrieren in den Wald gezogen sei. Das Tier macht sich nur ein Bett und wärmt dieses durch seinen eigenen Körper. Der Mensch aber, der das Feuer entdeckt hat, schließt Luft in einen größeren Raum ab und wärmt, anstatt sich selbst zu berauben, dieses Zimmer, macht es zu seinem Bett, in welchem er sich, ohne schwere Kleider zu tragen, bewegen kann. So schafft er sich eine Art Sommer mitten im Winter, ja, er läßt sogar das Licht herein und verlängert mit einer Lampe den Tag. So gehen wir ein paar Schritte über den Instinkt hinaus und gewinnen etwas Zeit für die schönen Künste. Ich war nicht selten den schneidendsten Winterstürmen lange Zeit ausgesetzt, so daß mein Körper zu erstarren begann. Sobald ich aber die freundliche Atmosphäre um mich fühlte, kehrten meine Kräfte schnell zurück, so daß ich mein Leben verlängern konnte. Selbst derjenige, der die schönste Wohnung besitzt, hat in dieser Hinsicht wenig vor den andern voraus. Auch ist es nicht nötig, darüber nachzudenken, auf welche Weise das Menschengeschlecht zugrunde gehen wird. Zu jeder Zeit kann ein noch etwas schärferer Luftzug aus Norden den Faden mit Leichtigkeit abschneiden. Wir rechnen nach irgend einem kalten Wochentag oder nach einem starken Schneefall; ein etwas kälterer Freitag oder ein noch ärgeres Schneetreiben würde der irdischen Existenz des Menschen ein Ende bereiten.

Im nächsten Winter benutzte ich aus Sparsamkeit einen kleinen Kochofen, da ich ja nicht der Besitzer des Waldes war. Doch hielt sich das Feuer darin nicht so gut wie im offenen Kamin. Das Kochen war jetzt zum großen Teil kein poetisches Ereignis mehr, sondern ein chemischer Vorgang. In dieser Epoche der Kochöfen wird es bald vergessen sein, daß wir wie die Indianer unsere Kartoffeln in der Asche zu rösten pflegten. Der Ofen hat nicht nur Raum beansprucht und das Haus durchduftet – er hat auch das Feuer verborgen und darum in mir das Gefühl erweckt, als habe ich einen Freund verloren. Man kann immer ein Gesicht im Feuer sehen. Der Arbeiter, der Abends hineinschaut reinigt seine Gedanken von den Schlacken und dem Schlamm, der während des Tages sich an sie anheftete. Wenn ich aber eine Weile vor meinem Feuer saß und hineinblickte, dann kamen mir mit neuer Kraft die prächtigen Verse eines Dichters in den Sinn:

„Leuchtende Flamme, laß nimmer mir erblassen
„Dein teures, lebenswarmes Mitgefühl!
„Nur meine Hoffnung schoß so hoch wie Du empor,
„So tief wie Du sank nur mein Glück in dunkle Nacht.

„Warum bist Du von Haus und Herd verbannt?
„Du, die wir alle froh begrüßen, alle lieben?

„War Dein Leben für unser ödes Alltagsgrau
„Zu seltsam und phantastisch? Hielt Dein heller Schein
„Geheimnisvoll mit unserer Seele Zwiesprach?
„Scheutest Du Dich, Dein Innerstes zu offenbaren?
„Kein flücht'ger Schatten zittert an dem Herde, wo wir sitzen . . .
„Nichts kümmert, nichts erheitert uns . . .
„Ein Feuer wärmt uns Händ' und Füße – das genügt!
„An diese dichte, festverschlossene Feuerstätte
„Setzt sich die Gegenwart – und schlummert ein.
„Vor Geistern, die aus früherer Zeiten Dämmerlicht
„Beim Zitterschein des alten Holzes hervor sich stahlen
„Um mit uns zu schwätzen, hat sie keine Furcht."

Frühere Bewohner und Besuch im Winter

Ich überstand einige lustige Schneestürme und brachte manch behaglichen Abend an meinem Kamin zu, während draußen die Schneeflocken wild herumstoben und selbst der Eule Schrei verstummte. Wochenlang traf ich auf meinen Spaziergängen nur ab und zu einen jener Menschen, die in den Wald gekommen waren, um Holz zu fällen und es im Schlitten zur Stadt zu bringen. Mit Hilfe der Elemente gelang es mir übrigens, in den tiefsten Schnee einen Pfad zu machen. Der Wind blies nämlich in meine ersten Fußstapfen Eichenblätter hinein, die dort liegen blieben, Sonnenstrahlen absorbierten und dadurch den Schnee zum Schmelzen brachten. Auf diese Weise erhielt ich nicht nur einen trockenen Weg für meine Füße, sondern auch – durch die dunkele Linie – einen Führer in der Nacht. Wollte ich Menschen um mich sehen, so mußte ich schon die früheren Bewohner dieser Wälder heraufbeschwören. In der Erinnerung vieler meiner Mitbürger klingt noch das Lachen und Geplauder nach, das von den Anwohnern jener Landstraße, in deren Nähe sich mein Haus befand, herüberschallte. Die Wälder, die diese Straße einfaßten, waren hier und da durch kleine Gärten und Häuschen getüpfelt und eingekerbt, obwohl sie damals noch mehr durch den Wald verborgen wurde wie heute. Ich kann mich selbst noch an Stellen erinnern, wo die Tannen zu gleicher Zeit beide Seiten des Wagens streiften, weiß auch noch, daß Frauen und Kinder, wenn sie allein und zu Fuß nach Lincoln gehen mußten, sich fürchteten und oft einen großen Teil der Entfernung laufend zurücklegten. Obwohl dieser meistens von Holzfällern befahrene Weg, der die benachbarten Dörfer verband, im großen und ganzen nur recht primitiv war, so erfreute er doch einst den Wanderer mehr als jetzt durch seine Mannigfaltigkeit und blieb länger in der Erinnerung haften. Wo jetzt wohlbegrenzte und offene Felder vom Dorf zum Walde sich erstrecken, lief die Straße damals durch einen Ahornsumpf; ihr Fundament wurde durch Stämme gebildet, deren

Überreste zweifellos noch jetzt unter der staubigen Landstraße zwischen der Strattenfarm – jetzt ist diese zum Armenhaus umgewandelt – und dem Bristerhügel liegen.

Östlich von meinem Bohnenfeld, jenseits der Landstraße wohnte Cato Ingraham, der Sklave von Duncan Ingraham, Esquire, einem Herrn aus Concord. Der baute seinem Sklaven ein Haus und gab ihm die Erlaubnis, im Waldenwald zu wohnen. Also: Cato Concordiensis, nicht Uticensis. Es soll ein Guineaneger gewesen sein. Ein paar Menschen können sich noch an sein Fleckchen Erde unter den Wallnußbäumen erinnern, die er wachsen ließ, um sie im Alter eventuell verwerten zu können. Doch ein jüngerer, weißer Spekulant ward schließlich der Eigentümer. Jetzt wohnt auch dieser schon in einem gerade so engen Haus wie Cato, dessen halbverschüttetes Kellerloch noch vorhanden ist. Nur wenige kennen es, weil es vor den Augen des Wanderers durch einen Kranz aus Fichten verborgen wird. Jetzt ist es mit glattem Sumach (*Rhus glabra*) angefüllt, und eine der am frühesten blühenden Goldrutenarten (*Solidago stricta*) wächst hier in verschwenderischer Fülle.

Gerade hier, im Winkel des Feldes, doch mehr nach der Stadt zu, hatte Zilpa, ein farbiges Weib, ihre kleine Hütte, wo sie Leinwand für die Stadtleute spann. Ihr schriller Gesang hallte durch den Waldenwald, denn sie hatte eine laute, merkwürdige Stimme. 1812 wurde während des Krieges in ihrer Abwesenheit ihr Haus von englischen Soldaten (Gefangenen auf Ehrenwort) in Brand gesteckt, und alles kam zugleich mit Katze, Hund und Hühnern in den Flammen um. Sie führte ein hartes, fast etwas menschenunwürdiges Dasein. Ein alter Waldbesucher wußte zu erzählen, daß er einst, als er um die Mittagstunde am Haus vorbeiging, gehört habe, wie sie über ihren brodelnden Kessel die Worte murmelte: „Alles ist Knochen . . . Knochen!“ Ich habe in dem Unterholz, welches dort von Eichen gebildet wird, Ziegelsteine gefunden . . .

Weiter unten an der Landstraße, rechterhand beim Bristerhügel, dort wo die Apfelbäume stehen, die Brister pflanzte und pflegte, lebte Brister Freemann, „ein geschickter Neger“, der einst ein Sklave von Herrn Cummings war. Jetzt sind die Bäume alt und groß geworden, aber ihre Früchte haben noch immer einen seltsamen, obstweinartigen Geschmack. Erst vor kurzem las ich seine Grabschrift auf dem Friedhof zu Lincoln. Sie stand ein wenig schief, befand sich neben den unbezeichneten Gräbern einiger britischer Grenadiere, die beim Rückzug von Concord fielen, und lautete: „Sippio Brister“ – er hatte eigentlich etwas Anspruch auf den Titel Scipio „Africanus“ – „ein farbiger Mann“, gerade als ob er nicht schwarz auf die Welt gekommen sei. Die Grabschrift erzählte mir ferner höchst eindringlich, wann er starb. So wurde ich auf indirektem Wege darüber unterrichtet, daß er je gelebt hatte. Mit ihm zusammen wohnte sein gastfreundliches Weib Fenda. Sie war eine Wahrsagerin vom harmlosen Schlage, groß, rund und schwarz, schwärzer als irgend ein anderes Kind der Nacht. Ein Stern, so dunkel wie sie, ging weder vorher noch nachher je wieder über Concord auf.

Weiter am Hügel hinab, zur linken Seite an der alten Waldstraße, finden sich Spuren von dem sogenannten Haus der Familie Stratten. Ihr Obstgarten bedeckte einst den ganzen Abhang des Bristerhügels, war aber seitdem längst durch die Pechtannen vertrieben. Nur ein paar Stümpfe waren noch vorhanden, und die Schößlinge dieser alten Wurzeln dienten dazu, den wilden Stamm manchen Baumes im Dorfe zu veredeln.

Noch mehr nach der Stadt zu kommt man zu Breeds Wohnung. Dieser Platz ist berühmt durch die Schandtaten eines Dämon, dessen Namen die alte Mythologie nicht kennt, der aber in unserm neuenglischen Leben eine hervorragende und erschreckende Rolle spielt und der, wie jeder mythologische Charakter, verdient, daß eines Tages seine Biographie geschrieben wird. Dieser Dämon kommt zuerst in der Gestalt eines Freundes oder eines gedungenen Knechtes, um hernach die ganze Familie zu berauben und zu ermorden. Sein Name ist: neuenglischer Rum. Über die Tragödien, die sich hier abspielten, soll die Geschichte zunächst noch schweigen. Erst mag die Zeit ihre mildernde Wirkung ausüben und ein wenig Himmelblau sich darüber breiten. Eine vage und fragwürdige Überlieferung berichtete, hier habe ein Wirtshaus gestanden. Und die gleiche Quelle, die das Pferd erfrischte, verdünnte des Wanderers Trank . . . Hier also begrüßten die Menschen einander. Hier erzählten und hörten sie Neuigkeiten, und setzten dann ihre Reise fort.

Noch vor zehn Jahren stand Breeds Hütte hier. Sie war allerdings schon seit langer Zeit unbewohnt. Sie war ungefähr so groß wie mein Häuschen. Mutwillige Buben steckten sie – wenn ich nicht irre in der Nacht nach einem Wahltag – in Brand. Ich lebte damals am Ausgang des Dorfes und war gerade in Davenants Gondibertvertieft. Es war in jenem Winter, wo ich mit einer Lethargie zu kämpfen hatte, von der ich beiläufig noch immer nicht weiß, ob die Familie hereditär mit ihr belastet ist, denn ich habe einen Onkel, der beim Rasieren einschläft und der Sonntags im Keller Kartoffeln abkeimen muß, um den Feiertag *wachend* zu heiligen, oder ob sie darauf zurückzuführen ist, daß ich Chalmers"Anthologie englischer Dichter" durchzulesen versuchte, ohne eine Seite zu überschlagen. Das hielten meine Nervi nicht aus. Kurzum, mein Kopf war gerade auf dieses Buch herabgesunken, als die Feuerglocke ertönte, und die Spritze, von einem Schwarm aufgeregter Männer und Knaben begleitet, in höchster Eile vorbeisauste. Ich war sofort unter den Führern, denn ich hatte den Bach übersprungen. Wir glaubten, das Feuer sei sehr weit südlich hinter dem Walde – wir waren ja schon zu manchem Feuer gerannt –, eine Scheune brenne, ein Laden oder ein Wohnhaus oder alles zusammen. „Das ist Bakers Scheune," schrie der eine. „Codmans Farm," behauptete ein anderer. Da stiegen frische Funken über dem Wald in die Luft, als ob das Dach eingestürzt sei, und wir schrieen: „Concord, zu Hilfe!" Wagen rasten in fürchterlicher Eile und mit schwerer Ladung vorbei. Auf einem derselben saß vielleicht unter anderen auch der Agent der Versicherungsgesellschaft, der die Verpflichtung hatte, dabei zu sein, auch wenn das Feuer noch so weit entfernt war. Ab und zu klingelte die Spritzenglocke hinter uns. Und zu böserletzt kamen langsam aber sicher, wie man sich hernach ins Ohr raunte, diejenigen, die das Feuer angelegt und die Bewohner alarmiert hatten. Wir rannten als ehrliche Idealisten blindlings weiter, bis wir schließlich bei einer Straßenbiegung ein Krachen hörten, über die Mauer hinweg die Glut spürten und zu unserem Leidwesen wahrnahmen, daß wir an Ort und Stelle seien. Gerade die Nähe des Feuers kühlte unsere Hitze wesentlich ab. Erst wollten wir eine Froschpfütze ins Feuer gießen, dann wurde jedoch beschlossen, es brennen zu lassen. War doch das Haus schon so weit eingeäschert und so wertlos! So standen wir denn um die Spritze herum, drängten und stießen einander, gaben unsern Gefühlen durch Sprachrohre Ausdruck oder unterhielten uns mit gedämpfter Stimme über die großen Feuersbrünste, die auf Erden bereits stattgefunden hatten. Man denke nur an den Brand von Bascoms Laden! Untereinander waren wir alle darüber einig, daß wir den letzten drohenden Weltbrand in eine zweite Sintflut verwandeln könnten, wenn wir zur rechten Zeit mit unserer „Pumpe" zur Stelle sein könnten, und wenn ein voller Froschteich in der Nähe sei. Schließlich traten wir den Rückzug an, ohne irgend ein Unheil angerichtet zu haben. Ich kehrte heim zum Schlafen und zu Gondibert. In bezug auf Gondibert möchte ich übrigens noch bemerken, daß ich mich dem in der Vorrede stehenden Ausspruch, daß der Witz das Schießpulver der Seele sei, gern anschließe: „denn den meisten Menschen ist der Witz etwas Unverständliches, wie den Indianern das Schießpulver."

Der Zufall wollte, daß ich in der folgenden Nacht fast zur gleichen Stunde über dieses Feld wanderte. Da hörte ich plötzlich ein leises Stöhnen, und als ich mich in der Dunkelheit diesem Ort näherte, entdeckte ich den einzigen, mir bekannten Überlebenden dieser Familie, den Erben sowohl ihrer Tugenden als auch ihrer Laster, den allein dieser Brand überhaupt etwas anging. Er lag auf dem Bauche, sah über die Kellermauer hinunter auf die noch rauchende Asche und murmelte gewohnheitsgemäß etwas vor sich hin. Er hatte den ganzen Tag lang in den Niederungen im Fluß gearbeitet und jetzt die ersten Augenblicke, die ihm selbst gehörten, benutzt, um das Heim seiner Väter und seiner Jugend aufzusuchen. Von allen Seiten und nach allen Stellen des Kellers hielt er Umschau, als ob dort ein ihm bekannter Schatz zwischen den Steinen verborgen sei. Es gab dort aber weiter nichts als ein Häuflein Steine und Asche. Das Haus war dahin – nun sah er sich das an, was davon übrig geblieben war. Die Anteilnahme, die ihm durch meine Anwesenheit allein schon bewiesen zu sein schien, schmeichelte ihm. Er zeigte mir, so gut es in der Dunkelheit möglich war, den verschütteten Brunnen. Der konnte, dem Himmel sei Dank, niemals verbrennen. Dann tastete er lange Zeit an dem Mauerwerk herum, um den Brunnenschwengel zu finden, den sein Vater selbst geschnitten und hergerichtet habe. Er suchte auch nach dem eisernen Haken und nach der Öse, durch welche die Last an dem schwereren Ende des Brunnenschwengels befestigt wurde – kurz, nach allem, woran er sich jetzt klammern konnte – um mich zu überzeugen, daß dies kein gewöhnlicher „Apparat" sei. Ich befühlte ihn und sehe ihn noch jetzt fast täglich auf meinen Spaziergängen – eine ganze Familiengeschichte hängt an ihm.

Etwas mehr zur linken Seite, wo man den Brunnen und die Fliederbüsche sieht, lebten in dem jetzt freien Felde Rutting und Le Grosse. Doch wir wollen wieder die Richtung nach Lincoln einschlagen.

Tiefer im Walde als alle anderen hatte sich dort, wo die Landstraße am meisten an den Teich herantritt, Wyman der Töpfer angesiedelt, der seinen Mitbürgern irdenes Geschirr lieferte und dessen Kinder dem gleichen Beruf oblagen. Auch sie waren nicht reich an weltlichen Gütern und besaßen das Land Zeit ihres Lebens widerrechtlich. Der Sheriff kam oft und immer vergeblich, um die Steuern einzuziehen. Er pflegte dann „einen Holzspan mit Beschlag zu belegen" um der Formalität zu genügen, denn etwas anders gab es dort, wie er selbst in seinen Protokollen berichtet, nicht zu holen. Als ich eines Tages im Hochsommer auf meinem Feld hackte, hielt ein Mann, der eine Ladung Töpferware zu Markte fuhr, sein Pferd an und erkundigte sich bei mir nach dem jüngeren Wyman. Er habe vor längerer Zeit eine Töpferscheibe von ihm gekauft und möchte wissen, wie es ihm ergehe. Ich hatte zwar in der Bibel über Töpferton und Töpferscheibe gelesen, jedoch nie daran gedacht, daß die von uns benutzten Töpfe nicht zerbrochen von damals auf uns gekommen oder wie Kürbisse auf den Bäumen gewachsen sein können. Darum hörte ich mit Vergnügen, daß solch eine irdene Kunst früher einmal in meiner Nachbarschaft ausgeübt worden sei.

Der letzte Einwohner dieser Wälder vor mir war ein Irländer, Hugh Quoil – falls ich mich mit dem Buchstabieren seines Namens genug gequält habe – Major Quoil nannte man ihn. Es hieß, er habe bei Waterloo mitgekämpft. Hier war er von Beruf Grabenzieher. Napoleon ging nach St. Helena, Quoil kam zum Waldenwald. Alles, was ich von ihm weiß, ist tragisch. Er hatte gute Manieren wie einer, der viel in der Welt herumgekommen ist und seine Reden waren mit mehr Höflichkeit durchtränkt als man genießen konnte. Im Hochsommer trug er einen großen Überzieher, da er an *delirium tremens* litt. Sein Gesicht war karminrot. Er starb auf der Straße am Fuß des Bristerhügels, als ich soeben in den Wald gezogen war, so daß ich an ihn keine nachbarlichen Erinnerungen besitze. Ich besuchte sein Haus, das von seinen Kameraden als die „Unglücksburg" bezeichnet wurde, kurz bevor man es abbrach. Da lagen seine alten Kleider, die durch den Gebrauch ganz faltig geworden waren, auf dem niedrigen Bretterbett, als ob er selbst es sei. Der Pfeifenkopf lag zerbrochen auf dem Herde und der Eimer zertrümmert am Born.Dieser „Born" konnte übrigens nicht einmal als Symbol seines Todes gelten, denn er gestand mir dereinst, daß er wohl von der Bristerquelle gehört, sie aber nie gesehen habe. Schmutzige Karten, Ecksteinkönig, Schippen und Herzen lagen auf dem Boden verstreut. Ein schwarzes Huhn, das der „Testamentsvollstrecker" nicht hatte fangen können, erwartete schwarz und schweigend wie die Nacht, ohne auch nur zu krächzen, Meister Reinecke und stieg im nächsten Zimmer auf seine Stange. Hinter dem Hause war ein Garten schwach angedeutet. Er war zwar angepflanzt, aber nie von Unkraut gesäubert – wegen der schrecklichen Schüttelanfälle. Alles war mit römischem Wurmkraute überwuchert und mit Kletten, die sich an meine Kleider hingen. Ein frisches Murmeltierfell hing ausgestreckt an der Rückwand des Hauses, die Trophäe seines letzten Waterloo. Er brauchte jedoch keine Mütze und keine Armhandschuhe mehr.

Jetzt weist nur ein Einschnitt in der Erde auf die Lage dieser Hütte hin. Er ist mit Kellersteinen angefüllt und darüber wachsen Erdbeeren, Himbeeren, rot und schwarz;Haselnußbüsche und Sumach gedeihen rund herum auf sonnigem Plan. Eine Pechtanne oder eine knorrige Eiche nimmt die ehemalige Kaminecke ein und eine hold duftende Schwarzbirke schwankt vielleicht dort, wo die Türschwelle sich befand, im Winde. Manchmal ist der Brunneneinschnitt sichtbar, wo einst die Quelle hervorsprudelte. Jetzt wächst dort trockenes, tränenloses Gras. Vielleicht wurde sie auch, als der Letzte seines Stammes fortzog, unter dem Rasen mit einem flachen Steine zugedeckt, um erst nach langer, langer Zeit wieder entdeckt zu werden. Eine trauervolle Handlung muß das sein! Während man den Quell verschließt, quellen die Tränen hervor . . . Diese Kellereinsenkungen, die verlassenen Fuchsbauten oder alten Höhlen gleichen, sind die einzigen Überreste jener Stätten, wo einst Menschen lebten, sich mühten und plagten, und über „Schicksal, freien Willen und absolute Vorsehung“ auf diese oder jene Art, in dem einen oder andern Dialekt, abwechselnd sich unterhielten. Aus all ihren Schlußfolgerungen kann ich jedoch nur das eine lernen: „Cato und Brister lagen sich in den Wollhaaren“, und das ist fast gerade so erbaulich wie die Geschichten berühmterer Philosophenschulen.

Tür, Türbalken und Schwelle sind schon seit einem Menschenalter dahin, und noch immer wächst hier der muntere Flieder, noch immer entfaltet er seine mild duftenden Blüten in jedem Frühling, damit der sinnende Wandersmann sie pflücke. Kinderhände pflanzten ihn einst auf dem Beete im Vorgärtchen, jetzt steht er am steinernen Zaun auf entlegener Weide und macht neu heranwachsenden Wäldern Platz. Er ist der letzte dieses Geschlechtes, der einzige Überlebende aus dieser Familie. Die schwarzbraunen Kinder hatten wohl kaum daran gedacht, daß der kleine Setzling mit seinen zwei Knospen, den sie im Schatten des Hauses in den Erdboden steckten und täglich wässerten, so fest Wurzel fassen, sie überleben, sich hinter dem Hause im Schatten wohlfühlen, und dereinst in alter Leute Garten stehen würde, um dem einsamen Wanderer, ein halbes Jahrhundert nachdem sie erwachsen und gestorben waren, leise ihre Geschichte zu erzählen – noch immer so lieblich blühend, so hold duftend wie damals im ersten Frühling. Ich betrachte noch immer gern seine zarten, milden, heiteren Lilafarben.

Doch warum schwand dieses kleine Dörfchen, dieser mehr versprechende Keim dahin, während Concord sich behauptete? Hatte es keine natürlichen Vorteile – keine Wasserprivilegien? Ach, der tiefe Waldenteich und der kühle Bristerquell, das Vorrecht, einen herzhaften, stärkenden Trunk aus ihnen zu tun, diente diesen Menschen nur dazu, ihr „Gläschen“ zu verdünnen. Sie gehörten alle einem durstigen Geschlecht an. Hätten nicht der Korbflechter, der Stallbesenbinder, der Mattenflechter, der Maisröster, Leinenspinner und der Töpfer hier ihr gutes Fortkommen finden können, so daß die Wildnis erblüht wäre wie eine Rose und eine zahlreiche Nachkommenschaft das Land ihrer Väter ererbt hätte? Vielleicht wäre der unfruchtbare Boden hier imstande gewesen, einer Degeneration, wie man sie bei Menschen in fruchtbaren Gegenden antrifft, vorzubeugen.

Ach, wie wenig trägt die Erinnerung an diese menschlichen Bewohner dazu bei die Schönheit der Landschaft zu steigern! Vielleicht will die Natur mit mir als ersten Ansiedler einen neuen Versuch machen. Vielleicht will sie mein Haus, das ich im letzten Frühjahr baute, zum ältesten im Dörfchen machen . . .

Kein Anzeichen scheint mir dafür zu sprechen, daß je ein Mensch auf dem Fleckchen Erde, das ich bewohne, gebaut hat. Ich möchte wahrlich nicht in einer Stadt wohnen, die über einer älteren Stadt erbaut wurde, deren Material Ruinen, deren Gärten Kirchhöfe sind. Der Boden ist dort gebleicht und verflucht. Ehe man aber wirklich zu solchem Mittel greifen muß, wird die Erde selbst schon zerstört sein. Mit solchen Erinnerungen bevölkerte ich aufs neue den Wald und sang mich in Schlummer.

Um diese Zeit erhielt ich selten Besuch. Wenn der Schnee sehr hoch lag, wagte sich oft acht bis vierzehn Tage lang kein Wanderer in die Nähe meines Hauses. Ich lebte indessen dort so still versteckt wie eine Feldmaus, oder wie Haustiere und Geflügel, wie jene Tiere, die selbst ohne Futter oft lange Zeit im Schnee vergraben sind und doch, wie man sagt, am Leben bleiben. Oder wie die Familie eines der ersten Ansiedler in der Stadt Sutton in Massachusetts, dessen Hütte im Jahre 1717 während seiner Abwesenheit durch den starken Schneefall völlig bedeckt wurde, so daß ein Indianer sie nur an dem Loch, welches der Atem des Kamins sich in den Schnee gemacht hatte, entdeckte und die Rettung der Familie herbeiführen konnte. Kein freundlicher Indianer kümmerte sich indessen um mich. Es war auch nicht nötig – der Hausherr war daheim. Das große Schneetreiben! Wie lustig das klingt! Die Farmer konnten mit ihren Pferden nicht in die Wälder und zum Moor kommen, und mußten die schattenspendenden Bäume vor ihren Häusern fällen. Doch als die Schneekruste fest genug war, fällten sie Bäume im Moor – zehn Fuß über dem Erdboden, wie sich im nächsten Frühjahr herausstellte.

Im tiefsten Schnee sah der etwa eine halbe Meile lange Pfad, den ich benutzte, um von der Landstraße nach meinem Häuschen zu gelangen, wie eine ganz unregelmäßig gewundene und besprenkelte Linie aus, zwischen deren Tüpfeln sich große Zwischenräume befanden. Eine ganze Woche lang machte ich bei dem gleichen Wetter genau die gleiche Anzahl Schritte beim Hin- und Rückweg, indem ich bedachtsam und mit der Präzision eines Zirkels in meine eigenen, tiefen Fußtapfen trat. Zu solchem Schlendrian verlockt uns der Winter. Oft waren sie jedoch mit des Himmels eigenem Blau bedeckt. Durch kein Wetter ließ ich mich je von meinen Spaziergängen oder vielmehr von meinen Streifzügen abschrecken, denn oft stampfte ich acht bis zehn

Meilen weit durch den tiefsten Schnee, um eine Verabredung mit einer Buche, mit einer Gelbbirke oder mit einer alten Bekannten unter den Tannen einzuhalten. Die Tannen aber wandelten sich in Kiefern, wenn Eis und Schnee ihre Glieder niederbeugten und ihre Spitzen schärften. Auch zu den Spitzen der höchsten Hügel watete ich empor, wenn der Schnee fast zwei Fuß tief war. Bei jedem Schritt schüttelte ich dabei einen zweiten Schneefall auf mein Haupt herab. Oft kroch und glitt ich auf allen Vieren dorthin, wenn die Jäger ihre Winterquartiere bezogen hatten. Eines Nachmittags belustigte ich mich damit, eine gestreifte Eule (*Strix nebulosa*) zu beobachten, die auf dem niederen, abgestorbenen Ast einer Weißtanne nahe am Stamm im halben Tageslicht saß, während ich ungefähr fünfzehn Fuß von ihr entfernt war. Sie konnte hören, wenn ich mich bewegte, wenn der Schnee unter meinen Füßen knirschte, konnte mich aber nicht genau sehen. Wenn ich stärkeren Lärm machte, streckte sie den Hals heraus, sträubte die Halsfedern und öffnete die Augen weit. Doch bald schlossen sich die Lider aufs neue und sie begann einzunicken. Auch ich fühlte einen einschläfernden Einfluß, als ich sie, die geflügelte Schwester der Katze, die katzengleich mit halbgeschlossenen Augen dasaß, etwa eine halbe Stunde lang beobachtet hatte. Nur ein kleiner Spalt blieb zwischen den Lidern frei, wodurch sie einen halbinselförmigen Zusammenhang mit mir behielt. So spähte sie aus ihrem Traumland mit halbgeschlossenen Augen heraus und bemühte sich, mich – das verschwommene Objekt oder das Stäubchen, welches ihre Träume störte – zu erkennen. Als ich schließlich noch mehr Lärm machte, wurde sie unruhig und drehte sich träge auf ihrem Ruheplatz herum, als ob sie es nun satt sei, sich in ihren Träumen noch weiter stören zu lassen. Als sie sich dann erhob und durch die Tannen dahinflog, wobei sie ihre Flügel zu überraschender Breite ausspannte, konnte ich auch nicht das leiseste Geräusch vernehmen. Bei ihrem Flug durch die Tannenzweige wurde sie mehr durch das zarte Gefühl, mit welchem sie ihre Umgebung erkannte, als durch die Sehkraft geleitet. Mit ihren sensitiven Schwingen tastete sie sich durch das Dämmerlicht dahin nach einem neuen Ruheplatz, wo sie in Frieden den Anbruch ihres Tages erwarten konnte.

Wenn ich an dem langen und hohen Damm, der in den Niederungen für die Eisenbahn hergestellt war, hinging, blies mir manch stürmischer, schneidender Wind entgegen, denn nirgends kann er sich besser austoben. Und wenn er mir seine eisigen Streiche auf die eine Wange verabfolgt hatte, dann hielt ich Heide, der ich war – ihm auch die andere hin. Auch auf der Fahrstraße nahe bei Bristers Hügel wars nicht besser. Ich ging nämlich, wie ein freundlicher Indianer, selbst dann noch zur Stadt, wenn der auf den offenen, weiten Feldern liegende Schnee in großen Massen zwischen die Steinmauern der Waldenstraße geweht war, wenn eine halbe Stunde genügte, um die Spuren des letzten Wanderers zu verwischen. Kam ich zurück, so hatten sich namentlich dort, wo der zudringliche Nordwestwind bei einer scharfen Straßenbiegung den staubartigen Schnee zusammengeblasen hatte, neue Schneeverwehungen gebildet. Ich stampfte munter hindurch und suchte vergeblich nach einer Kaninchenspur oder nach der feinen Fährte, dem kleinen Abdruck einer Feldmaus. Doch selbst mitten im Winter gelang es mir fast immer, irgend ein warmes quellenreiches Moor aufzufinden, wo Gras und Zehrwurzihr immerfrisches Grün zeigten und ein widerstandsfähiger Vogel bisweilen den Frühling erwartete.

Bisweilen sah ich, wenn ich abends von meinem Spaziergang heimkehrte, im Schnee die tiefen Fußstapfen eines Holzhauers, die aus meiner Hütte herausführten. Dann fand ich ein Häuflein feinster Holzschnitzel auf meinem Herdeund das Haus vom Duft seiner Pfeife erfüllt. Oder ich hörte am Sonntagnachmittag, wenn ich zufällig zu Hause war, den Schnee unter den Schritten eines intelligenten Farmers knirschen, der von weither durch die Wälder nach meinem Haus gewandert war, um mit mir gemütlich zu „plauschen". Er gehörte zu den wenigen seines Berufes, welche „Herren ihrer Güter" sind, der statt des Professorentalars den Kittel angezogen hatte, und der ebenso geschwind die Moral aus Kirche und Staat zog wie er eine Ladung Mist aus seinem Stallhof schleppte. Wir sprachen von der biederen einfachen Zeit, wo die Menschen bei kaltem, stärkendem Wetter mit klaren Köpfen an großen Feuern saßen. Und wenn wir keinen anderen Nachtisch zu verzehren hatten, dann erprobten wir unsere Zähne an mancher Nuß, die von den klugen Eichhörnchen längst beiseite geworfen war. Denn die mit der dicksten Schale sind meistens hohl.

Ein Dichter wars, der im tiefsten Schnee und beim schrecklichsten Sturm den weitesten Weg zurücklegte, um zu meiner Hütte zu gelangen. Farmer, Jäger, Soldaten, Berichterstatter für Zeitungen, ja sogar Professoren lassen sich abschrecken. Nichts schreckt jedoch einen Dichter zurück: ihn treibt die Liebe. Wer kann sein Kommen und Gehen voraussagen? Sein Beruf ruft ihn zu jeder Zeit hinaus, selbst dann, wenn die Ärzte schlafen. Wir ließen lärmenden Frohsinn in dieser kleinen Hütte widerhallen, gar vielen ernsthaften Gesprächen konnten die Wände lauschen, und das Waldental ward für seine langdauernde Stille entschädigt. Mit meinem Haus verglichen erschien der Broadway dann ruhig und öde. In schicklichen Zwischenräumen gab es regelrechte Lachsalven, die man gerade so gut auf den soeben gemachten wie auf den jetzt kommenden Scherz beziehen konnte. Wir bauten manche „funkelnagelneue" Theorie des Lebens auf bei einer Schüssel mit dünnem Haferschleim, welche die Vorzüge des fröhlichen Schmauses mit jener Klarheit des Denkvermögens vereint, welche die Philosophie verlangt.

Ich möchte auch nicht vergessen, daß während des letzten Winters, den ich am Teich zubrachte, ein anderer willkommener Besucher kam, der einmal durch das Dorf bei Schnee, Regen und Finsternis wanderte, bis er meine Lampe durch die Bäume schimmern sah. Er verbrachte einige lange Winterabende mit mir. Er war einer der letzten Philosophen – Connecticut hat ihn der Welt geschenkt –, der anfangs mit den Waren seiner Heimat hausieren ging, hernach mit seinem Gehirn. Damit hausiert er noch immer, singt Gottes Lob, obwohl die Menschen von dem Sänger nichts wissen wollen und trägt keine andere Frucht wie sein Gehirn, wie die Nuß ihren Kern. Er ist meiner Ansicht nach von allen lebenden Menschen am stärksten im Glauben. Seine Worte und Gebärden verraten stets, daß er alle Dinge von einem besseren Gesichtspunkt aus betrachtet als andere Menschen. Er wird der letzte sein, der sich durch den Wandel der Zeiten enttäuscht fühlt. Von der Gegenwart ist er äußerlich nicht berührt. Mag er auch jetzt verhältnismäßig wenig gelten: Dereinst, wenn seine Zeit herannaht, werden Gesetze, die den meisten Menschen unbekannt sind, zur Anwendung kommen und Familienväter und Staatsmänner ihn zu Rate ziehen . . .

„Wie blind ist der, der nicht die heitere Ruhe sieht!"

Ein wahrer Menschenfreund ist er, fast der einzige Freund menschlichen Fortschritts. Ein *„Old Mortality"* oder vielmehr ein *„Immortality"*, der mit unermüdlicher Geduld und Zuversicht Gottes Ebenbild in den Zügen der Menschen wieder ausmeißeln wollte, des Gottes, der in ihnen so entstellt ist, wie sie selbst auf den schrägen Grabsteinen. Sein großmütiger Geist ladet sie alle zu Gaste: Kinder, Bettler, Geistigarme und Gelehrte. Er bewirtet die Gedanken aller, und entläßt sie meistens noch mit erweitertem Blick und verbessertem Geschmack. Mich dünkte, er sollte eine Karavanserei an der Landstraße der Welt betreiben, wo Philosophen aller Länder einkehren können. Und auf sein Türschild sollte er schreiben: „Hier findet der Mensch, aber nicht sein Tier Speis' und Trank. Kommt herein, ihr, die ihr Muße habt und ruhigen Geistes seid, die ihr ernstlich euch bemüht den rechten Pfad zu finden." Er ist vielleicht der gesundeste Mensch, der zielbewußteste von allen, die ich kenne. Er bleibt sich gleich – gestern wie morgen. Ehemals schlenderten wir oft miteinander herum, schwätzten und ließen die Welt weit hinter uns. Denn er hatte nichts mit ihren Einrichtungen zu schaffen, er war freigeboren, ingenuus. Wohin wir auch immer wandelten: stets schienen Himmel und Erde sich vereint zu haben, denn er erhöhte die Schönheit der Landschaft. Ein Mann im blauen Gewande. Das beste Dach für ihn ist das Himmelsgewölbe, welches seine heitere Ruhe widerspiegelt. Daß er je sterben wird, kann ich nicht fassen. Die Natur kann ihn nicht entbehren.

Da jeder von uns einige gut getrocknete Gedankenschindeln hatte, setzten wir uns beieinander und schnitten sie in passende Formen, versuchten an ihnen die Schärfe unserer Messer und bewunderten die deutliche, gelbe Faserung der Kürbistanne. Wir wateten so leise und andächtig oder ruderten so glatt, daß die Gedankenfische nicht aus dem Strom verscheucht wurden und sich vor den Anglern am Ufer nicht fürchteten, sondern stattlich hin und her schwammen, wie die Wolken, die im Westen am Himmel schweben, oder wie die Perlmutterflocken, die sich bisweilen dort bilden und wieder auflösen. Da arbeiteten wir, revidierten die Mythologie, rundeten hier und da eine Legende ab und bauten Schlösser in die Luft, für welche die Erde keine würdige Basis bot. *Du großer Seher! Du großer Erwarter!* Wenn Du Dich mit mir unterhieltest, dann wars wie ein Märchen aus Neuenglands „Tausend und eine Nacht". Ja, wie wir uns unterhalten konnten, wir drei: der Eremit, der Philosoph und der alte Ansiedler, von dem ich schon sprach! Da dehnte sich mein Haus und krachte in den Fugen. Ich wage nicht zu sagen, um wie viele Pfund der atmosphärische Druck auf jeden Quadratzoll erhöht wurde. Meine Hütte öffnete aber ihre Nähte so sehr, daß sie hernach an recht stillen Tagen wieder zugekalkt werden mußten, um ein dauerndes Leck zu vermeiden. Doch ich hatte schon im voraus Kalfaterwerg von dieser Sorte gezupft.

Es gab noch einen anderen, mit dem er „grundlegende Stunden", die mir noch lange unvergeßlich sein werden, in seinem Haus im Dorf verlebte, und der mich von Zeit zu Zeit besuchte.Im übrigen unterhielt ich dort keinen Verkehr.

Auch hier, wie überall, erwartete ich bisweilen einen Gast, der niemals kommt. Die Vishnu Purana sagt: „Der Hausherr soll um die Abendzeit so lange in seinem Hofe bleiben, als man braucht, um eine Kuh zu melken, oder auch noch länger, wenn ihm der Sinn danach steht, und die Ankunft eines Gastes erwarten." Ich kam dieser Pflicht der Gastfreundschaft oft getreulich nach, wartete so lange, daß eine ganze Kuhherde hätte gemolken werden können. Doch den Mann, der sich von der Stadt aus genähert hätte, sah ich nicht.

Wintertiere

Wenn die Teiche fest zugefroren waren, gestatteten sie nicht nur neue und kürzere Wege nach vielen Punkten, sondern auch von ihrer Oberfläche aus neue Rundblicke auf die vertraute Landschaft. Wenn ich quer über Flints Teich ging, nachdem er mit Schnee bedeckt war, so erschien er mir, obwohl ich oft auf ihm gerudert und Schlittschuh gelaufen hatte, so überraschend breit und so fremd, daß ich unwillkürlich immer wieder an Baffins Baydenken mußte. Rund um mich herum stiegen am Horizont der schneebedeckten Ebene die Lincolnhügel empor. Ich aber konnte mich nicht erinnern, je vorher auf ihr gestanden zu haben. Die Fischer, die sich mit ihren wolfartigen Hunden in unbestimmbarer Entfernung über das Eis bewegten, erinnerten an Robbenjäger und an Eskimos, oder wirkten bei Nebelwetter in der Ferne wie monströse Geschöpfe, von denen man nicht wußte, ob sie Riesen oder Pygmäen seien. Diesen Weg über das Eis schlug ich ein, wenn ich mich abends zum Vortrag nach Lincoln begab, so daß ich zwischen meiner Hütte und dem Vorlesungssaal weder eine Straße betrat noch an einem Haus vorbeikam. Auf dem Gänseteich, der auf meinem Wege lag, wohnte eine Kolonie Bisamratten, welche ihre Nester weit über das Eis erhöht hatten. Doch ließ sich keines der Tiere blicken, als ich hinüberging. Der Walden, der wie die meisten anderen Seen nicht mit Schnee bedeckt war, oder doch nur flache und vereinzelte schneebedeckte Stellen zeigte, war mein Hof, in welchem ich ungehindert herumspielen konnte, wenn der Schnee an anderen Orten fast zwei Fuß tief den Boden bedeckte und die Dorfbewohner auf ihre Straßen allein angewiesen waren. Hier, fern von der Dorfstraße, wo ich nur nach langen Zwischenräumen das Schellengeläute der Schlitten hörte, glitt ich auf dem Eis dahin und lief Schlittschuh wie in einem großen, gut ausgetretenen Hofe, in welchem sich die Musetierezur Winterzeit aufhalten. Eichenwälder umrahmten ihn und feierliche Tannen, die der Schnee niederbeugte oder die stolz ihre Eiszapfen emporstreckten.

In Winternächten und auch oft an Wintertagen drang der hilflose, einsame Schrei einer Heuleule aus unendlicher Ferne melodisch zu mir herüber. Das war ein Ton, wie ihn die gefrorene Erde hervorbringen würde, wenn man sie mit einem passenden *plectrum* schlüge. Er gehörte zu der unverfälschten, mir schließlich ganz vertrauten *lingua vernacula* der Waldenwälder. Den Vogel, der so sprach, sah ich allerdings in solchen Augenblicken nie. Selten öffnete ich an einem Winterabend meine Tür, um diesen Klang zu hören. Hu–hu–hu–hurruh–hu schallte es wohlklingend daher, oder die drei ersten Silben klangen wie *hauderduh*,oder auch bisweilen nur wie Huh-Huh. Einmal wurde ich im Anfang des Winters, abends spät gegen neun Uhr, durch das laute „Honk“ der Wildgänse aufgeschreckt. Ich ging zur Tür und hörte, als sie über mein Haus zogen, ihr Flügelrauschen, das dem Sturmwind in Wäldern glich. Sie flogen über den Teich nach Fair Haven, und waren augenscheinlich durch meine Lampe vom Niederlassen abgeschreckt. In regelmäßigen Zwischenräumen ließ der Führer stets sein Honk ertönen. Plötzlich gab ganz in meiner Nähe ohne Zweifel eine Katzeneule mit der schrillsten, fürchterlichsten Stimme, die ich je von einem Waldbewohner vernommen habe, regelmäßig der Gans eine Antwort, als ob sie – die Eingeborene – entschlossen sei, diesen Eindringling von der Hudson Bay durch eine kräftigere Tonart und durch den größeren Umfang ihrer Stimme an den Pranger zu stellen, zu beschimpfen und ihn aus dem Concordbezirk hinauszu"huhuen“. Wie kannst du es wagen, meine Festung um diese mir geheiligte Nachtzeit zu alarmieren? Glaubst du vielleicht, daß man mich je um diese Stunde schlummernd findet, daß Kehlkopf und Lungen bei mir nicht gerade so gut entwickelt sind wie bei dir? Buhu! Buhu! Buhuuu! . . . Es war eine der gellendsten Dissonanzen, die ich je gehört habe. Und doch sprachen zu einem fein empfindenden Ohr aus ihr die Elemente einer Harmonie, wie sie diese Ebene hier niemals sah noch vernahm . . .

Auch hörte ich das Keuchen des Eises im Teich, meines großen Schlafgenossen, als ob er unruhig in seinem Bett sich wälze, an Blähungen leide und an schweren Träumen. Oder ich wurde durch das Krachen des Bodens aus dem Schlaf geweckt, als ob jemand ein Gespann gegen meine Tür getrieben habe. Am nächsten Morgen fand ich dann einen Spalt in der Erde, der eine viertel Meile lang und ein drittel Zoll breit war.

Bisweilen hörte ich Füchse, die in mondhellen Nächten über die Schneekruste streiften, um sich ein Rebhuhn oder ein anderes Wild zu fangen. Sie bellten rauh und dämonisch wie verwilderte Waldhunde, gerade als ob sie Furcht hätten oder etwas zu sagen wünschten, nach Licht verlangten und lieber Hunde sein möchten, um frei in den

Straßen herumlaufen zu können. Und wenn wir nach Jahrtausenden rechnen: Sollte da nicht die Zivilisation bei den wilden Tieren gerade so gut wie bei den Menschen Fortschritte machen? . . . Sie schienen mir rudimentäre Höhlenmenschen zu sein, die sich noch gegen ihre Feinde verteidigten und ihre Transformation erwarteten. Bisweilen wurde einer von ihnen durch meine Lampe an mein Fenster gelockt, bellte mir einen Fuchsfluch zu und verschwand.

Meistens weckte mich indessen in aller Morgenfrühe das rote Eichhörnchen *(Sciurus Hudsonius)*, indem es oben auf dem Dach und an den Wänden des Hauses auf und ab lief. Im Verlauf des Winters warf ich einen halben Scheffel Maiskolben, die nicht reif geworden waren, auf die Schneekruste vor meiner Tür, und unterhielt mich damit, die Bewegungen der verschiedenen Tiere, die dadurch angelockt wurden, zu beobachten. In der Dämmerung und in der Nacht kamen regelmäßig die Kaninchen und griffen herzhaft zu. Den ganzen Tag kamen und gingen die roten Eichhörnchen und bereiteten mir durch ihre Manöver viel Vergnügen. Eines dieser Tierchen kam erst vorsichtig durch die Zwergeichen herbeigeschlichen, lief ruckweise über den Schnee wie ein Blatt, das der Wind dahintreibt, huschte mit staunenswerter Geschwindigkeit und Kraftanwendung jetzt ein paar Schritte nach dieser Richtung, wobei es seine Beinchen so unbegreiflich schnell bewegte, als ob es sich um eine Wette handele, lief dann wieder ebensoviele Schritte nach der anderen Richtung, wobei es jedoch nicht mehr als zwei Meter zurzeit näher kam. Dann blieb es plötzlich mit drolligem Ausdruck und mit einem Saltomortale als Zugabe stehen, und tat als ob die Augen der ganzen Welt auf ihm ruhten – denn alle Bewegungen eines Eichhörnchens setzen selbst in tiefster Waldeinsamkeit, gerade wie die einer Ballettänzerin, stillschweigend Zuschauer voraus. Es verschwendete mehr Zeit mit Umherblicken und Erholungspausen, als nötig gewesen wäre den ganzen Weg gemächlich zurückzulegen. (Ich sah indessen nie eines langsam gehen.) Dann saß es plötzlich, schneller als man „hopsa" sagen konnte, hoch oben in einer jungen Pechtanne, zog seine Uhr auf,zankte sich mit allen *imaginären* Zuschauern herum, hielt Monologe und sprach gleichzeitig zur ganzen Welt. Warum? Ich konnte nie dahinter kommen und das Tierchen wußte es aller Wahrscheinlichkeit auch nicht. Schließlich kam es zu den Maiskolben, suchte sich den heraus, der ihm am besten gefiel und huschte munter mit den gleichen, trigonometrischen Bewegungen auf den obersten Scheit meines Holzstoßes vor meinem Fenster. Von dort aus sah es mir gerade ins Gesicht und blieb stundenlang hier sitzen, während es sich ab und zu mit einem neuen Kolben verproviantierte. Anfangs knabberte es gierig daran und warf die Frucht, wenn sie halb angefressen war, fort. Schließlich wurde es leckerer, spielte mit seiner Nahrung, fraß nur noch das Innere der Körner und ließ dabei den Kolben, den es zuvor über den Holzscheit gelegt hatte und mit einer Pfote lässig balanzierte, zur Erde fallen. Mit dem komischen Ausdruck der Unentschlossenheit blickte es auf ihn hinunter. Es schien zu glauben, der Kolben sei lebendig. Nun war es im Zweifel: sollte es den alten wieder heraufholen, einen neuen stehlen oder entfliehen? In einem Augenblick dachte es an den Mais, im nächsten

Augenblick lauschte es, ob der Wind ihm auch irgend etwas Verdächtiges zutrüge. So vergeudete der unbescheidene kleine Geselle am Vormittag manchen Kolben. Schließlich packte er einen der längsten und dicksten, der ihn beträchtlich an Größe übertraf, und trug ihn, wie ein Tiger den indischen Büffelochsen, in die Wälder hinein, wobei er die gleichen Zickzacklinien beschrieb, häufig Pausen machte, den mitgeschleiften Kolben ebenso häufig fallen ließ – und zwar in diagonaler Richtung – als sei er zu schwer für ihn und doch zu gut, um ihn im Stich zu lassen. Es war ein hervorragend freches, launiges, kleines Geschöpf! Schließlich zog es mit dem Kolben nach seinem Heim ab, trug ihn vielleicht auf die Spitze eines 150–200 Meter entfernten Tannenbaums! Ich fand später nach verschiedenen Richtungen hin zerstreute Kolben im Wald.

Schließlich kamen auch die Dohlen herbei, deren krächzende Schreie schon lange vorher ertönten. Selbst wenn sie noch zweihundert Meter entfernt waren, wurden sie äußerst vorsichtig, flogen in heimlicher, schleichender Weise von Baum zu Baum, näher und immer näher, während sie die Maiskörner aufpickten, welche die Eichhörnchen hatten fallen lassen. Dann setzten sie sich auf den Zweig einer Pechtanne und versuchten in aller Eile ein großes Korn zu verschlucken, das für ihre Kehle zu groß war und sie fast erstickte. Nach vieler Mühe wurde es wieder ausgespieen. Nun versuchten sie, es durch längeres Hacken mit den Schnäbeln zu spalten . . . Das waren wirklich Diebe und ich hatte keinen großen Respekt vor ihnen. Die Eichhörnchen waren zwar anfangs scheu, doch dann machten sie sich ans Werk, als hätten sie ein gutes Recht dazu.

Inzwischen kamen auch die Schwarzmeisen in Scharen herbei, pickten die den Eichhörnchen entfallenen Maiskrümel auf, flogen auf den nächsten Zweig, legten sie unter ihre Krallen und hämmerten mit ihren kleinen Schnäbeln darauf los – als ob ein Insekt in der Rinde säße – bis sie für ihren schmalen Schlund genügend verkleinert waren. Mit leisem lispelnden Zwitschern, das wie das Klingen von Eiszapfen im Grase klang, kam eine kleine Schar dieser Meisen täglich herbei, um ihr Mittagessen aus meinem Holzstoß herauszupicken oder die Krümchen vor meiner Tür aufzulesen. Bald erschallte ein helles „dät-dät-dät“, seltener ertönte aus den Wäldern ein dünnes, sommerliches „Phie-bie-Phiebie“. Sie waren schließlich so zutraulich, daß sich einmal eine von ihnen auf das Holz setzte, welches ich in meinem Arm hielt, und furchtlos an den Scheiten pickte. Auch ein Spatz setzte sich einmal für einen kurzen Augenblick auf meine Schulter, als ich in einem Dorfgarten mit Hacken beschäftigt war, und ich fühlte, daß ich durch dieses Ereignis mehr ausgezeichnet wurde als durch irgend welche „Epaulette“, die man mir hätte verleihen können. Die Eichhörnchen wurden mit der Zeit ebenfalls ganz zutraulich und liefen über meinen Schuh, wenn das der nächste Weg war.

Als der Erdboden noch nicht ganz mit Schnee bedeckt war, und auch später gegen Ende des Winters, als der Schnee bereits am Südabhang meines Hügels und um den

Holzstoß herum geschmolzen war, kamen am Morgen und am Abend Rebhühner aus den Wäldern, um hier bei mir zu speisen. Wohin man auch im Walde geht, überall flattert das Rebhuhn mit schwirrendem Flügelschlag empor, schüttelt von den dürren Blättern und Zweigen hoch oben den Schnee herab, der im Sonnenschein wie ein feiner Goldstaub herniederrieselt. Dieser tapfere Vogel läßt sich durch den Winter nicht vertreiben. Oft wird er von Schneewehen verschüttet. Auch soll er „bisweilen während des Fluges plötzlich in den Schnee untertauchen, wo er sich ein paar Tage versteckt hält“. Häufig verjagte mein Kommen sie auch auf freiem Felde; beim Sonnenuntergang kamen sie aus den Wäldern dorthin geflogen, um die wilden Apfelbäume „abzuknospen“. Sie besuchen regelmäßig jeden Abend bestimmte Bäume, wo der verschlagene Jäger auf sie wartet. Die abseits vom Wege und nahe am Walde gelegenen Obstgärten haben nicht wenig von diesen Tieren zu leiden. Trotzdem: ich freue mich, wenn das Rebhuhn seine Nahrung findet. Es ist der Lieblingsvogel der Natur, der von Knospen und heilsamem Tranke lebt.

An dunkelen Wintermorgen oder kurzen Winternachmittagen hörte ich bisweilen ein Rudel Jagdhunde bellend und heulend durch die Wälder streifen. Sie konnten dem Jagdinstinkt nicht widerstehen, und der Klang des Jagdhorns, der bisweilen zu mir herüberscholl, bewies mir, daß ein Mensch mit im Spiel sei. Immer näher kamen sie heran, doch kein Fuchs brach aus dem Wald hervor und zeigte sich auf der Lichtung am Teichufer, keine Meute verfolgte ihren Aktäon.Abends sah ich dann ab und zu die Jäger heimkehren, die ihr Gasthaus aufsuchten. Eine einzige Rute, die am Schlitten herabbaumelte, war ihre Trophäe. Sie erzählten mir, daß der Fuchs wohl geborgen wäre, wenn er im Schoß der gefrorenen Erde bliebe, daß ihn, wenn er immer geradeaus laufen würde, kein Fuchshund einholen könne. Wenn er aber seine Verfolger weit hinter sich gelassen hat, unterbricht er seinen Lauf und horcht, bis sie wieder nahe herangekommen sind. Dann treibt es ihn wieder zu seinen alten Schlupfwinkeln zurück, wo die Jäger auf der Lauer stehen. Oft läuft er übrigens viele Meter auf einer Mauer entlang und springt dann weit nach einer Seite herunter. Auch scheint er zu wissen, daß Wasser seine Fährte nicht verrät. Ein Jäger erzählte mir, er habe einmal einen Fuchs gesehen, der aus dem Wald heraus auf das mit Pfützen bedeckte Eis geflohen sei. Er lief eine kleine Strecke auf das Eis hinauf und kehrte dann zu demselben Ufer zurück. Bald kamen die Hunde herbeigestürzt, aber hier verloren sie die Spur. Bisweilen kam auch ein Rudel Hunde, das auf eigene Rechnung jagte, an meinem Hause vorbei. Sie rannten kläffend und heulend wie toll um mein Haus herum, ohne von meiner Person Notiz zu nehmen und nichts konnte sie von ihrem Treiben abbringen. Sie rasten so lange im Kreise herum, bis sie aufs neue die Spur eines Fuchses entdeckten. Ihretwegen läßt aber ein kluger Hund alles andere im Stich. Eines Tages kam ein Mann aus Lexington zu meiner Hütte, um sich nach seinem Hunde zu erkundigen, der schon vor langer Zeit heimlich sich entfernt hatte und bereits seit einer Woche allein der Jagd huldigte. Ich fürchte indessen, daß mein Besucher durch alles, was ich ihm sagte, nicht klüger wurde, denn jedesmal, wenn ich mich bemühte, ihm eine Antwort zu geben, unterbrach er mich mit der Frage: „Was *tun* Sie hier?" Er hatte einen Hund verloren, aber einen Menschen gefunden.

Ein alter Jäger mit einer durstigen Kehle, der alljährlich einmal im Waldenteich zu baden pflegte, wenn das Wasser am wärmsten war, und der mir bei solchen Gelegenheiten einen kurzen Besuch abstattete, erzählte mir folgendes: Vor vielen Jahren nahm ich an einem Nachmittag meine Flinte unter den Arm, um in den Waldenwäldern zu *kreuzen.* Wie ich auf der Waylandstraße hinwandere, höre ich ein Hundegekläff, das immer näher kommt. Bald darauf springt ein Fuchs über die Mauer auf die Straße und verschwindet mit Windeseile über die entgegengesetzte Mauer. Ein sofort abgegebener Schuß verfehlte ihn. Etwas später erschien eine alte Hündin mit ihren drei Jungen in wilder Hetze auf der Bildfläche. Die Tiere jagten auf eigene Faust und waren schnell wieder in den Wäldern verschwunden. Als ich spät am Nachmittag mitten im Waldesdickicht südlich vom Teich rastete, hörte ich in weiter Ferne noch ihr Gebell, mit welchem sie gen Fair Haven den Fuchs verfolgten. Dann näherten sie sich wieder. Ihr Jagdgekläff erklang immer näher durch die Wälder, bald von Well-Meadow, bald von Bakers Farm. Lange Zeit blieb ich stehen, ohne mich zu rühren, und lauschte ihrem dem Ohr des Jägers so lieblichen Konzert. Da erschien plötzlich der Fuchs auf der Bildfläche. Im gemächlichen Trab kam er, der seine Verfolger weit hinter sich ließ, hurtig und leise, ohne Überstürzung heran. Der Schall seiner Schritte wurde durch ein sympathisches Rauschen der Blätter übertönt. Er sprang auf einen Stein, der zwischen den Bäumen lag, setzte sich auf die Hinterpfoten und lauschte, wobei er mir den Rücken zuwandte. Einen Augenblick hielt Mitgefühl meinen Arm zurück. Doch diese Stimmung war sofort verflogen. Schnell wie ein Gedanke dem andern folgt, hatte ich angelegt, abgedrückt – und der Fuchs rollte über den Stein und lag am Boden. Ich rührte mich noch immer nicht vom Fleck und lauschte auf die Hunde. Die kamen näher und näher, und schließlich hörte ich ihr dämonisches Gekläff ganz in meiner Nachbarschaft durch die Waldeskirche. Endlich tauchte die alte Hündin auf, schnupperte an der Erde, schnappte wie toll nach Luft und stürzte sofort auf den Stein zu. Als sie aber den toten Fuchs erblickte, stellte sie sofort wie starr vor Erstaunen ihre Hetze ein, und umkreiste ihn mehrere Male schweigend. Allmählich kamen auch die Jungen herbei. Auch sie wurden wie ihre Mutter durch dieses rätselvolle Ereignis ernüchtert und verstummten. Da trat der Jäger aus seinem Versteck hervor in ihre Mitte, und das Geheimnis war gelöst. Die Hunde warteten schweigend bis der Fuchs abgehäutet war, folgten dem Fuchsschwanz kurze Zeit und verzogen sich dann wieder in die Wälder . . . An jenem Abend kam ein Herr aus Weston nach der Hütte des Jägers aus Concord, um sich nach seinen Hunden zu erkundigen und gab an, daß sie seit einer Woche herrenlos in den Westonwäldern jagten. Der Concordjäger erzählte darauf sein Erlebnis und bot dem Herrn das Fuchsfell zum Kauf an. Dieser lehnte indessen ab und trat den Rückweg an. Er fand seine Hunde an diesem Abend nicht mehr, hörte aber am nächsten Tage, daß sie durch den Fluß geschwommen seien und in einem Farmhause Nachtquartier gefunden hätten. Nachdem man sie gut gefüttert hatte, verschwanden sie auch dort wieder in aller Morgenfrühe.

Derselbe Jäger erzählte mir, ein gewisser Sam Nutting, der in den Felsen bei Fair Haven Bären zu jagen und die Felle in Concord gegen Rum umzutauschen pflegte, habe ihm einst mitgeteilt, daß er dort einmal sogar ein Mustier gesehen habe. Nutting hatte einen prächtigen Fuchshund, Burgoynegenannt – er sprach es „Buhgein“ aus –, den mein Gewährsmann mehrfach zu entleihen pflegte. In dem Kassabuch eines alten Kaufmanns, der außerdem noch Hauptmann, Stadtschreiber und Abgeordneter war, sah ich folgenden Eintrag:

„Jan. 18. 1742/43. „John Melven Cr. für einen Graufuchs 0–2–3.“Jetzt gibt es diese Tiere hier nicht mehr. Ferner steht in seinem *Hauptbuch:* “Febr. 7. 1743, Hesekiel Stratton für ½ ›Kattsenfell‹ 0–1–4½.“ Das war selbstverständlich eine wilde Katze, denn Stratton war Sergeant im alten französischen Krieg und hätte es unter seiner Würde gehalten, ein weniger edles Wild zu jagen. Auch gibt es Guthaben für Rehfelle. Die kamen täglich zum Verkauf. Ein Bekannter besitzt noch das Geweih des letzten in dieser Gegend getöteten Hirsches, und ein anderer Herr erzählte mir Einzelheiten dieser Jagd, an der sein Onkel teilnahm. Früher gab es hier zahlreiche und lustige Jäger. Ich kann mich noch recht gut an einen hageren Nimrod erinnern, der einem am Waldesrand abgepflückten Blatte Klänge entlockte, die, wenn ich mich nicht täusche, wilder und melodischer waren als irgend ein Jagdhornruf.

Um Mitternacht kreuzten oft im Mondschein Hunde meinen Pfad, die in den Wäldern auf Raub ausgingen, sich aber vor mir im Unterholz versteckten und warteten bis ich vorüber war.

Eichhörnchen und Meisen stritten sich um meinen Nußvorrat. Um mein Haus herum standen Gruppen von Pechtannen. Ihre Stämme, die ungefähr einen bis vier Zoll dick waren, wurden im vorigen Winter durch Mäuse angenagt. Ein norwegischer Winter war's für sie gewesen, denn lange Zeit lag tiefer Schnee, so daß sie gezwungen waren, ihrer Nahrung mit großen Mengen Tannenrinde nachzuhelfen. Diese Bäume lebten und gediehen im Hochsommer augenscheinlich ganz gut. Manche von ihnen waren, obwohl ihre Rinde ringartig abgeknabbert war, um einen Fuß gewachsen. Im nächsten Winter starben indessen alle ohne Ausnahme ab. Es ist merkwürdig, daß einer einzelnen Maus ein ganzer Baum zum Mittagessen bewilligt wird, bloß weil sie rund herum und nicht in der Längsrichtung an ihm knabbert. Und doch: vielleicht ist das durchaus notwendig, damit die Bäume gelichtet werden, die dicht nebeneinander zu wachsen pflegen.

Die Hasen *(Lepus americanus)* waren sehr zutraulich. Einer hatte während des ganzen Winters sein Lager unter meinem Hause und war nur durch den dünnen Fußboden von mir getrennt. An jedem Morgen, wenn ich mich zu rühren begann, erschreckte er mich durch sein schnelles Ausreißen. Dabei stieß er in der Eile mit seinem Kopf gegen die

Bretter des Fußbodens: Bum, bum, bum! In der Abenddämmerung kamen die Hasen zu meiner Tür und knabberten an den Kartoffelschalen, die ich hinausgeworfen hatte. Ihre Farbe glich der des Bodens so sehr, daß man sie, wenn sie ruhig dasaßen, kaum bemerken konnte. Saß einer regungslos vor meinem Fenster, so war es mir nur zeitweise möglich, ihn zu erkennen. Öffnete ich dann abends meine Tür, so liefen sie quiekend und lärmend hurtig davon. Sah ich sie in der Nähe, so erregten sie nur mein Mitleid. Eines Abends saß einer nur etwa zwei Schritt von mir entfernt vor meiner Tür. Anfangs zitterte er vor Furcht, wollte aber auch nicht das Feld räumen. Ein armer, winziger Gesell wars, mager und knochig, mit zottigen Ohren und spitzer Schnauze, mit kleinem Schwanz und dünnen Pfoten. Er sah aus, als ob die Natur darauf verzichtet habe, weiterhin noch edele Rassen hervorzubringen und gerade vor dem Bankerotte stehe. Seine großen Augen sahen zwar jung, aber ungesund, beinahe wassersüchtig aus. Ich machte einen Schritt vorwärts und – siehe da! Mit elastischen Sprüngen eilte er über die Schneekruste dahin, reckte und dehnte Körper und Glieder zu anmutiger Länge, so daß bald zwischen mir und ihm der Wald lag. So war es doch das wilde freie Tier, das seine Kraft und die Würde der Natur bewies. So schlank war es nicht ohne Grund. Das also war seine Natur . . . *Lepus levipes* – Leichtfuß, wie manche glauben.

Was ist ein Land ohne Hasen und Rebhühner? Sie gehören zu den einfachsten, eingeborenen, animalischen Produkten, zu jenen alten und ehrwürdigen Familien, welche das Altertum so gut kannte wie die Neuzeit. An Farbe und Substanz sind sie ein Teil der Natur selbst, den Blättern und dem Erdboden und miteinander verwandt. Das eine ist geflügelt, das andere vierbeinig. Wenn man einen Hasen oder ein Rebhuhn aufscheucht, denkt man kaum an ein wildes Tier, sondern an etwas so Natürliches, Vertrautes, wie ein raschelndes Blatt. Das Rebhuhn und der Hase werden sicher immer wieder sich vermehren, einerlei was für Revolutionen kommen mögen. Sie sind die echten Urbewohner des Landes. Wird der Hochwald gelichtet, so bietet das frisch emporwachsende Unterholz ihnen eine Zufluchtsstätte. Das Land muß allerdings armselig sein, das einem Hasen keine Heimat gewährt. In unseren Wäldern gibt es Rebhühner und Hasen in großer Zahl. Wo immer ein Moor ist, kann man ihre Spuren finden. Und überall sieht man Fallen aus Zweigen und Schlingen aus Roßhaar, die irgend ein Kuhhirt aufstellte.

Der Teich im Winter

Nach einer stillen Winternacht erwachte ich mit dem Gefühl, daß irgend eine Frage mir gestellt sei, die ich im Schlaf vergeblich zu beantworten versuchte . . . Was – Wie – Wann – Wo? . . . Doch nun blickt die erwachende Natur, in der alle Geschöpfe leben, in meine breiten Fenster mit heiterem, zufriedenem Antlitz herein. Auf *ihren* Lippen schwebt keine Frage. Ich erwachte zu einer Frage, die bereits beantwortet war, zu der Natur und dem lichten Tag. Hoch lag der Schnee auf dem Erdboden, mit jungen Tannen gesprenkelt. Selbst der Hügelabhang, auf dem mein Haus steht, schien mir zuzurufen: Vorwärts! Die Natur richtet keine Fragen an uns, und beantwortet auch keine, die wir Sterblichen an sie stellen. Ihr Plan ist schon vor langer, langer Zeit gefaßt. „O Prinz, bewundernd schauen unsere Augen auf das herrliche, mannigfache Schauspiel des Weltalls und teilen es der Seele mit. Sicherlich verhüllt die Nacht einen Teil dieser glorreichen Schöpfung. Doch kommen wird der Tag, der uns dies gewaltige Werk enthüllt, das von der Erde in ätherische Gefilde sich erstreckt."

Wohlan denn, zur Morgenarbeit! Zunächst ergreife ich Axt und Eimer und suche Wasser, falls das kein frommer Wunsch geworden ist. Nach einer kalten und schneeigen Nacht muß man schon eine Wünschelrute anwenden, um es zu finden. In jedem Winter erstarrt die flüssige, zitternde Oberfläche des Teiches, die so empfindlich für jeden Lufthauch war, die alles Licht und jeden Schatten widerspiegelte, bis zur Tiefe von 1-1½ Fuß und kann nun die schwersten Gespanne tragen. Und liegt gar bisweilen auch Schnee auf dem Eise, dann kann man den Teich von irgend einem ebenen Feld nicht unterscheiden. Wie die Murmeltiere in den umliegenden Bergen schließt er seine Augenlider und schlummert drei Monate oder noch länger. Ich stehe auf der schneebedeckten Ebene wie auf einem Anger zwischen den Hügeln. Erst bahne ich mir den Weg durch fußhohen Schnee, dann durch fußtiefes Eis. Zu meinen Füßen öffne ich ein Fenster, kniee nieder, um zu trinken und sehe dabei in das friedliche Wohnzimmer der Fische hinab, wohin nur gedämpftes Licht – wie durch Milchglas – dringt und wo heller Sand auf dem Boden liegt, genau wie im Sommer. Hier herrscht ewige, wellenlose, selige Ruhe, wie im bernsteinfarbenen Zwielichthimmel. Sie harmoniert mit dem kühlen, gleichmäßigen Temperament der Bewohner dort unten. Der Himmel ist so gut unter unseren Füßen wie über unseren Häuptern.

Früh morgens, wenn alle Dinge starr vom Frost sind, kommen Leute mit Angelruten und kärglichem Imbiß und lassen ihre feinen Schnüre durch das Schneefeld in die Tiefe, um Grashechte und Barsche zu fangen. Rauhe Menschen sind's, die instinktiv anderen Bräuchen folgen, anderen Autoritäten vertrauen als ihre Mitbürger, und die durch ihr Kommen und Gehen Städte dort miteinander verbinden, wo sonst kein Verbindungsweg sich findet. In wetterfesten Anzügen aus Wolltuch sitzen sie auf dem trockenen Eichenlaub am Uferrand und verzehren ihr Mahl. Ihr instinktives Wissen ist gerade so umfangreich wie die erlernte Weisheit ihrer Mitbürger. Bücher haben sie nie um Rat gefragt. Sie wissen viel weniger und können über viel weniger Dinge sprechen, als sie vollbracht haben. Wie sie zu Werke gehen, das weiß die Menschheit bislang noch nicht. Da fischt einer Grashechte und gebraucht ausgewachsenen Barsch als Köder. Mit Erstaunen blickt man in seinen Eimer, der einem Teich im Sommer gleicht. Hatte er vielleicht gewußt, wohin der Sommer sich zurückzog oder hielt er ihn gar in seiner Wohnung eingeschlossen? Wie war es ihm überhaupt möglich, mitten im Winter Barsche zu bekommen? Nun: er verschaffte sich, als der Erdboden gefroren war, Würmer aus vermoderten Baumstämmen und damit fing er sie. Der Naturforscher kann durch eifrige Studien nicht das tiefe Vertrautsein mit der Natur erlangen, welches dieser Mann sein Leben lang besitzt. Er selbst ist für den Naturforscher ein Problem. Dieser schält Moos und Rinde vorsichtig mit seinem Messer ab und sucht Insekten, jener legt mit seiner Axt Stämme bis zum Mark frei, wobei Moos und Rinde in alle Winde stiegen. Er verschafft sich seinen Unterhalt durch Abrinden der Bäume. Solch ein Mensch hat eine gewisse Berechtigung zum Fischen und mit Freude sehe ich, wie die Natur in ihm sich offenbart. Der Barsch verzehrt den Regenwurm, der Grashecht den Barsch und der Fischer den Grashecht. So sind alle Zwischenräume an der Stufenleiter der Geschöpfe ausgefüllt.

Wenn ich bei Nebelwetter um den Teich herumschlendere, machten mir bisweilen die einfachen Methoden Freude, die ein recht naturwüchsiger Fischer anwendete. Er stellte Erlenzweige über die schmalen Löcher im Eis auf, die sechzig bis achtzig Fuß untereinander und ebenso weit vom Ufer entfernt waren, befestigte das Ende der Schnur an einem Stock, damit sie nicht durch das Loch herabgezogen werde, legte die lockere Schnur über einen Erlenzweig, der etwa einen Fuß über das Eis emporragte und band ein trockenes Eichenblatt daran. Wenn man halbwegs um den Teich herumging, konnte man diese Erlen in regelmäßigen Abständen durch den Nebel erkennen.

Ja, diese Grashechte aus dem Waldenteich! Wenn ich sie auf dem Eis liegen sehe oder in der Vertiefung, die der Fischer ins Eis hackt und unten mit einer kleinen Öffnung versieht, um das Wasser einzulassen, so bin ich immer aufs neue von ihrer seltsamen Schönheit überrascht. Wie Märchenfische kommen sie mir vor. Sie passen so wenig auf unsere Märkte, so wenig sogar zu unsern Wäldern wie Arabien zum Concorder Leben. Eine blendende, transzendentale Schönheit ist ihnen eigen, eine Schönheit, die durch eine weite Kluft von dem leichenhaften Stockfisch und Kabeljau getrennt ist, deren Loblied man auf unseren Märkten singt. Sie sind nicht grün wie die Tannen, nicht grau wie die Steine, nicht blau wie der Himmel. Nein, für meine Augen haben sie noch seltsamere Farben als Blumen und Edelgestein, als ob sie die Perlen, die beliebten *nuclei* oder die Kristalle des Waldenteiches seien. Sie sind Walden – nehmt alles und in allem, *selbst* kleine Walden des Tierreichs: *Waldenses.* Ich wundere mich, daß sie hier gefangen werden, daß in diesem tiefen, weiten Quell, tief unter rasselnden Gespannen, Kaleschen und klingenden Schlitten, die über die Waldenstraße fahren, diese großen goldenen und smaragdenen Fische schwimmen. Nie sah ich einen ihrer Art auf dem Markte. Er würde aller Augen auf sich lenken. Unter einigen konvulsivischen Zuckungen gibt dieses Geschöpf leicht seinen wässerigen Geist auf wie ein Sterblicher, der allzu früh in die dünne Luft des Himmels abgerufen wurde.

Ich wollte gern den langverlorenen Boden des Waldenteiches wiederfinden. Darum begann ich im Jahre 1846 frühzeitig, noch ehe das Eis zu schmelzen anfing, mit Kompaß,

Meßkette und Senkblei genaue Vermessungen zu machen. Viele seichte Geschichten erzählte man sich über die Tiefe oder vielmehr über die grundlose Tiefe dieses Teiches. Es ist erstaunlich, wie lange die Menschen an solch unergründliche Tiefen glauben, ohne sich die Mühe zu geben, sie zu messen. Ein Spaziergang in der Nachbarschaft machte mich mit zwei *grundlosen* Teichen bekannt. Manche Leute glauben, daß der Walden bis zur anderen Seite der Erdkugel sich erstrecke. Andere, die lange Zeit der Länge nach auf dem Eise gelegen und durch das trügerische Medium hinabgeblickt hatten, die womöglich obendrein noch wässerige Augen mitbrachten und zu vorschnellen Folgerungen verleitet wurden, weil sie Angst vor Erkältung der Brust hatten, behaupteten, „große Löcher, in welche bequem ein Heuwagen hineinfahren konnte" (wenn nur ein Fuhrmann dagewesen wäre), gesehen zu haben, Löcher, die ohne Zweifel die Quellen des Styx und Eingänge in höllische Regionen seien. Andere kamen mit einem sechsundfünfzig Pfund schweren Gewicht und mit einer Wagenladung Tau, das einen Zoll im Durchmesser hatte, aus dem Dorfe herbei. Auch diesen Männern gelang es nicht, den Boden zu finden. Während der „Sechsundfünfziger" längst auf dem Grunde ruhte, ließen sie immer mehr Tau in die Tiefe hinab und versuchten vergeblich, ihre geradezu unermeßliche Glaubenskraft an Wunderdinge zu ergründen. Ich kann dagegen meinen Lesern mitteilen, daß Walden einen realen festen Boden in einer durchaus nicht irrealen, sondern nur ungewöhnlichen Tiefe besitzt. Sie wurde von mir ohne Schwierigkeit mit einer kräftigen Angelschnur und einem etwa 1½ Pfund schweren Steine gemessen. Ich konnte genau fühlen, wenn der Stein den Boden verließ. Denn dann mußte ich so lange kräftiger anziehen, bis Wasser auch unter ihm dahinfloß und mir half. Die größte Tiefe betrug damals genau einhundertundzwei Fuß. Da der Teich inzwischen um fünf Fuß gestiegen ist, wird man jetzt einhundertundsieben finden. Das ist eine bedeutende Tiefe für solch eine kleine Fläche. Die Phantasie kann jedoch nicht einen Zoll davon missen. Wie, wenn alle Teiche seicht wären? Würde das nicht auf die Menschenherzen Einfluß haben? Ich bin dankbar dafür, daß dieser Teich tief und rein geschaffen wurde, um als Symbol zu dienen. Solange der Mensch an die Unendlichkeit glaubt, wird er auch einige Teiche für bodenlos halten.

Ein Fabrikbesitzer, der hörte, welche Tiefe ich gefunden hatte, dachte, das könne nicht richtig sein, weil nach seinen an Deichen gesammelten Erfahrungen der Sand in solch steilen Winkeln nicht liegen bliebe. Die tiefsten Teiche sind aber im Verhältnis zu dem Flächenraum, den sie bedecken, flacher, als man gewöhnlich annimmt, und würden, wenn man sie abließe, keine auffallend tiefen Täler bilden. Sie gleichen nicht Bechern zwischen den Bergen. Und selbst der Walden, der im Vergleich zu seinem Flächenraum ungewöhnlich tief erscheint, ist, wenn man einen Vertikalschnitt durch seine Mitte legt, nicht tiefer wie ein flacher Teller. William Gilvin, der in allem, was auf Landschaften Bezug hat, bewunderungswürdig und meistens auch exakt ist, sagte einst, als er am Fynesee in Schottland stand „an einer Salzwasserbucht von sechzig bis siebzig KlafterTiefe und vier Meilen Breite", die ungefähr fünfzig Meilen lang und von Bergen umgeben ist: „Wenn wir diesen See unmittelbar nach der diluvianischen Katastrophe oder nach irgend welchen Zuckungen der Natur, die ihn schufen, gesehen hätten, ehe noch das Wasser einströmte, als was für ein furchtbarer Abgrund würde er uns erschienen sein!"

„So hoch als die stolzen Berge ragten,
„So tief tat sich ein dunkler Abgrund auf
„Und auch so breit; ein weites Wasserbett . . ."

Nehmen wir nun den kleinsten Durchmesser des Fynesees und wenden ihn auf den Waldenteich an, der, wie wir bereits sahen, im Vertikaldurchschnitt bereits wie ein flacher Teller erscheint, so ergibt sich, daß der Fynesee viermal seichter ist. Dieses nur nebenbei über die *erhöhten* Schrecken des gähnenden Fyneseeschlundes. Zweifellos nimmt manch lachendes Tal mit seinen ausgedehnten Maisfeldern einen geradeso „furchtbaren Abgrund" ein, aus welchem das Wasser verschwunden ist. Es gehört allerdings der Einblick und der Fernblick des Geologen dazu, um die harmlosen Bewohner von dieser Tatsache zu überzeugen. Oft kann das forschende Auge die Ufer eines Ursees in den niedrigen Hügeln des Horizontes entdecken, und keine spätere Erhebung der Ebene war notwendig, um ihre Geschichte zu verheimlichen. Wie die Arbeiter, welche Landstraßen ausbessern, wissen, ist es am leichtesten, Bodeneinsenkungen an den Pfützen nach einem Regenschauer zu erkennen. Mit kurzen Worten: Hat die Phantasie auch noch so kleinen Spielraum zur Verfügung – sie taucht tiefer oder steigt höher als die Natur. So wird man vielleicht dereinst finden, daß die Tiefe des Ozeans verglichen mit seiner Breite sehr unbeträchtlich ist.

Da ich meine Vermessungen durch das Eis hindurch machte, konnte ich die Bodenformation mit größerer Genauigkeit bestimmen als dies bei Seehäfen geschehen kann, denn diese frieren nicht zu. Ich wurde durch die allgemeine Regelmäßigkeit des Bodens überrascht. Im tiefsten Teil gibt es eine mehrere Morgen bedeckende Fläche, welche ebener ist als irgend eine der Sonne, dem Winde und dem Pfluge ausgesetztes Feld. So zum Beispiel schwankte auf einer beliebig gewählten Linie die Tiefe nur um einen Fuß auf ungefähr einhundertundvierzig Meter. Meistens konnte ich in der Nähe der Teichmitte den Tiefenunterschied auf je hundert Fuß nach jeder Richtung hin bis auf drei oder vier Zoll abschätzen. Manchmal hört man von uns gefährlichen Löchern sprechen, die selbst in solch ruhigen, sandigen Teichen wie Walden vorkommen sollen. Doch wirkt das Wasser unter solchen Verhältnissen ausgleichend auf alle Unregelmäßigkeiten des Bodens. Die Regelmäßigkeit des Grundes, seine Übereinstimmung mit den Ufern und mit der Lage der benachbarten Hügel war so vollkommen, daß ein entferntes kleines Vorgebirge sich bei den Vermessungen den ganzen Teich hindurch verfolgen ließ. Seine Richtung konnte durch die Beobachtung des gegenüberliegenden Ufers bestimmt werden. Das Kap ward zur Sandbank und zur Untiefe, das Tal zur Bucht und ein Abgrund zu tiefem Wasser.

Nachdem ich eine Skizze (1:2000) vom Teich entworfen und meine Vermessungen – mehr als hundert – eingetragen hatte, konnte ich folgende, auffallende Beobachtung machen. Da ich sah, daß die Zahl, welche die größte Tiefe bezeichnete, augenscheinlich in der Mitte der Karte sich befand, legte ich ein Lineal erst der Länge und dann der Breite nach über meine Skizze, und fand zu meinem Erstaunen, daß die Linie der größten Länge die Linie der größten Breite *genau* im Punkte der größten Tiefe schnitt, obwohl die Mitte des Teiches fast eben war, obwohl die Außenlinien des Teiches durchaus keine Regelmäßigkeit zeigten und bei der Messung der größten Länge und Breite die Buchten mitgerechnet waren. Da sagte ich zu mir: Wer weiß, ob sich dieser Hinweis nicht ebensogut auf den tiefsten Teil des Ozeans wie auf Teich oder Pfütze bezieht? Gilt nicht das gleiche Prinzip auch in bezug auf die Höhe der Berge, wenn man sie als Gegenstück der Täler betrachtet? Wir wissen, daß der Hügel nicht an seinem schmalsten Teil am höchsten ist.

Von fünf Buchten zeigten drei – d. h. alle, die ich untersuchte – eine Sandbank quer vor ihrem Eingang, so daß die Bucht nicht nur eine horizontale, sondern auch eine vertikale Ausbreitung des Wassers in das Land darstellt. Sie scheint ein Wasserbecken oder ein selbständiger Teich zu sein. Die Richtung der beiden Vorgebirge gibt den Verlauf der Sandbank an. Auch jeder Hafen an der Meeresküste hat vor seiner Einfahrt seine Sandbank. Je weiter die Mündung der Bucht im Vergleich zu ihrer Länge war, desto tiefer war das Wasser über der Sandbank im Vergleich zu dem Wasser im Becken. Sind also Länge und Breite einer Bucht zugleich mit dem Charakter des umliegenden Ufers gegeben, so hat man Anhaltspunkte genug, um eine allgemeingültige Formel zu konstruieren.

Um auszufinden, wie genau ich nach meinem Prinzip die tiefste Stelle eines Teiches bestimmen könne (nur durch seine Umgrenzung und durch den Charakter seiner Ufer), machte ich eine Skizze vom Weißsee, der ungefähr vierzig Morgen bedeckt, und der wie Walden weder eine Insel noch einen sichtbaren Zufluß oder Abfluß besitzt. Und da die Linie der größten Breite nahe bei der Linie der kleinsten Breite lag, dort, wo zwei gegenüberliegende Vorgebirge sich einander näherten und zwei gegenüberliegende Buchten sich ins Land hinein erstreckten, so wagte ich es, einen Punkt, der nicht weit von dem kleinsten Breitendurchmesser, aber noch auf dem größten Längsdurchmesser lag als den tiefsten zu bezeichnen. In Wirklichkeit fand ich die tiefste Stelle hundert Fuß weiter in der Richtung, die mir von Anfang an allein in Betracht zu kommen schien. Hier maß ich sechzig Fuß, d. h. nur einen Fuß mehr als an der Stelle, die ich vorausbestimmt hatte. Würde eine Insel im Teich sich befinden, oder ein Fluß hindurchfließen, so würde dieses Problem natürlich viel komplizierter sein.

Würden wir *alle* Naturgesetze kennen, so wäre eine einzige Tatsache oder die Beschreibung eines einzigen realen Phänomens genügend, um alle Schlußfolgerungen zu ziehen. Nun kennen wir aber nur einige wenige Gesetze, und was wir aus ihnen folgern, ist mangelhaft, selbstverständlich nicht deshalb, weil in der Natur Verwirrung und Regellosigkeit herrschen, sondern weil wir die für das Problem wichtigsten Faktoren nicht kennen. Unsere Ideen über Gesetz und Einheit sind gewöhnlich auf Beispiele aus der Empirie gegründet. Die Einheit jedoch, die aus einer weit größeren Zahl scheinbar sich widersprechender, in Wirklichkeit aber übereinstimmender Gesetze sich ergibt, ist noch wunderbarer. Die einzelnen Gesetze ähneln unseren Gesichtspunkten. Für den Wanderer ändern sich ja auch die Umrisse eines Berges bei jedem Schritt. Er sieht eine unendliche Anzahl von Profilen, obwohl die Form in Wirklichkeit immer die gleiche bleibt. Auch wenn wir einen Berg zerspalten oder durchbohren, werden wir ihn nicht als „Ganzes" begreifen.

Was ich vom Teiche sagte, gilt mit der gleichen Wahrheit von der Moral. Auch die Moral steht unter der Lehre von den zwei Durchmessern. Diese Lehre führt uns nicht nur zur Sonne als zum Mittelpunkt eines Systems und zum *Herzen* des Menschen, sondern gibt uns auch, wenn wir Linien durch die Länge und Breite der Quintessenz des individuellen täglichen Menschenlebens, durch seine Lebenswellen bis hinein in alle Buchten und Zuflüsse ziehen, dort, wo diese Linien sich schneiden, über die Höhe oder die Tiefe des individuellen Charakters Aufschluß. Vielleicht brauchen wir nur zu wissen, wie seine Ufer verlaufen, wie das umliegende Land und seine Lebensbedingungen beschaffen sind, um uns über seine Tiefe, seinen verborgenen Grund klar zu werden. Ist er von Bergen, von einem achilleischen Ufer umgeben, überschatten Bergesgipfel seine Seele und spiegeln sich in ihr, so kann man daraus auf eine entsprechende Tiefe in ihm selbst schließen. Wo aber ein niederes, ebenes Ufer ihn begrenzt, dort ist er selbst seicht. Bei unserem Körper verrät die kühn gewölbte Stirn Gedankentiefe. Auch eine Sandbank liegt quer vor der Einfahrt zu all unseren Buchten oder besonderen Neigungen. Und eine jede Neigung ist eine Zeitlang unser Hafen, in welchem wir zurückgehalten werden und zum Teil auch verankert sind. Diese Neigungen sind meistens nicht durch Launen diktiert, sondern in Form, Größe und Richtung durch die Vorgebirge am Ufer – durch die alte Elevationsachse – bestimmt. Wenn diese Sandbank allmählich durch Stürme, Sturmfluten oder Strömungen zunimmt, oder wenn so viel Wasser abfließt, daß sie bis zur Oberfläche ragt, so wird die Stelle, welche anfangs nur eine Einbuchtung des Ufers darstellte, wo ein Gedanke vor Anker lag, zum selbständigen See. Er steht mit dem Ozean nicht in Verbindung. In ihm schafft jetzt der Gedanke sich seine eigenen Bedingungen. Er wandelt sich vielleicht vom Salzwassersee zum Süßwassersee, zum toten Meer oder zum Sumpf. Und sind wir nicht zu der Annahme berechtigt, daß bei der Ankunft eines jeden Menschen in diesem Leben eine Sandbank irgendwo auftaucht? Allerdings: wir sind solch klägliche Schiffer, daß unsere Gedanken meist an hafenloser Küste hin und her steuern, nur mit den Nothäfen in den Buchten der Poesie vertraut sind, den Kurs auf öffentliche wohlbewachte Häfen hin nehmen, Trockendocks aufsuchen, wo sie für diese Welt notdürftig wieder zusammengehämmert werden, und wo keine natürlichen Strömungen vorhanden sind, um sie zu individualisieren.

Walden hat, soviel ich weiß, keinen anderen Zufluß oder Abfluß als durch Regen, Schnee und Verdunstung. Doch könnten vielleicht mit Thermometer und Schnur solche Stellen in der Tiefe des Teiches gefunden werden, denn wo das Wasser einfließt, wird es im Sommer wahrscheinlich am kühlsten, im Winter am wärmsten sein. Als im Jahre 1846/47 Leute im Teich Eis hackten, wurden einzelne Blöcke, die ans Ufer gebracht waren von den Arbeitern, die sie aufstapelten, zurückgewiesen, da sie nicht dick genug waren, um mit den anderen ohne Schwierigkeit geschichtet zu werden. Auf diese Weise entdeckten diese Leute, daß an einer kleinen Stelle das Eis etwa zwei bis drei Zoll dünner war als anderswo. Dadurch wurden sie veranlaßt, hier einen Zufluß anzunehmen. Sie zeigten mir noch einen anderen Platz, wo sie einen „Leck“ vermuteten, durch welchen der Teich nach der benachbarten Wiese einen Abfluß habe. Sie fuhren mich auf einer Eisscholle dorthin, um mir das Loch zu zeigen. Es war eine kleine Aushöhlung in zehn Fuß tiefem Wasser. Ich kann übrigens die volle Verantwortung dafür übernehmen, daß der Teich nicht „gelötet“ zu werden braucht, falls sich nicht etwa ein größerer „Leck“ als dieser findet. Man hat auch folgenden Vorschlag gemacht: Wenn solch ein Leck und durch ihn tatsächlich eine Verbindung mit der Wiese existiert, so ist es vielleicht möglich, den Zusammenhang dadurch nachzuweisen, daß man gefärbtes Pulver oder Sägespäne an seine Öffnung bringt und außerdem einen Filtrierstein über der Wiesenquelle befestigt. So mag es gelingen, kleine Teilchen, die durch die Strömung dorthin geschleppt sind, im Filter aufzufangen ...

Während ich meine Vermessungen machte, schwankte das sechzehn Zoll dicke Eis unter dem leichten Winde wie Wasser. Es ist allgemein bekannt, daß eine Wasserwage auf dem Eis nicht verwendet werden kann. Sechzehneinhalb Fuß vom Ufer entfernt betrug die größte Schwankung, die durch eine am Ufer aufgestellte und mit einem auf dem Eise befindlichen Meßstabe verbundene Wasserwage gefunden wurde, dreiviertel Zoll. Mitten auf dem Teiche war die Schwankung vielleicht noch größer. Wer weiß, vielleicht könnten wir auch eine Schwankung der Erdrinde entdecken, wenn unsere Instrumente fein genug wären. Wenn zwei Beine des Gestells einer Wasserwage auf dem Lande standen und das dritte auf dem Eis sich befand, ferner das Visier über das Eis hinüber eingestellt war, so machte eine noch so unendlich kleine Schwankung des Eises an einem Baum des jenseitigen Ufers einen Unterschied von mehreren Fuß aus. Als ich zum *Peilen* Löcher in das Eis schnitt, fand ich drei bis vier Zoll hohes Wasser unter dem tiefen Schnee auf dem Eis. Er hatte es so weit hinabgedrückt. Das Wasser begann aber sofort in diese Löcher hineinzulaufen, floß zwei Tage in tiefen Strömen dahin, die das Eis nach jeder Richtung aushöhlten. Sie trugen hauptsächlich, wenn nicht ausschließlich dazu bei, die Oberfläche des Teiches trocken zu legen. Und je mehr Wasser einfloß, desto mehr hob es und trug es das Eis. Wenn man ein Loch in den Boden eines Schiffes schneidet, um das Wasser herauszulassen, so ist das ein ähnlicher Vorgang. Wenn diese Löcher zufrieren, dann Regengüsse niederfallen und schließlich ein neuer Frost alles mit frischem, glattem Eis überzieht, so ist dieses unter der Oberfläche prächtig mit dunklen Ornamenten geschmückt, die in der Form etwas an Spinnweben erinnern und die man wohl als *Eisrosetten* bezeichnen könnte. Sie wurden durch die Kanälchen gebildet, welche das von allen Richtungen durch das Loch strömende Wasser ins Eis gegraben hatte. Bisweilen sah ich auch, wenn das Eis mit seichten Pfützen bedeckt war, meinen eigenen Schatten doppelt. Der eine stand auf dem Kopf des andern, der eine auf dem Eis, der andere auf den Bäumen oder am Abhang des Hügels.

Noch ists kalter Januar, Eis und Schnee sind noch dick und fest: da kommt der schlaue Gastwirt aus dem Dorf herbei, um Eis zum Kühlen seiner Sommergetränke zu holen. Wie außerordentlich, ja beinahe wie betrübend klug er ist, der jetzt im Januar der Julihitze und dem Julidurst vorbeugt – im Winterüberzieher und mit Fausthandschuhen! Als wenn es jetzt nichts Wichtigeres zu tun gebe! Vielleicht legt er keine Schätze in dieser Welt zurück, die seinen Sommerdurst in der nächsten Welt stillen werden. Er schneidet und sägt in dem gefrorenen Teich, deckt das Dach vom Haus der Fische ab und fährt ihr ureigenes Element und ihre Luft, die durch Ketten und Stöcke wie Holzhandel zusammengehalten werden, durch die günstige Winterluft fort in den Winterkeller. Dort mag der Sommer über sie hinziehen. Wie kristallisierter Azur sieht das Eis aus, wenn es in weiter Ferne die Straße entlang gefahren wird. Diese Eisarbeiter sind ein fröhlicher Menschenschlag, stets zu Scherz und Spaß aufgelegt. Wenn ich zu ihnen kam, pflegten sie mich einzuladen, ihnen beim Sägen zu helfen: sie wollten dabei über, ich sollte unter dem Eis stehen.

Im Winter 1846/47 eilten eines Morgens wohl an die hundert Männer von hyperboräischer Abkunft an unseren Teich mit vielen Wagenladungen plump aussehender Ackergeräte, mit Schlitten, Rechen, Pflügen, Bohreggen, Rasenstechern, Schaufeln, Sägen und Harken. Außerdem war jeder Mann mit einer zweispitzigen Pike versehen, die im „Farmer in Neuengland“ oder im „Cultivator“ nicht beschrieben ist. Ich wußte nicht genau, ob sie Winterroggen oder irgend eine andere von Island importierte Getreideart säen wollten. Da ich keinen Dünger sah, dachte ich: Die wollen es treiben wie Du selbst – Rahm abschöpfen; denn nach ihrer Ansicht ist der Boden tief genug und hat lange genug brach gelegen. Sie erzählten mir, ein Herr Landwirt, der nicht genannt sein wolle, wünsche sein Geld (das, soviel ich erfahren konnte, sich bereits auf eine halbe Million belief) zu verdoppeln. Um aber jeden Dollar mit einem zweiten bedecken zu können, zog er dem Walden den einzigen Rock, ja die Haut selbst ab – mitten im strengen Winter! . . . Sie machten sich sofort an die Arbeit, pflügten, eggten, walzten und zogen Furchen, alles mit staunenswerter Genauigkeit, als ob sie fest entschlossen seien, hier eine Musterfarm einzurichten. Als ich aber genauer hinsah, um zu erfahren, was für Saat sie in die Furchen senkten, begann eine Anzahl der Gesellen neben mir mit einem ganz eigenartigen Ruck plötzlich den jungfräulichen Erdboden bis auf den Sand oder vielmehr bis auf das Wasser hinab – denn es war Quellenland – also die ganze *terra firma* herauszuholen und auf Schlitten fortzuschaffen. Da erriet ich, daß sie Torf im Moore stachen. So kamen und gingen sie tagaus tagein von und nach einem Ort der eisigen Zone, während die Lokomotive auffallend laut dazu kreischte. Ich verglich diese Menschen mit einer Schar arktischer Schneevögel. Doch bisweilen rächte sich Squaw Walden. Dann glitt einer der Knechte, der hinter dem Gespann herschritt, durch einen Spalt hinunter zum Tartarus, und er, der vorher so mutig war, zitterte plötzlich wie ein Schneiderlein, büßte all seine animalische Wärme ein und war froh, in meinem Haus Zuflucht zu finden, wo er aufs neue die Überzeugung gewann, daß ein Ofen nicht zu verachten ist. Bisweilen brach die gefrorene Erde auch ein Stück Stahl aus der Pflugschar, oder der ganze Pflug blieb in einer Erdfurche stecken und mußte herausgehackt werden.

Ich übertreibe nicht, wenn ich sage, daß täglich hundert Irländer mit Yankeeaufsehern von Cambridge kamen, um Eis zu holen. Sie schnitten es in Blöcke – die Methode ist ja allgemein bekannt und bedarf keiner Beschreibung – brachten diese auf Schlitten ans Ufer und dort geschwind auf eine erhöhte Eisplatte. Mit Enterhaken, Rollen und Flaschenzügen, die durch Pferde in Bewegung gesetzt wurden, wurden sie so exakt übereinander gelegt, wie eine gleiche Anzahl Mehlfässer, Seite an Seite, Reihe über Reihe, als ob sie das feste Postament eines wolkenspaltenden Obelisken bilden sollten. Die Arbeiter sagten mir, daß sie an einem Tage tausend Tonnen, ungefähr die Ausbeute von einem Morgen, herausbrächten. Tiefe Furchen und „Runzeln" wurden in das Eis gegraben, wie auf *terra firma*, wo die Schlitten in den gleichen Spuren fahren. Die Pferde fraßen ihren Hafer aus eimerartigen Krippen, die ins Eis gehauen waren. Die Arbeiter türmten die Blöcke in freier Luft zu einem Pfeiler auf, der fünfunddreißig Fuß hoch war und ungefähr dreißig bis zweiunddreißig Meter im Quadrat bedeckte. Sie stopften Heu zwischen die Außenblöcke, um die Luft abzuhalten. Denn wenn der Wind auch noch so eisig hindurchbläst, er frißt doch große Höhlungen hinein, läßt nur hier und da eine leichte Stütze oder einen Eckpfeiler stehen und wirft schließlich den ganzen Turm um. Anfangs sah dieser Eisbau wie eine große blaue Festung oder wie Walhalla aus. Als die Arbeiter aber anfingen, grobes Wiesenheu zwischen die Spalten zu stecken, und als dieses mit Rauhfrost und Eiszapfen sich bedeckte, sah er wie eine ehrwürdige, moosbewachsene, bereifte, aus azurfarbenem Marmor gebaute Ruine aus, wie die Wohnung des Winters, jenes alten Herrn, dessen Bild wir in jedem Almanach erblicken und der sich augenscheinlich entschlossen hatte, mit uns zu übersommern. Die Leute berechneten, daß kaum fünfundzwanzig Prozent dieses Eises den Bestimmungsort erreichen würden, daß zwei bis drei Prozent im Eisenbahnwagen verloren würden. Ein noch größerer Teil dieses Eishauses hatte jedoch ein anderes Schicksal, als ihm zugedacht war. Entweder hielt sich das Eis nicht so gut, als man erwartet hatte, oder es war trotz aller Vorsichtsmaßregeln zu sehr mit der Luft in Berührung – kurz, es kam aus diesem oder jenem oder noch einem anderen Grunde nie zum Verkauf. Schließlich wurde diese im Winter 1846/47 errichtete Eisburg, deren Gehalt man auf zehntausend

Tonnen schätzte, mit Heu und Brettern zugedeckt. Trotzdem sie dann im nächsten Juli wieder bloßgelegt und teilweise fortgeschafft wurde und trotzdem der Rest der Sonne ausgesetzt war, blieb sie während dieses Sommers und des nächsten Winters stehen und war erst im September 1848 ganz geschmolzen. Auf diese Weise erhielt der Teich den größten Teil zurück.

Das Eis des Walden zeigt, in der Nähe gesehen, wie sein Wasser eine grünliche Färbung. In der Ferne dagegen nimmt es eine herrliche Blaufärbung an und ist ohne Mühe – selbst auf eine viertel Meile hin – von dem weißen Eis des Flusses oder von dem durchaus grünen einiger Teiche zu unterscheiden. Bisweilen gleitet solch ein großer Eisblock vom Schlitten des Fuhrmanns auf die Dorfstraße hinab und bleibt dort, wie ein großer Smaragd eine Zeitlang liegen – ein Gegenstand des Interesses für alle Vorübergehenden. Ich bemerkte, daß ein Teil des Walden, dessen Wasser eine grüne Farbe zeigte, gefroren und von derselben Seite aus gesehen, blau erschien. So sind auch die in der Nähe des Teiches befindlichen Erdeinsenkungen manchmal mit Wasser gefüllt, das so grün ist wie der Teich selbst, das aber, am nächsten Tage gefroren, blau aussieht. Die blaue Farbe des Wassers und des Eises ist vielleicht auf ihren Gehalt an Licht und Luft zurückzuführen: je stärker die Durchsichtigkeit desto intensiver das Blau. Eis ist für die Betrachtung ein interessanter Gegenstand. Man hat mir erzählt, daß in einigen Eishütten am Fresh Pond fünf Jahre altes Eis noch nichts an Qualität verloren habe. Warum verdirbt ein Eimer voll Wasser so schnell und warum bleibt es gefroren immer frisch? Derselbe Unterschied, hörte man häufig sagen, besteht zwischen den Leidenschaften und dem Verstand . . .

So sah ich denn sechzehn Tage lang von meinem Fenster aus hundert Männer wie fleißige Farmer bei der Arbeit mit Wagen und Pferden und Ackergeräten aller Art: ein Bild, wie es uns die erste Seite eines Almanachs zeigte. Und jedesmal, wenn ich zu ihnen hinüberschaute, mußte ich an die Fabel von der Lerche und den Schnittern, an das Gleichnis vom Sämann und an ähnliche Dinge denken. Jetzt sind sie alle fort. Und wenn wieder dreißig Tage verflossen sind, dann werde ich vielleicht durch dasselbe Fenster auf das reine, meergrüne Waldenwasser hinausschauen, in welchem Wolken und Bäume sich spiegeln, während er einsam seinen Atem in die Luft sendet. Keine Spur wird darauf hindeuten, daß je ein Mensch hier stand. Vielleicht werde ich wieder einen einsamen Taucher lachen hören, wenn er untertaucht oder sein Gefieder putzt. Vielleicht sehe ich dann wieder einen einsamen Fischer in seinem Boot, das einem auf den Wellen tanzenden Blatt gleicht, einen einsamen Fischer, der in den Fluten gerade dort sein eigenes Bild erblickt, wo noch vor kurzer Zeit hundert Männer furchtlos arbeiteten.

So weiß ich also, daß die verschmachtenden Einwohner von Charleston und New Orleans, von Madras, Bombay und Kalkutta aus meinem Quell trinken. Morgens bade ich meinen Geist in der unbegreiflich hohen und kosmogonischen Philosophie der *Bhagavad-Gitâ,* seit deren Geburt Götterjahre verflossen sind und im Vergleich zu der unsere moderne Welt und unsere moderne Philosophie schwach und flach erscheinen. Ich kann mich des Gedankens nicht erwehren, daß diese Philosophie auf einen früheren Daseinszustand zurückgeführt werden muß, der in seiner Erhabenheit unserem Verstande unfaßlich ist . . . Ich lege das Buch aus der Hand und gehe zu meinem Quell, um Wasser zu schöpfen. Und siehe da! Dort treffe ich den Diener des Brahminen, des Priesters von Brahma, Vishnu und Indra. Noch immer sitzt er in seinem Tempel am Ganges und liest in den Veden, oder er lebt zu Füßen eines Baumes mit seiner Brotrinde und seinem Wasserkrug. Ich treffe den Diener, der Wasser für seinen Herrn holt und unsere Eimer klirren gleichsam aneinander in demselben Quell . . . Das reine Waldenwasser ist mit des Ganges heiligen Fluten vermischt. Günstige Winde treiben es fort, vorbei an der Stelle, wo einst die Märcheninseln der Atlantis und der Hesperiden lagen. Es macht den *Periplus* des Hanno,flutet an Ternate und Tidoreund an der Mündung des persischen Golfes vorbei, zerstäubt unter den tropischen Stürmen des indischen Ozeans und landet in Häfen, von denen Alexander nur den Namen hörte.

Frühling

Wenn die Eisarbeiter große Flächen abtragen, so bricht der Teich meistens früher auf, da das vom Wind bewegte Wasser selbst bei kaltem Wetter das die Löcher umgrenzende Eis wegfrißt. Das traf in diesem Jahr beim Walden nicht zu, denn er hatte schon bald wieder ein neues, dickes Wams an Stelle des geraubten angezogen. Dieser Teich wird nie so zeitig eisfrei wie andere in der Nachbarschaft, erstens, weil er größere Tiefe besitzt und zweitens, weil kein Fluß durch ihn hindurchfließt, der das Eis schmelzen oder aushöhlen könnte. Ich erinnere mich nicht, daß er jemals im Winter aufbrach, selbst nicht im Winter 1852/53, wo die Teiche auf eine harte Probe gestellt wurden. Gewöhnlich fängt er ungefähr am ersten April an aufzutauen, acht bis zehn Tage nach dem Flintteich und nach Fair Haven. Das Eis schmilzt zuerst an der Nordseite und an jenen seichten Stellen, an denen es auch zuerst sich bildete. Er zeigt besser als irgend ein anderes Wasser ringsum den absoluten Fortschritt der Jahreszeit an, da er von vorübergehenden Temperaturschwankungen am wenigsten beeinflußt wird. Wenn es im März einige recht kalte Tage hintereinander gibt, so kann dadurch das Auftauen der erstgenannten Teiche bedeutend verzögert werden, während die Temperatur im Waldensee nahezu konstant steigt. Ein am 6. März 1847 in der Mitte des Walden ins Wasser versenktes Thermometer zeigte 32° Fahrenheit, also den Gefrierpunkt. Nahe am Ufer gab es 33° an; in der Mitte vom Flintteich an demselben Tage 32½°, und etwa fünfzig Meter vom Ufer entfernt in seichtem Wasser unter fußdickem Eis 36°. Dieser Unterschied von 3½° zwischen der Temperatur des tiefen und des seichten Wassers im Flintteich und die Tatsache, daß ein großer Teil dieses Gewässers verhältnismäßig flach ist, erklären, weshalb es so viel früher aufbricht als der Walden. Das Eis war an den seichten Stellen mehrere Zoll dünner als in der Mitte. Im strengen Winter war die Mitte am wärmsten und das Eis daselbst am dünnsten. Jeder, der einmal im Sommer am Ufer eines Teiches gewatet hat, konnte beobachten, wieviel wärmer das Wasser dicht am Ufer ist (wo die Tiefe nur drei bis vier Zoll beträgt), als etwas weiter hinaus, wieviel wärmer tiefes Wasser in der oberen Schicht als nahe am Grunde ist. Im Frühjahr übt die Sonne nicht nur durch die erhöhte Temperatur der Erde und der Luft Einfluß aus, sondern ihre Wärmestrahlen dringen durch mehr als fußdickes Eis, werden in seichtem Wasser vom Boden reflektiert, wärmen also das Wasser und bringen die Unterfläche des Eises zum Schmelzen, während sie gleichzeitig und auf direktem Wege auch die Oberfläche bearbeiten, so daß sie uneben wird und die Luftblasen im Eise sich nach oben und unten ausdehnen, bis die Eisfläche endlich ganz wie eine Honigscheibe aussieht und während eines Frühlingsregens plötzlich verschwindet. Das Eis hat seine Faserung so gut wie das Holz, und wenn ein Eisstück anfängt zu zerfallen oder *Zellen* zu bilden, d. h. wenn es das Aussehen einer Honigscheibe annimmt, so stehen die Luftzellen rechtwinklig zur ehemaligen Wasseroberfläche, ganz einerlei, in welcher Lage sich das Eisstück befindet. Dort, wo ein Felsen oder ein Baumstumpf nahe an die Oberfläche emporragt, ist das Eis bedeutend dünner, ja es ist sogar häufig durch die zurückgestrahlte Wärme völlig geschmolzen. In Cambridge hat man, wie mir erzählt wurde, den Versuch gemacht, Wasser in einem flachen Holzgefäß zum Gefrieren zu bringen. Dabei stellte sich heraus, daß die vom Boden des Gefäßes reflektierten Sonnenstrahlen, die unter dem Gefäß und auch zu beiden Seiten zirkulierende kalte Luft an Kraft übertrafen. Wenn ein warmer Regen mitten im Winter den Schnee auf dem Waldeneis zum Schmelzen bringt und in der Mitte hartes, dunkles oder durchsichtiges Eis zurückläßt, so sieht man meistens am Ufer einen etwa sechzehn Fuß breiten Streifen aus brüchigem, wenn auch dickerem Eise. Er verdankt sein Aussehen der zurückgestrahlten Wärme. Obendrein wirken, wie ich früher bereits einmal erwähnte, die im Eis befindlichen Blasen selbst als Brenngläser und bringen das unter ihnen befindliche Eis zum Schmelzen.

Die Erscheinungen des Jahres spielen sich in kleinem Maßstabe täglich an einem Teiche ab. Jeden Morgen wird – im großen und ganzen gesprochen – das flache Wasser schneller erwärmt als das tiefe (es braucht darum durchaus nicht so warm zu werden wie dieses), und an jedem Abend wird es rascher bis zum Morgen abgekühlt. Der Tag ist ein kurzer Auszug des Jahres. Die Nacht ist dem Winter, Morgen und Abend sind dem Frühling und Herbst zu vergleichen und der Mittag ist die Sommerglut. Das Krachen und Dröhnen des Eises zeigt eine Temperaturveränderung an. An einem prächtigen Morgen nach einer kalten Nacht, am 24. Februar 1850, war ich zum Flintteich gewandert, um dort den Tag zuzubringen. Da bemerke ich mit Erstaunen, daß im Eis, wenn ich mit dem dicken Ende meiner Axt daraufschlug, viele Meter weit ringsum ein Klang sich fortpflanzte, als ob ich ein Gongong oder eine straff gespannte Trommel berührt habe. Ungefähr eine Stunde nach Sonnenaufgang, sobald der Einfluß der Sonnenstrahlen sich bei ihm bemerkbar machte, die über die Hügelspitzen auf ihn herniederfielen, begann der Teich zu krachen. Er reckte und streckte sich, gähnte wie ein erwachender Mensch unter allmählich zunehmendem Spektakel. Das dauerte ungefähr drei bis vier Stunden lang. Um die Mittagszeit hielt er ein kleines Schläfchen, um gegen Abend, wenn er die Sonne nicht mehr spürte, abermals zu krachen. Ist das Wetter günstig, dann feuert ein Teich sein Abendgeschütz mit großer Regelmäßigkeit ab. Nur um die Mittagszeit, wo er viele Wunden besitzt und wo auch die Luft weniger elastisch ist, verliert er seine Resonanz ganz und gar. Wenn man dann auf ihn schlägt, jagt man den Fischen und den Bisamratten keinen Schrecken ein. Die Fischer glauben, daß *das Donnern des Teiches* die Fische scheu macht, und daß sie deshalb nicht anbeißen. An jedem Abend donnert der Teich übrigens nicht. Auch läßt sich nicht mit Bestimmtheit voraussagen, wann es geschehen wird. Wenn ich auch keinen Witterungswechsel bemerke, *er* kann es. Wer hätte solch ein großes, kaltes und dickhäutiges Geschöpf für so empfindlich gehalten? Doch auch ein Teich steht unter bestimmten Gesetzen, denen er donnernd Gehorsam bezeugt, wenn er so sicher wie die Knospen im Frühling aufbrechen muß. Überall lebt die Erde, überall ist sie mit *Papillen* bedeckt. Der größte Teich ist so empfindlich für atmosphärische Veränderungen wie das Quecksilbertröpfchen in seiner Röhre.

Zu meiner Niederlassung in den Wäldern bestimmte mich auch der Umstand, daß ich dort Muße und Gelegenheit finden konnte, den Frühlingseinzug zu beobachten. Endlich fängt das Teicheis an wie eine Honigscheibe auszusehen. Ich kann meinen Schuhabsatz hineinbohren, wenn ich hinübergehe. Nebel, Regenschauer und wärmere Strahlen schmelzen allmählich den Schnee. Die Tage sind schon merklich länger geworden. Ich weiß jetzt, daß ich in diesem Winter meinen Holzvorrat nicht mehr zu ergänzen brauche. Großer Feuer bedarf es nicht mehr. Aufmerksam fahnde ich nach dem ersten Anzeichen des Frühlings, nach dem ersten verlorenen Zwitschern eines ankommenden Vogels, nach dem Gezirpe des gestreiften Eichhörnchens – denn sein Proviant muß jetzt beinahe verzehrt sein –, nach dem ersten Ausfall des Murmeltieres aus seinem Winterlager. Schon hatte ich die blaue Grasmücke,den Singsperling und die Weindrossel gehört, und doch war am 13. März das Eis noch fast einen Fuß dick. Als wärmeres Wetter eintrat, wurde es nicht auffallend vom Wasser weggefressen, brach auch nicht auf und wurde nicht wie in Flüssen fortgetrieben. Am Ufer war es zwar in einer Ausdehnung von ungefähr 1¾ Metern ganz weggeschmolzen, in der Mitte dagegen hielt es stand, sah *zellig* aus und war mit Wasser so sehr durchtränkt, daß man seinen Fuß selbst dort, wo es sechs Zoll dick war, hindurchstoßen konnte. Am nächsten Tage war es – vielleicht durch einen warmen Regen, dem Nebel folgte – ganz verschwunden, mit dem Nebel auf und davon – im Nebel entführt. Einmal war ich sogar noch über die Mitte gegangen fünf Tage bevor es gänzlich verschwunden war. 1845 war Walden am 1. April völlig eisfrei. 1846 am 25. März; 1847 am 8. April; 1851 am 28. März; 1852 am 18. April; 1853 am 23. März; 1854 ungefähr am 7. April.

Jeder Vorgang, der mit dem Aufbrechen der Flüsse und Teiche und mit regelmäßigerer Witterung zusammenhängt, ist besonders für uns, die wir in einem solch großen

Schwankungen unterworfenen Klima leben, interessant. Wenn wärmere Tage kommen, dann hören die in der Nähe der Flüsse wohnenden Menschen während der Nacht das Krachen und erschreckende Dröhnen des Eises, das wie Artilleriefeuer klingt, oder als ob der Fluß seine Eisfesseln kurz und klein reißen wolle. Nach wenigen Tagen sehen sie dann das Eis hurtig davontreiben. So kriecht der Alligator aus dem Schlamme empor, wenn die Erde erbebt. Ein alter Mann, ein scharfer Beobachter der Natur, der all ihr Tun und Treiben so gut zu kennen scheint, als ob sie während seiner Kinderjahre *auf Dock* gelegen und er beim Einsetzen ihres Kieles geholfen hätte, dieser alte Mann, der, selbst wenn er so alt wie Methusalem werden sollte, sich kaum mehr natürliche Kenntnisse erwerben wird, erzählte mir (und ich war erstaunt, daß irgend ein Vorgang in der Natur *ihn* in Erstaunen setzen konnte, weil ich glaubte, zwischen ihr und ihm bestände kein Geheimnis), daß er an einem Frühjahrstage seine Flinte genommen und das Boot bestiegen habe, um sich ein wenig mit den Enten zu unterhalten. Die Wiesen waren noch mit Eis bedeckt, der Fluß dagegen war eisfrei und ohne Mühe kam er von Sudbury zum Fair Haven-Teich hinab, den er zu seinem Erstaunen mit festem Eis bedeckt fand. Der Tag war warm und er wunderte sich, wie eine solch große Eismasse sich noch behaupten konnte. Da er keine Enten sah, verbarg er sein Boot an der Nordseite, d. h. an der Rückseite einer Insel, und versteckte sich dann selbst in dem Unterholz an der Südseite, um auf die Tiere zu warten. Am Ufer war das Eis im Umkreis von zwölf bis fünfzehn Metern geschmolzen. Das Wasser war dort ruhig und warm, der Grund schlammig, wie ihn Enten lieben. Er glaubte, die Tiere würden sich schon bald einfinden. Nachdem er ungefähr eine halbe Stunde lang ruhig dort verweilt hatte, hörte er ein dumpfes und augenscheinlich sehr entferntes, aber ein eigenartig erhabenes und eindrucksvolles Geräusch, das sich mit keinem anderen je von ihm gehörten Laut vergleichen ließ. Immer mehr schwoll es an, als ob eine furchtbare Weltkatastrophe herannahe. Und plötzlich kam es ihm so vor, als ob dieses dumpfe Rauschen und Brausen von einem großen Schwarm Wasservögel herrühre, die sich hier niederlassen wollten. So griff er denn schnell seine Büchse und sprang erregt empor. Da fand er zu seiner Überraschung, daß der ganze Eiskörper sich während seines Wartens in Bewegung gesetzt hatte und gegen das Ufer trieb. Das Geräusch aber, das er vernommen hatte, war durch das Reiben des Eises am Ufer erzeugt. Erst wurde es stückweise abgebröckelt und abgespalten, dann aber türmte es seine Schollen zu einer beträchtlichen Höhe am Ufer des Teiches empor, bevor es zum Stillstand kam.

Endlich haben die Sonnenstrahlen den rechten Winkel erreicht. Warme Winde blasen Nebel und Regen fort und schmelzen die Schneehaufen. Die Sonne zerteilt den dunstigen Schleier und lacht auf eine rotbraun und weiß getüpfelte Landschaft herab, die Weihrauch zu ihr emporsendet, und durch welche der Wanderer von Inselchen zu Inselchen seinen Weg sucht, während ihn der Gesang von tausend murmelnden Bächlein und Flüßchen erfreut, die in ihren Adern Winterblut davontragen.

Selten hatte ich größere Freude an der Beobachtung einer Naturerscheinung als beim Anblick jener Formen, welche im auftauenden Sand und Ton zutage traten, wenn Sand oder Ton an den Seiten eines tiefen Eisenbahnhohlweges, an welchem ich auf meinem Wege zum Dorf vorbeikam, herabflossen. In solch großem Maßstabe sieht man dieses Phänomen nicht sehr häufig, obwohl die Anzahl frisch aufgeworfener Dämme aus diesem Material sich seit der Erfindung der Eisenbahnen sehr vermehrt haben muß. Das Material bestand aus Sand in allen Feinheitsgraden und in verschiedenen warmen Farben, meistens mit ein wenig Ton vermischt. Wenn die Kälte im Frühjahr nachläßt, ja selbst an einem Tautag im Winter beginnt der Sand die Abhänge hinunterzufließen wie Lava, wobei er bisweilen durch den Schnee hindurchbricht und ihn dort, wo bisweilen kein Sand zu sehen war, überschwemmt. Zahllose kleine Bäche überspringen einander, verflechten sich miteinander, wodurch ein hybrides Gebilde entsteht, das halb dem Gesetz der Strömung, halb dem der Vegetation gehorcht. Beim Fließen nimmt es die Gestalt saftiger Blätter oder Ranken an, bildet Haufen weicher Zweige, die mehr als einen Fuß dick sind und die, wenn man auf sie niedersieht, dem ausgezackten gelappten und dachziegelförmigen Thallus einiger Flechten gleichen. Oder man wird an Krallen erinnert, an Leopardentatzen oder Vogelfüße, an Hirn, Lungen oder Gedärme, an Exkremente aller Art. Es ist wirklich eine *groteske* Vegetation, deren Form und Farbe wir in Bronze nachgeahmt sehen, eine Art architektonisches Laubwerk, älter und typischer als Akanthus, Zichorie,Epheu, Rebe oder irgend ein Pflanzenblatt. Vielleicht ist sie dazu bestimmt, unter gewissen Umständen den Geologen der Zukunft Rätsel aufzugeben. Der ganze Hohlweg machte auf mich den Eindruck einer mit Tageslicht überfluteten Stalaktitenhöhle. Die mannigfachen Schattierungen des Sandes sind auffallend reich und ansprechend. Sie umfassen die verschiedenen Eisenfarben, braun, grau, gelblich und rötlich. Wenn die flutende Masse den Graben erreicht, so breitet sie sich flacher in *Strähnen* aus. Die getrennten Ströme verlieren ihre halbzylindrische Form, werden allmählich flacher und breiter und vereinigen sich, sobald mehr Feuchtigkeit sie durchdringt, so daß sie schließlich einen flachen *Strand* bilden, der noch immer mannigfaltig und prächtig schattiert ist, und in dem man noch die ursprüngliche Pflanzenform zu erkennen vermag. Schließlich werden sie im Wasser zu *Sand*, zu Sandbänken, wie sie sich vor Flußmündungen bilden. Dann verliert sich die Pflanzenform in den welligen Erhebungen des Grundes.

Die ganze etwa zwanzig bis dreißig Fuß hohe Böschung ist an einer Seite und bisweilen gar an zwei Seiten mit Massen dieses Blätterwerkes oder dieses „Sandbruches“ eine viertel Meile lang bedeckt. Sie alle schuf ein einziger Frühlingstag! Dieses Sandlaub ist deswegen so merkwürdig, weil es so außerordentlich schnell sich entfaltet. Wenn ich an der einen Seite die träge Dammböschung entlang sehe – denn die Sonne arbeitet zuerst nur an einer Seite – und an der anderen dieses üppige Laubwerk erblicke, so habe ich das Gefühl, als ob ich gewissermaßen in der Werkstatt jenes Künstlers stände, der die Welt und mich geschaffen hat, als ob ich zu ihm gekommen sei, während er noch bei der

Arbeit ist und gerade diese Böschung spielend schafft, im Übermaß der Kraft neue Ornamente hier verstreuend. Ich habe das Gefühl, als ob ich den Eingeweiden des Erdballes näher stehe, denn diese sandige Überschwemmung ist gewissermaßen eine solch verzweigte Masse wie die Eingeweide des animalischen Körpers. So findet man also sogar im Sand eine Antizipierung des Pflanzenblattes. Kein Wunder, daß die Erde sich nach außen in Blättern ausspricht, da in ihr dieser Gedanke wohnt. Die Atome haben schon dieses Gesetz gelernt und sind damit erfüllt. Das schattenspendende Blatt sieht hier sein Vorbild. *Innerlich*, einerlei ob im Erdball oder im menschlichen Körper, ist es ein feuchter dicker *Lappen*, ein Wort, das sich besonders auf Leber, Lungen und *Fettlappen* anwenden läßt, λεíβω, *labor, lapsus*, laufen oder gleiten, „Lapsus"; γόβος, *globus, lobe, globe*, auch *lap*, lappen, *flap*, klappen, und viele andere. *Äußerlich* ist es ein dünnes Blatt (engl. *leaf*) und *f* und *v* sind getrocknete *b*. Die Wurzel von *lobe* (Lappen) ist *lb:* die weiche Masse des *b* einlappig oder *B* doppellappig; dazu das flüssige *l*, das sie vorwärts schiebt. In *globe, glb*, wird die Funktion des Rachens zu Hülfe genommen, um durch das g den Sinn des Wortes zu vermehren. Die Federn und Flügel der Vögel sind noch trockenere, dünnere Blätter. So werden wir also aus der plumpen Larve im Erdboden zum luftigen, flatternden Schmetterling. Der Erdball selbst übertrifft sich beständig und wird in seiner Bahn beflügelt. Selbst das Eis gleicht anfangs Kristallblättern, als ob es in Formen geflossen wäre, die das Laub der Wasserpflanzen in den Wasserspiegel eindrückte. Ja, der ganze Baum ist nur ein Blatt. Flüsse sind noch größere Blätter; die zwischen ihren Windungen liegende Erde ist ihr Fleisch und die Städte und Städtchen sind die Insekteneier in den Winkeln, welche von den Abzweigungen gebildet werden.

Nach Sonnenuntergang hört der Sand zu fließen auf. Am Morgen beginnen die Ströme jedoch aufs neue zu fluten, und zahllose Verästelungen zu bilden. Hier kann man vielleicht beobachten, wie Blutgefäße sich bilden. Beim genauen Hinsehen bemerkt man, daß zuerst von der tauenden Masse ein Strom weichen Sandes, dessen Spitze wie ein Tropfen aussieht, sich absondert, daß dieser Strom wie eine Fingerspitze langsam und blind seinen Weg abwärts tastet, bis dann schließlich, während die Sonne höher und höher steigt und mehr Hitze und Feuchtigkeit sich entwickelt, der flüssigste Teil in seinem Bestreben, dem Gesetz zu gehorchen, dem auch der schwerfälligere Teil unterworfen ist, sich von dem Hauptstrom abtrennt und selbständig eine gewundene Rinne oder Arterie bildet, in welcher kleine, silberne Ströme von einem Teil der fleischigen Blätter oder Zweige zum anderen wie Blitze leuchten und bisweilen vom Sand verschlungen werden. Es ist wunderbar, wie schnell und mit welcher Vollkommenheit der Sand beim Fließen sich formt, indem er das beste Material, das in seiner Masse enthalten ist, benutzt, um die scharfen Ufer seines Kanals zu bilden. So mag es auch an den Quellen der Flüsse geschehen. Vielleicht ist in den Silikaten, die das Wasser absetzt, das Knochengerüst und in dem noch feineren Erdsediment und in den organischen Stoffen die Fleischfaser oder das Zellengewebe enthalten. Was ist der Mensch anders als eine Masse auftauenden Tones? Die Fingerspitze des Menschen ist ein erstarrter Tropfen. Die Finger und die Zehen stießen von der auftauenden Masse des Körpers nach der äußersten Peripherie des Körpers hin fort. Wer weiß, wie der menschliche Körper sich unter einem noch lieblicheren Himmel ausdehnen, wie er überströmen würde! Ist nicht die Hand ein Palmblatt mit seinen Läppchen und Adern? Das Ohr mit seinem Läppchen oder Tröpfchen kann man, wenn man die Phantasie zu Hülfe nimmt, als eine Flechte, *umbilicaria,* an den Seiten des Kopfes betrachten. Die Lippen (*labium* von *labor?*) sind Lappen oder Auslappungen an den Seiten der Mundhöhle. Die Nase ist augenscheinlich ein geronnener Tropfen, ein Stalaktit. Das Kinn ist ein noch größerer Tropfen – der Tropfenfall vom Gesicht sammelt sich hier an. Die Wangen sind von der Stirn in das Tal des Gesichtes hinuntergerutscht: durch die Backenknochen wurden sie aufgehalten und breiteten sich flächenhaft aus. Jedes abgerundete Läppchen eines Pflanzenblattes ist ebenfalls ein dicker, jetzt zaudernder, größerer oder kleinerer Tropfen. Die Zacken sind die Finger des Blattes, und so viele Zacken es hat, nach so vielen Richtungen will es fließen. Noch mehr Wärme oder andere ihm zusagende Einflüsse würden es veranlaßt haben, noch weiter sich auszubreiten.

So hatte es den Anschein, als ob dieser eine Hügelabhang das Prinzip aller Naturvorgänge enthülle. Der Schöpfer dieser Erde patentierte nur ein Blatt. Welcher Champollionwird diese Hieroglyphe für uns enträtseln, damit wir schließlich ein neues Blatt umwenden können? Dieses Phänomen gewährte mir größere Freude als die üppige Fruchtbarkeit der Weingärten. Allerdings: es hat etwas Exkrementartiges in seinem Charakter und die Zahl der Haufen aus Lebern, Lungen und Gedärmen nimmt kein Ende, als ob der Erdball gewendet wäre und die Innenseite nach außen läge . . . Aber man wird hierdurch wenigstens daran gemahnt, daß die Erde Eingeweide besitzt und auch hier die Mutter der Menschheit ist . . . Das ist der Frost, der aus dem Boden kommt – das ist Frühling . . . Er ist der Vorbote des grünen, blühenden Frühlings, wie die Mythologie der Vorbote der Dichtkunst an sich ist. Nichts reinigt uns besser von Winterqualen und Verdauungsschwäche. Er überzeugt mich, daß Mutter Erde noch immer in den Windeln liegt und ihre Kinderfinger nach allen Seiten ausstreckt. Frische Locken bedecken die nackteste Stirn. Nichts Anorganisches ist zu bemerken. Diese Haufen Laubwerk liegen den Damm entlang wie die Schlacken eines Ofens und beweisen, daß die Natur innen „unter Hochdruck" steht. Die Erde ist durchaus kein Fragment toter Geschichte, wo *stratum* über *stratum*, wie eine Druckseite über der anderen liegt, kein Fragment, das Geologen und Archäologen hauptsächlich erforschen sollen, sondern lebendige Dichtung wie die Blätter eines Baumes, die den Blüten und Früchten vorauseilen – keine versteinerte, sondern lebendige Erde. Mit ihrem gewaltigen, zentralen Leben verglichen erscheint alles animalische und vegetabilische Leben nur schmarotzerhaft. Ihr Kreißen wird unsre *exuviae* aus den Gräbern heben. Und wenn wir auch Metalle schmelzen und ihnen die schönsten Formen geben: sie können mich nicht so ergreifen, wie die Formen, in welche diese geschmolzene Erde sich ergießt. Nicht nur die Erde, nein auch ihre Satzungen sind plastisch wie der Ton in des Töpfers Hand.

Und gar bald kommt nicht nur aus diesen Dämmen, sondern aus jedem Hügel, aus der Ebene und aus jeder Höhlung der Frost aus dem Boden, wie ein schläfriger Vierfüßler aus seinem Schlupfwinkel hervor, wandert mit Gesang dem Meere zu oder zieht in den Wolken in fremde Lande. *Tau* ist mit seiner milden Überredungskunst mächtiger als *Thor* mit seinem Hammer. Der eine schmilzt – der andere zertrümmert nur.

Als der Boden teilweise schneefrei war und einige warme Tage seine Oberfläche etwas getrocknet hatten, war es ein Genuß, die ersten zarten Zeichen des eben aus der Erde hervorlugenden, neugeborenen Jahres mit der stolzen Schönheit der verdorrten Vegetation zu vergleichen, welche den Winter überdauert hatte. Immergrün, Goldstab, die Spierstaude und anmutiges, wildes Gras fallen jetzt mehr auf, erwecken jetzt mehr Interesse als im Sommer, als ob ihre Schönheit erst jetzt zu voller Reife gelangt sei. Und das Woll- und Katzenschwanzgras, Wollkraut, Beifuß-, Nadel- und Mehlkraut und andere Pflanzen mit derbem Stengel, diese unerschöpflichen Kornspeicher, welche den ersten Vögeln Nahrung gewähren, gleichen dem bescheidenen Gewand, das die verwitwete Natur zunächst noch trägt. Hauptsächlich interessiert mich die gewölbte und garbenartige Spitze des Wollgrases. Sie ruft im Winter den Sommer zurück, und zeigt jene Formen, welche die Kunst mit Vorliebe nachahmt, und welche im Königreich der Pflanzen dieselbe Beziehung zu dem Menschenherzen bereits bekannten Typen haben, wie die Astronomie. Sie gibt einen uralten Stil wieder, der älter ist als der griechische oder der ägyptische. Viele Erscheinungen, die der Winter mit sich bringt, sind unaussprechlich zart, zerbrechlich und zierlich. Wir sind daran gewöhnt, daß dieser König als ein wilder, ungebändigter Tyrann geschildert wird. Er schmückt jedoch mit der Zärtlichkeit eines Verliebten des Sommers Locken ...

Als der Frühling herannahte, kamen – immer gepaart – die roten Eichhörnchen unter mein Haus. Sie liefen über meine Stiefel, wenn ich dasaß und las oder schrieb. Dabei ließen sie das wunderlichste Glucksen und Girren, vokale Pirouettieren und Kichern hören, das ich je vernahm, und wenn ich dann mit den Füßen stampfte, so kicherten sie nur um so lauter, als ob sie mit ihren verrückten Possen jenseits von Furcht und Achtung ständen und der Menschheit das Recht absprächen, ihnen Einhalt zu gebieten ... Was fällt Euch denn ein! ... Chikarie, Chikarie! ... Sie blieben meinen Forderungen gegenüber vollkommen taub, oder konnten ihre Berechtigung nicht einsehen. Sie schimpften dermaßen, daß man ihnen gegenüber machtlos war.

Der erste Sperling des Frühlings! Mit jüngerer Hoffnung denn je beginnt das Jahr! Einen leisen silbernen Triller lassen der Singsperling, die Weindrossel und die blaue Grasmücke über die teilweise noch nackten, feuchten Felder erschallen, als ob die letzten Winterflocken klingend herniederschweben. Wie wertet man in solchen Stunden Geschichte, Chronologien, Traditionen und alle geschriebenen Offenbarungen? Die

Bäche singen Lobgesänge und jubeln dem Frühling zu. Tief über die Wiesen hin segelt der Sumpffalke und späht nach dem ersten schleimigen Leben, das hier erwacht. Der ersterbende Ton des schmelzenden Schnees läßt sich überall vernehmen und schnell löst sich das Eis auf den Teichen. An den Hügelhängen flammt das Gras wie ein Frühlingsfeuer empor – „*et primatus oritur herba imbribus primoribus evocata*" – als ob die Erde ein inneres Feuer nach außen sende, um die Wiederkunft der Sonne zu begrüßen. Nicht gelb, nein grün ist die Farbe dieser Flamme . . . Das Symbol ewiger Jugend, der Grashalm, quillt wie ein langes, grünes Band aus dem Boden in den Sommer hinein; zwar hat er mit dem Frost zu kämpfen, doch weiter und immer weiter strebend erhebt er seinen dürren Speer vom letzten Jahre in die Lüfte, während frisches Leben unten schon sich regt. Er wächst so stetig wie das Bächlein aus dem Boden sickert, ja, er ist identisch mit ihm. Denn wenn im Juni die langen Tage kommen und die Wässerchen austrocknen, dann sind die Grashalme ihre Kanäle und Jahr aus Jahr ein trinken die Herden diesen unversieglichen, grünen Strom, welchem der Schnitter bei Zeiten seinen Wintervorrat entnimmt. So stirbt auch unser Menschenleben nur bis zur Wurzel ab und schickt dann wieder grüne Sprossen zur Ewigkeit empor.

Walden schmilzt immer mehr. Ein etwa neun Meter breiter Kanal hat sich an seiner Nord- und Westseite gebildet. Ein großer Eisfeld ist von der Hauptmasse abgebröckelt. Im Unterholz am Ufer trillert der Singsperling – olit, olit, olit . . . chip, chip, chip, chie, tschrr . . . chie wiß, wiß, wiß . . . Auch er hilft beim Eissprengen. Wie herrlich sind die großen, mannigfachen Windungen am Eisrand. Fast gleichen sie denen am Ufer, nur sind sie regelmäßiger. Das Eis ist ungewöhnlich hart infolge der letzten, strengen, wenn auch nur kurze Zeit dauernden Kälte und wohl gereinigt und gewellt wie der Fußboden in einem Palast. Vergeblich streicht indessen der Wind über seine durchsichtige Oberfläche, bis er die lebendige Oberfläche darunter erreicht. Dieses in der Sonne funkelnde Wasserband gewährt einen herrlichen Anblick: es ist das unverhüllte Antlitz des Teiches voll Lust und Jugend, das die Freude der Fische in der Tiefe und des Sandes am Ufer auszudrücken wünscht. Silbern glänzt es wie die Schuppen des *leuciscus*, als ob es nur ein munterer Fisch wäre. Das ist der Unterschied zwischen Winter und Frühling. Walden war tot und ist wieder zum Leben erwacht . . . Allerdings ging das Erwachen in diesem Jahre, wie ich schon erwähnte, langsamer vonstatten.

Der Umschlag von winterlich stürmischem zu mildem, heiterem Wetter, von trüben und trägen zu hellen und tatkräftigen Stunden ist eine denkwürdige Krisis, welche sich in allen Dingen bemerkbar macht. Schließlich ist er wie mit einem Zauberschlage da. Eine Flut von Licht erfüllte plötzlich mein Haus, obwohl Winterwolken darüber standen, obwohl der Abend nahe war und aus den Dachtraufen Graupelregen herniederrann. Ich blickte zum Fenster hinaus und – siehe da! Wo gestern noch kaltes, graues Eis sich befand, lag jetzt der durchsichtige See bereits in voller Ruhe und hoffnungsfreudig wie an einem Sommerabend, spiegelte in seinem Schoß einen Sommerabend wieder, obwohl er über ihm noch nicht sichtbar war. Es war, als ob er mit einem fernen Horizont im

Einvernehmen stände! In der Ferne hörte ich ein Rotkehlchen. Zum erstenmal, wie mich dünkte, seit Jahrtausenden, lauschte ich seinem Lied. Und in vielen Jahrtausenden werde ich dieses Lied nicht vergessen – den alten süßen bezaubernden Sang aus der Ewigkeit ... O, Du mein Rotkehlchen, mein Genosse am Sommerabend in Neuengland! Könnte ich doch den Zweig finden, auf dem Du Dich wiegst! Ich meine gerade *Dich!* Ich meine auch gerade *diesen Zweig!* Du gehörst sicher nicht zum Stamme *turdus migratorius!* ... Die Pechtannen und Zwergeichen bei meinem Hause, die so lange die Köpfe hängen ließen, zeigten plötzlich wieder ihren altgewohnten Charakter, sahen heller, grüner, stolzer, lebensfroher aus, als ob sie durch den Regen wirklich gereinigt und erfrischt wären. Ich wußte, daß es nicht mehr regnen würde. Man braucht nur irgend einen Zweig im Walde, ja nur den Holzstoß anzusehen, um zu wissen, ob dieser Winter fortzog oder nicht. Als die Dunkelheit herabsank, schreckte mich das *Honk – Honk* der Wildgänse auf, die dicht über den Baumgipfeln dahinflogen, wie traurige Wanderer, die spät von südlichen Seen heimkehrten und schmerzvolle Klagen und gegenseitige Tröstungen sich zuriefen. Ich stand vor meiner Tür. Ihr Flügelschlag war deutlich zu hören. Doch als sie sich meinem Hause näherten und plötzlich mein Licht sahen, verstummte ihr Geschrei. Sie schwenkten nach dem Teich hin ab und ließen sich auf ihm nieder. Ich ging ins Haus, machte die Tür zu und verbrachte die erste Frühlingsnacht in den Wäldern ...

Am Morgen beobachtete ich die Gänse von meiner Tür aus durch den Nebel. Sie segelten mitten auf dem Teiche, etwa dreihundert Meter entfernt, mit so viel Lärm und in solcher Anzahl umher, daß der Walden den Eindruck machte, als sei er künftig für ihr Vergnügen hergerichtet. Sobald ich aber am Ufer erschien, stiegen sie auf ein Zeichen ihres Führers mit lautem Flügelschlag in die Lüfte. Dann stellten sie sich – ich zählte neunundzwanzig – in Reih und Glied, zogen ihre Kreise über meinem Haupt und nahmen schließlich den Kurs direkt auf Canada zu, während der Kommodore von Zeit zu Zeit regelmäßig sein *Honk* ertönen ließ. Sie hofften ihren Hunger in schlammreicheren Teichen stillen zu können. Ein Schwarm Wildenten stieg zu gleicher Zeit auf und schlug den Weg nach Norden ein, die gleiche Flügelbahn benutzend wie ihre noch mehr lärmenden Verwandten.

Eine Woche lang hörte ich an nebeligen Morgen eine einsame Wildgans, die schreiend im Kreise umhertappte, um ihre Gefährten zu suchen. Sie erfüllte die Wälder mit dem Klang eines reicheren Lebens, als sie zu unterhalten vermochten. Im April ließen sich die Tauben wieder sehen; schnell kamen sie in kleinen Schwärmen herbeigeflogen. Zur richtigen Zeit hörte ich auch die Mauerschwalben, die über meiner Lichtung zwitscherten. Da es nicht den Anschein hatte, als ob das Stadtgebiet an diesen Sängern so reich sei, daß es mir einige abtreten könnte, bildete ich mir ein, daß sie jenem alten Geschlechte angehörten, das in Baumstämmen lebte, bevor die weißen Männer kamen. Fast in jedem Klima gehören die Schildkröte und der Frosch zu den Vorboten und Herolden dieser Jahreszeit. Die Vögel singen und schwirren mit glänzendem Gefieder durch die Luft. Pflanzen sprossen empor und blühen und die Winde wehen, um diese leichte Schwankung der Pole auszugleichen, um das Gleichgewicht der Natur wieder herzustellen.

Wie jede Jahreszeit, sobald sie einmal da ist, uns als die beste erscheint, so wirkte der Frühlingseinzug wie die Erschaffung des Kosmos aus dem Chaos, wie die Verwirklichung des goldenen Zeitalters auf uns.

„Eurus ad Auroram, Nabathaeaque regna recessit
„Persidaque, et radiis juga subdita matutinis."
„Eurus entwich zu Aurora, zur nabathanischen Herrschaft,
„Und zu dem Persergebiet, und den Höhen am Lichte des Morgens.

„Und es erhob sich der Mensch: ob ihn aus göttlichem Samen
„Schuf der Vater der Ding' als Quell der edleren Schöpfung,
„Oder ob frisch die Erde, die jüngst vom erhabenen Äther
„Los sich wand, noch Samen enthielt des befreundete Himmels."

Ein einziger, milder Regen macht das Gras um manche Schattierungen grüner. So hellt sich unsere Zukunftshoffnung durch den Einfluß besserer Gedanken auf. Gesegnet wären wir, wenn wir immer in der Gegenwart lebten, wenn wir jedes Ereignis, das an uns herantritt, vorteilhaft zu benutzen wüßten, wie das Gras, das den Einfluß des leichtesten Taus, der es feuchtet, verrät, wenn wir unsere Zeit nicht dazu mißbrauchten, früher Versäumtes nachzuholen, was wir dann Pflichterfüllung nennen. Wir kleben noch am Winter, wenn es schon Frühling ist. An einem frischen Frühlingsmorgen sind dem Menschen alle Sünden vergeben. Solch ein Tag bringt Waffenstillstand für das Laster. Solange solch eine Sonne ohne Unterlaß uns scheint, kann der größte elendste Sünder umkehren. Durch die Unschuld, die wir selber wiederfanden, sehen wir die Unschuld unserer Nachbarn. Auch wenn Du Deinen Nächsten gestern noch als Dieb, Trunkenbold oder Lüstling gekannt hast, nur Mitleid oder Verachtung für ihn fühltest und an der Welt verzweifelt bist – jetzt an diesem ersten Frühlingsmorgen, wo hell und rein die Sonne hinunterblickt, siehst Du ihn bei friedlich heiterer Arbeit, siehst wie seine schlaffen, kranken Adern mit stiller Freude sich füllen, den neuen Tag segnen und wie er den Einfluß des Frühlings mit Kinderunschuld in sich saugt, und all seine Sünden sind vergessen. Ihn umschwebt nicht nur eine Atmosphäre guten Willens, nein auch ein Drang nach Heiligkeit ringt blind und vergeblich vielleicht nach Betätigung wie ein neuerwachter Instinkt, so daß – wenigstens eine Zeitlang der Hügelabhang keinen gemeinen Witz vernimmt. Du siehst einige unschuldige, schöne Triebe, die gerade aus der knorrigen Rinde hervorbrechen wollen, um ein neues Lebensjahr zu versuchen, so zart und frisch wie der jüngste Tag. Auch er ging ein zu seines Herrn Freude. Warum läßt der Kerkermeister die Türen nicht weit offen stehen? Warum schickt der Richter den Angeklagten nicht fort? Warum schickt der Priester seine Gemeinde nicht fort? Weil sie alle Gottes Wink nicht folgen, nicht die Vergebung annehmen wollen, die ihnen von Herzen angeboten wird.

„Eine Rückkehr zum Guten, welche jeden Tag in der ruhigen und wohltuenden Atmosphäre des Morgens sich vollzieht, bewirkt, daß wir uns mit unserer Tugendliebe und mit unserem Lasterhaß ein wenig der Urnatur des Menschen nähern, wie die Sprossen des Waldes, den man niederschlug. Ebenso hindert das Böse, das wir im Verlauf des Tages tun, die kaum erwachten Keime der Tugend an ihrer Entfaltung und zerstört sie."

„Werden die Keime zur Tugend auf diese Weise mehrfach an ihrer Weiterentwickelung gehindert, dann genügt der wohltuende Hauch des Abends nicht, sie zu erhalten. Sobald aber der Hauch des Abends nicht mehr genügt, sie zu erhalten, dann unterscheidet sich des Menschen Natur nicht mehr von des Tieres Natur. Wenn aber ein Mensch den anderen so tierisch sieht, dann glaubt er, daß dieser nie die angeborene Fähigkeit der Vernunft besessen habe. Sind das die wahren und natürlichen Gefühle des Menschen?"

„Es entsproßte das goldene Geschlecht, das von keinem gezüchtigt,
„Ohne Gesetz freiwillig der Treu und Gerechtigkeit wahrnahm,
„Furcht und Strafe war fern. Nicht lasen sie drohende Worte
„Auf dem gehefteten Herz, nicht bang vor des Richtenden Antlitz
„Stand ein flehender Schwarm; ungezüchtigt waren sie sicher.
„Nie vom eignen Gebirg', um der Fremdlinge Welt zu besuchen,
„Stieg die gehauene Fichte hinab in die flüchtige Woge:
„Außer den ihrigen kannten die Sterblichen keine Gestade.

. . . . .

„Ewig waltete Lenz und sanft, mit lauem Gesäusel
„Fächelten Zephyrus' Hauche die saatlos keimenden Blumen."

Am 29. April fischte ich vom Flußufer aus nahe bei der Nineacrecornerbrücke, auf Zittergras und Weidenwurzeln stehend, dort wo Bisamratten auf der Lauer liegen. Da hörte ich plötzlich einen eigentümlichen, klappernden Ton, wie ihn Knaben mit zwischen den Fingern geklemmten Holzstückchen hervorbringen, und als ich in die Höhe sah, erblickte ich einen sehr schlanken anmutigen Falken, der, einem Nachtfalken gleichend, bald in leichten Kurven aufwärtsstieg, bald, sich überstürzend, etwa drei bis sechs Meter niederfiel, wobei die Unterseite seiner Flügel sichtbar wurde, die wie Atlasband oder Perlmutter im Sonnenscheine glänzten. Dieser Anblick erinnerte mich an Falkenjagden und all das Erhabene und Poetische, was mit diesem Vergnügen verknüpft war. Merlin sollte er heißen, dachte ich bei mir. Doch der Name ist mir

Nebensache. Es war der ätherischste Flug, den ich je gesehen habe. Er flatterte nicht einfach wie ein Schmetterling, oder schwebte wie die größeren Falken, sondern spielte mit stolzer Zuversicht in luftigen Gefilden. Immer wieder stieg er, während sein seltsames Glucksen erklang, hoch empor und immer aufs neue wiederholte er seinen schönen Fall, wobei er sich wie ein Papierdrache fortwährend um sich selbst drehte. Dann hemmte er plötzlich seinen Sturz durch die Luft, als ob sein Fuß nie *terra firma* betreten habe. In der großen, weiten Welt schien er keine Kameraden zu besitzen. Die waren für ihn nicht notwendig. Er erfreute sich an seinem einsamen Spiel mit dem Morgen und dem Äther. Er war nicht einsam, doch er machte die ganze Erde unter sich einsam. Wo waren die Eltern, die ihn ausbrüteten, wo seine Verwandten, wo sein Vater im Himmel? Dieser Bewohner der Lüfte schien mit der Erde nur durch das Ei verwandt, das vor kurz oder lang in einem Felsenspalt ausgebrütet wurde. Oder lag das Nest seiner Geburt in einem Wolkenwinkel aus Regenbogenfasern und Sonnenuntergangshimmel geflochten und mit weichem Hochsommernebel ausgepolstert, der der Erde entquoll? Horstete er jetzt an Wolkenklippen? . . .

Außerdem fing ich mir ein erlesenes Gericht goldener, silberner und hellkupferner Fische, die wie eine Edelsteinkette aussahen. Ach, zu diesen Wiesen habe ich mir an manchem ersten Frühlingsmorgen den Weg gebahnt, von einer Bodenerhebung zur anderen, von Weidenwurzel zu Weidenwurzel springend. Das brausende Flußtal und die Wälder waren in einem so reinen, hellen Licht gebadet, daß es die Toten hätte aufwecken müssen, wenn sie – wie manche glauben – in ihren Gräbern geschlummert hätten. Es bedarf keines stärkeren Beweises für die Unsterblichkeit. In solchem Licht muß alles leben! Tod, wo ist Dein Stachel? Hölle, wo ist Dein Sieg? . . .“

Das Leben in unseren Dörfern würde bald ins Stocken geraten, gäbe es nicht die unerforschten Wälder und Wiesen ringsherum. Wir brauchen die Wildnis als Stärkungsmittel. Wir müssen bisweilen durch Sümpfe waten, wo die Rohrdommel und das Wasserhuhn sich verstecken. Wir müssen bisweilen den Schrei der Schnepfe hören, flüsterndes Röhricht riechen, in dem nur einsamere, wildere Vögel ihre Nester bauen und wo die Sumpfotter mit dem Bauche dicht am Boden kriecht. Mit demselben Ernste aber, mit dem wir alles zu erforschen und zu lernen wünschen, verlangen wir gleichzeitig, daß alles geheimnisvoll und unerforschbar bleibe, daß Land und Meer uns unerforschte und unergründete Rätsel bleiben, weil sie unerforschlich sind. Wir können nie genug Natur bekommen. Wir müssen uns an dem Anblick unerschöpflicher Kraft erquicken, an großen titanischen Formen, am Meeresstrand mit seinen Schiffstrümmern, an der Wildnis mit ihren lebendigen und modernden Bäumen, am Gewitterhimmel und am Regen, der drei Wochen herniederfällt und das Land überschwemmt. Wir müssen sehen, wie unsere eigenen Grenzen überschritten werden, wie *dort* frei ein Leben weidet, wo wir nie wandern. Mit Freude sehen wir, wie der Geier sich vom Aase nährt. Was uns Ekel und Abscheu einflößt, wird ihm eine Quelle der Gesundheit und der Kraft. Ein totes Pferd lag in einer Grube neben dem Weg, der zu meinem Hause führte. Manchmal wurde ich – hauptsächlich nachts, wenn die Luft dick war – dadurch gezwungen, einen Umweg zu machen. Doch der Beweis, den die Natur mir für ihren kräftigen Appetit und ihre unzerstörbare Gesundheit gab, entschädigte mich dafür. Mit Freude sehe ich, daß die Natur Leben in solcher Fülle birgt, daß Myriaden geopfert, einander zur Beute überlassen werden können, daß zarte Geschöpfe so gelassen wie Brei aus ihrem Dasein herausgequetscht, Kaulquappen von Reihern verschlungen, Schildkröten und Kröten auf der Landstraße überfahren werden, daß bisweilen Leben aus den Wolken herniederregnet. Da jeder unglücklichen Zufällen ausgesetzt ist, können wir uns denken, wie gering das Leben veranschlagt ist. In all diesen Dingen sieht der Weise nur die universelle Unschuld. Gift ist durchaus nicht giftig und Wunden, die töten, gibt es nicht. Mitleid ist durchaus nicht beständig. Drum betätige man es schnell. Seine Argumente lassen sich nicht stereotypieren.

Am Anfang des Mai breiteten die Eichen-, Nuß-, die Ahorn- und manche andere Bäume, die im Tannenwald rund um den Teich herum jetzt gerade ausschlugen, an nebeligen Tagen einen Glanz wie Sonnenschein über die Landschaft, als ob die Sonne den Nebel durchbräche und lieblich die Hügelhänge hier und dort beleuchte. Am dritten oder vierten Mai sah ich einen Taucher auf dem Teich, und am Ende der ersten Maiwoche hörte ich noch den Tagschläfer, die Braundrossel, den Waldspötter, den Pievieh, das Rotkehlchen und andere Vögel. Die Walddrossel hatte ich schon viel früher vernommen. Auch die Phöbe kam wieder herbei, schaute zur Tür und zum Fenster hinein, um zu sehen, ob das Haus geräumig genug für sie sei. Während sie Haus und Hof betrachtete, schwebte sie mit summendem Flügelschlag umher und schlug die Krallen ein, als ob sie sich an der Luft festklammere. Bald bedeckten die schwefelgelben Pollen der Pechtannen den Teich, die Steine und die modernden Stämme am Ufer. Man hätte sie faßweise sammeln können. Das sind die „Schwefelregen“, von denen man berichtet. Selbst in Kalidasas Drama *Sakuntala* lesen wir, daß „die Bäche gelb sich färbten vom goldenen Staub der Lotusbäume“ . . . So eilte die Zeit dem Sommer zu wie einer, der wandert durch höheres und immer höheres Gras.

Mein erstes Jahr in den Wäldern war verstrichen. Ihm ähnelte das zweite. Ich verließ Walden schließlich am 6. September 1847.

Schluß

Der verständige Arzt verordnete dem Kranken Veränderung der Luft und der Umgebung. Hier ist – dem Himmel sei Dank! nicht die ganze Welt. Der Bocksaugenbaumwächst nicht in Neuengland und die Spottdrossel hört man hier selten. In der Wildgans steckt mehr vom Kosmopoliten als in uns. Sie frühstückt in Canada, nimmt ihr Mittagsmahl in Ohio ein und glättet auf irgend einem Kanal im Süden ihr

Gefieder für die Nacht. Auch der Büffel hält in gewissem Maße mit der Jahreszeit Schritt und grast auf Colorados Weiden nur so lange, bis besseres, wohlschmeckenderes Gras ihn am Yellowstone erwartet. Wir glauben dagegen, daß, sobald die Zäune und Geländer niedergerissen und Steinmauern um unsere Farmen errichtet sind, auch unserem Leben Grenzen gezogen seien, unser Schicksal sich entschieden habe. Man hat Dich zum Stadtschreiber gemacht . . . Da kannst Du natürlich in diesem Sommer nicht nach Tierra del Fuego reisen, vielleicht aber doch nach dem Land des höllischen Feuers. Das Weltall ist weiter als die Ansichten, die wir darüber haben.

Und doch, wir sollten häufiger über den Hackbordunseres Schiffleins hinausblicken, und nicht wie blöde Seeleute während der Reise Werg zupfen. Die andere Seite des Erdballs ist nur die Heimat unseres Korrespondenten. Unser Reisen ist nur ein großes „Im-Kreise-herumsegeln“, und die Doktoren verschreiben nur gegen Hautkrankheiten. Da will der eine nach Südafrika, um Giraffen zu jagen, und doch ist das sicher nicht das Wild, was er jagen müßte. Du liebe Zeit! Wie lange würde wohl ein Mensch Giraffen jagen, wenn er könnte? Die Schnepfenjagd ist auch ein prächtiges Vergnügen. Doch ein edleres Spiel wäre die Jagd auf Dich selbst.

> „Kehre Dein Auge nach innen! Dann wirst Du finden,
> Daß viel' tausend Gebiete des Herzens immer noch
> Unerforscht ruhn. Dort sollst Du reisen und Dich belehren
> Über die Welt, die in der Seele Dir lebt.“

Was gilt mir Afrika – was der Westen? Ist nicht auf der Karte unser Inneres weiß, wenn es auch zur Zeit der Entdeckung so schwarz wie die Küste erschien? Wollen wir die Quellen des Nil, des Niger und des Mississippi oder die nordwestliche Durchfahrt um unseren Kontinent finden? Sind das die wichtigsten Probleme für das Menschengeschlecht? War Franklinder einzige Mensch, dessen Spur man verlor, daß seine Frau so eifrig sich bemühte, sie zu finden? Weiß Herr Grinnelwo er selbst ist? Sei lieber der Mungo Park, der Lewis, Clark und FrobisherDeiner eigenen Ströme und Ozeane. Erforsche Deine eigenen höheren Breitengrade, nötigenfalls mit Schiffsladungen voll konservierten Fleisches, um Dich zu erhalten, und türme die leeren Büchsen himmelhoch als Denkmal. Wurde konserviertes Fleisch nur deshalb erfunden, um Fleisch zu konservieren? Nein, sei ein Kolumbus für völlig neue Kontinente und Welten in Deinem *Innern*, eröffne neue Bahnen nicht für den Handel, sondern für den Gedanken. Jeder Mensch ist der Herrscher eines Reiches, neben welchem das Reich des Zaren nur ein kleines Ländchen, ein Erdhügel ist, den das Eis zurückließ. Und doch gibt es Patrioten, die keinen Selbstrespekt haben und das Größere dem Kleineren opfern. Sie lieben die Erde, in die ihr Grab gegraben wird, und haben keine Sympathien für den Geist, der vielleicht ihren Ton noch zu beleben vermag. Patriotismus ist eine Grille in ihrem Hirn. Was bedeutet die *Südsee-Erforschungs-Expedition* mit all ihrem

Brimborium und all ihren Kosten anderes, als die indirekte Anerkennung der Tatsache, daß es in der Welt der Moral Kontinente und Meere gibt, zu welchen ein jeder Mensch einen schmalen Zugang besitzt, Kontinente, an welchen er landen kann, trotzdem sie von ihm noch unerforscht sind, daß es leichter ist, viele tausend Meilen weit durch Schnee und Eis, durch Sturm und Kannibalen auf einem Regierungsschiffe, von fünfhundert hilfsbereiten Männern und Jünglingen begleitet, zu segeln, als das *eigene* Meer zu erforschen – den Atlantischen oder Stillen Ozean der eigenen Einsamkeit . . .

„*Erret et extremos alter scrutetur Iberos*
Plus habet hic vitae, plus habet ille viae.“

„Laß sie nur wandern, laß sie die fernen Australer erforschen,
Gott ist mir mehr vertraut – ihnen wohl mehr der Weg.“

Es lohnt sich nicht, die Welt zu umwandern, um die Katzen in Sansibar zu zählen. Und dennoch: *zähle die Katzen* bis Du etwas Besseres tun kannst. Vielleicht findest Du ein *Symmesloch*,durch welches Du in Dein Inneres schlüpfen kannst. England und Frankreich, Spanien und Portugal, die Goldküste und auch die Sklavenküste – alle grenzen an dieses Innenmeer. Doch noch hat sich von ihren Küsten kein Schiff aufs hohe Meer hinausgewagt, obwohl dieser Weg ohne Zweifel direkt nach Indien führt. Willst Du in allen Zungen reden oder aller Völker Sitten kennen lernen, willst Du weiter reisen als alle Forscher und in allen Zonen Dich heimisch fühlen, willst Du die Sphinx dazu bringen, daß sie ihr Haupt an einem Stein zerschmettert, so gehorche der Lehre der alten Philosophen und – „Erkenne Dich selbst“. Dazu mußt Du Augen und Nerven besitzen. Nur die Besiegten und Fahnenflüchtigen ziehen in den Krieg, Feiglinge, die fortlaufen und in den Dienst treten. Brich auf, sofort, auf jener längsten Straße gen Westen, die nicht am Mississippi oder am Stillen Ozean ihr Ende erreicht, die nicht nach dem fadenscheinigen China oder nach Japan führt, sondern die auf der direkten Tangente dieser Erdkugel verläuft. Dort ziehe Deines Wegs Sommer und Winter, Tag und Nacht, beim Untergang der Sonne und des Mondes – ja selbst beim Untergang der Erde!

Es wird berichtet, daß Mirabeau Straßenräuberei trieb, „um genau zu erfahren, welches Quantum Entschlossenheit notwendig sei, um gegen eines der heiligsten Gesetze der menschlichen Gesellschaft nachdrücklich Opposition zu machen.“ Er erklärte dann, daß „ein Soldat, der in Reih und Glied kämpft, nicht halb soviel Mut nötig habe wie ein Straßenräuber“ – „daß Ehre und Religion einen wohlüberlegten und festen Entschluß nicht ins Wanken zu bringen vermöchten.“ Das war männlich nach landläufigen Anschauungen, und doch war es töricht, ja geradezu toll. Ein gesunder Mann wird sich oft „nachdrücklich in Opposition“ zu dem befunden haben, was „als die heiligsten Gesetze der menschlichen Gesellschaft“ geschätzt wird, weil er noch heiligeren Gesetzen gehorchen wollte. So kann er, ohne von seinem geraden Wege abzuweichen, seine Entschlossenheit erproben. Es geziemt sich nicht für einen Mann, sich in ein solches Verhältnis zur menschlichen Gesellschaft hineinzuzwingen, sondern in jenen Verhältnissen mutig sich zu behaupten, welche er sich selbst, gehorsam den Gesetzen seines Lebens, schuf. Und diese Gesetze werden mit einer gerechten Regierung nie in Konflikt geraten, wenn er zufällig unter einer solchen leben sollte.

Der Anlaß, der mich in die Wälder führte, war ebenso triftig wie der, welcher mich zum Fortgehen bewog. Vielleicht glaubte ich, daß ich noch verschiedene Leben zu leben habe und auf dieses keine Zeit mehr verwenden dürfe. Es ist merkwürdig, wie leicht und unmerklich wir einen bestimmten Weg einschlagen und einen ausgetretenen Pfad für uns selbst daraus machen. Ich wohnte noch nicht eine Woche lang am Walden, da hatten meine Füße schon einen Weg von meiner Tür zum Teichufer ausgetreten. Und jetzt, wo schon fünf oder sechs Jahre über meine Fußstapfen dahingezogen sind, ist er noch ganz deutlich sichtbar. Ich fürchte indessen, andere haben ihn nach mir benutzt und dadurch zu seiner Erhaltung beigetragen. Die Oberfläche der Erde ist weich und nimmt leicht den Eindruck der Menschenfüße an. Das gilt auch von den Pfaden, auf denen der Geist dahinwandert. Wie abgenutzt und verstaubt müssen mithin die Landstraßen der Welt sein, wie tief die Geleise der Überlieferung und Einförmigkeit! Ich wollte nicht als Kajütenpassagier reisen. Lieber war es mir, vor dem Mast und auf dem Deck der Welt zu stehen. Ich will auch jetzt nicht unter Deck gehen.

Das eine wenigstens lernte ich durch mein Experiment, daß, wenn der Mensch vertrauensvoll in der Richtung seiner Träume fortschreitet, wenn er sich bemüht, *das* Leben zu leben, welches die Phantasie ihm ausmalt, Erfolge von ihm erzielt werden können, von denen er sich in Alltagsstunden nichts träumen ließ. Manche Dinge wird er aufgeben, eine unsichtbare Grenze wird er überschreiten. Neue, universelle und freiere Gesetze werden in ihm und um ihn herum Wurzel fassen. Oder die alten Gesetze werden umfassender, zu seinen Gunsten im freieren Sinne gedeutet werden, und es wird ihm vergönnt sein, unter Geschöpfen höherer Ordnung zu leben. Je mehr er sein Leben vereinfacht, desto weniger schwierig werden die Gesetze des Kosmos ihm erscheinen. Einsamkeit wird nicht Einsamkeit, Armut nicht Armut und Schwäche nicht Schwäche sein. Hast Du Schlösser in die Luft gebaut, so war diese Arbeit nicht notwendigerweise vergeblich. Gerade dort sollen sie sich befinden! Jetzt gib ihnen ein Fundament.

Es ist lächerlich, wenn Engländer und Amerikaner verlangen, man solle so reden, daß man von ihnen verstanden wird. So sind weder Menschen noch Pilze gewachsen. Als ob das überhaupt von Wichtigkeit wäre, und als ob es nicht außer ihnen genug Menschen gäbe, die uns verstehen. Als ob die Natur nur ein einziges Verständigungsmittel besäße, als ob sie nicht Vögel gerade so gut wie Vierfüßler, fliegende wie kriechende Geschöpfe ernähren könnte, und als ob *"Hott"* und *"Hüh"*, was jeder Ochse verstehen kann, das beste Englisch wäre. Als ob die Dummheit allein Gewähr für Sicherheit leisten könne!

Ich befürchte hauptsächlich, daß meine Ausdrücke nicht *ausschweifend* genug sind, nicht weit genug über die engen Grenzen meiner täglichen Erfahrung hinaus reichen, um der Wahrheit zu entsprechen, von der ich überzeugt bin. *Hinausschweifen* – ja, das hängt davon ab, in was für einen Viehhof man eingesperrt ist. Der wandernde Büffel, der in anderen Breiten neue Weiden sucht, ist nicht so *aus-schweifend,* wie die Kuh, die den Eimer umwirft, durch den Zaun bricht und zur Melkzeit hinter ihrem Kalbe herläuft. Ich möchte so gut wie möglich *ohne Umschweife* reden, wie der Mensch in einem wachen Augenblick zu seinen Mitmenschen in ihren wachen Augenblicken. Denn ich fühle, daß ich gar nicht genug übertreiben kann, um nur das Fundament eines wahren Ausdrucks zu legen. Hat je ein Mensch, der harmonische Klänge vernahm, gefürchtet, daß er hinfort *ausschweifend* reden könne? In bezug auf die Zukunft und das Mögliche sollen wir sorglos und harmlos unser Dasein weiter leben. Nach dieser Seite hin sind unsere Umrisse verschwommen und nebelig. Unser Schatten soll ja nach der Sonne hin eine unmerkliche Perspiration aufweisen. Die flüchtige Wahrheit unserer Worte sollte immer das Mißverhältnis zu dem zurückgebliebenen Tatbestand bezeugen. Seine Wahrheit wird sofort *übertragen.* Das *Wort*denkmal bleibt allein bestehen. Die Worte, die unseren Glauben und unsere Frömmigkeit ausdrücken, sind unbegrenzt. Doch sie sind inhaltsschwer und duften für feinere Geister nach Weihrauch.

Warum werten wir nach unten, nach unserer dumpfesten Empfindung, und verherrlichen sie als gesunden Menschenverstand? Der schlafende Mensch hat nur rudimentären Verstand – der verrät sich durch Schnarchen.

Manchmal lassen wir uns verleiten, die mit anderthalb Portionen Verstand Begabten mit den Halbverständigen zusammenzuwerfen, weil wir nur den dritten Teil ihres Verstandes zu würdigen wissen. Es gibt Leute, die am Morgenrot herumnörgeln würden, wenn sie einmal in ihrem Leben so früh aufgestanden wären. Wie ich höre, „sollen die Verse des Kabir einen vierfach verschiedenen Gehalt besitzen: Phantasie, Geist, Intellekt und die exoterischen Lehren der Veden.“ Will nicht jemand, während England sich bemüht, die Kartoffelfäule auszurotten, die Hirnfäule auszurotten versuchen, die so viel weiter verbreitet und so viel gefährlicher ist?

Ich glaube kaum, daß ich mich unklar auszudrücken pflege. Es würde mich aber mit Stolz erfüllen, wenn diese Blätter nicht stärker getadelt würden wie das Waldeneis. Käufer aus dem Süden machten ihm aus seiner blauen Farbe – die einzig auf seiner Reinheit beruht – einen Vorwurf, als ob es schmutzig wäre, und zogen das Cambridge-Eis vor, das weiß aussieht, aber nach Wasserpflanzen schmeckt. Die Reinheit, welche die Menschen lieben, gleicht dem Nebel, der die Erde einhüllt, und nicht dem blauen Äther darüber.

Es gibt einige Menschen, die uns in die Ohren schreien, wir Amerikaner und die modernen Menschen im allgemeinen seien geistige Zwerge im Vergleich zum antiken und selbst zum Menschen der Zeit Elisabeths. Was heißt das? Ein lebendiger Hund ist besser als ein toter Löwe. Soll ein Mensch sich schämen, weil er zu einem Zwergengeschlecht gehört, anstatt der große Zwerg zu sein, der er sein kann? Jeder soll vor seiner Türe kehren und versuchen der zu sein, der er seiner Natur nach ist. Warum jagen wir so fürchterlich nach Erfolg, warum sind wir in solch waghalsige Unternehmungen verwickelt? Wenn ein Mensch nicht Schritt mit seinen Mitmenschen hält, so kommt das vielleicht daher, weil er eine andere Trommel hört. Er soll nach dem Takt der Musik marschieren, die ihm ertönt, einerlei aus welcher Ferne. Es ist durchaus nicht wichtig, daß der Mensch so schnell reif wird wie ein Apfelbaum oder eine Eiche. Soll er seinen Frühling in Sommer wandeln? Wenn jener Zustand, für den wir geschaffen wurden, noch nicht erreicht ist, wie könnte uns da irgendeine Wirklichkeit Ersatz bieten! Wir wollen nicht an irgendeiner falschen Wirklichkeit Schiffbruch leiden. Sollen wir mühsam über uns einen Himmel aus blauem Glas errichten, wenn wir hernach trotzdem zu jenem wahren Ätherhimmel hoch dort oben immer noch emporblicken, als ob der andere nicht vorhanden wäre?

In der Stadt Kouroo lebte vor Zeiten ein Künstler, der den Drang nach Vollendung in sich fühlte. Eines Tages dachte er bei sich: Ich will einen Stab machen. Da er bereits darüber im klaren war, daß bei einem unvollkommenen Werk die Zeit einen Bestandteil bildet, daß aber in ein vollkommenes Werk die Zeit nicht eindringt, so sprach er also zu sich selbst: Der Stab soll in jeder Hinsicht vollendet werden, und wenn ich mein ganzes Leben dazu verwenden sollte. Er ging sogleich in den Wald, da er fest entschlossen war, den Stab nicht aus ungeeignetem Material herzustellen. Und während er suchte, einen Stock nach dem anderen als untauglich verwarf, verließen ihn allmählich seine alten Freunde, denn älter wurden sie bei ihrer Arbeit und starben. Er aber alterte nicht um einen Augenblick. Die Einfalt seines Vorhabens und seines Entschlusses und seine erhabene Frömmigkeit verliehen ihm gegen sein Wissen ewige Jugend. Da er mit der Zeit kein Abkommen getroffen hatte, ging die Zeit ihm aus dem Wege und seufzte von fern, weil sie ihn nicht besiegen konnte. Ehe er einen Stab gefunden hatte, der ihm in jeder Weise zusagte, war die Stadt Kouroo bereits zur moosbewachsenen Ruine geworden. Auf einen ihrer Trümmerhaufen setzte er sich nieder, um den Stab abzuschälen. Noch bevor er ihm die gewünschte Form gegeben hatte, war das Herrscherhaus der Kandahare ausgestorben. Er aber schrieb mit des Stabes Spitze den Namen des letzten Königs aus diesem Geschlecht in den Sand. Dann setzte er seine Arbeit fort. Als er den Stab gesäubert und geglättet hatte, war Kalpa nicht mehr der Polarstern. Und ehe er den Stab beschlagen und seinen Griff mit kostbaren Steinen verziert hatte, war Brahma viele Male entschlummert und wiedererwacht. Doch wozu soll ich bei diesen Dingen verweilen? Als er die letzte Hand an sein Werk gelegt hatte, dehnte es sich plötzlich vor den Augen des erstaunten Künstlers aus und ward zu Brahmas herrlichster Schöpfung. Eine neue Weltordnung hatte er geschaffen, indem er den Stab bearbeitete, eine Welt des schönsten Ebenmaßes, in welcher schönere und glorreichere Städte und Herrscherhäuser die alten entschwundenen ersetzten. Und jetzt sah er an dem Haufen der Späne, die zu seinen Füßen lagen, daß bislang das Verrinnen der Zeit eine Täuschung gewesen sei, daß nicht mehr Zeit vergangen war, als ein Funke gebraucht, um von Brahmas Gehirn herabzufallen und den Zunder des Menschengehirns in Brand zu setzen ... Das Material war rein und seine Kunst war rein. Wie konnte das Resultat anders sein als wundervoll?

Kein Aussehen, das wir einer Sache geben können, wird uns schließlich so viel nützen als die Wahrheit. Sie allein trägt sich gut. Meistens sind wir nicht dort, wo wir sind, sondern in falscher Lage. Einer Schwäche unserer Natur folgend, nehmen wir einen Fall an, und versetzen uns in ihn hinein. Darum befinden wir uns in zwei Fällen zugleich und doppelt schwer ist's, aus ihnen herauszukommen. Bei gesundem Verstande betrachten wir nur die Tatsache, den gegebenen Fall. Rede, was Du reden mußt, nicht was Du reden sollst. Jede Wahrheit ist besser als Ausflüchte. Tom Hyde, der Kesselflicker, stand unter dem Galgen und wurde gefragt, ob er noch etwas zu sagen habe. Da antwortete er: „Sagt den Schneidern, daß sie einen Knoten in den Zwirn machen, bevor sie den ersten Stich tun." Die Bitte seines Gefährten ist nicht überliefert.

Wie niedrig auch Dein Leben sein mag: heiße es willkommen und lebe es. Meide es nicht und schimpfe nicht darauf. Es ist nicht so schlecht wie Du. Es sieht am ärmsten aus, wenn Du am reichsten bist. Wer immer tadelt, wird auch am Paradies etwas auszusetzen haben. Liebe Dein Leben, so arm es auch ist. Du kannst vielleicht erfreuliche, herrliche, ja feierliche Stunden erleben, selbst in einem Armenhause. Die Fenster des Armenhauses und die in des Reichen Palast strahlen gleich hell die sinkende Sonne zurück. Vor des reichen Mannes Tür schmilzt der Schnee im Frühling zur selben Zeit. Ich verstehe nicht, warum ein zufriedenes Gemüt hier nicht gerade so zufrieden leben, gerade so fröhliche Gedanken haben kann, wie in einem Palast. Die Stadtarmen scheinen oft das unabhängigste Leben von allen zu führen. Vielleicht sind sie gerade stolz genug, um ohne Bedenken *annehmen* zu können. Die meisten sind der Ansicht, es sei unter ihrer Würde, von der Stadt unterstützt zu werden. Häufiger aber halten sie es nicht für unwürdig, sich selbst durch unehrliche Mittel zu unterhalten – und das sollte man denn doch als das Gemeinere ansehen. Pflege die Armut wie eine Gartenpflanze, wie Salbei. Sei nicht so sehr darauf bedacht, Dir neue Sachen anzuschaffen, weder Kleider noch Freunde. Wende die alten! Kehre zu ihnen zurück! Die Dinge ändern sich nicht – wir ändern uns. Verkaufe Deine Kleider und behalte Deine Gedanken. Gott wird schon dafür sorgen, daß es Dir an Gesellschaft nicht mangelt. Wenn ich wie eine Spinne mein ganzes Leben lang auf einen Winkel der Bodenkammer angewiesen wäre, dann würde die Welt für mich gerade so groß sein, solange ich meine Gedanken beisammenhielte. Der Philosoph sagt: „Einer drei Divisionen starken Armee kann man den General nehmen und sie dadurch in Verwirrung bringen. Dem verworfensten, gewöhnlichsten Menschen kann man seine Gedanken nicht nehmen." Strebe nicht so ängstlich darnach, Dich zu entwickeln und vielen Einflüssen zu unterwerfen, die doch nur ihr Spiel mit Dir treiben – das ist alles Verschwendung. Demut enthüllt wie

Dunkelheit himmlisches Licht. Die Schatten der Armut und der Niedrigkeit ziehen sich um uns zusammen und siehe da! – die Schöpfung dehnt sich vor unseren Blicken aus. Wir werden oft daran erinnert, daß, wenn wir selbst so reich wie Krösus wären, unsere Ziele sich nicht verändern, unsere Mittel im wesentlichen die gleichen bleiben müßten. Und wenn obendrein Dein Lebenslauf durch Armut eingeengt ist, wenn Du Dir z. B. weder Bücher noch Zeitungen kaufen kannst, so bist Du auf die wichtigsten Lebenserfahrungen beschränkt. Du bist notgedrungen auf die Dinge angewiesen, die den meisten Zucker und das meiste Stärkemehl liefern. Das Leben nahe am Knochen ist am wohlschmeckendsten. Du wirst davor bewahrt, in Tändeleien Dich zu vergeuden. Kein Mensch verliert je auf einer niedrigeren Stufe durch Großmut auf einer höheren. Mit überflüssigem Reichtum kann man nur Überflüssiges kaufen. Es bedarf nicht des Geldes, wenn man sich Nahrung für die Seele kaufen will.

Ich lebe in dem Winkel einer bleiernen Mauer, bei deren Guß ein wenig Glockenmetall zugesetzt wurde. Oft dringt um die stille Mittagstunde von der Außenwelt ein verworrenes Tintinnabulum an mein Ohr. Das ist der Lärm meiner Zeitgenossen. Meine Nachbarn erzählen mir von ihrem Zusammensein mit berühmten Herren und Damen und mit welch hochstehenden Persönlichkeiten sie zu Tische saßen. Mich interessieren diese Dinge jedoch genau so wenig, wie der Inhalt der Tageszeitungen. Das Interesse und die Unterhaltung drehen sich hauptsächlich um Kleidung und Sitten. Doch eine Gans bleibt eine Gans – man mag sie anziehen, wie man will ... Sie erzählen mir von Kalifornien und Texas, von England und Indien, vom ehrenwerten Herrn X. aus Georgia oder aus Massachusetts, von allen möglichen transitorischen und vergänglichen Erscheinungen, bis ich am liebsten ihrem Hof eilig den Rücken kehrte wie der Mameluckenbei. Ich liebe mein heimisches Quartier von Kerzen. Ich mag nicht in Reih und Glied an der Spitze marschieren, angetan mit Prunk und Flitter. Lieber wandele ich Hand in Hand mit dem Baumeister der Welt umher, wenn mir das gestattet ist. Ich will nicht mitten in diesem ruhelosen, nervösen, hetzenden, platten neunzehnten Jahrhundert leben, sondern, während es vorbeibraust, mit meinen Gedanken abseits stehen oder sitzen. Was feiern denn die Menschen? Allesamt gehören sie zum *Veranstaltungsausschuß*, und jeder erwartet stündlich von irgend jemandem eine Rede. Gott ist nur der Präsident des Tages und Webstersein Wortführer. Ich liebe es, abzuwägen, zu Entschlüssen zu kommen und das Schwergewicht nach der Seite hin zu verlegen, die mich am meisten anzieht und dazu die größte Berechtigung hat. Ich will nicht am Wagebalken hängen und versuchen weniger zu wiegen. Auch will ich nicht einen Fall *annehmen*, sondern den Fall *nehmen* wie er ist. Ich will den einzigen Pfad entlang wandeln, den ich wandern kann, den Pfad, auf dem keine Macht mir Einhalt gebieten kann. Ich fühle mich nicht befriedigt, wenn ich einen Bogen wölbe, ehe ich ein festes Fundament geschaffen habe. Wir wollen uns nicht auf fingerdickes Eis wagen.Es gibt überall festen Grund. Wir lesen die Geschichte von dem Reisenden, der fragte, ob das Moor, das vor ihnen läge, einen festen Boden habe. Der Knabe antwortete: „Ja." Doch sofort sank das Pferd des Reisenden bis zum Sattelgurte ein. Er rief darum dem Knaben zu: „Ich glaube, Du hättest gesagt, das Moor habe einen festen Boden?“ „Hat es auch,“ erwiderte der Knabe, „Ihr seid aber noch längst nicht tief genug eingesunken.“ Dasselbe gilt von den Sümpfen und dem Dünensand der Gesellschaft. Nur ist der, der dies weiß, bereits ein alter Knabe. Nur das ist gut, was bei einer bestimmten, seltenen Konstellation der Dinge gesagt, gedacht oder getan wird. Ich möchte nicht zu denen gehören, die einen Nagel in dünne Latten und in Bewurf hineintreiben. Solches Tun würde mir nachts die Ruhe rauben. Gib mir einen Hammer und laß mich nach den Furchen fühlen. Verlaß Dich nicht auf Kitt. Treib den Nagel bis zum Kopfe ein und verankere ihn so gewissenhaft, daß Du selbst dann mit Befriedigung an ihn denken kannst, wenn du mitten in der Nacht aufwachst. Jeder Nagel, den man einschlägt, sollte eine neue Niete in der Maschine des Weltalls sein. Du förderst auf diese Weise ihr Werk.

Wahrheit gib mir, nicht Liebe, Geld und Ruhm. Ich saß dort zu Tisch, wo erlesene Speisen und Weine im Überfluß vorhanden waren, wo man aufmerksam bedient wurde, wo es aber Aufrichtigkeit und Wahrheit nicht gab. Hungrig verließ ich den ungastlichen Tisch. Die Gastfreundschaft war so eisig wie das Fruchteis. Meiner Ansicht nach war Eis nicht einmal nötig, das Fruchteis gefroren zu erhalten. Man sprach zu mir über das Alter des Weines und die Berühmtheit des Weinberges. Ich aber dachte an einen neueren, reineren Wein, an einen herrlicheren Weinberg, den sie weder besaßen noch je erwerben konnten. Der Stil, das Haus, der Garten, die Bewirtung und Unterhaltung sind mir vollkommen einerlei. Ich machte beim König Besuch. Doch der ließ mich in der Vorhalle warten und benahm sich wie ein Mensch, der zur Gastfreundschaft keine Befähigung besitzt. Es war aber einmal ein Mann in meiner Nachbarschaft, der in einem hohlen Baume wohnte. Dessen Benehmen war wahrhaft königlich! Besser wäre es gewesen, ich hätte ihn besucht . . .

Wie lange werden wir noch in unseren Säulenhallen sitzen und unnütze, schäbige Tugenden züchten, die durch jede Arbeit beschämt werden? Als ob einer den Tag mit Langmut beginnen wollte und sich einen Mann dingen würde, um seine Kartoffeln zu hacken, und dann am Nachmittag ausginge, um in vorbedachter Güte christliche Milde und Sanftmut zu betätigen! Denke an den chinesischen Hochmut und die flache Selbstzufriedenheit der Menschen. Diese Generation bildet sich etwas darauf ein, die letzte eines berühmten Geschlechtes zu sein. In Boston und London, in Paris und Rom spricht man, in Erinnerung an diesen alten Stammbaum, von den Fortschritten in Kunst, Wissenschaft und Literatur mit hoher Genugtuung. Da gibt es Berichte philosophischer Gesellschaften und öffentliche Lobeshymnen auf *große Männer!* Der gute Adam bewundert seine eigene Tugend! „Ja, wir haben große Dinge getan, wir haben göttliche Sänge gesungen, die niemals sterben werden,“ d. h. solange wir sie nicht vergessen. Die gelehrten Gesellschaften und die großen Männer Assyriens – wo sind sie jetzt? Was für junge Philosophen und Forscher wir doch sind! Unter meinen Lehrern ist nicht ein einziger, der schon ein ganzes Menschenleben gelebt hat. Dies sind vielleicht erst die

Frühlingsmonate des Menschengeschlechtes. Selbst wenn wir wirklich die „sieben Jahre währende Juckkrankheit" gehabt haben – die „alle siebzehn Jahre kommende *Heuschreckenplage*"haben wir noch nicht erlebt. Wir kennen nur das feinste Häutchen des Balles, auf dem wir leben. Die meisten Menschen haben weder sechs Fuß tief in die Erde gegraben, noch sind sie sechs Fuß hoch über sie emporgesprungen. Wir wissen nicht, wo wir sind. Außerdem liegen wir fast die halbe Zeit in festem Schlaf. Und doch halten wir uns für klug und haben auf der Oberfläche Vorschriften und Sitten. O gewiß, wir sind tiefe Denker, wir sind hochstrebende Geschöpfe! Da sehe ich ein Insekt durch die Tannennadeln am Waldesboden dahinkrabbeln. Es versucht, sich vor mir zu verbergen. Ich aber frage mich, warum es solch bescheidene Gedanken hegt und sein Köpfchen vor mir verbirgt, der ich doch vielleicht sein Wohltäter sein und seinem Geschlecht erfreuliche Mitteilungen machen könnte. Da werde ich an den größeren Wohltäter, an den größeren Geist erinnert, der auf mich herabblickt, auf mich – das menschliche Insekt . . .

Ein unendlicher Strom des Neuen ergießt sich in diese Welt und doch dulden wir unglaubliche Stumpfheit. Ich brauche nur daran zu erinnern, was für Predigten man noch in den aufgeklärtesten Ländern zu hören bekommt. Worte wie Freude und Leid haben wir zwar, doch sind sie nur „Kirchengesangsballast". Man singt sie durch die Nase, während man an das Gemeine und Gewöhnliche glaubt. Wir sind der Ansicht, daß wir nur unsere Kleider wechseln können. Man sagt, das britische Reich sei sehr groß und angesehen, und die Vereinigten Staaten seien eine Weltmacht. Wir glauben nicht, daß hinter jedem Menschen eine Flut steigt und sinkt, die das britische Reich wie einen Holzspan hinwegschwemmen könnte, wenn je einem Menschen der Gedanke käme. Wer weiß, was für eine Plage einmal nach siebzehn Jahren aus dem Boden hervorkriechen mag? Die Regierung des Landes, in dem ich lebe, wurde nicht wie die von Großbritannien während der Unterhaltung nach einem *Diner* bei einem Glase Wein zusammengezimmert.

Das Leben in uns gleicht dem Wasser im Flusse. Es mag in diesem Jahre höher steigen denn je seit Menschengedenken, und das versengte Hochland überfluten. Vielleicht ist gerade dieses Jahr ereignisreich und ersäuft alle Bisamratten. Dort wo wir wohnen, war nicht immer trockenes Land. Weit im Innern des Landes sehe ich Dämme, die einst der Fluß bespülte, ehe noch die Wissenschaft begann, seine Überschwemmungen aufzuzeichnen. Ein jeder von uns hat die Geschichte gehört, die in Neuengland alt und jung sich erzählte, die Geschichte von dem starken und schönen Käfer, der aus der trockenen Platte eines alten Tisches aus Apfelbaumholz hervorkroch. Sechzig Jahre lang hatte der Tisch in der Küche eines Farmers gestanden, erst in Connecticut, hernach in Massachusetts. Das Ei selbst war wohl vor noch viel längerer Zeit in den lebenden Baum gelegt, wie man aus der Zahl der Jahresringe schließen konnte. Wochenlang hörte man das Tier nagen, das vielleicht durch die Wärme eines Teekessels ausgebrütet war. Wer fühlt nicht seinen Glauben an Auferstehung und Unsterblichkeit gekräftigt, wenn er dies hört? Wer weiß, ob nicht der Keim, der vielleicht in den konzentrischen Holzschichten des toten, dürren Gesellschaftslebens jahrtausendelang verborgen lag, der zuerst in den Splint des grünen Waldholzes versenkt und von diesem wie von einem duftenden Grabe umschlossen wurde, – der Keim, dessen wachsendes Leben die erstaunte Menschenfamilie schon seit Jahren hörte, wenn sie an festlicher Tafel sich versammelte – , wer weiß, ob dieser Keim sich nicht entfalten und unverhofft als ein herrliches, beflügeltes Leben aus dem alltäglichsten Möbel der Menschheit emportauchen wird, um endlich seiner seligen Sommerzeit sich zu freuen . . . Ich sage nicht, daß John Bull oder Bruder Jonathan das alles verwirklichen wird. Das bloße Verrinnen der Zeit wird dieses *Morgen* nie erwecken. Das Licht, das unsere Augen blendet, ist Dunkelheit für uns. Nur *der* Tag dämmert herauf, für den wir wach sind. Noch mehr Tag will heraufdämmern. Die Sonne ist nur ein Morgenstern.